TUDO SOBRE THE WALKING DEAD

TUDO SOBRE THE WALKING DEAD

PAUL VIGNA

TRADUÇÃO

Érico Assis

Título do original: GUTS – The Anatomy of The Walking Dead
Copyright © 2017 by Paul Vigna
Publicado originalmente pela HarperCollins Publishers, 195 Broadway, New York, NY 10007
Copyright da tradução © Ediouro Publicações Ltda.

Primeira edição: Outubro de 2017

Coordenação editorial: Eliana Rinaldi
Direção de arte: Télio Navega
Diagramação: Filigrana
Capa: design de Jefferson Gomes e ilustração de André Mello
Revisão: Dalva Corrêa, Maria Flavia dos Reis e Marta Cataldo
Produção Gráfica: Jorge Silva

Ediouro Publicações Ltda.
Rua Candelária, 60 – 7º andar – Centro
Rio de Janeiro – RJ
CEP 20091-020
Tel.: (21) 3882-8200
www.coquetel.com.br
sac@coquetel.com.br

AO MEU FILHO ROBERT:
MEU MOTIVO PARA SEGUIR NA LUTA

SUMÁRIO

NOTA DO AUTOR ... 9

INTRODUÇÃO: O CORAÇÃO PULSANTE DE THE WALKING DEAD ... 11

RESUMO: TEMPORADA UM ... 19

CAPÍTULO 1: O EMBRIÃO ... 27
CAPÍTULO 2: PASSE DE MÁGICA ... 43

RESUMO: TEMPORADA DOIS ... 53

CAPÍTULO 3: PATOLOGIA ... 59
CAPÍTULO 4: DANDO VIDA AOS MORTOS ... 75

CENAS DE EMBRULHAR ESTÔMAGOS ... 89

RESUMO: TEMPORADA TRÊS ... 101

CAPÍTULO 5: UM CORAÇÃO ... 107
CAPÍTULO 6: RUPTURA ... 125

PERSONAGENS DE SEGUNDA ... 137

RESUMO: TEMPORADA QUATRO ... 147

CAPÍTULO 7: EXPANSÃO ... 155

CAPÍTULO 8: MARCO AURÉLIO E ZUMBIS . . . 171

TOP 10 EPISÓDIOS . . . 187

RESUMO: TEMPORADA CINCO . . . 197

CAPÍTULO 9: O MAIOR MOMENTO DE THE WALKING DEAD . . . 205
CAPÍTULO 10: QUATRO PAREDES E UM TETO EM CHARLOTTE . . . 215

ARMAS . . . 227

RESUMO: TEMPORADA SEIS . . . 235

CAPÍTULO 11: DISSECANDO . . . 243
CAPÍTULO 12: GUERRA E PASMEM . . . 251

RESUMO: TEMPORADA SETE . . . 265

CAPÍTULO 13: SANIDADE E MORALIDADE . . . 273
CAPÍTULO 14: O PRIMEIRO DIA DO RESTO DA SUA VIDA . . . 285
POSFÁCIO: O FIM . . . 293

BIBLIOGRAFIA . . . 299
AGRADECIMENTOS . . . 313
SOBRE O AUTOR . . . 317

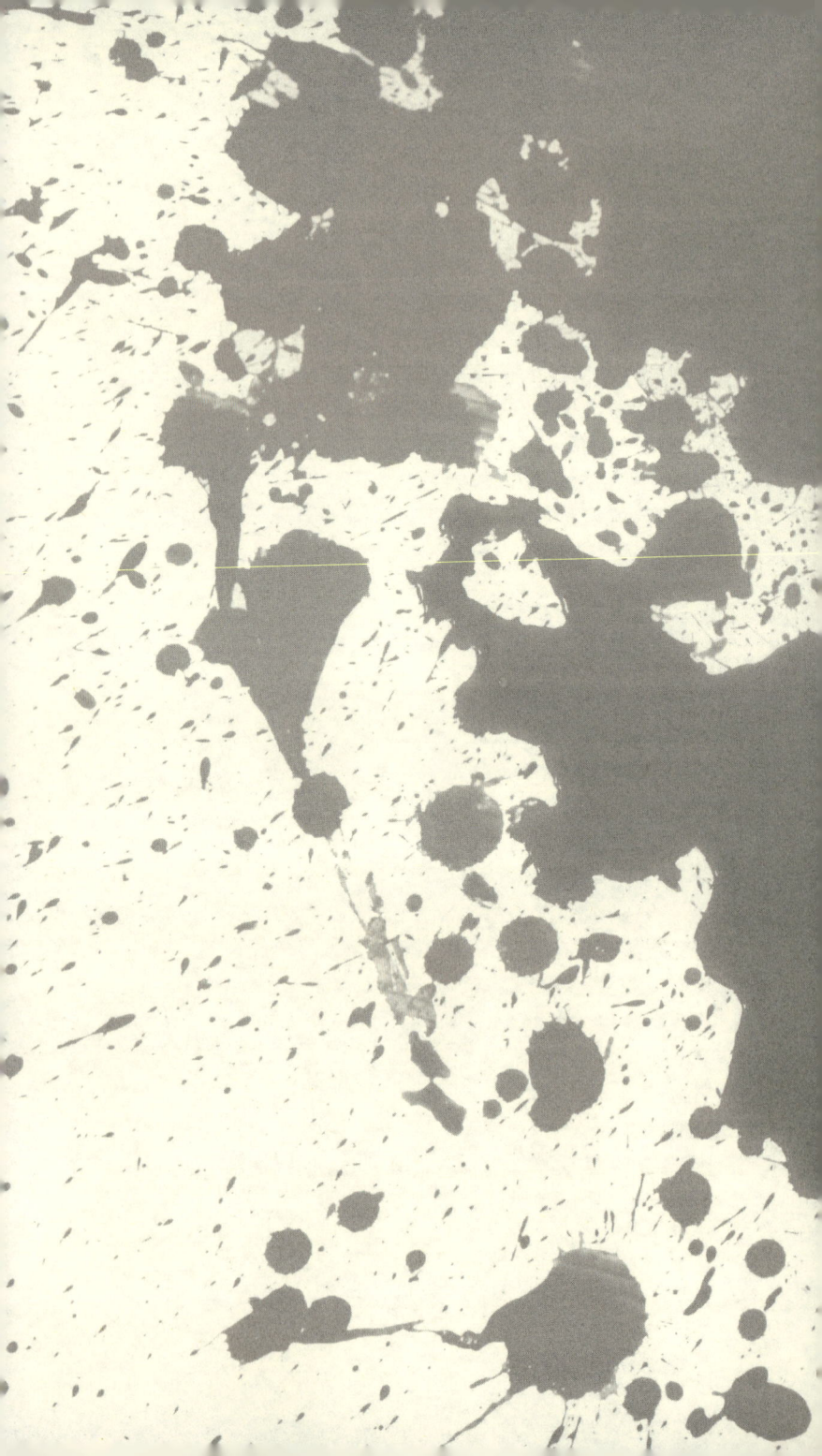

NOTA DO AUTOR

Este livro consiste, de certo modo, em um prolongamento dos resumos de *The Walking Dead* que escrevo para o *Wall Street Journal*. Por conta disso, imaginei que valeria a pena trazer as regras que uso para escrever sobre o seriado no jornal. Para começar, um alerta de *spoiler* geral: este livro trata de tudo que aconteceu no seriado de TV até a sétima temporada. Nesse sentido, ele também faz referência a *The Walking Dead* em quadrinhos, a *Fear the Walking Dead*, à série de livros *The Walking Dead: A Ascensão do Governador*, à *A Noite dos Mortos-Vivos*, à *Odisseia*, a *Mad Men*, a *Cheers*, à *Família Soprano*, a um conto de Edgar Allan Poe sobre zumbis e à *Historia rerum Anglicarum*, um livro do século XIII que contém a primeira narrativa identificada como história de zumbi. Não prossiga na leitura se você dá bola para *spoilers*. Segunda coisa: embora tratemos do conceito de lógica interna e de consistência da trama, não vamos perder tempo criticando minúcias (fora quando se tratar do Glenn no beco; aí a gente vai entrar em muita minúcia). Para terminar: este livro trata do seriado de TV *The Walking Dead* e, embora o seriado se baseie em uma série em quadrinhos, nosso interesse é sobretudo no seriado, não na HQ.[1] Além disso, sendo eu um dos mais aficionados pelo seriado, faço questão de nunca ler o gibi muito à frente da trama da TV, de forma que não sei mesmo o que acontece no universo de papel. Não vá me dar *spoiler*.

---

[1] No Brasil, a versão em quadrinhos de *The Walking Dead* começou a ser publicada em formato de livro (144 páginas por volume) a partir de 2006, pela editora HQM, com o título *Os Mortos-Vivos*; até 2015, a editora publicou 18 volumes neste formato. A partir de 2012, a mesma editora passou a republicar a série em formato de revista (32 páginas cada), com o título *The Walking Dead*; esta versão teve 48 edições publicadas até 2017. [N. do T.]

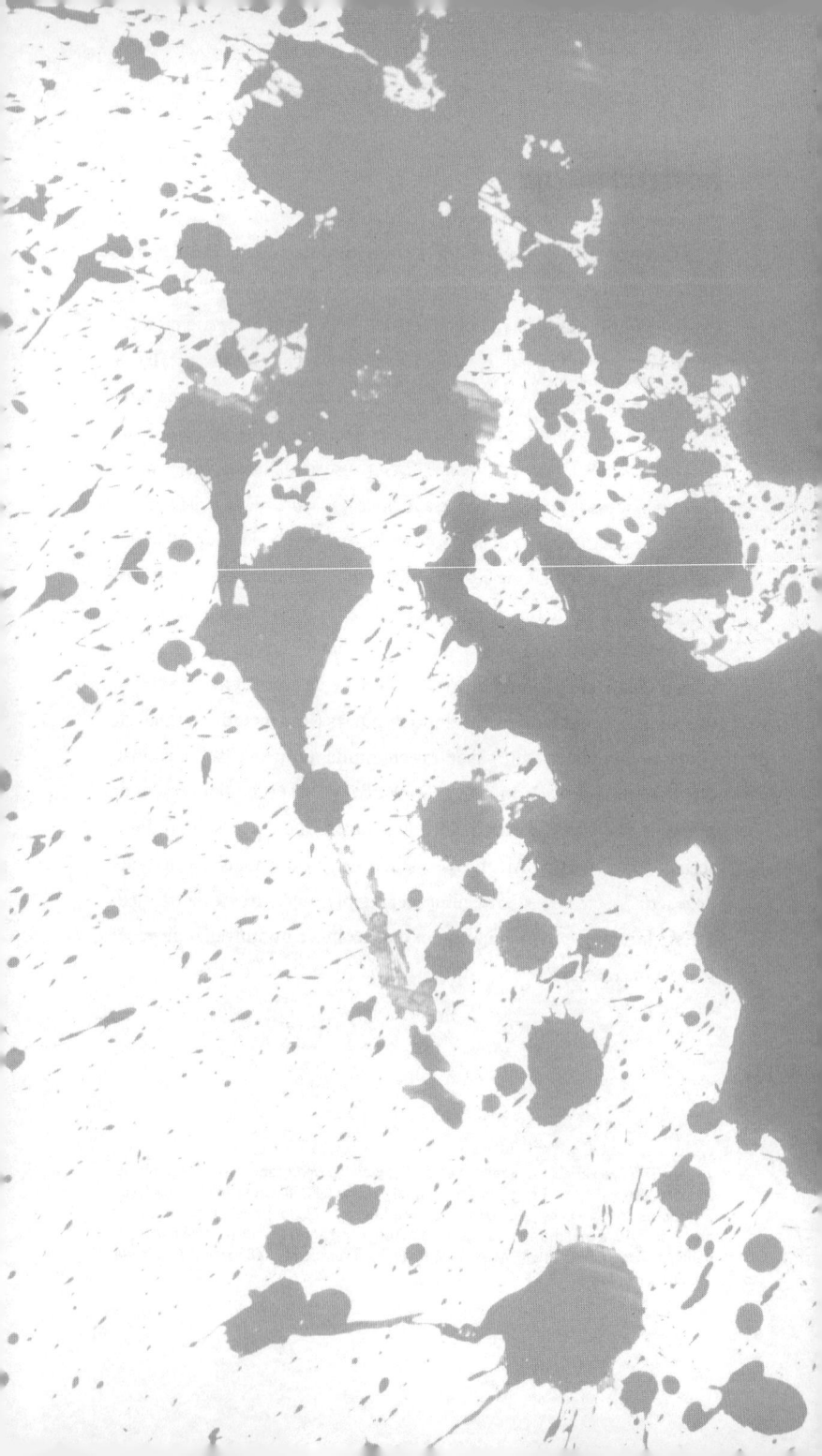

INTRODUÇÃO
O CORAÇÃO PULSANTE DE *THE WALKING DEAD*

Era uma noite fria e chuvosa em Nova York. No asfalto úmido da Oitava Avenida, bem no centro de Midtown, um lugar sempre cheio de gente, centenas faziam fila para entrar naquela que se diz a arena mais famosa do mundo. Claro que isso não é fora do comum: o Madison Square Garden já recebeu finais da Stanley Cup e da NBA, a "Luta do Século" entre Muhammad Ali e Joe Frazier, bem como convenções nacionais dos partidos Republicano e Democrata. Stones, Springsteen, Clapton e Dylan já subiram nesse palco. Contudo, o povo empolgado e zanzando pela chuva naquela noite de outubro não estava ali para assistir a um jogo, a um show de rock ou a um comício. Também não foram ver o Papa; duas semanas antes, Sua Santidade havia celebrado uma missa no Garden e encantado a cidade, mas já havia ido embora.

A multidão que se reunia em volta da arena naquela noite, 9 de outubro de 2015, estava lá para assistir a *The Walking Dead*.

Os executivos por trás do seriado – que trata de um grupo de pessoas lutando contra zumbis e tentando sobreviver ao apocalipse – da AMC e de fama desenfreada haviam alugado todo o Madison Square Garden para uma exibição especial no meio da Comic Con, a convenção anual de quadrinhos e cultura pop, antecipando a estreia da sexta temporada. Preparar alguma coisa para a Comic Con já é rotina para um seriado como *The Walking Dead*, que, afinal de contas, baseia-se em uma história em quadrinhos homônima criada por Robert Kirkman (que também é produtor do seriado). Naquela noite, porém, o Garden havia virado outra coisa. E os fãs estavam eufóricos. Nunca acontecera de alguém requisitar um cenário tão grande e de tanto prestígio quanto o Madison Square Garden para um programa de TV. Aproximadamente 15 mil pessoas apareceram. Montou-se um palco no chão da arena, projetado para lembrar Alexandria, a cidade fictícia onde o seriado se passava na época (e ainda se passa, até o momento em que escrevo). Kirkman estava lá, assim como a produtora Gale Anne Hurd, o diretor Greg Nicotero, o *showrunner* (misto de produtor, roteirista e diretor) Scott Gimple e outros executivos. As centenas de pessoas envolvidas na produção estavam lá, sentadas no chão à direita do palco, ocupando mais de dez fileiras. Claro que o elenco também estava em peso, assim como atores cujos personagens haviam morrido ao longo das temporadas. Muitos vieram conferir o evento.

Três telas gigantescas pendiam das vigas para a exibição antecipada do primeiro episódio da sexta temporada, "Pela Primeira Vez, de Novo", no qual os alexandrinos descobrem uma pedreira que virou um buraco sem fundo de "errantes". Rick Grimes (Andrew Lincoln), o ex-xerife adjunto, que é a estrela do seriado e a maior liderança da cidade, concebeu um plano para tirar os zumbis do poço. Havia centenas, quem sabe milhares, de zumbis lá dentro – trezentos figurantes vestidos de mortos-vivos, a maior quantidade utilizada num mesmo episódio, o que apresentou um novo patamar de complexidade para o seriado. Os fãs amaram.

O alarde ia muito além das telas e do palco. A entrada tinha uma exposição de objetos da produção, tal como os infames aquários do vilão chamado Governador (dica: não eram de peixe), e as portas do refeitório do hospital onde se escreveu *Não abrir – mortos dentro*. As banquinhas vendiam "Pipoca Apocalipse", "*The Walking Bread*"[2], "*The Governor's Nuts*"[3] e "Macho Nachos do Sargento Abraham". Pessoas maquiadas de zumbi vagavam pela entrada – maquiagem bem feita, do nível do seriado; os zumbis pareciam figurantes da gravação, não os seus amigos no Dia das Bruxas. Os desmortos posavam para *selfies*, assustavam os incautos e ficaram se arrastando pelos assentos durante a exibição. O Garden inteiro tinha virado outra coisa; era Natal para fã de zumbi.

Os milhares de fãs vieram com entusiasmo e com fantasias. Havia vários Rick Grimes na plateia, assim como Michonnes e Daryls. Havia Abrahams, Carols, Glenns e Maggies, assim como Carls. Eles vinham de 49 estados e nove países. Não eram só fãs; via-se alguns rostos notáveis na multidão. Robin Lord Taylor, de *Gotham* (que teve papel rápido em um episódio de *The Walking Dead*), estava na plateia. Cameron e Tyler Winklevoss, os irmãos gêmeos que processaram Mark Zuckerberg pelo Facebook, estavam algumas fileiras à frente. Elizabeth Rodriguez, da série derivada *Fear the Walking Dead*, estava ainda mais perto do palco, batendo papo com Nicotero, o diretor, produtor e mago da maquiagem dos dois seriados. Michael Zapcic e Ming Chen, do programa *Comic Book Men*, também da AMC, estavam na coxia – e essas eram só as estrelas a minha volta, as pessoas que eu consegui distinguir fora do palco, no escuro. Sendo o especialista titular em zumbi do *Wall Street Journal*, eu também estava lá.

---

2 Trocadilho com as palavras "Dead" e "Bread" (pão). [N. do T.]
3 O termo pode ser traduzido como "Nozes do Governador" ou como a frase "O Governador está louco". [N. do T.]

"É só o começo da temporada mais intensa de *The Walking Dead*", Kirkman declarou, do palco. "Ninguém, ninguém mesmo está a salvo." Quando a multidão vaiou, ele vaiou de volta.

"Podem vaiar, podem vaiar", ele disse, "não muda nada. De quem vocês gostam mais? Eles que vão primeiro." Kirkman, 37 anos, de barba grossa e porte reforçado como o típico nativo do Kentucky, adora fazer dessas quando aparece em público. Se você perguntar sobre o próximo episódio, ele diz: "É nesse que o Rick morre?" Kirkman não tinha planos de criar o seriado mais popular da TV, nem de construir um império em torno desse seriado, nem de se dirigir a milhares de fãs apaixonados em Nova York. Ele começou trabalhando em uma loja de gibis e imaginou um dia escrever seus próprios gibis. Sua surpresa e perplexidade com o sucesso parecem genuínas. Seu senso de humor em relação ao que aconteceu é mordente (o trocadilho é intencional).

"Nunca se fez uma première no Madison Square Garden", disse Gale Anne Hurd, do palco. Hurd é veterana respeitadíssima na indústria audiovisual, produtora das franquias *Alien* e *Exterminador do Futuro*.

"O fato de termos assistido com 15 mil pessoas que riram no momento certo, que vibraram no momento certo, que gritaram no momento certo... o seriado chegou muito além da nossa expectativa", Nicotero me diria mais tarde.

Gritei com todo mundo em 1983, quando Luke Skywalker venceu Darth Vader. Vibrei em 2003 quando Legolas derrubou sozinho o olifante. Mas foram momentos que aconteceram em cinemas, junto a umas duzentas, trezentas pessoas. Eu nunca havia chegado nem perto de um espetáculo como o que foi armado naquela noite no Garden, quando Rick, Daryl e Michonne tiveram que digladiar-se com um exército zumbi. Acho que nunca tinha acontecido com ninguém nesse mundo.

Não sou crítico de arte. Não sou crítico de TV. Não sou sociólogo, antropólogo nem –ólogo de nada. Sou jornalista da área de negócios, mas, para nossos fins, sou sobretudo um fã de *The Walking Dead* tal como você. Venho escrevendo os resumos de *The Walking Dead* no *Wall Street Journal* desde 2012 (meu primeiro resumo foi sobre o sétimo episódio da terceira temporada, "Mortos Batem à Porta"). O cara que antes fazia os resumos havia saído, e ninguém mais na redação assistia ao programa, por isso fui convocado. Na verdade, me joguei de corpo inteiro assim que a oportunidade surgiu. Eu era fã dedicado desde que Rick e Shane apareceram sentados na viatura, comendo hambúrguer e batata frita, jogando conversa fora. Enquanto eu honrava minha carteirinha de fã escrevendo a coluna, o seriado pegava um gênero que era território desconhecido até para fãs de terror e o trazia ao primeiro plano da cultura pop. Como conseguiram? Não existe apenas um elemento que explique o sucesso do seriado.

Em primeiro lugar, havia a visão original de Kirkman quanto a uma história sobre zumbis sem final, que iria muito além dos 90 minutos de um longa-metragem. Depois havia a equipe que levou o seriado à telinha.

Mais do que esses elementos, porém, o que faz o seriado funcionar mesmo são os personagens. As pessoas que vivem e muitas vezes morrem em *The Walking Dead* não são casos exemplares da psicologia como o Tony Soprano, nem são poderosas e ardilosas como a Cersei Lannister. Não são presidentes dos Estados Unidos, nem magnatas do petróleo, nem agentes fodões do FBI. Os personagens de *The Walking Dead* são tão banais que quase viram estereótipos: o xerife de cidadezinha, o caipira indecente, a dona de casa vítima de abuso, o médico do exército, o soldado, o padre, o nerd cabeção, o entregador de pizza, o fazendeiro com as filhas. É gente totalmente normal e, por isso, gente com quem você tem como se identificar. Você pode ser fã de *Família Soprano*, *Game of Thrones* ou *The West Wing*, mas a maioria das pessoas não se vê como um mafioso, um rei medieval ou um presidente (bom, quem sabe um de vocês aí queira ser presidente e, nesse caso, boa sorte!). Mas um tira, uma dona de casa, um soldado, um fazendeiro, um assalariado? Você tem como se enxergar. Putz, há grandes chances de você ser uma pessoa como essas. Quando esses seres humanos perfeitamente espelháveis veem-se em uma realidade avassaladora, em que se vive cada momento desperto ou de sono em perigo mortal, e os roteiristas tratam tudo isso da forma mais vida-real possível, o resultado é mais que um programa de TV: cria-se um laço visceral entre a plateia e os personagens, o qual nenhum seriado consegue imitar.

Além do mais, a hora em que o seriado apareceu foi a chave do sucesso. E não estou falando do horário na grade de programação. Estou falando dos nossos tempos: nossa era de desastres, de terremotos a tsunamis, de ataques terroristas, de pânico no mercado financeiro. Não é de surpreender que, em tempos como estes, um programa sobre o fim do mundo encontre audiência receptiva. O que pode surpreender é que um seriado sobre os sobreviventes de uma praga zumbi tenha algo a dizer a respeito da sobrevivência aos nossos desafios cotidianos, tanto os grandes quanto os pequenos. Mas é exatamente isso que muita gente tira dali. Tal como o lema que a adolescente Enid (Katelyn Nacon) escreve para si a todo momento – na areia, numa janela de carro, até com ossinhos de tartaruga: "JSS". *Just survive somehow.* Dê um jeito de sobreviver.

Quando *The Walking Dead* estreou, virou de imediato o programa de maior audiência da AMC. Não era, contudo, o programa mais elogiado do canal. *Mad Men,* que havia estreado em 2007, era o queridinho da crítica – um seriado realmente original sobre uma agência de propaganda na Nova York dos anos 1950/60. Um ano depois, a emissora trouxe *Breaking Bad*. O louvor foi do mesmo nível. Os árbitros do bom gosto amavam esses dois. Os prêmios Emmy vinham de lavada. E ambos eram bons seriados (eu até defenderia que *Mad Men* deveria ter terminado no instante em que Don contou a Betty tudo sobre Dick Whitman, mas essa é outra história). Mas eles nunca conseguiram tanta audiência quanto *The Walking Dead*.

O episódio de *The Walking Dead* que estreia às 21h do domingo é o programa de maior audiência na faixa dos 18 aos 49 anos, a mais cobiçada pelos anunciantes. Há seriados com audiência maior no geral, como *The Big Bang Theory* e – às vezes – *Empire*. Mas são casos de programas da TV aberta. *The Walking Dead* é da TV a cabo. Os programas da TV a cabo não costumam navegar nas mesmas águas da audiência da TV aberta. Mas o programa dos zumbis faz tanto sucesso que bate de frente com o futebol de domingo da NFL, com números que chegam perto ou superam as partidas (e o futebol profissional é o produto mais valioso que existe na televisão atual). Todavia – e aqui chegamos ao ponto crítico – não se trata só dos números de *The Walking Dead*. O seriado que passa logo após *The Walking Dead* chama-se *The Talking Dead*, é apresentado por Chris Hardwick e é, literalmente, um *talk show* sobre *The Walking Dead*. E *The Talking Dead* também entra no top 10 da TV a cabo (além de definir uma tendência: seriados diversos, tais como *Orphan Black, Mr. Robot* e *Girls* já fizeram *after-shows*). Depois disso, às 23h de quase todo domingo, a AMC reprisa o episódio das 21h. E essa reprise *também* entra no top 10. Veja só os números de 30 de outubro de 2016: em primeiro, a exibição de *The Walking Dead* às 21h, com total de 12,4 milhões de espectadores. Em segundo, *The Talking Dead,* com 4,2 milhões. Em terceiro, a exibição do episódio da semana anterior às 19h55. Em quinto, a reprise do episódio que estreou, naquela noite, às 23h05. Só um episódio de *Family Guy*, do canal Adult Swim, rompeu o domínio *Dead* no top cinco. E os números costumam ser assim, mesmo depois da queda de audiência na sétima temporada. E ainda nem falamos do seriado derivado *Fear the Walking Dead*, que é o número dois na TV a cabo. Você já sabe qual é o um.

Parte deste livro é só aquele papo de fã para fã: vamos tratar do histórico do seriado, como ele chegou à TV, como é produzi-lo, como os atores que estão lá chegaram lá e o que acontece quando não estão mais lá. Boa parte do livro, porém, vai tratar do fenômeno do seriado em si. Como um seriado sobre zumbis virou uma coisa tão imensa? Existe uma lição a se tirar desse fenômeno? Vamos conferir a história do gênero e o panorama cultural presente – e do seu *fandom* como o presente que sempre se renova. Pois, quando se comparam os números de audiência do seriado e a falta de apreço na época dos Emmys, o desencontro é patente. Todos os domingos, essas quinze milhões de pessoas só querem mais um sustinho? Ou existe algo mais que as faz voltar? Eu diria que há algo mais aí.

RESUMO

TEMPORADA UM

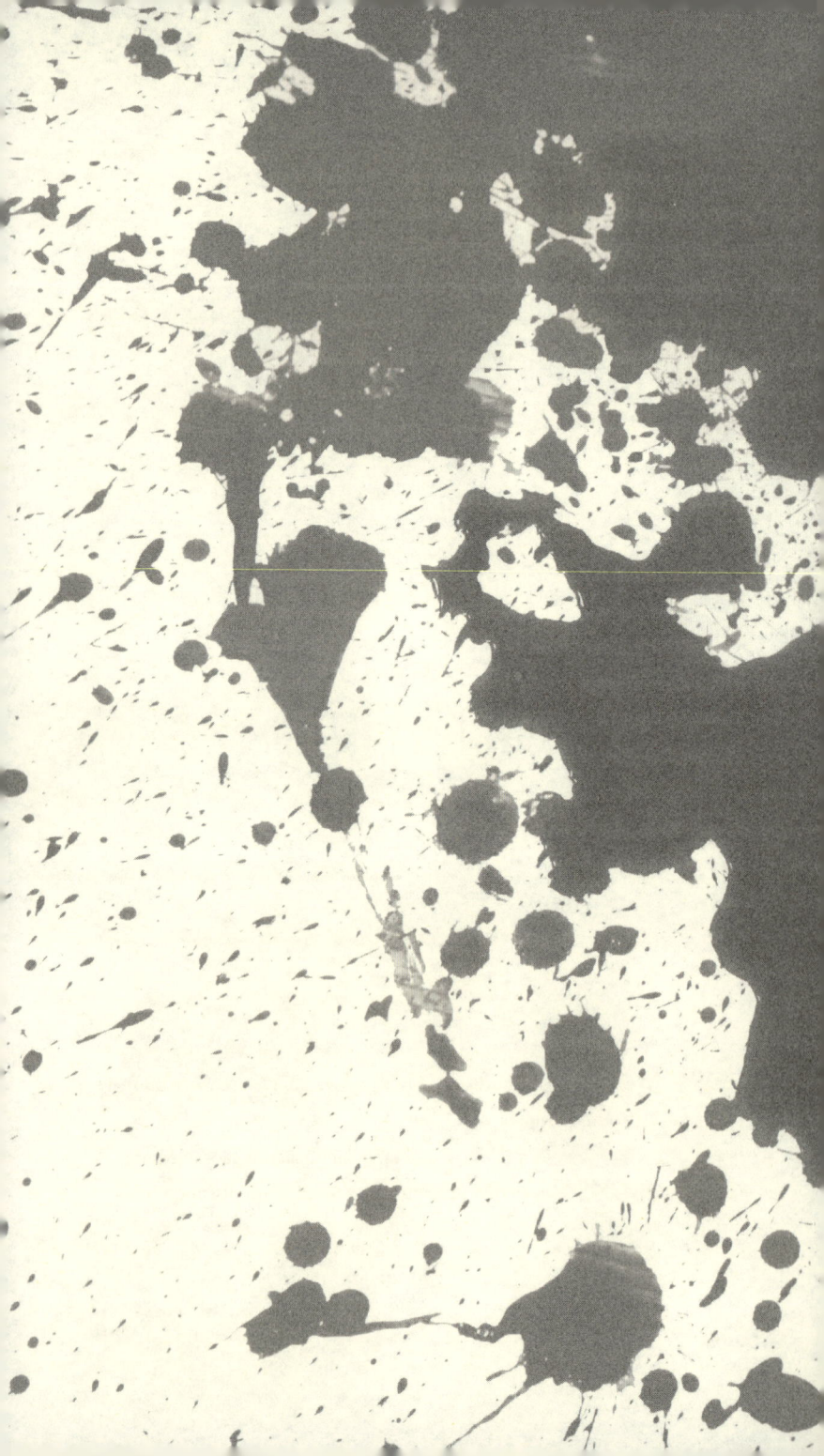

REFÚGIO: O acampamento próximo a Atlanta
BAIXAS ENTRE SOBREVIVENTES: Amy, Jim, Ed Peletier, Jacqui, Dr. Edwin Jenner
ERRANTES DE DESTAQUE: "Sunny" (a zumbi de pijama), Menina da Bicicleta
TALHOS DO TERROR: a mão de Merle Dixon

Rick Grimes (Andrew Lincoln), xerife adjunto no King County, acorda numa cama hospitalar conversando com alguém que ele pensa que é seu amigo, que na verdade não está ali. Ninguém está ali. Na mesinha ao seu lado há flores secas e mortas. O relógio da parede não se mexe. Ao perceber que está em um hospital, ele chama uma enfermeira. Ninguém vem. Rick não entende o que aconteceu. Ele sabe que levou um tiro quando estava detendo bandidos. Tudo depois daquilo é obscuro e nada está remotamente normal.

Ele chega no corredor. O local está uma bagunça, um caos, além de abandonado. Os telefones não funcionam, as luzes ficam piscando. Ele pega um pacote de fósforos na sala das enfermeiras e começa a explorar os arredores. No chão, um corpo sem as tripas; buracos de bala nas paredes. Ele encontra uma porta dupla trancada com cadeado e uma tábua travando os puxadores. Alguém escreveu com spray: NÃO ABRIR MORTOS DENTRO. Quando ele se aproxima, começa a ouvir gemidos terríveis. As portas batem. Existe algo do outro lado fazendo força para abrir. Elas cedem até onde as correntes aguentam; dedos cinzentos, gélidos, passam pela fresta, tentando agarrar, encontrar alguma coisa. Rick, apavorado, foge. Há alguma coisa errada, muito errada.

Do lado de fora do hospital, a situação é pior. Há dezenas de cadáveres enrolados, podres, enfileirados pelo chão. No alto de um morro, ele encontra um posto do exército abandonado, em frente a mais um prédio destruído. Há helicópteros do exército junto a jipes e barracas. Não se vê uma só alma.

Rick vai parar na cidade. Encontra uma bicicleta. O barulho que ele faz ao pedalar provoca alguma coisa ali perto a se mexer. É o cadáver de uma menina, podre, cortado na altura da cintura, os intestinos e as entranhas à mostra. Ela rola, geme, grunhe e estende o braço na direção de Rick. Quando ela cai, seu rosto é um retrato do terror puro.

Em seguida tudo vai ficar claro. O mundo entrou em colapso devido a uma praga catastrófica, que matou a maior parte da população – mas também a reavivou na forma de monstros dementes, mal e parcamente animados, sedentos por carne humana. Não restou ninguém que possa dar a Rick nem a mínima noção do motivo por trás do que aconteceu. Tudo que antes tornava a vida mais segura e cômoda se foi. Sobreviver, a partir de agora, é uma questão de instinto, coragem e sorte. Para Rick e os outros vivos, a única questão é como suportar mais um dia, mais uma noite, mais uma hora.

Rick consegue voltar para casa, mas descobre que sua esposa Lori (Sarah Wayne Callies) e o filho Carl (Chandler Riggs) sumiram. Ele percebe que eles levaram algumas coisas – sinal de que os dois saíram juntos, talvez com pressa, mas com tempo para levar os álbuns da família. Em frente à casa, ele encontra duas pessoas: Morgan Jones (Lennie

James) e o filho Duane (na verdade, Duane acerta Rick com uma pá, pois acha que ele é zumbi). Eles contam a Rick dos desmortos e de um pretenso campo de refugiados em Atlanta. Os Jones estavam indo naquela direção antes de a esposa de Morgan ser infectada. Agora ela vaga pela rua com os outros errantes, e Morgan está tão atormentado que não consegue nem dar uma morte misericordiosa à esposa, nem seguir em frente. Duane, por sua vez, está arrasado com o horror de tudo que se passou. Até as pessoas que não são mortas fisicamente pela praga estão mortas no seu psicológico – uma verdade que veremos várias vezes.

Rick deixa os dois, pega uma viatura da polícia e parte para Atlanta – mas não sem antes voltar ao parque onde viu a zumbi desmembrada se arrastando no chão. "Sinto muito pelo que aconteceu com você", ele diz, antes de dar um tiro de misericórdia na coisa mais patética do que perigosa. Este é o Rick Grimes na essência, um homem que, neste momento, sai da sua rota para praticar um ato de bondade a uma estranha – estranha esta que, se tivesse chance, iria matá-lo. Quando está de farda, Rick ainda é a lei, ainda é representante da moral e do código de ética de antigamente.

A viagem a Atlanta quase acarreta a sua morte. Ele tem que encontrar gasolina várias vezes, mas acaba largando o carro e rouba um cavalo para percorrer o resto do caminho. Ele chega à cidade morta cavalgando, tal como um xerife dos faroestes. Quando chega, não existe acampamento de refugiados, não há sobreviventes, não há suprimentos nem refúgio. Só mortos e desolação. Alguns zumbis desgarrados seguem-no. Ele avista um helicóptero, um sinal de vida, e tenta ir em sua direção. Ao dobrar uma esquina, ele se depara com uma rua atolada de errantes, centenas de errantes. O problema é este: um problema grande. Ele é cercado e se vê obrigado a descer do cavalo. Perde a sacola que trazia, cheia de armas. Ele corre para baixo de um tanque e entra no veículo por um alçapão. Está seguro, mas encurralado. Uma voz surge no rádio do tanque. "Ei, você aí! O panaca dentro do tanque. *Tá* bom aí dentro?" A voz, como iremos descobrir, é de Glenn Rhee (Steven Yeun), que está na cidade recolhendo suprimentos com um pequeno grupo de sobreviventes que inclui Andrea (Laurie Holden), T-Dog (IronE Singleton), Morales (Juan Gabriel Pareja) e Merle Dixon (Michael Rooker), este último, um drogado violento e perigoso. Eles salvam Rick do tanque e ficam encurralados dentro de uma loja de departamentos. Mas Merle acaba virando outro problema. Cheirado, imprudente, ele fica atirando nos zumbis do telhado, o que só atrai mais deles à loja. Quando os outros tentam detê-lo, ele começa uma briga cruel e de motivação racial com T-Dog, que é afrodescendente. Rick finalmente subjuga Merle e o algema a um duto de ventilação, explicando qual é a real do novo mundo: não existem mais brancos e pretos, só mortos e vivos. Não fica claro se Merle concorda.

Rick inventa um plano ousado para salvar a todos: ele e Glenn vão cobrir-se de tripas de zumbi e caminhar entre os mortos até chegar a um caminhão, aí dirigem o caminhão até lá e levam todos embora. A missão dá certo no último segundo possível. Os errantes invadem a loja de departamentos e, na pressa para ir embora, o grupo de Rick deixa Merle algemado e preso no telhado.

Quando voltam ao acampamento, Rick fica radiante ao ver Lori e Carl, que estão com Shane (Joe Bernthal), seu parceiro na polícia. Os três, assim como mais ou menos uma dúzia de outros, estão acampados perto de Atlanta. Shane, o mais competente do grupo, virou o líder. Também fica evidente que Shane está apaixonado pela esposa de Rick. Não fica claro se já era ou não apaixonado antes da "Virada", mas agora ele está e tem sentimentos conflitantes em relação a seu ex-parceiro ter ressurgido com vida.

O irmão de Merle, Daryl (Norman Reedus), chega ao acampamento e fica furioso ao saber o que aconteceu com o irmão. Rick, embora tenha acabado de reencontrar Lori e Carl, resolve retornar a Atlanta com um grupo menor para buscar Merle. Voltar é perigoso, mas Rick se considera responsável. É a primeira decisão que ele toma e que envolve o grupo.

Outra coisa fica evidente de imediato: Rick é uma pessoa que não tem medo de tomar decisões difíceis que exijam muito raciocínio. É uma qualidade valiosa nesse mundo. Ser alguém assim é o que dá a Rick o manto de líder. Shane vem desempenhando esse papel informalmente, mas a coisa muda de figura rapidamente. Não vai ser o único atrito entre os dois melhores amigos.

Eles voltam ao telhado e descobrem que Merle sumiu. Encontram só uma serra e a mão do homem. Como já estão lá, eles tentam recuperar a sacola de armas que Rick perdeu quando seu cavalo foi atacado. Eles têm uma altercação rápida com sobreviventes nitidamente "acabados", que encontraram refúgio em um centro de saúde, onde vêm cuidando dos velhos e dos debilitados.

De volta ao acampamento, ficamos sabendo um pouco mais sobre quem vive por lá. Dale Horvath (Jeffrey DeMunn) faz o tipo inteligente e de coração grande, dado a citar William Faulkner; Carol Peletier (Melissa McBride), casada com Ed e mãe de Sophia, é uma dona de casa acovardada. Não se diz em voz alta o que se passa na casa dos Peletier. Tem a ver com Ed bater na esposa e, aparentemente, abusar da filha (isso é apenas sugerido, mas é uma sugestão forte); Andrea e Amy são irmãs meio caladonas, atormentadas com o destino dos pais que moravam na Flórida; Jacqui trabalhava na secretaria de urbanismo.

Antes que a equipe de resgate de Merle possa voltar ao acampamento, acontece o pior: uma "manada" de errantes passa pelo local. Ed é devorado vivo na sua cabana; Amy é mordida; as tripas de Jim são devoradas. Outros também morrem. A cena é horripilante, mesmo depois da chegada de Rick e companhia fazendo rombos nas cabeças dos errantes.

É óbvio que o acampamento deixou de ser um local seguro. O grupo de sobreviventes parte com a meta de encontrar refúgio no Centro de Controle de Doenças de Atlanta. Quando chegam ao local, porém, encontram apenas um ser vivo: o Dr. Edwin Jenner, que está literalmente contando os segundos até os geradores do prédio ficarem sem combustível.

Os computadores do Centro vão entender isso como catástrofe e iniciar a sequência de autodestruição. Jenner, que acredita que o fim do mundo chegou, quer se matar. Já que deixou o clã Grimes entrar, planeja levá-los junto. No último segundo, ele reconsidera e os deixa ir embora, sussurrando alguma coisa no ouvido de Rick; o que ele diz, não ficamos sabendo. O grupo mal consegue fugir antes de o complexo inteiro explodir. Eles saem estrada afora, em busca de sobrevivência, custe o que custar, quando e onde conseguirem encontrar.

CAPÍTULO 1
O EMBRIÃO

> "EI, MEU SENHOR! VOCÊ TEM
> NOÇÃO DO QUE *TÁ* ACONTECENDO?"
> – **MORGAN JONES**
> (TEMPORADA 1, EPISÓDIO 1, "ADEUS, PASSADO")

No dia 31 de outubro de 2010, o canal a cabo AMC lançou *The Walking Dead*, um seriado inédito baseado na revista em quadrinhos homônima. A AMC já havia encontrado o sucesso com as duas primeiras séries dramáticas que lançou, *Mad Men* e *Breaking Bad*, mas agora ia apostar em um seriado de terror. Mais que isso: um seriado de terror de zumbi. É claro que o programa, já em sua estreia, contaria com um contingente de fãs na esteira dos gibis, mas zumbi não era o tipo de conteúdo que atraía audiência de prestígio; o monstro ainda era visto como coisa de filme B. Dois pesos pesados de Hollywood estavam envolvidos no seriado: Frank Darabont – roteirista e direitor de *O Nevoeiro*, *À Espera de um Milagre* e *Um Sonho de Liberdade* – e Gale Anne Hurd – que produziu as franquias *Alien* e *Exterminador do Futuro* –, mas continuava sendo aposta arriscada para um canal a cabo do pacote básico e que estava tentando encontrar distinção em um panorama abarrotado de opções. A estrela do seriado, ainda por cima, seria Andrew Lincoln, ator britânico praticamente desconhecido, o que encobriu mais ainda o eminente potencial do programa. A série, todavia, mostrou um tom particular desde o começo. O filme mais famoso de Darabont era o excelente drama carcerário de 1994, *Um Sonho de Liberdade*, e ele levou esse olhar cinematográfico para a telinha. Darabont pegou a temática zumbi e lhe deu as nuances de uma narrativa com personagens marcantes.

A AMC nasceu nos anos 1980 como canal pago para cinéfilos que quisessem assistir aos *American Movie Classics* ("clássicos do cinema americano"; daí a sigla). Em 2002, o canal condensou formalmente o nome e passou a exibir filmes mais recentes, como *Caçadores da Arca Perdida* e *Predador*, e abriu-se para mais intervalos comerciais. Em muitos aspectos, ganhou a aparência de qualquer outro canal a cabo e suas raízes na cinefilia ficaram ocultas. A audiência cresceu, mas cresceram também as críticas. "O foco do canal deixou de ser claro", reclamou Diane Werts, colunista da *Newsday*. O que ela disse fazia sentido. Em um mundo de centenas de canais, como a AMC se destacaria? Se ela descartasse sua audiência-base, os cinéfilos, por quem iria substituí-la?

A grande jogada da AMC para atrair novos públicos foi tirar seu foco dos filmes e produzir uma programação original. Sua primeira série ficcional, *Mad Men*, foi lançada em 2007 e teve louvor e festejo imediatos. Em 2008, o canal lançou outro seriado, *Breaking Bad*, que também ganhou louvores variados. Os críticos não paravam de falar das duas séries, que dominavam os prêmios Emmy. A AMC logo passou de canal que exibia filme antigo para o canal que tinha os melhores seriados da atualidade. O sucesso arrebatador das duas séries representou uma oportunidade real para a AMC se transformar caso conseguisse manter o nível de sucesso. Em 2010, o canal fez testes com outros dois programas. O primeiro chamava-se *Rubicon* e tratava de um analista de dados que se descobria no meio de uma vasta teoria da conspiração. A estreia, em agosto, atraiu dois milhões de espectadores – na época, recorde para a AMC. Mas o seriado logo perdeu o gás e a AMC o cancelou em novembro (os fãs do seriado, fiéis ao gênero, criaram uma teoria da conspiração em torno do cancelamento). Isso causou ainda mais pressão sobre o outro seriado que a emissora lançaria naquele ano: *The Walking Dead*.

No caso de *The Walking Dead*, a AMC tinha tanto uma aposta melhor quanto um risco maior. Como o seriado se baseava em uma revista em quadrinhos que existia há sete anos, o canal já teria um público cativo. Por outro lado, era um seriado de terror. Um seriado de terror *sobre zumbis*. A HBO chegou a ter séries de terror de respeito, como *Contos da Cripta* e *The Hitchhiker*, nos fins dos anos 1980 e início dos 1990, além de um seriado bom, *True Blood*. Se você tiver idade, pode ser que se lembre de *Dark Shadows* ou de *Galeria do Terror*. Foram clássicos cult, mas não de ampla popularidade. Os anos 1990 nos trouxeram *Buffy: A Caça-Vampiros* e *Arquivo X*; embora ambos tenham feito sucesso, um tratava de terror via angústias da juventude, e o outro tratava de alienígenas e do governo escondendo coisas de você. *The Walking Dead* ia ser totalmente diferente – muito mais repugnante, realista e explícito do que tudo que o precedera. É evidente que não seria *Buffy: A Caça-Vampiros*.

Eu fui um dos 5,3 milhões que assistiram à estreia naquela noite de Dia das Bruxas em 2010, uma multidão que representou o maior público de estreia da AMC e a maior audiência de qualquer programa de TV que estreou naquele ano. Fui cativado. Lembro-me de andar pelo centro de Manhattan na manhã seguinte, a caminho do meu trabalho no *Wall Street Journal*, assolado pela desconfiança de que todas as pessoas ali na rua comigo *já estavam mortas*, como se a praga zumbi já houvesse passado por nós. O seriado pegou um gênero conhecido, acima de tudo mequetrefe, e o elevou a um inédito patamar. Desde então, não perdi nem um segundo dele nem da série derivada, *Fear the Walking Dead*.

Os zumbis tais como os conhecemos hoje, os cadáveres bamboleantes (que às vezes correm), reanimados, que adoram carne humana, remontam ao filme de George Romero *A Noite dos Mortos-Vivos*, de 1968, no qual um grupo de pessoas descobre-se encurralado em uma casa de campo tentando sobreviver ao ataque de cadáveres reanimados por radiação depois que um satélite explode. Antes de Romero, zumbis eram tratados sobretudo como gente, geralmente mortos, mas às vezes vivos, sob o feitiço de uma espécie de maldição zumbi (a ideia toda do "zumbi" se originou no Haiti; vamos tratar disso mais à frente). O terror começava quando um curandeiro, um cientista louco, até mesmo marcianos (sim, existe uma cinessérie dos anos 1950 que envolve zumbis e marcianos e que se chama *Os Zumbis da Estratosfera*) faziam os zumbis se voltarem contra os mocinhos. Foi Romero quem reinventou o zumbi como devorador de cérebros e depois o refinou em *Despertar dos Mortos* (*Dawn of the Dead*, 1978) e *Dia dos Mortos* (*Day of the Dead*, 1985). Os zumbis de Romero causavam terror real: o jovem Roger Ebert escreveu um ensaio excelente sobre sua experiência ao assistir ao filme em uma manhã de sábado, numa matinê com crianças apavoradas, chorando, que haviam entrado ali sem saber o que era o filme. Os zumbis acabaram ficando mais rápidos, como no *Extermínio* (*28 Days Later*) de Danny Boyle, mas, na essência, continuaram vinculados à versão de Romero. Os finais dos filmes deste diretor geralmente trazem um ou dois valentes sobreviventes que encontram algum refúgio, ou que deixam o buraco infernal onde estavam para encontrar refúgio. O que você não vê é o que acontece depois, pois rolam os créditos. E o que acontece depois de um filme de zumbi de Romero era exatamente a pergunta que se fazia um garoto de Kentucky, Robert Kirkman.

O EMBRIÃO

Kirkman nasceu em Richmond, Kentucky, em 1978. Quando era criança, mudou-se com a família para Cynthiana, cidadezinha de aproximadamente 6 mil habitantes, entre Cincinnati e Lexington, que transpõe o Rio Licking. Cynthiana é o que há de estadunidense. A rua principal tem as colunas gregas do fórum numa ponta e duas igrejas com campanário na outra. Foi ali que aconteceram duas batalhas da Guerra de Secessão. Embora tenha sido erguida com os lucros de tabaco e uísque, nos anos pós-guerra o maior empregador da cidade virou o conglomerado 3M: a fábrica de Cynthiana foi, durante décadas, o único lugar no mundo que produzia os famosos post-its. Este legado de cidadezinha transborda das páginas de muitos dos quadrinhos de Kirkman, principalmente *The Walking Dead*. Enquanto ele frequentava o ensino médio na Harrison County High School, nos anos 1990, não havia indicativo de que Kirkman seria um grande sucesso. Ele era o aluno mediano que passava raspando, com notas B ou C, que não tinha planos de ir para a faculdade e nem sabia direito o que faria depois de formado. Enfim, ele lembrava o típico exemplar da geração "preguiçosa" dos anos 1990. Kirkman adorava gibis e trabalhava na loja de quadrinhos da cidade; passou por uma breve fase de aspiração a desenhista de HQ, mas percebeu que, diferente do amigo de infância Tony Moore, não tinha talento para ilustração. Todavia, enquanto mantinha esse emprego aparentemente de última categoria, ele absorvia lições importantes sobre o mercado. Uma delas: havia praticamente só um canal de distribuição de quadrinhos. Nos anos 1990 havia acontecido uma "guerra de foice" entre as distribuidoras, e apenas uma, a Diamond Comics Distributors, saiu viva. A Diamond dominou o mercado da América do Norte. Kirkman percebeu que, se você chamasse a atenção da Diamond, tinha como publicar um gibi.

O jovem Kirkman também aprendeu mais sobre direitos autorais e foi atraído pelo drama dos artistas que perderam o controle sobre suas obras. Nos primeiros tempos da indústria, quem criava e ilustrava as histórias tinha pouquíssimo controle sobre o que as editoras faziam com a produção. Muitos perderam oportunidades de capitalizar com material próprio. Nos anos 1970 e 1980, grandes nomes do mercado, como Jack Kirby, Alan Moore (que não é parente de Tony) e Frank Miller, deram suporte a um movimento para assumir o controle sobre aquilo que criavam. Muitos outros artistas de destaque, incluindo aí Todd McFarlane, Marc Silvestri, Rob Liefeld e Erik Larsen, deixaram a Marvel em 1992 para fundar sua própria editora, a Image Comics, em que autores teriam a propriedade e o controle de seus produtos. Era lá que Kirkman queria estar. E embora ele soubesse que não dava conta como artista, achou que daria jeito como escritor. Além do mais, ele já tinha um artista: Tony Moore. Antes de tudo, porém, os dois jovens sonhadores precisavam de uma história. Junto a Moore, Kirkman criou sua própria editora no porão da casa dos pais, que batizou de Funk-o-Tron. Seu primeiro título, em 2000, era ambicioso: *Battle Pope* (Papa Guerreiro).

Em *Battle Pope,* o pontífice Maximus torna-se figura central de uma guerra apocalíptica entre o bem e o mal. A grande sacada é que este papa é depravado, boca-suja, fumante e beberrão. O temperamento o deixaria do lado do mal, mas Jesus o seleciona para servi-Lo na guerra sobre a Terra (Kirkman explora temas apocalípticos desde o começo). Com seu *Battle Pope* independente no bolso, ele começou a se direcionar para entrar no rol de artistas da Image. De boca em boca, ele chegou a uma entrevista com Erik Larsen, história que relatou no festival South by Southwest de 2015. Os dois se acertaram. Ele retomou o contato várias vezes.

"Faça o que puder para criar amizades", Kirkman disse. "Trabalho duro não é a única coisa que te ajuda." Kirkman geralmente age como se seu sucesso se devesse a um engano cósmico, e que não está nem aí para como chegou lá. Ele faz muita piada e adora a autodepreciação. Apresenta-se como se ainda fosse o preguiçoso da época em que estava no colégio e trabalhava na loja de quadrinhos. Mas ele também é um artista obstinado, que tem bastante gana e iniciativa.

Quando encerrou *Battle Pope*, Kirkman estava com 20 e poucos anos, vivendo dos cartões de crédito e usando-os para financiar sua Funk-o--Tron sem lucro. Havia se mudado para Lexington, Kentucky, mas ainda penava para pagar as contas. Em certo momento, lembra, "eu tinha tipo uns US$ 40 mil de dívida e ganhava uns US$ 300 por ano. Aí eu deitava no chão e tremia". Aqueles tempos foram uma montanha-russa. Durante algum tempo, ele pagou suas contas e as da esposa trabalhando em uma loja de luminárias de dia e nos quadrinhos à noite. No início dos anos 2000, o *networking* e o trabalho duro finalmente renderam frutos. Em 2002, ele começou a trabalhar para a Image Comics, em produção constante de títulos e colaborações à revelia. A estreia de Kirkman na Image se deu com a minissérie *SuperPatriot: America's Fighting Force* (o SuperPatriota era personagem de outro título de Erik Larsen, *Savage Dragon*). Depois deste vieram *TechJacket, Invencível, Mestres do Universo* e *Capes*. Em 2003, a Image publicou a primeira edição do título que mudaria a vida de Kirkman: *The Walking Dead*.

"Quando eu me decidi a fazer *The Walking Dead*, tudo que eu queria era uma HQ bem legal", Kirkman disse na entrevista durante o South by Southwest citado. Na época, ele assistia aos filmes de George Romero, e o embrião de uma história de zumbi apareceu quando ele começou a matutar sobre as circunstâncias drásticas dos filmes. "Eu pensei: eles não tinham que acabar. E se não acabassem nunca?"

Então ele começou a escrever o quadrinho – com o amigo de infância Tony Moore nos desenhos (Moore acabou deixando a série e foi substituído por Charlie Adlard) – e o quadrinho logo ganhou fãs. Um dos primeiros fãs de Kirkman foi Frank Darabont. Darabont encontrou um exemplar de *The Walking Dead* por acaso em 2005 na loja de quadrinhos House of Secrets, de Burbank, na Califórnia. "Me atraiu na hora", ele disse em entrevista. Darabont assisitiu a *A Noite dos Mortos-Vivos* no início do ensino médio e autodeclarava-se "nerd do gênero" (o que se percebe quando você lembra que *Um Sonho de Liberdade* foi adaptado de um conto do mestre dos livros de terror, Stephen King). No dia seguinte, ele estava ao telefone com seu agente, conversando sobre o que tinha lido.

A sincronia foi ótima. A TV estava se solidificando como mídia. O seriado da HBO *Família Soprano* (1999-2007) havia reescrito totalmente as regras do que se podia fazer na televisão ao usar a narrativa longa na telinha; havia uma corrida em Hollywood para atender à demanda. A reformulação do modelo de negócios da AMC havia chegado na hora perfeita. Independentemente disso: *zumbis?* Kirkman, para começar, não achava que alguém ia se interessar. "Zumbi é basicamente gente que come gente", ele disse em entrevista à *Rolling Stone,* relatando seu raciocínio à época, "então vai ser um programa de canibal". Ainda assim ele estava disposto a ver se a televisão estava a fim de sua historinha. Darabont, trabalhando ao lado de Kirkman e de seu sócio David Alpert, começaram a oferecer o seriado a possíveis interessados. E o interesse apareceu. O canal NBC reuniu-se com Darabont e seu agente em 2005. Kirkman e Darabont produziram o roteiro de um piloto para satisfazer o interesse da NBC. A NBC leu o roteiro, mas acabou o recusando. Por mais que a emissora quisesse abalar as estruturas e correr riscos, não se considerava preparada para abalar tanto assim. *The Walking Dead* ainda era muito violento para uma emissora grande.

(Comentário à parte: este tipo de história – a emissora que recusou um sucesso – não é nada incomum, e tenho quase certeza de que a maioria das criações artísticas passa por uma coisa assim. Você vai ouvir esse tipo de história em qualquer mídia comercial-criativa. A maior ironia aí é que, anos depois, quando Kirkman era um grande sucesso, ele vivenciou o outro lado da moeda. Ele e Alpert esbarraram numa executiva de emissora durante uma festa, e ela perguntou casualmente no que eles vinham trabalhando além de *The Walking Dead*. Kirkman comentou uma ideia que vinha matutando. "Ótimo", ela disse, segundo Alpert – que me contou a história quando eu o entrevistei no meu podcast – "vamos fazer". Ele ainda nem tinha escrito nada, nem criado o argumento, mas vendeu a ideia ali mesmo. Só por ser Robert Kirkman. Assim, ele voltou para seu escritório e começou a trabalhar em uma nova HQ, *Outcast*; o seriado de TV baseado na HQ estreou no canal Cinemax em 2016.)

Mas voltando à narrativa: Depois que a NBC recusou, Darabont apresentou o roteiro do piloto a uma amiga, a produtora Gale Anne Hurd. Ela viu potencial na ideia de Kirkman. A equipe agora era composta por Kirkman, Darabont, Hurd e Alpert, mas foi Hurd quem sugeriu a AMC como lar potencial do seriado. Naquela época, a reserva de direitos que a NBC tinha feito para produzir um seriado de TV baseado na HQ já havia expirado. Agora, HBO e AMC tinham chance de pedir os direitos. A HBO, para certa surpresa dos envolvidos, também ficou de pé atrás com a violência, assim como a NBC. Queriam que fosse atenuada. Hurd, porém, não cedeu. A violência de *The Walking Dead* podia ser excessiva para alguns gostos, mas todo sangue, carnificina e tripas estavam lá para ilustrar a história. Nenhum dos envolvidos queria ceder nesta parte. A HBO não chegou a um acordo, então a equipe de Darabont convenceu a AMC a comprar os direitos e encomendar um piloto. Em abril de 2009, a AMC estava negociando o episódio piloto com Darabont. Em setembro de 2009, eles assinaram um protocolo de intenções quanto ao roteiro e definiram cláusulas para uma série potencial. A AMC entendia *The Walking Dead*. O canal se arriscou e tirou a sorte grande.

Na época (e isto foi importante mais à frente, depois que a AMC demitiu Darabont em 2011 e ele, por sua vez, processou a empresa), o acordo dizia que Darabont tinha que escrever o roteiro e atuar como produtor executivo-chefe, papel que normalmente se chama de *showrunner* – o mandachuva. Na prática, a AMC ia contratar uma produtora externa para realizar o programa, do mesmo modo que havia feito em *Mad Men* e *Breaking Bad*. Como *showrunner*, Darabont teria direito a até 12,5% dos lucros que a produtora obteria com o seriado. Darabont começou a reescrever o roteiro que apresentara à NBC. Porém, na mesma época, a AMC estava em uma disputa interminável com Matthew Weiner, criador de *Mad Men*, em relação ao orçamento do seriado. O canal então decidiu produzir *The Walking Dead* internamente, com sua própria produtora, em vez de contratar uma empresa terceirizada – decisão que quase certamente foi influenciada pelas brigas com Weiner. Depois de mais negociação, Darabont e a equipe de produção concordaram com a ideia da AMC de produzir internamente. Todo mundo se pôs a trabalhar.

"Todos sentiam que tinha algo especial acontecendo, mas não havia como imaginar ou prever o fenômeno global que virou", me disse Juan Gabriel Pareja, que interpretou o personagem Morales na primeira temporada. Pareja havia trabalhado com Darabont em *O Nevoeiro*, de 2007, e foi Darabont quem o quis de volta para o novo projeto. (Aliás, outros integrantes de *The Walking Dead*, além de Pareja, estavam em *O Nevoeiro*: Laurie Holden, Jeffrey DeMunn e Melissa McBride. Darabont é daqueles diretores que gostam de trabalhar com as mesmas pessoas.)

Pareja não era fã de terror, mas, na primeira vez que leu o roteiro, me disse o que achou: "perdoe a expressão, mas 'puta que pariu'". A partir do roteiro, Pareja entendeu que ele incluía uma perspectiva muito ampla e ficou se perguntando como eles fariam dar certo. Ele foi à mesma loja de quadrinhos em Burbank onde Darabont havia descoberto a HQ e começou a ler por conta própria, perguntando-se de novo: "Como é que eles vão dar conta disso aqui, diabo?"

E deram, porque Darabont trouxe consigo a perícia que havia desenvolvido no cinema. *The Walking Dead* não foi filmado como um seriado de TV. As pistas visuais, tais como o ritmo arrastado – sobretudo no piloto – e os longos planos abertos no início de cada cena vinham do cinema. A filmagem em si foi de cinema: Darabont acabou captando em 16 milímetros, o tipo de película que dá a textura mais granulada da série.

O EMBRIÃO

"A perspectiva de Frank Darabont era de uma experiência cinematográfica na TV", disse Glen Mazzara, roteirista e produtor do seriado – e que viria a ser seu segundo *showrunner* –, em um depoimento em setembro de 2015 relativo ao processo entre Darabont e a AMC. "Tem muito a ver com o atrativo cinematográfico do seriado. Os zumbis são muito viscerais, muito realistas." A parte técnica, a atenção aos detalhes nos efeitos, o jeito de contar a história – vamos tratar de tudo isso no livro, mais à frente – tudo se mesclou. O episódio de estreia foi tão bom que Nancy deWolf Smith escreveu no *Wall Street Journal*: "Fisgou até alguém igual a mim, que odeio zumbis... [o seriado] joga com a grandiosidade do teatro, em um panorama que passa a sensação do realismo cinematográfico e tem até trilha orquestrada". Por conta de tudo isso, ela comentou que os momentos menores, mais íntimos, eram os "mais empolgantes".

Tim Goodman, na *Hollywood Reporter*, comentou todas as pistas do gênero, assim como referências a westerns – a imagem do homem da lei, solitário, entrando na cidade a cavalo – e distopias. Ele captou também outro tema, que viria a ser motivo recorrente de atrito: "aquilo que somos capazes de fazer um com o outro é bem pior do que um zumbi comendo nossas tripas". Dado que consegue contar uma história de espectro maior na televisão, em vez de um filme de duas horas, ele pode contar uma "história distinta na sua audácia" que explora "as motivações mais profundas na obra-fonte de Kirkman, questionando do que o homem é capaz quando se vê sob pressão".

Nem todo mundo virou fã. Em toda sua existência, o seriado conseguiu só dois prêmios Emmy, os dois por maquiagem. Nunca foi sequer indicado em categorias de atuação, roteiro, direção ou drama. Como se este desprezo dos diletantes da Academy of Television Arts & Sciences não fosse o bastante, o próprio pai do zumbi moderno, George Romero, rebaixou o seriado a uma "novelinha em que zumbi aparece vez ou outra".

Lamentar que o seriado não pega o público intelectual nem imita as convenções tradicionais do gênero é desconsiderar o que ele faz de fascinante. Sim, é um "seriado de zumbi". Mas, no mundo de Kirkman, os zumbis acabam representando outro tipo de ameaça. Em *The Walking Dead*, "é como se os zumbis fizessem parte da ambientação", disse o romancista Jay Bonansinga, que escreveu oito livros baseados nos personagens da série. Os zumbis de Romero se diferenciaram, principalmente em seus filmes posteriores, quando ele lhes deu traços particulares e os transformou em personagens. No mundo zumbi de Kirkman, os mortos-vivos se arrastam em manadas e enxames gigantes. Os mortos são tal como um desastre ambiental. Desse modo, são como qualquer outro desafio que já encaramos, e o que importa para os personagens do seriado é como eles reagem a estes desafios, característica que está no cerne de cada caráter. "Imagino o herói como o homem que faz tudo que pode", escreveu o romancista francês Romain Rolland em sua obra-prima *Jean-Christophe* (1904). "Os outros são os que não fazem." A essência do seriado está nos personagens reagirem às ameaças do único jeito que podem.

Outra sutileza está no modo como se lida com conceitos de gênero e de raça no seriado, ou melhor, como não se lida. "Tem mulher casca grossa no seriado e não sai um comentário do tipo 'uau, acho que essa menina é casca-grossa'", disse Kerry Cahill, que interpreta Dianne, uma das guerreiras no Reino. "Não [se comenta], porque não precisa." Em outras palavras, o mundo ali retratado é uma meritocracia. No mundo do pós-apocalipse zumbi, se uma mulher, ou a pessoa que for, pode cumprir certa função, a função é dela. O que importa é ser capaz. Isso fica explícito no episódio de estreia, quando Rick rende Merle depois da briga entre este e T-Dog, que é negro. Rick explica, em termos mais toscos, que preto e branco não têm mais importância. O que importa são os vivos e os mortos. Não é uma coisa que Merle está pronto para ouvir, mas que bateu fundo em fãs com quem eu conversei. Essa igualdade social bateu em Cahill, que cresceu em uma cidadezinha de Montana, pequena demais para repartir empregos com base no sexo. Mas também é algo que ela vê mais por toda a sociedade hoje, e *The Walking Dead* reflete essa nova realidade. É uma mudança clara do mundo em que os homens iam trabalhar e as mulheres ficavam em casa.

"A gente não vive mais naquele mundo", ela disse. O seriado "não se submete aos papéis de gêneros, mas sim reconhece que temos todos os papéis".

No primeiro acampamento, nos arredores de Atlanta, as mulheres aparecem lavando roupa e reclamando da lide. Conforme o seriado avança, os papéis de gênero antigos vão sumindo e são substituídos por... bom, por nada. O desastre natural do apocalipse zumbi obriga essas comunidades precárias a se livrar dos preconceitos. Na sétima temporada, Maggie Greene (Lauren Cohan) é praticamente líder de uma comunidade, Hilltop; Sasha (Sonequa Martin-Green) e Rosita (Christian Serratos) são tão duronas que encaram o vilão Negan (Jeffrey Dean Morgan) por conta própria; Michonne (Danai Gurira) vai ser parceira de Rick de igual para igual na construção do novo mundo. "São os zumbis e o apocalipse que dão ao seriado a capacidade de acabar com tudo isso", disse Cahill, referindo-se às questões de racismo e sexismo, "mas acho que o motivo pelo qual ele repercute é porque essas coisas estão sumindo".

A audiência dos seis episódios da primeira temporada parece banal agora que a média, na sétima temporada, é de uns 11,3 milhões de espectadores. Na época, contudo, foram espetaculares para um seriado de gênero na TV a cabo (só para registro, a temporada de maior audiência foi a quinta, com média de 14,3 milhões de espectadores por semana). Depois que 5,35 milhões assistiram à estreia, a audiência ficou pairando nos cinco milhões nos quatro episódios seguintes, e bateu 5,97 milhões no final da temporada. A audiência subiria a cada ano. A estreia da segunda temporada atraiu 7,26 milhões. Da terceira, 10,97. Da quarta, 16,11. Da quinta, 17,3. O seriado não só competia com a TV aberta – algo que pouco se ouve de um programa a cabo – mas também a vencia.

The Walking Dead estava tornando-se rapidamente um fenômeno legítimo, e não só nos EUA. A AMC vendeu os direitos internacionais do seriado à Fox International Channel, que o exibiu em 120 países aproximadamente um mês depois da estreia nos EUA em 2010. No Reino Unido, 659 mil espectadores ligaram a TV, a estreia mais assistida de um seriado da Fox em cinco anos. Na Itália, foram 360 mil, a segunda maior audiência de qualquer seriado da Fox no país. Na Espanha, foram 105 mil espectadores. No sudeste asiático, foi o seriado de maior audiência entre os canais de origem ocidental, com 380 mil espectadores no somatório da região. Nas Filipinas, ele venceu todos os outros seriados no mesmo horário em 1.700%. Em Cingapura, em 425%. O mesmo aconteceu na América Latina. No México, por exemplo, ele ganhou de outros seriados do mesmo horário em 230%. Em 2016, a NBC Universo ganhou os direitos de exibição da série nos EUA dublada em espanhol – a primeira vez que ela seria exibida em seu mercado de origem em outro idioma. Naturalmente, tornou-se o seriado de maior audiência da emissora.

Cinco anos depois da estreia de *The Walking Dead*, a própria AMC já havia construído uma rede internacional e foi por meio dela que exibiu, no exterior e simultaneamente à estreia nos EUA, a série derivada *Fear the Walking Dead*. *Fear* estreou em 125 territórios e rendeu a maior audiência na história do canal. Nos EUA foram 10 milhões de espectadores, a estreia de maior audiência na TV a cabo até hoje.

Claro que tinha muita, muita gente comum, como a maioria de nós, assistindo a *The Walking Dead*. Mas a série também foi destaque entre estrelas. Os atores Ashton Kutcher e Mila Kunis são fãs (ambos faziam *That 70's Show* com Danny Masterson, cuja irmã é Alanna Masterson, que interpreta Tara Chambler em *The Walking Dead*). John Cusack e Rhonda Rousey já disseram que gostariam de aparecer no programa. O cantor Chris Daughtry fez seleção para o papel de Dwight na sexta temporada, que acabou ficando com Austin Amelio. E embora a NFL concorra com o seriado em audiência, o desafio para quem é fã e ganha a vida jogando futebol profissional é outro. "Adoro fazer o jogo da 1h da tarde porque eu amo *The Walking Dead*", disse o *defensive end* Mario Addison, do Carolina Panthers, ao meu colega Kevin Clark, em 2015. "Se a gente joga às 13 horas, sobra bastante tempo pra dar uma relaxada e se preparar." Se o trabalho interfere no horário de assistir, eles ficam sem chance. "Quando o Glenn 'morreu', tomei spoiler assim que entrei no Facebook", disse Chris Chester, *lineman* do Atlanta Falcons, referindo-se ao infame acidente no beco em que Glenn parecia ter sido atacado e despedaçado por zumbis (e pode apostar sua catana que vamos falar sobre essa cena mais à frente).

Mesmo depois que a audiência caiu, na sétima temporada, o seriado continua sendo um arrasa-quarteirão planetário. Mas o ceticismo que até Kirkman tinha em relação a botar um seriado de zumbi na TV não se desfaz totalmente diante dos índices de audiência. Estes números refletem a popularidade do seriado, mas não a explicam. De fato, não há apenas uma coisa que a explique. É uma combinação de fatores, todos agindo em conjunto para produzir esta maluquice que ninguém conseguiu prever.

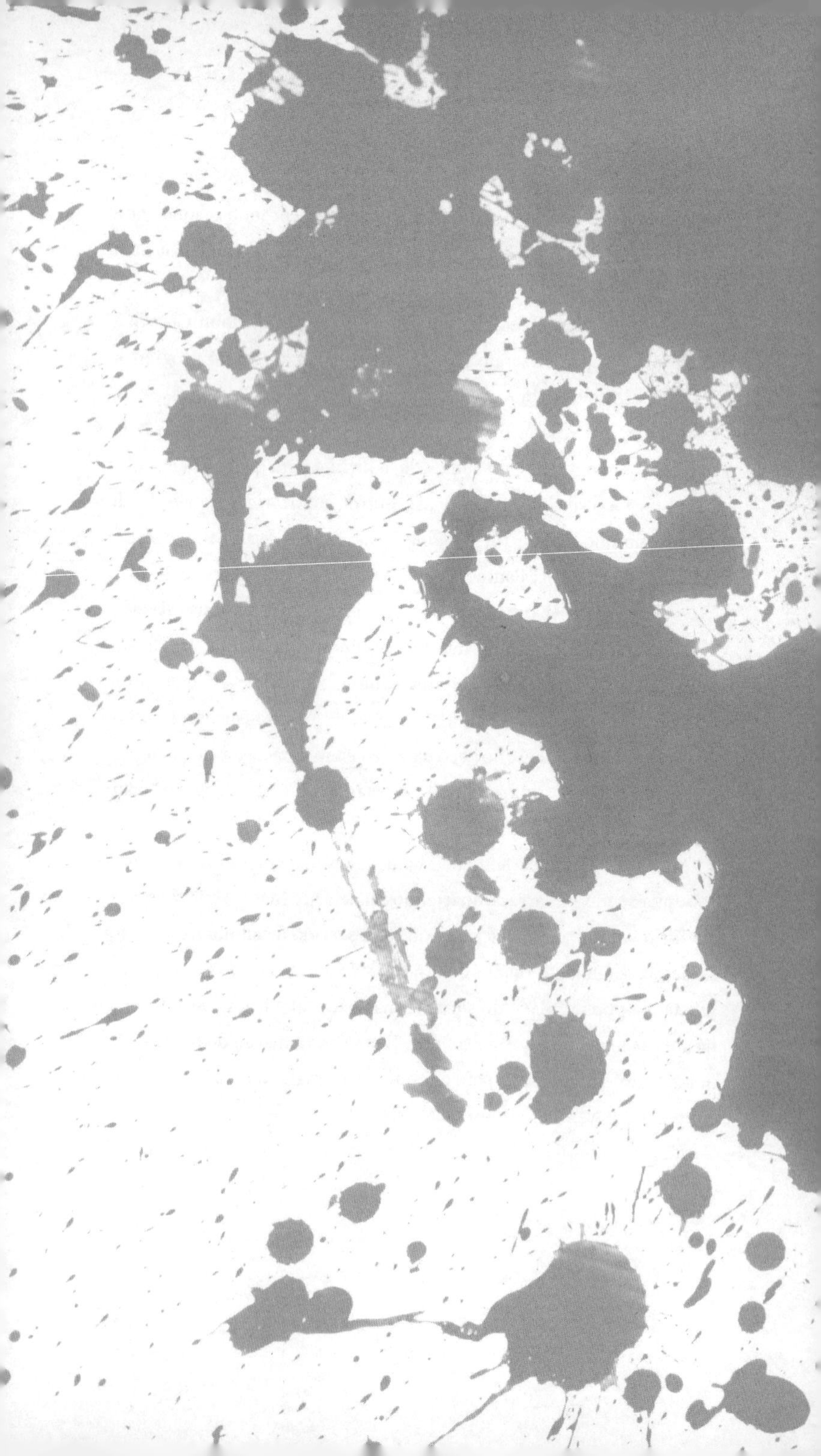

CAPÍTULO 2
PASSE DE MÁGICA

"FOI POR PURA SORTE QUE NÃO
ENLOUQUECEMOS TODOS."
– REI EZEKIEL
(TEMPORADA 7, EPISÓDIO 13, "ENTERRE-ME AQUI")

The Walking Dead começa depois que o mundo acabou. Não nos apresentam um "paciente zero". Ninguém acorda e descobre que os vizinhos, maridos, esposas ou filhos se transformaram em desmortos canibais. Não vemos o pânico de gente correndo para se salvar, nem o exército lutando para manter a ordem conforme o mundo perde o controle (*Fear the Walking Dead* viria a preencher estas lacunas, embora nunca se tenha revelado o que provocou a epidemia). Tudo começa com o xerife adjunto Rick Grimes em um quarto de hospital numa cidadezinha da Geórgia. Ele não sabe de nada, exceto que o hospital está abandonado e que ele está completamente só. Ele vai sair daquele quarto, daquele prédio e, aos poucos, montar o quebra-cabeça. É assim que ele se torna nosso guia na terra dos desmortos.

Criar um seriado de TV crível – ou filme crível, se for o caso – é similar a executar um passe de mágica. O que você enxerga não é a realidade. O que você enxerga é, literalmente, nada mais que uma série de imagens que se sucedem em tal velocidade que parece que elas se mexem. Isso, é claro, todo mundo sabe. Todos participamos voluntariamente do passe de mágica. Para dar certo, porém, o número tem que ser muito bom, pois o público de hoje é mais sofisticado que nunca. Para o passe de mágica funcionar neste seriado, você precisa não só de roteiro ótimo, atuação ótima e direção ótima, mas principalmente de efeitos especiais que funcionem. Se é para o público se assustar com os zumbis, é bom que eles tenham a aparência perfeita. Já faz décadas que o público vê zumbis nas telas. A maioria dos fãs tem toda uma linguagem visual do zumbi na cabeça: como ele é, como age, por que ele é perigoso. *The Walking Dead* teve tanto que falar esse idioma quanto criar novos termos. Era essencial que o espectador acreditasse de imediato e visceralmente que aquilo a que assiste era real (ou real o bastante para que ele pudesse suspender a descrença voluntariamente durante sessenta minutos).

Determinar tudo em poucos minutos era a meta da "*cold open*" do episódio piloto, a sequência que passa antes dos créditos de abertura. Ela bate com força em vários níveis visuais e emocionais: um policial dirige por uma estrada vazia e para em um posto de gasolina abandonado. As pistas visuais nos dizem que antes havia pessoas acampadas ali, mas que se foram há tempo. Há sinais de caos por todos os lados. O policial quer encher uma lata de gasolina e atravessa o campo com cautela para chegar às bombas. Ele ouve alguma coisa. Abaixa-se para olhar embaixo do carro. Do outro lado, vê um par de pés sujos em pantufas rosa e imundas. Os pés param, pegam um ursinho de pelúcia e seguem se arrastando. Ele aborda por trás o que parece ser uma garotinha de pijama e roupão. "Garotinha", ele diz. "Eu sou policial. Não precisa ter medo, *tá* bem? Garotinha…" A garotinha vira-se, revelando pele cinza, olhos verdes e injetados, um talho gigante na boca. A pele rasgada e podre revela o aparelho nos dentes. As roupas estão manchadas de sangue e poeira. É uma zumbi – embora, no seriado, eles nunca sejam chamados de zumbis; você pode chamar de errante, morde-morde, esquisito, miolo mole, arrastado, podrinho, come-gente, infecto, chapado ou *sombras* (em *Fear the Walking Dead*, o gângster Marco chama-os de *sombras* em espanhol; é um termo para os mortos que Homero usou lá na *Ilíada*, o que achei um toque especial). Ela começa a rosnar e se arrasta para pegar o corpo quente diante de si. O policial recua, aterrorizado, mas já sabe o que tem que fazer: puxa seu revólver, um imenso Colt Python, e dá um só tiro na testa da zumbi. Ela cai para trás e estatela-se no chão. O sangue escorre do buraco que a bala fez na cabeça.

De início, esta cena não foi pensada como abertura. Addy Miller, a garotinha de dez anos que interpretou a zumbi (nos créditos ela recebeu o nome Sunny, "a radiante"), fez o teste para o papel e foi informada de que a cena viria em algum ponto mais à frente no episódio. Mas um dia Addy estava na sala de maquiagem, com a atriz Melissa Cowan, quando Greg Nicotero lhe disse que eles haviam decidido transformar a cena de Addy na abertura. Foi o que me contou a mãe da garota, Jaime Miller. Ao mexer na cronologia – a cena aconteceria após Rick deixar sua cidade natal – e transformar em *cold open*, aquele momento passou do que seria basicamente mais um sustinho ao instante que põe a mesa para o seriado inteiro. E funciona. Em uma só sequência, o público recebe toda a informação visual de que precisa para entender o que se passa no seriado e o que lhe espera. A cena é o motivo pelo qual o seriado pode abrir mão de muita explicação sobre o apocalipse zumbi e partir para o *pós*-apocalipse zumbi.

Addy tem pouco mais de um minuto na tela, mas acertar seu visual foi um processo trabalhoso. Houve várias reuniões para que fossem decididos moldes de cabeça e dos dentes. A dentadura ficava presa sobre seus lábios, e a prótese no rosto – o molde de borracha usado para criar aquele talho gigante – cobria a dentadura, de forma que parecia que sua pele havia ficado podre. Até o aparelho ortodôntico era falso. Depois daquilo, bastou adicionar sangue e poeira.

"Quando cheguei no set", lembrou Addy, "Greg Nicotero botou mais aquele sangue todo e deixou aquele nojo – magia zumbi, sabe. Aí, eu coloquei as lentes e foi só rodar."

Miller passou sete horas no set naquele dia, só para filmar essa cena, que dura um pouquinho menos que quatro minutos e meio. Addy Miller teve que ser filmada de vários ângulos e foi sua própria dublê. No plano em contraplongê, ela se jogou de uma escada para um colchão verde; o plano de frente exigiu que ela caísse no asfalto (havia uma pessoa da equipe atrás do carro, que empurrou uma almofada grande às suas costas assim que Miller passou). "Frank Darabont [o diretor] dispara uma pistola lá longe e eu me jogo para trás", ela disse. "Tem que ter muita confiança no set."

A cena funciona em vários níveis. Para começar, aficionados por zumbis vão identificar a referência a *A Noite dos Mortos-Vivos*. Também há uma garotinha no filme: Karen, mais ou menos da mesma idade da zumbi de Addy Miller, que se esconde com os pais e outros em uma casa de campo (spoiler: ela vira zumbi). Mesmo que você não tenha captado a referência, o efeito já é horripilante por si só. A zumbizinha é lúgubre, ameaçadora, uma aparição que faz eriçar os pelos; afinal, sério, não existe nada mais perturbador que uma criança que vira monstro. O que era para ser óbvio-que-não-é-de-verdade é tão real que a mãe de Addy me disse que pessoas chegaram a lhe perguntar se o sangue do buraco de bala era o da filha. Digamos que esse comentário é um pouco perturbador, mas ilustra como a equipe de produção conseguiu o efeito que almejava.

"Você está criando um passe de mágica", disse Tom Savini, lenda dos efeitos nos círculos de terror e o homem normalmente identificado como "Sultão do *Splatter*". Para Savini, que trabalhou com George Romero e que criou o Jason Voorhees de *Sexta-Feira 13*, cada efeito especial e visual é uma trucagem feita para fazer você acreditar em uma coisa que não é verdade. "Meu *modus operandi* é esse: enganar." Savini não está envolvido em *The Walking Dead*, mas tem uma conexão com o seriado. Nos anos 1980, quando trabalhou em *Despertar dos Mortos* com Romero, um adolescente que morava ali perto foi ao set, querendo fazer cinema. Ele foi contratado para trabalhar com Savini, lidando com os intestinos de porco usados para simular os órgãos humanos, e acabou trabalhando com Savini em vários outros filmes. Esse garoto era Greg Nicotero, que hoje é um dos visionários elementares de *The Walking Dead*, responsável por todos os efeitos visuais, e um de seus produtores e diretores centrais. No set de *Despertar dos Mortos*, Nicotero conheceu Howard Berger, e os dois, junto a Robert Kurtzman, viriam a fundar o KNB EFX Group, hoje uma das grandes oficinas de efeitos especiais em Hollywood. Eles trabalharam em *Dança com Lobos*, *As Crônicas de Nárnia*, *O Nevoeiro*, *Boogie Nights* e centenas de outros filmes e programas de TV. De Romero a Savini a Nicotero, há uma linhagem direta de zumbis horrendos e mortes aterradoras e sanguinolentas nas telas.

"Os melhores zumbis da atualidade", disse Savini sobre seu afilhado Nicotero, "são os que ele faz em *The Walking Dead*. Tenho muito orgulho do seu enorme sucesso."

Depois de estabelecer a distopia e o terror na *cold open*, o seriado foi rápido em estabelecer seus personagens como segundo elemento mais importante. Anos antes de o seriado entrar no ar, era evidente que a trama abordaria tanto seres humanos tridimensionais quanto zumbis podres. O foco nos personagens estava embutido nos quadrinhos que Kirkman escrevia desde o princípio. "Nunca vou me esquecer da primeira edição", disse o autor Jay Bonansinga, que escreveu os livros *A*

Ascensão do Governador e vários outros baseados no seriado. O que o cativou não foram necessariamente os zumbis nem a distopia retratada. Foi uma coisa menor: nos quadrinhos, depois que Rick monta no cavalo, ele começa a falar sozinho, tentando se avivar e fingir que está acompanhado. Ele fala do dia em que o filho Carl nasceu, da cesariana complicada pela qual a esposa Lori havia passado. É um momento muito tranquilo, mas também muito humano. "Naquela hora eu pensei: isso é totalmente diferente de todo gibi que eu já li na vida", ele falou. Embora aquele momento não tenha aparecido na tela, ele indica o tipo de foco no personagem que está no DNA do seriado. "É isso que faz *The Walking Dead* ser ótimo."

The Walking Dead trataria primeiro de gente, depois de zumbis. "Noventa e oito porcento das pessoas são exatamente as mesmas quando se trata do básico", disse o roteirista e ator Frank Renzulli, autor do roteiro de "Mortos Batem à Porta", o sétimo episódio da terceira temporada. "Se você tocar numa coisa quente, vai puxar a mão. Ninguém gosta de más notícias. Assim por diante. Todas as cores estão ali, tem tudo ali. Você só precisa somar uma coisa que não seja comum aos 98%."

O desenvolvimento dos personagens começa da maneira mais mundana possível: os xerifes adjuntos de King County, Rick Grimes e Shane Walsh, estão sentados em sua viatura, num belo dia de verão, almoçando hambúrguer e fritas bem gordurosos, e conversando sobre seus problemas com as mulheres. Shane menospreza a inteligência da namorada, e Rick faz um rápido comentário sobre a relação tensa com a esposa. Os dois homens são amigos de tempos, e a conversa flui de um laço que existe entre eles há anos. Shane é o durão que "parece meu pai falando, cacete", como diz a namorada. Rick é o mais ponderado, o que não entende por que é tão difícil chegar ao conceito de felizes para sempre. Você já vê as diferenças entre os dois nesta cena. Por mais que eles sejam bons amigos e parceiros, os fatos que vão transcorrer a partir daí vão fazer os dois chegarem aos extremos das pessoas que são.

Enquanto estão na viatura, uma chamada no rádio alerta-os de uma perseguição em alta velocidade. Sem dizer nada, Grimes e Walsh entram na caçada. Eles partem para uma rodovia rural, soltam uma faixa de pregos na estrada e aguardam. Em dado momento, o carro vem a toda pela estrada – um GTO tunado com outros tiras na cola, em perseguição acelerada. O GTO estoura na faixa de pregos e gira no ar. Dois caras saem do carro e começam a atirar. Os dois morrem no tiroteio. Enquanto Rick e Shane não estão vendo, um terceiro bandido sai se arrastando do veículo. Ele atinge Rick no flanco antes de levar um tiro de Shane. Rick cai no chão, sangrando.

"Olha aqui *pra* mim, Rick", Shane lhe diz. "Fique comigo. *Tá* me ouvindo?"

Levar um tiro não é normal para ninguém, nem mesmo para um tira, mas essa é a última coisa remotamente normal que vai acontecer na vida de Rick Grimes. Ele vai acordar numa cama em um hospital abandonado, mesmo que não fique claro exatamente quanto tempo depois. Neste ponto, o mundo já foi tomado por uma epidemia que transformou seres humanos em cadáveres vivos. São os mortos que andam (*the walking dead*). Não vai tardar até que Rick encontre sua cidade natal abandonada, sua esposa e filho desaparecidos, a maior parte da zona rural desolada e a cidade de Atlanta tomada por zumbis. A vida dos sobreviventes resume-se ao essencial mínimo e brutal, não mais medida em anos ou décadas, mas em horas e dias. Sobreviver neste mundo dos infernos vai exigir uma mistura de gana, capacidade, sorte e, vez por outra, cercar-se de gente não só para suportar o ataque constante dos desmortos, mas também dos vivos. Para sobreviver neste mundo dos infernos, você tem que lutar por cada fôlego.

Uma coisa foi criar zumbis de realismo assustador e imaginar um grupo de sobreviventes que pareça gente comum. O passo seguinte foi criar a paisagem apocalíptica realista em que eles iam viver (bom, pelo menos os que ainda não tinham morrido). Para Kirkman, o jeito de chegar lá foi cavar na História. Ele começou a esboçar sua perspectiva fazendo muita pesquisa sobre o Holocausto e a Europa depois da Segunda Guerra Mundial. A Itália, a Alemanha e a França daquela época serviram de paralelo muito bom para o mundo que Kirkman criava: paisagens bombardeadas, colapso social, a sobrevivência cotidiana que depende de se agarrar à vida pelas unhas. Todas as instituições haviam sucumbido. As fronteiras nacionais sumiram e parecia que as próprias nações haviam sumido junto, pois um governo atrás do outro dava errado. Escolas e universidades paradas, dificuldade de se ter acesso a qualquer notícia. Dinheiro, bancos, comércio: não havia. Polícia e judiciário: inoperantes. Homens armados tomavam o que bem entendessem. Houve períodos de fome e inanição. Foi assim que Kevin Lowe descreveu o período em seu livro *Continente Selvagem: o caos na Europa depois da Segunda Guerra Mundial*. "A fragmentação proposital das comunidades havia cultivado uma desconfiança irreversível entre vizinhos", Lowe escreveu. "A fome universal havia transformado a moralidade pessoal em irrelevância." A única coisa que faltava, pelo jeito, eram os zumbis.

O que ele inventou foi um universo ficcional que impõe uma pressão incrível às pessoas a cada segundo desperto. É similar aos destroços da Europa sem lei no pós-guerra, assim como a devastação daqueles países; com o acréscimo da catástrofe e do perigo dos zumbis, deu-se um passo a mais. A realidade deste mundo oprime os personagens. Quem ia conseguir se manter racional em um mundo de cadáveres vivos? Quem ia *querer* uma coisa dessas? É incrível, como diz o Rei Ezekiel, que não tenham ficado todos malucos. A tensão vem de assistir a esses sobreviventes, essas pessoas que, como disse Renzulli, são 98% iguais, tentando lidar com o catastrófico, com a morte que os assombra sem parar. A única ação "correta" é a que mantém você vivo.

Veja Glenn Rhee, por exemplo. Quando nós o conhecemos, ele é o estereótipo do nerd: esperto, mas não feroz; inteligente, mas não alguém que domina um auditório; e, caso você não tenha notado, asiático. Glenn passa por uma mudança permanente, porém, em "Mortos Batem à Porta" (temporada 3, episódio 7), quando Renzulli e outro roteirista do seriado, Sang Kyu Kim, lhe deram novos rumos. Para Renzulli, Glenn representava demais o estereótipo norte-americano do asiático – até o boné de beisebol – e era passivo demais. Segundo ele, Kim também se incomodava com isso. "Eu disse: Sang, a gente vai dar uma incrementada no Glenn. A gente vai fazer a comunidade asiática se orgulhar."

No episódio, Glenn e a namorada, Maggie Greene, estão no cativeiro do Governador em Woodbury. Eles são torturados para dar informações sobre sua comunidade, a prisão onde Rick e o resto do clã Grimes moram. Glenn está amarrado a uma cadeira com fita, sendo torturado e espancado impiedosamente por Merle. Faz algum tempo que Merle não vê Glenn, e não se lembra de ele ser tão durão quanto aparentemente ficou. Então, ele complica para o outro: solta um errante na sala com Glenn e sai. O que se segue é uma das brigas entre zumbi e humano mais épicas do seriado. Glenn põe-se de pé, ainda amarrado na cadeira, e segura o zumbi no desespero. Ele acaba conseguindo bater-se contra uma parede de tijolos e quebra a cadeira. O zumbi está em cima dele. Glenn detém os dentes do bicho com o braço enrolado em fita e aí tira uma lasca do braço da cadeira para estourar os miolos do errante.

"Lembro-me muito bem da cena", disse Renzulli. Glenn havia conquistado seu lugar como guerreiro do apocalipse. "Foi heroico." O acontecimento arma uma dinâmica muito interessante para Glenn. Ele torna-se um dos combatentes do grupo (na verdade, todos viram combatentes). Ao mesmo tempo, Glenn tem uma bússola moral forte e, apesar de tanto sofrimento, violência e dor, é algo que ele não perde até a morte. É Glenn quem decide arriscar sua própria segurança para salvar Rick em Atlanta. É um ato de pura solidariedade, é também o ato que dá à luz o clã Grimes. Mais à frente teremos muito a falar sobre Glenn; ele é elemento crítico do seriado.

A história arma um desafio interessante para os roteiristas. Eles têm que pegar personagens normais e mostrar que eles foram transformados por fatos extraordinários. Eles podem fazer um adolescente mediano como Glenn virar combatente feroz, ou fazer um zé-ninguém de meia-idade virar animal psicopata, como o Governador. Há uma ampla gama de emoções humanas para se jogar, o que é fronteira delicada para os roteiristas. Se nada é proibido e todo personagem pode ser levado à loucura pela realidade sinistra, então não há nada que os roteiristas *não* possam colocar no roteiro. Qualquer atitude tem defesa. Rick pode pirar vendo a esposa morta; Carol pode cometer homicídio a sangue-frio; o Governador pode dizimar sua própria gente; Negan pode ser tão violento e psicopata quanto quiser. Mas é perigoso dar esse instrumento aos roteiristas, pois eles ficam tentados a deturpar o elemento mais crítico da narrativa: a lógica interna. Mesmo que seus personagens vivam num inferno que racha e desintegra sua psique, onde os mortos caminham e comem os vivos, você ainda tem que tentar contar uma história coerente ao público. Em um seriado como *The Walking Dead,* isso quer dizer que, caso certas regras tenham sido estabelecidas, você tem que respeitá-las. Se os zumbis são lentos e barulhentos no episódio 1, tem que ser assim no episódio 6, no 12 e no 87. Do mesmo modo, Negan pode matar, mas as mortes têm que servir a um propósito; aliás, Negan aparentemente tem uma lógica ferrenha que governa sua mão de ferro e todas suas decisões.

"Você tem que se ater às regras", disse Renzulli. "Seja lá onde você fixar o limite da realidade, é lá que ela tem que ficar." Esse limite, ele disse, "é o fulcro, o centro do universo a partir do qual você trabalha". O que distingue este seriado é a adesão firme a jogar dentro das regras (embora tenhamos uma grande e notável exceção, à qual vou chegar depois), mesmo quando isso significa que pessoas têm que morrer – e, no seriado, pessoas morrem o tempo todo. Mas morrem porque precisam. Para o seriado funcionar, ele teve que aprender a matar grandes personagens. E aprendeu.

RESUMO

TEMPORADA DOIS

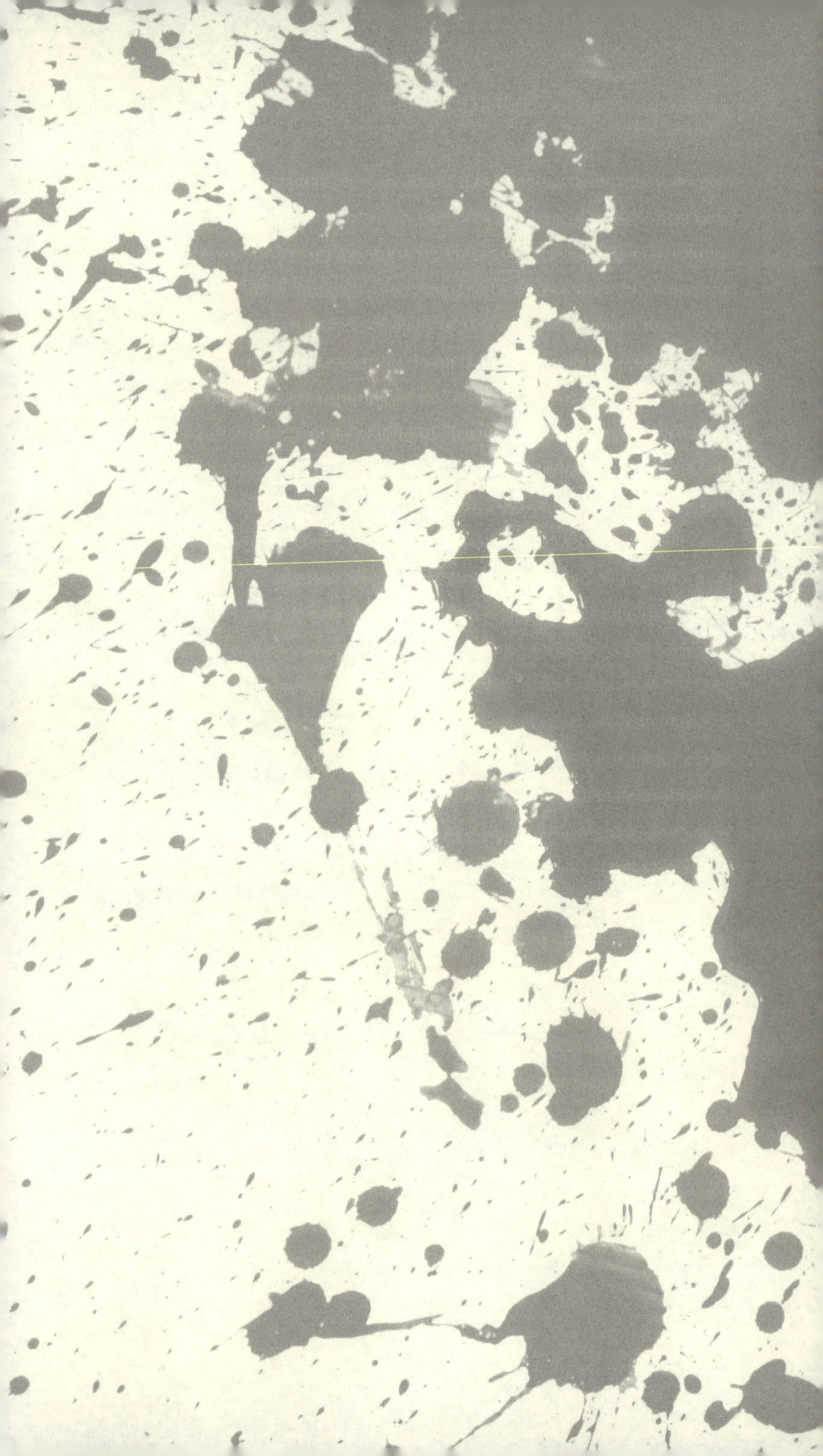

REFÚGIO: Fazenda Greene
BAIXAS ENTRE SOBREVIVENTES: Sophia Peletier, Shane Walsh, Dale Horvath, Otis, Patricia, Jimmy
ANTAGONISTAS ANIQUILADOS: Dave, Tony, Randall
ERRANTES DE DESTAQUE: Sophia Peletier, Shane Walsh
MANADAS DE ZUMBI: Manada da rodovia, Manada da fazenda

Depois de escapar por um fio da explosão do CCD, o clã Grimes volta para a estrada em busca de novo refúgio. Um trecho de rodovia está totalmente engarrafado por carros sem ninguém. Antes que consigam contornar o bloqueio, eles se dispersam porque uma imensa manada de errantes surge arrastando-se pela estrada. Dúzias, quem sabe centenas, de zumbis. Pegos de surpresa, os sobreviventes se escondem atrás dos carros, embaixo dos carros e onde mais é possível. Quase dá certo, até que a jovem Sophia Peletier entrega-se, é atacada por um errante e foge para a floresta. Rick vai atrás e a encontra, mas tem que afugentar dois mortos-vivos. Quando finalmente consegue se livrar deles, ela sumiu de novo. É um daqueles imprevistos que faz o grupo inteiro tomar novos rumos e encarar novos dilemas. Quanto tempo se mantém a esperança pela vida de um ente querido que sumiu? O que é liderança e a quem a detém? Que obrigações morais um ser humano ainda vivo tem com outros humanos ainda vivos? Alguma lei, das várias que a humanidade passou milênios criando e aperfeiçoando, ainda terá importância?

Eles vasculham a floresta e encontram uma igreja, mas nada de Sophia. Rick tem um *tête-à-tête* com Deus e pede um sinal, qualquer sinal, de que está fazendo a coisa certa. Só recebe silêncio. De volta à floresta, Carl é alvejado por um caçador que mirava um cervo. O caçador, Otis, vem de uma fazenda próxima que é de propriedade de Hershel Greene (Scott Wilson) e lar de um grupelho de sobreviventes. É assim que todo o clã Grimes vai parar na fazenda. Hershel é fazendeiro e veterinário, um homem de idade, moralista, religioso, que cria duas filhas, Maggie e Beth. O veterinário salva a vida de Carl, mas desconfia dos recém-chegados. A fazenda parece o refúgio perfeito, protegida por todos os lados por barreiras naturais e pântano. Ninguém quer ir embora. Só que eles não sabem o segredo da fazenda: as barreiras não são perfeitas. Errantes conseguem entrar no terreno. Hershel, além disso, não acredita que os desmortos sejam desmortos. Ele vem arrebanhando todos em um grande celeiro nas suas terras. Sua própria esposa e filho – já entre os mortos-vivos – estão lá dentro.

A tensão explode quando o segredo vem à tona. Shane está indignado com a liderança de Rick e agora rebela-se abertamente. Ele toma uma atitude drástica: dá armas para todo mundo e abre as portas do celeiro. O clã Grimes chacina os errantes, um por um. É devastador para Hershel: imagine assistir a toda sua família ser metralhada na sua frente. Depois vira devastador para todos: o último errante que surge é Sophia Peletier. Só Rick tem a coragem de fazer o que precisa ser feito: dar um tiro na cabeça da menina-zumbi.

A tragédia do celeiro faz Hershel entrar em parafuso. Ele vai a um bar na cidade próxima, o bar que costumava frequentar quando era alcoólatra. Rick e Glenn encontram-no lá e são defrontados por um grupo de sobreviventes, homens que claramente não querem o bem dos demais. Rick mata o grupo, mas os amigos deles vêm atrás e, de uma hora para outra, a coisa vira uma explosão de violência. Um dos malfeitores cai de um telhado e enfia a perna numa grade de ferro. O instinto de Rick como agente da lei e ser humano moralista assume a situação e ele salva o garoto, chamado Randall, em vez de deixá-lo para os errantes. Rick e seu grupo tiram-no da cerca e levam-no de volta ao celeiro, o que só rende mais uma dor de cabeça: não há como confiar no garoto. Ele é da cidade, conhece os Greene. Se o deixam ir embora, ele não terá problema algum em levar sua turma de volta à fazenda. Rick não quer matá-lo depois de salvá-lo. Shane, cada vez mais desafiando Rick, não tem esse problema. Shane, aliás, usa a situação a seu favor. Agora ele quer se livrar do antigo amigo, assumir o controle do grupo e ter Lori de volta – quando descobrimos que Lori está grávida. Shane sabe, ou ao menos suspeita, que é o pai (o que Rick virá a confirmar anos depois). Seja como for, ele não quer Rick por perto.

Shane leva Randall até a floresta, mata-o, depois mente e diz que Randall fugiu. Enquanto Shane e Rick saem a procurar Randall, Shane tenta matar Rick. Acontece uma disputa, Rick esfaqueia o amigo, este cai no chão e morre. "Maldito seja por me obrigar a fazer isso!", Rick grita. Carl chega com uma arma na mão e vê tudo. Ele está chocado, confuso; ele chegou a ver Shane como figura paterna. "Não é o que parece, Carl", diz Rick, para não levar um tiro do próprio filho. Enquanto Rick fala, Shane "se transforma" e volta à vida – a primeira confirmação de que todo cadáver se transforma em desmorto. Carl atira não no pai, mas no Shane zumbi. Enquanto tudo isso acontece, uma imensa manada, muito maior que a da estrada, ataca a fazenda. É caos total, banho de sangue. Perde-se a fazenda e todos se dispersam.

Na manhã seguinte, na estrada onde o clã Grimes perdeu Sophia, a maior parte do grupo se reencontra. Andrea não está entre eles e supõe-se que ela morreu (ela é encontrada na mata por uma estranha encapuzada que leva dois zumbis, sem braços, por correntes). Eles se reagrupam, mas os últimos fatos fizeram o clã perder a confiança um no outro, bem como em Rick. Enquanto eles conversam, ele solta a bomba: todos estão infectados, todos são portadores da doença. Quando você morre, você se transforma. Foi isso que Jenner falou no seu ouvido no CCD. Ninguém acredita; nem nessa informação, nem que Rick não lhes contou antes. À noite, eles montam acampamento. Discórdia e desconfiança tomam conta do grupo. Carol quer ir embora com Daryl. Maggie quer partir com a família. Este grupo, afinal de contas, acabou unido por acaso. Existe motivo para continuarem juntos? Além do mais, eles ainda têm como confiar em Rick?

Ele acaba com a discórdia em um discurso acalorado. "Sou eu que mantenho esse grupo unido e vivo. É o que eu venho fazendo desde o início, independentemente do que aconteça. Não pedi para estar aqui. Pelo amor de Deus, eu matei meu melhor amigo por vocês!" Mais do que qualquer coisa, matar Shane mostra exatamente a que ponto Rick pode chegar para proteger a si e a seu povo. Ele não é mais o Policial Boa-praça. Todos ficam chocados com o discurso. Carl se desfaz em lágrimas. Os outros só olham. Rick dá mais um passo: desafia todos a irem embora.

"Podem ir. A porta é ali. Conseguem melhor que isso? Quero ver aonde chegam." Ninguém se mexe. "Ninguém? Ótimo. Mas que fique claro: se vão ficar, isso aqui não é mais democracia."

Bem-vindos à Ricktadura.

CAPÍTULO 3
PATOLOGIA

"DESCULPEM, SE EU SOUBESSE QUE O MUNDO IA ACABAR,
TINHA TRAZIDO LIVRO MELHOR."
– **DALE HORVATH**
(TEMPORADA 2, EPISÓDIO 5, "CHUPA-CABRA")

Numa tarde de sábado de 1969, o jovem Roger Ebert foi ao cinema de sua cidade para assistir ao último lançamento: *A Noite dos Mortos-Vivos*, o filme de George Romero. Era a sessão da matinê e o cinema estava lotado de crianças. Ele imaginava que havia mais ou menos duas dúzias de pessoas com mais de 16; ele, crítico de cinema profissional, não era tão velho – tinha terminado a faculdade havia dois anos. A garotada do cinema corria pelos corredores, subia nas poltronas, ficava trocando lanche e até se dando tapas para calar a boca. A típica matinê do barulho.

Ebert tinha ouvido falar de que o filme a ser exibido era de violência excessiva. De fato, nos filmes de terror, este excesso já estava se transformando em tendência desde a década anterior. Ele não assistia a um filme de terror desde os anos 1950 – películas como *A Criatura da Lagoa*

Negra – e achava que chegara a vez de dar uma segunda chance ao gênero. As luzes se apagaram e as crianças vibraram. O filme de Romero começava até promissor (spoiler!), com um jovem casal sendo atacado por um monstro num cemitério. O garoto é morto e a garota foge para uma fazenda, onde encontra outras pessoas tentando afugentar os bichos. Há uma tentativa de fuga em desespero e duas pessoas são queimadas vivas dentro de um carro que é atacado pelos zumbis – e os zumbis começam a destroçar e comer as vítimas pegando fogo.

"Naquele momento, parece que o clima da plateia virou outro", Ebert escreveu mais tarde. "Não se ouvia mais tantos gritos; parecia que o local tinha caído no silêncio." O silêncio durou até o fim, pois cada personagem do elenco teve morte horrenda e violenta, um depois do outro. "O filme deixou de ter aquele encanto dos sustos aí pela metade", Ebert escreveu, "e virou amedrontador, inesperado". As crianças ao seu redor estavam atordoadas. Algumas choravam. Elas "não tinham recurso para se proteger do horror, do medo que sentiam". No texto, Ebert polemizou quanto às deficiências das classificações indicativas locais, que deixavam crianças entrar na sala para assistir ao filme. Também imaginava que os donos da sala queriam exibir o filme e tirar lucro rápido antes que o filme fosse proibido. "Eu não sabia o que explicar às crianças que saíram chorando do cinema."

A Noite dos Mortos-Vivos mudou tudo nas histórias de zumbi e no cinema de terror. Nova-iorquino e aspirante a cineasta, Romero iniciou a carreira, ironicamente, filmando curtas para o refúgio de toda criança, *Mister Rogers' Neighborhood*.[4] Depois de fundar uma produtora com amigos em 1969, quando tinha apenas 28 anos, *A Noite dos Mortos-*

---

4 Programa de TV infantil exibido no Canadá e nos EUA, apresentado por Fred Rogers, entre 1968 e 2001. [N. do T.]

Vivos tornou-se seu primeiro longa-metragem. Romero começara na esperança de adaptar o livro *Eu Sou a Lenda*, de Richard Matheson, mas o projeto ganhou vulto e passou por outra metamorfose. Ao terminar o filme, Romero havia praticamente criado um novo gênero. O mais impressionante é que ele voltou continuamente ao filão ao longo das décadas, toda vez reafirmando seu lugar como mestre da história de zumbi. A criação de Romero deixou uma marca tão indelével no gênero que hoje, quando pensamos em zumbis, sejam os que correm como raios ou os que se arrastam, pensamos nos zumbis *dele*: nos monstros desmortos e dementes sedentos por carne humana.[5]

As histórias de zumbi têm alguns elementos em comum com outros gêneros do terror, mas a natureza do que as torna tão horripilantes passa longe de outras monstruosidades. Elas diferem no quê? Aqui vai um trecho do *Frankenstein* de Mary Shelley, publicado originalmente em 1818. Quem fala é o monstro do Dr. Frankenstein:

> "Todo homem", bradou ele, "tem direito a uma esposa, toda besta-fera encontrará sua companheira, e somente a mim isso será negado? Meu afeto foi pago com ódio e opróbrio. Você, homem, pode alimentar o ódio; mas, cautela! Suas horas hão de passar-se em terror e infortúnio, e não tardará em despenhar-se o raio que destruirá para sempre sua felicidade".

Ou quem sabe este? Um diálogo do *Drácula* de Bram Stoker, publicado originalmente em 1897:

> "Bem-vindo a meu lar! Adentre de livre querer. Siga sem medo e deixe um pouco da felicidade que traz!" A força do aperto de sua mão

---

5   George Romero faleceu em 16 de julho de 2017, após o fechamento da edição original deste livro. Seu último filme como diretor, *A Ilha dos Mortos*, foi lançado em 2009 e foi o último da hexalogia-zumbi iniciada com *A Noite dos Mortos-Vivos*. [N. do T.]

era tão parecida com aquela que eu havia notado no condutor, cujo rosto eu não tinha visto, que por um momento me perguntei se não era a mesma pessoa com quem eu estava falando. Portanto, para ter certeza, questionei: "Conde Drácula?"
Ele se curvou de forma cortês ao responder: "Sou Drácula, e dou-lhe as boas-vindas à minha casa, sr. Harker."

Quer pensar mais um pouco? Aí vai um parágrafo de uma das primeiras histórias de lobisomem, *The Damnable Life and Death of Stubbe Peeter* ("A amaldiçoada vida e morte de Stubbe Peeter"), do inglês George Bores, publicada em 1590.

O Diabo, que via [Stubbe Peeter] como instrumento apto para realização de maldades, espírito perverso contentado no desejo de erro e destruição, lhe deu uma cinta que, ao ser posta a seu redor, transformava-o de instante à imagem de lobo voraz, devorador, forte e poderoso, de olhos grandes e amplos, que à noite cintilavam como ferretes, uma boca grande e vasta, com dentes dos mais afiados e cruéis, um corpo imenso e patas potentes. E tão logo tirava a mesma cinta, sem demora aparecia sua forma antiga, conforme as proporções de homem, como se nunca houvesse se transformado.

Qual a diferença? Em uma palavra: miolos! Com todos os outros monstros – o de Frankenstein, Drácula, o lobisomem – você pode conversar, quem sabe até conseguir um pouquinho de sensatez. Veja só as falas que Shelley dá à criatura do Dr. Frankenstein. Já houve outro monstro tão filósofo? Eles podem ser sinistros, malignos, assassinos, traiçoeiros e impenitentes, mas se assemelham a nós na capacidade de raciocínio. É o que nos conecta a todas as criaturas fantásticas. Zumbis, por outro lado, não usam, mas sim comem cérebros. Não usam a parte que raciocina, pelo menos. Nas palavras do Dr. Edwin Jenner, o último cientista do CCD quando o clã Grimes chega (temporada 1, episódio 6, "IT-19"), quando você vira zumbi, "a parte humana, ela não volta. A parte que é você. Fica só uma casca, controlada pelo instinto irracional". Zumbis se parecem com a gente, *são* a gente, mas não têm capacidade de raciocínio. Não falam, não pensam, nem têm motivações (embora existam variações sobre este tema; até os filmes posteriores de Romero têm zumbis que pensam). São basicamente uma tábula *rasa* do horror para o autor usar como veículo para expressar o que quer que nos assuste, seja a meta um sustinho rápido, seja sondar alguma ansiedade psicológica mais profunda.

"Zumbis são um vácuo", disse Sarah Wayne Callies, a atriz que interpretou Lori, em uma palestra de 2012 na Universidade do Havaí, onde se formou (mais ou menos um mês após sua personagem morrer no seriado, a propósito). Neste vácuo pode entrar praticamente tudo que o escritor, o leitor ou o espectador resolva inserir, resolva transformar no bicho-papão da vez. Callies escolheu um objeto interessante para ilustrar o que disse: as peças de Anton Tchecov. A universidade havia acabado de encenar uma peça chamada *Tio Vanya e Zumbis*, parte de uma série pop que explora o gênero zumbi. A palestra de Callies foi basicamente uma defesa da ideia de colocar zumbis nas peças de Tchecov e, ao defender isto, ela ilustrou uma das explicações para haver tanta vida em contar histórias sobre os desmortos.

Tchecov nunca escreveu sobre zumbis; ele escreveu sobre os problemas da Rússia de sua contemporaneidade, na virada do século XX. Era uma época de grande conturbação social, que anos depois culminaria na derrubada do tsar e na criação da URSS. Hoje, ressaltou Callies, para um público moderno, há muitas entrelinhas em suas peças que nos passam batido. Já que não moramos na Rússia da virada do século, não entendemos os medos do patriarcado russo nem a luta do camponês russo. Mas não era sobre isso que Tchecov escrevia. Ele escrevia sobre mudança, o tipo de mudança social que deixa as pessoas pouco à vontade.

"Eles são cifras. São nada em si, uma tábula rasa sobre a qual podemos cartografar nossos medos." Podem ser o medo em relação à existência ou não de Deus, o medo em relação às prestações da sua casa, "o medo de que Justin Bieber não queira casar conosco", ela brincou. "Do mundano ao monumental, talvez os zumbis nos permitam preencher lacunas com nossas próprias neuroses e inseri-las na história como antagonista central."

Ela repassou o *Tio Vanya* de Tchecov e mostrou como certas cenas ainda funcionariam ao se inserir zumbis na trama, como os desmortos são muito eficientes em assumir o lugar do medo incipiente da mudança que assombra os personagens. Desse modo incomum e irônico, a palestra da atriz acabou reforçando a potência das peças de Tchecov, seu naturalismo e a atenção que dava aos personagens e sua evolução.

Pode-se entender, por um lado, que o zumbi representa não só um desafio dramatúrgico amorfo, mas algo muito, muito real: o medo da morte.

"Em dado momento, todos somos defrontados com nossa mortalidade", disse Otto Penzler, escritor e editor responsável pela antologia *Zombies! Zombies! Zombies!* A obsessão pelo além subjaz várias histórias de vampiros, fantasmas e zumbis. Aliás, a maioria das histórias na antologia de Penzler não retrata o zumbi moderno, o que come miolos, mas outro tipo de desmorto. Às vezes, certas histórias podem se dizer tanto do terreno vampiro quanto do terreno zumbi. Ambas, porém, compartilham a obsessão pela morte, pelo morrer e pelo que vem depois. Às vezes o além pode ser quase glamoroso, tal como os contos de vampiro modernos. Até fantasmas podem entrar nessa. Zumbis, todavia, são o pesadelo do além.

"Eu preferiria voltar fantasma do que voltar zumbi", disse Penzler. "Não quero comer cérebro dos outros."

Evidências arqueológicas que remontam a cinquenta mil anos mostram que os neandertais que viviam na França já tinham rituais de sepultamento, preparativos para os mortos irem ao submundo. Dos primeiros épicos escritos após a invenção da palavra escrita, a *Ilíada* e a *Odisseia* de Homero, assim como o *Épico de Gilgamesh* da Suméria, continham histórias nas quais os heróis ou vão ao submundo ou deparam-se com os mortos no mundo dos vivos. Nas histórias de Homero, os mortos eram chamados de "sombras". A *Eneida* de Virgílio também inclui uma viagem ao submundo. Nos primeiros séculos após a morte de Jesus, criou-se uma história chamada de "Descida ao Inferno", na qual o salvador da humanidade vai ao Inferno e salva todas as almas que morreram desde Adão e Eva, deixando os condenados para trás (a história não foi incorporada à Bíblia). Era um conto conhecido de qualquer pessoa instruída do mundo antigo.

Nos primeiros séculos do segundo milênio, a caracterização ficcional dos mortos começou a mudar, com contos de *revenants* – "os que retornam", em latim – salpicados nas obras de historiadores; aliás, é interessante notar que as primeiras histórias desses *revenants* vieram de historiadores e não de poetas. Para eles, esses contos não eram de ficção. O historiador inglês William de Newburgh reuniu vários contos destes "prodígios", como ele dizia, em sua historiografia da Inglaterra, *Historia rerum Anglicarum* (1206), e explica que embora "não seja fácil acreditar em cadáveres que irrompem (por função que desconheço) de seus túmulos", o número de relatos como este só pode significar que eles devem ser verdade (digamos que não é uma lógica excepcional, mas, putz, tecnicamente ainda estamos na Idade das Trevas). São tantas histórias assim, ele diz, que anotar todas seria "laborioso e enervante sem medida". Nos contos de William, os mortos são enterrados e voltam à vida como monstros, aterrorizando famílias ou cidades. São despertados por magia satânica e geralmente saem vagando à noite. Só sua presença já espalha doença e morte. Alguns falam com as pessoas, outros só grunhem, uivam. Ele conta a história de um homem em Buckingham que morreu, foi enterrado e depois se ergueu, indo toda noite à cama da esposa para aterrorizar a pobre viúva. Depois que é afugentado, começa a perturbar seus irmãos, e em seguida "causou alvoroço entre os animais". Acabam consultando a igreja. Um bispo de Londres diz aos moradores para desenterrar o corpo e queimá-lo. É o que fazem, e aí nunca mais se vê a aparição.

Outra história envolve um capelão, um pároco tão maldoso que os moradores da cidadezinha chamavam-no de "Hunderprest", ou *padre-cão*. Ele era "excessivamente secular em suas ocupações", Wiliam nos diz. Depois que o capelão morre, ele ergue-se do túmulo. Os sacerdotes do monastério impedem-no de causar problemas ali, então ele parte para a cama de sua antiga amante, uma de suas ocupações seculares. Ela fica tão apavorada com esse *revenant* que apela a um monge no monastério; ele é extremamente solidário e promete solução veloz – afinal, a mulher estava sempre fazendo doações ao monastério. Fica bem claro que os contos de William têm um tiquinho de moralismo.

Outro inglês e contemporâneo de William foi Walter Map, cuja única obra remanescente, *De nugis curiallum* ("Das mesquinharias dos cortesãos", finalizada por volta de 1190), é uma coleção de contos e anedotas que inclui a história dos Cavaleiros Templários, um relato da captura de Jerusalém pelos saladinos em 1187, a comparação de cortes nobres com o Inferno, histórias de bandos de ladrões, monges e príncipes. Ele também incluiu histórias fantásticas sobre sereios, cobras de estimação endiabradas, esposas-fada, centauros, fantasmas e vampiros.

A meu ver, pelo menos, os desmortos de William lembram mais os zumbis, enquanto os de Map lembram vampiros. Sejam similares ou diferentes, ambos os escritores foram recebidos pela mesma condescendência crítica que as histórias de zumbis têm nos dias de hoje. Ambos empregaram tons satíricos na escrita, que comprometeram qualquer tentativa de apresentar estas histórias de vampiros, zumbis e fantasmas como "fato". *"Ludicra"* e *"Juvenilis"*, zombavam os críticos. Você não precisa saber latim para entender esses comentários.

Nosso conceito social do submundo mudou para sempre com Dante Alighieri, cujo poema épico *A Divina Comédia*, finalizado em 1320, retrata o Inferno como nunca se imaginara. Dante usou seu poema para polemizar contra seus inimigos políticos, incluindo papas, muitos dos quais foram parar em vários círculos do Inferno, pagando pelos seus pecados eternidade adentro. A popularidade do poema ressurgiu com os poetas românticos do século XIX, e é aí que começamos a ver o tema dos desmortos – tanto vampiros quanto zumbis – ganhar tratamento mais sério. Os românticos pegaram toda esta literatura – os épicos do mundo antigo, as histórias de Newburgh e Map, a descrição vivaz que Dante fez do Inferno – e a partir dali começaram a armar uma nova literatura.

Em 1845, o mestre do terror e Senhor Era Romântica em pessoa, Edgar Allan Poe, publicou "Os Fatos no Caso do Sr. Valdemar". Na história, o narrador reconta sua tentativa de manter um morto-vivo por meio da prática do "mesmerismo" [ou magnetismo animal], uma das várias hipóteses científicas furadas que hoje nos soam como bruxaria (ou, quem sabe, medicina "alternativa"). O mesmerista acreditava que tinha como controlar campos magnéticos do corpo e, assim, controlar o corpo. O conto de Poe era ficcional, mas parece que alguns o interpretaram como relato factual (rodas científicas de Boston e Londres ficaram aborrecidas ao descobrir que o conto era, nas palavras de Poe, um "embuste"). No conto de Poe, o narrador pratica suas artes em um morto, afirmando que o revive. O homem está deitado em uma mesa no estado entre vida e morte. "Houve retorno instantâneo dos círculos héticos sobre as faces; a língua tremeu, ou antes, rolou violenta da boca (embora os maxilares e os lábios permanecessem rijos como antes) e por fim a mesma voz hedionda que já descrevi irrompeu: 'Pelo amor de Deus... depressa!... depressa!... ponha-me a dormir... ou depressa!...

desperte-me! – depressa!... Afirmo que estou morto!'" O mesmerista faz o que pode, mas o corpo – reanimado depois de tanto tempo morto – se desfaz de repente na mesa, deixando apenas "uma massa quase líquida de nojenta e detestável putrescência".

Outro escritor, o Reverendo Samuel Whittell Key, chegou mais perto de nosso zumbi moderno. Key era inglês e escrevia histórias de terror com o pseudônimo Uel Key. Seu conto de 1917 "The Broken Fang" ("A presa partida") apresentava um herói, o Professor Arnold Rhymer, que era uma mistura de Indiana Jones com Sherlock Holmes e tinha uma característica de distinção: detestava os alemães. Ao longo da história, o Professor se refere a eles por meio de termos usados naquela época para depreciar os teutos, como "huno" e "boche". Rhymer é enviado à zona rural para investigar assassinatos horripilantes. Os vilões da história são dois imigrantes alemães que, na verdade, são espiões e que criam os zumbis assassinos. Quando Rhymer e um policial, o Inspetor Brown, veem pela primeira vez o cadáver reanimado, a descrição fica próxima daquilo com que estamos familiarizados hoje:

Enquanto estavam agachados, a sensação justificável de calafrio era dominante. Brown posteriormente culpava a náusea enquanto contemplava a figura. O rosto sobrenatural transmitia uma feição diabólica, de crueldade fria e impiedosa, sem vida em sua imobilidade, vazia em sua absoluta falta de expressão – sem vida, mas vivo. Os olhos eram desbotados, ainda assim abertos e redondos.

Rhymer e Brown descobrem e detêm a armação: Os dois alemães, que têm uma propriedade no campo, pegavam os corpos de soldados alemães mortos, cobrindo-os com um composto químico de invenção própria, e contrabandeavam os corpos à Inglaterra disfarçados de múmias egípcias. Depois de serem mandados às casas de alemães naturalizados, eles eram reanimados e soltos pelo campo para matar jovens britânicos em idade militar. Os vilões, de nomes abertamente teutônicos, Graf Friedrich von Verheim e Otto Krupp, viviam na Inglaterra há vários anos; provou-se que "a guerra vinha de longa ponderação da parte dos hunos".

Claro que é uma doideira, mas demonstra duas coisas: primeira, que a ideia de que os zumbis (mesmo que Key chame-os de vampiros, eles ficam mais próximos do nosso conceito moderno de zumbis) podiam ser cadáveres reanimados – e controlados por um *reanimator* – e, segunda, que os zumbis também podiam substituir qualquer coisa que rondasse os pesadelos do leitor. Nesse caso, na Inglaterra devastada pela guerra em 1917, os alemães são os inimigos.

Como vimos, a ideia dos mortos-vivos remonta à cultura europeia, mas é das histórias que vinham do Haiti no século XX que o conceito moderno do zumbi emerge pela primeira vez. Desde quando vêm essas histórias não é muito claro, mas elas são resultado da mistura de uma sociedade repressora com o fascínio pela magia negra – o vodu.

Quando Colombo chegou ao Haiti, em 1492, a escravidão já era prática comum nas ilhas caribenhas. Depois que os europeus chegaram, a prática estourou e tornou-se peça central da economia. Em 1791, os haitianos escravizados entraram em revolta, derrubaram o governo e criaram uma nação livre em 1804. Foi a primeira nação a ser fundada por ex-escravos. Embora livres nominalmente, muitos ainda moravam em fazendas e trabalhavam sob condições opressoras similares às de escravos. (Até hoje, aliás, crianças haitianas de famílias pobres, chamadas de *restaveks,* são enviadas para morar e trabalhar com famílias mais abastadas, lá se deparam com uma existência que não é discernível da de escravos, e assim a mácula de uma tradição perdura ao longo dos séculos.)

As condições escravocratas dos trabalhadores imiscuiram-se nos contos de zumbi. As histórias da coleção de Penzler são ficção, mas algumas originalmente foram retratadas como histórias verídicas, segundo o editor. As pessoas iam ao Haiti para observar as condições e viam peões quase catatônicos nos campos, gente que parecia drogada. Eles teriam morrido e voltado à vida? Não – quer dizer, pelo menos nós temos certeza, mais ou menos, que não. Mas Penzler diz que leu centenas desses contos, e o peso deles o convenceu que alguma coisa estava acontecendo. "Creio que existe algo de zumbi nessa gente." Os contos de zumbi do Haiti são apenas exageros em torno das condições do povo do Haiti no início do século XX.

O texto que abre a antologia de Penzler vem de W. B. Seabrook, que escreveu a primeira história de zumbi a chegar aos leitores dos EUA e que é um dos contos supostamente "verídicos". Jornalista de carreira, Seabrook nasceu em Maryland em 1884, lutou junto aos franceses na Primeira Guerra Mundial e teve interesse forte pelo ocultismo. Em 1929 ele publicou *A Ilha da Magia,* um livro sobre sua viagem ao Haiti e sobre as práticas de vodu no país (ele diz ter sido o primeiro homem branco a testemunhar os rituais). Incluía a história sobre "os mortos" que trabalhavam nos canaviais:

> Uma manhã, um jovem capataz negro, Ti Joseph de Colombier, apareceu conduzindo um bando de criaturas maltrapilhas que se arrastavam atrás dele, olhando para o nada, mudas, como gente caminhando em transe. Conforme Joseph ia enfileirando-os para registro, eles seguiam olhando para o nada, os olhos vazios como os do gado.
>
> …Não eram homens e mulheres vivos, mas pobres zumbis infelizes que Joseph e a esposa Croyance haviam arrastado de seus túmulos da paz para escravizar a seu mando no sol – e se por acaso um irmão ou pai dos mortos os visse e os identificasse, Joseph sabia que teria problemas.

Ti Joseph tinha razão. Os parentes dos mortos que trabalhavam na lavoura acabaram reconhecendo seus confrades, devolveram-nos a seu lugar de descanso e, em retaliação, decapitaram Joseph. O importante é que essa foi a primeira vez que tais criaturas desmortas foram chamadas de "zumbis" e, como você vê pela história, não eram os errantes sedentos por carne humana que vemos agora, mas seres atordoados, sem vida, exumados e explorados como mão de obra. Quando você conhece o mundo do qual emergiram as histórias haitianas de zumbis, não há como os matizes sociais serem mais claros.

Tal como as congêneres europeias, essas histórias provavelmente faziam parte de um folclore maior, de antes de Seabrook aparecer. O motivo pelo qual se tornaram elemento básico da cultura popular norte-americana naquele exato momento se deve sobretudo a um novo tipo de mídia de massa: a *pulp fiction*. Os *pulps* eram descendentes das *dime novels* e dos *penny dreadfuls*, os livrinhos baratos do século XIX. Nos anos 1920 e 1930, os avanços na tecnologia gráfica facilitaram a venda de revistas para grande público a preço baixo.

"A *pulp fiction* era muito diferente", disse Penzler. Os *pulps* não eram Arte. O alvo deles era a massa, um público leitor predominantemente masculino. Isso numa época em que o cinema ainda era novidade, menos de 50% dos lares tinham rádio, e a televisão nem existia. A meta deles era o comércio, não o prestígio. Os escritores recebiam um *penny* por palavra e buscavam produzir o quanto fosse possível para satisfazer o apetite voraz pelos contos. Havia uma grande demanda de trabalho para escritores de talento. Essa demanda não só levava os autores a produzir sem parar, mas também a querer superar os concorrentes e a si mesmos. "Mais horrível, mais empolgante, mais sangue, mais suspense", Penzler disse. "Eles sabiam que era fundamental entreter leitores homens com história empolgante. Bom, há muita história de zumbi que é bem empolgante." Muitas das melhores histórias em sua antologia, disse ele, saíram desses *pulps*.

Não foi só nos *pulps* que os zumbis foram bem recebidos. Em 1932, produziu-se um filme, *Zumbi Branco* (*White Zombie*), com base no livro de Seabrook, estrelado por Bela Lugosi. O filme descarta praticamente toda a crítica social e torna-se a história de um homem tentando usar o vodu para transformar em escrava a inalcançável mulher que ele amava. A este se seguiram *Revolta dos Zumbis* (*Revolt of the Zombies*, 1936) e *A Morta-Viva* (*I Walked with a Zombie*, 1946). Nos anos 1950, os zumbis já eram figurinha fácil nos filmes B, os filmes de orçamento e qualidade inferior que passavam antes da atração principal da sessão. Estes zumbis geralmente eram cadáveres reanimados mudos e bobões, e a verdadeira ameaça era o doido que os reanimava, tal como Lugosi em *Zumbi Branco* ou o cientista louco na ilha misteriosa em *O Rei dos Zumbis* (*King of the Zombies*, 1941). Em uma cinessérie dos anos 1950, *Zumbis da Estratosfera* (*Zombies of the Stratosphere*), os zumbis são marcianos que querem usar uma bomba de hidrogênio para tirar a Terra da órbita e deixar que Marte chegue mais perto do sol – é sério, o enredo é esse (e um dos marcianos-zumbis foi interpretado pelo desconhecido ator Leonard Nimoy). É praticamente inassistível – eu tentei. Mas você tem que admitir que *Zumbis da Estratosfera* é um baita título.

Foi assim que a coisa seguiu até que Romero usou essa premissa como plataforma – tanto em termos de como o zumbi funcionava quanto de como ele podia transmitir mensagens. Os zumbis de Romero lidavam com várias polêmicas da época. Em *A Noite dos Mortos-Vivos*, o protagonista Ben (Duane Jones) é um negro preso numa casa com um bando de brancos. Para Romero, zumbis serviam para comentar os turbulentos anos 1960. "Consegui usar o gênero da fantasia/terror para expressar minha opinião, falar um pouco da sociedade, fazer um pouquinho de sátira e, cara, tem sido muito legal", ele disse numa entrevista de 2008. E mais:

> Esses filmes todos, as ideias deles, vêm do mundo. Assim que você sabe que, tipo, vai fazer um filme sobre *tal* coisa, é fácil botar um

zumbi. Não há nada de complicado. Só precisa ter a ideia. Acho que muita gente não tem.

Há um grande avanço no gênero zumbi que não discutimos. Pouco depois de *A Noite dos Mortos-Vivos,* histórias de zumbi passaram a tratar menos dos desmortos individualmente e mais dos desmortos em massa. Aos poucos o tema dominante das histórias de zumbi deixou de ser a morte de poucas pessoas e passou a ser a morte da maior parte da raça humana. São histórias que foram dominadas pelo tema do apocalipse. Fossem zumbis correndo ou zumbis arrastados, todos pertenciam à mesma distinção categórica.

Antes de Kirkman, ninguém havia explorado a paisagem apocalíptica zumbi com a devida profundidade. E Kirkman não quis só entrar nessa, dar uns sustinhos e cair fora. Ele quis ficar e ver o que cresce na terra devastada. Nos zumbis, ele encontrou o pano de fundo perfeito.

"Tem a ver com o drama humano", disse Juan Gabriel Pareja, o ator que interpretou Morales na primeira temporada, falando da criação de Kirkman, "e, acho eu, com os monstros que podemos nos tornar em termos de sociedade". O seriado meio que nos obriga a imaginar uma "realidade na qual o estilo de vida e o modo de viver aos quais estamos acostumados, quem sabe no futuro, está chegando ao fim, e como seria nossa sobrevivência a partir daí".

Os desmortos de *The Walking Dead* são bem assustadores, sanguinolentos e perigosos. Porém, como Jay Bonansinga observou, do modo como são representados no seriado, eles são mais parte da ambientação do que parentes dos monstros de William de Newburgh, Edgar Allan Poe, Uel Key, W. B. Seabrook ou mesmo de George Romero. O gancho é o zumbi, mas a substância é a dinâmica do ser vivo naquele mundo. As melhores histórias de fantasia, disse Bonansinga, são as que pedem que você aceite um elemento fantasioso e depois cercam-no de puro realismo. "A meu ver, essa é a essência de Kirkman."

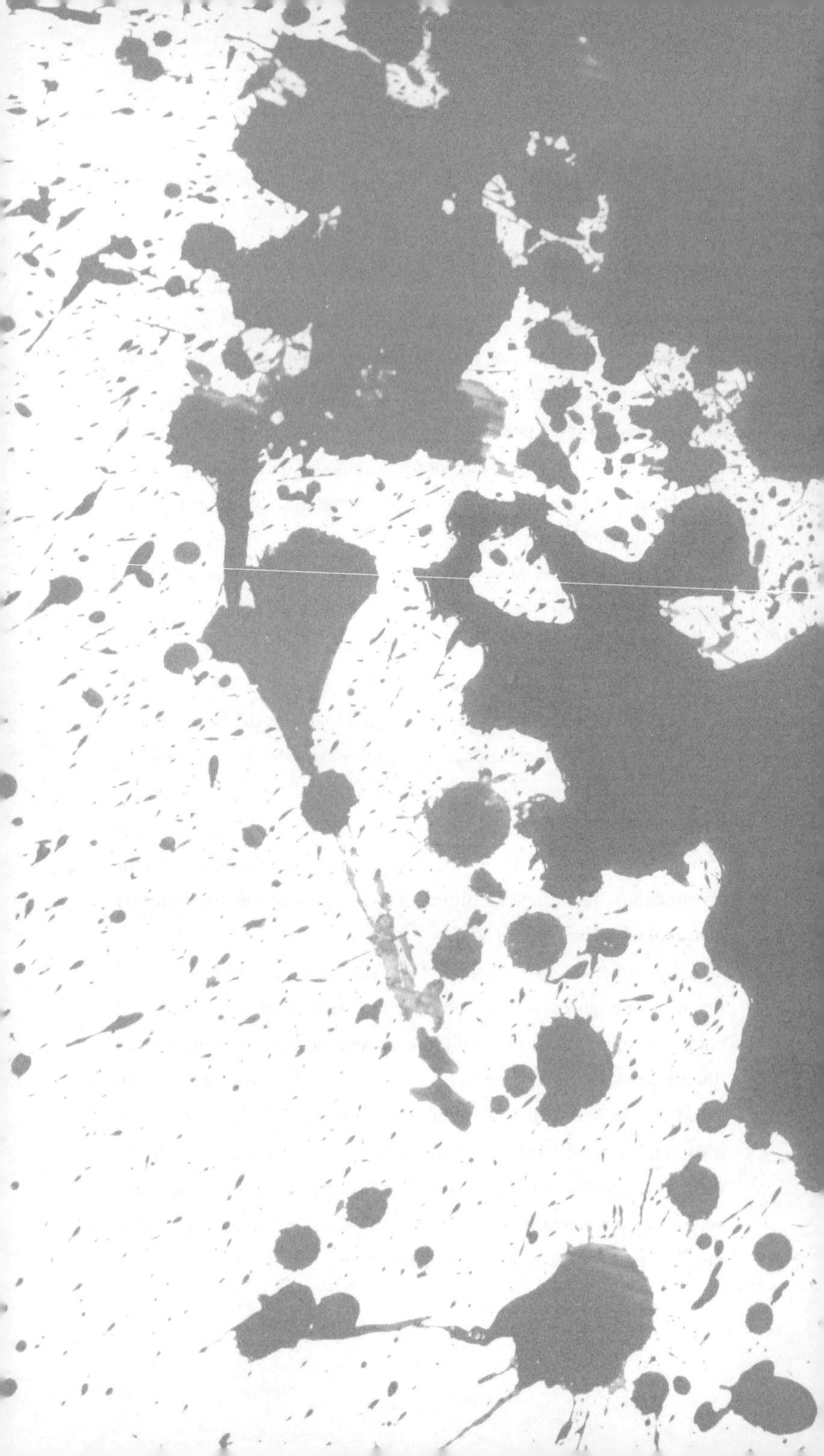

CAPÍTULO 4
DANDO VIDA AOS MORTOS

"ESSAS COISAS NÃO *TÃO* DOENTES.
NÃO SÃO GENTE. ELAS MORRERAM."
– SHANE WALSH
(TEMPORADA 2, EPISÓDIO 13: "JÁ QUASE MORTO")

O pequeno Sam Anderson, filho de Alexandria, fica intrigado com Carol, uma das recém-chegadas a sua comunidade ("Esquecer", temporada 5, episódio 13). Uma noite, Carol sai mais cedo de uma festa e Sam vai atrás. Ele não queria descobrir o que ela ia fazer, mas acaba vendo Carol surrupiando armas do arsenal. Quando percebe que ele está ali, Carol tenta engambelá-lo, não deixar que ele conte aos outros que a viu. Quando Sam diz que não pode mentir para a mãe, a senhorinha de olhos queridos torna-se apavorante. Ela diz: "Um dia você vai acordar e não vai estar na sua cama. Você vai estar do lado de lá dos muros. Bem, bem longe. Amarrado a uma árvore. E você vai gritar e gritar porque vai ficar com muito medo e ninguém vai te ajudar, porque ninguém vai ouvir. Ou melhor: alguma coisa vai ouvir. Os monstros virão, esses que ficam lá fora, e você não vai conseguir correr, e eles vão te rasgar e te devorar vivo. E você vai sentir tudo." A ameaça funciona com Sam, porque se baseia no que ele não conhece, mas teme; também funciona com os espectadores, porque se baseia no que a gente *conhece* e teme. Se o seriado não tivesse passado anos retratando explicitamente o terror que ela descreve, a ameaça não seria tão visceral.

A cada semana, *The Walking Dead* tem a tarefa de criar um mundo totalmente ficcional que seja não só crível, mas também matéria-prima de pesadelos. O seriado cumpre a tarefa com uma mistura de efeitos especiais e narrativa. A equipe de efeitos especiais chega a extremos para criar monstros que gemem, mordem, vazam pus, explodem em estouros de carne humana e sangue, que rasgam os vivos até virarem farrapinhos rubros. Enquanto isso, a narrativa chega a extremos para fazer você sentir como se estivesse vivendo em um mundo no qual as únicas regras que restam são matar ou morrer.

Foi importante construir esta combinação mortal desde o início. Rick Grimes ouviu os zumbis (atrás das portas no hospital) antes de ver um zumbi de fato, e seu terror ao ver o primeiro tem resultado em termos visuais graças à armação da trama, à expectativa atemorizante: o primeiro zumbi que ele vê é uma aparição decrépita cortada ao meio. Mal capaz de se mexer, a coisa que só existe da cintura para cima se arrasta bem devagar, exibindo um rosto horrendo, o peito podre e braços fibrosos nus. Seus intestinos estão dilatados como tentáculos de sangue. Sua boca abre e dela sai um gemido atroz, lamentável. Ela tenta agarrar Rick, mas não consegue, sem pensamento consciente no cérebro, praticamente morto. Ela é nada mais que um emaranhado de ossos e músculo, mas que ainda, sabe-se lá como, continua viva – bom, *viva* talvez não seja a palavra certa. Ela se mexe, é um ser corpóreo, animado, mas sem vida. Alguma coisa identificável e ainda assim totalmente alienígena.

Tornar estes zumbis críveis e aterrorizantes tem sido o trabalho de um grupo de maquiadores com muito talento, que pegou o conceito do zumbi e o levou até onde nunca se tinha visto nas telas. (Os dois únicos Prêmios Emmy do seriado, em 2011 e 2012, na categoria Melhor Maquiagem para Série, Minissérie, Filme ou Especial, foram para Greg Nicotero e sua equipe de efeitos especiais.) Se é para o espectador suspender a descrença, entrar na fantasia criada e projetada na tela, é bom que os zumbis sejam o mais realistas possível.

Nos primeiros tempos do cinema, quando as histórias de zumbi eram conteúdo apropriado só para filme B (um termo usado lá nos anos 1930 e 1940 para descrever o segundo filme, mais inferior, de uma sessão dupla), zumbis não eram monstros particularmente sofisticados. Em *Zumbi Branco,* de 1932, os zumbis nem usavam maquiagem. Eles só vestiam roupas maltrapilhas, rasgadas, e caminhavam de olhos arregalados, o rosto sem expressão. *O Rei dos Zumbis,* de 1941, era a mesma coisa; o que os tornavam "assustadores", se é que dá para usar a palavra, era o fato de que esses corpos arrancados do túmulo estavam sob o controle da pessoa do mal que os tirou de lá. Em *The Astro-Zombies*, lançado em maio de 1968, os zumbis são apenas atores com máscara de caveira. A ideia era esta: um cientista louco – demitido pela "agência espacial" – desenvolveu um experimento insano para, a partir de gente morta, produzir astronautas a pilha, pois o espaço é muito perigoso para os vivos. É um filme terrível, mesmo que o trailer prometesse o longa mais assustador que já se viu: "Assista! Assuste-se! Grite! Sinta a emoção quando os astrozumbis e suas faces de caveira atacam às cegas a carne humana! Eles dilaceram e matam com fúria sanguinária! O suspense insuportável e o terror sádico vão prender seus sentidos quando estes transplantes humanos ameaçarem a segurança de uma metrópole." Na verdade, os astrozumbis são tão ridículos que é difícil de acreditar que tenham assustado mesmo qualquer criancinha. O filme já figurou em listas de "piores de todos os tempos". Era nesse tipo de besteira que botavam os zumbis.

Somente cinco meses depois de *The Astro-Zombies* que Romero lançou sua abordagem do gênero, *A Noite dos Mortos-Vivos*. A maquiagem zumbi era melhor, os monstros tinham feridas à mostra e rostos mais esquálidos. O mais apavorante neles, porém, era a fome insaciável por carne humana – algo inesperado.

Quando Romero, nativo de Pittsburgh, se lançou a fazer continuações – *Despertar dos Mortos* e *Dia dos Mortos* –, ele chamou outro nativo de Pittsburgh, Tom Savini, para ajudar nos efeitos especiais. Foram nestes filmes que os zumbis, que hoje conhecemos tão bem, começaram a tomar forma. O primeiro desafio a ser enfrentado foi o fato de que *Despertar* seria filmado em cores. A ideia de Savini era pintar todos os zumbis de cinza (embora o modo como a produção iluminava os cenários na época fizesse os zumbis ficarem verdes ou azuis), e assim seria fácil diferenciá-los dos vivos. Em *Dia dos Mortos*, ele foi ainda mais ambicioso ao tentar mostrar os corpos em decomposição realista. Savini estudou anatomia e a morte humanas (um de seus principais livros de referência é o compêndio de mortes humanas chamado *Medicolegal Investigation of Death*) e consultou um famoso legista de Pittsburgh, Cyril Wecht, conhecido sobretudo pelas críticas ao Relatório Warren sobre o assassinato de Kennedy. No terceiro filme de Romero, cada zumbi tinha sua decomposição particular. "Se você morresse num porão frio ou num sótão quente", ele disse em nossa conversa, "a diferença seria bem grande". Cada filme subsequente foi ampliando o realismo.

A principal função de Savini nos dois filmes foi inventar modos criativos de matar zumbis e gente. Às vezes, bastava uma ideia; às vezes, envolvia resolver um problema de filmagem. Em *Dia*, queria-se uma morte particularmente sanguinolenta para o vilão, o capitão Rhodes. Um dia, enquanto estavam botando os miolos para trabalhar (o trocadilho é intencional), eles pensavam em rasgar o corpo de Rhodes ao meio. Foi ideia de Savini também arrancar a cabeça. "Era o malvadão principal, o povo vai querer vê-lo morrer de um jeito terrível", Savini disse. "Então a gente o rasgou ao meio."

Em *Despertar*, a produção encontrou dificuldades em fazer a explosão de uma cabeça. Tentaram estourar com explosivos, mas o efeito não deu certo. No fim, Savini pegou uma espingarda de cano serrado e atirou na coisa, espalhando sangue de mentira para todos os lados. Acabaria virando um dos efeitos mais famosos. Ele tinha outras sacadas: em uma cena de *Despertar*, na qual um personagem (interpretado, aliás, pelo próprio Savini) desmiola um zumbi usando um machete, Savini fez um sulco no machete, colocou-o sobre a cabeça do ator, filmou a si mesmo puxando o machete da cabeça, e depois rodou a película ao contrário. No plano que filmaram em seguida, colocaram sobre a cabeça do ator um tubo que espirrava sangue falso sobre seu rosto. Depois de se unirem as gravações, o efeito é criado: tem-se a impressão de que Savini está afundando o machete no cérebro do zumbi. "Parte da minha fama", ele disse, "da minha reputação, vem de resolver esses problemas e fazer isso de modo simples, mágico. Tal como truques de mágica, como mágica de salão".

Os zumbis de *The Walking Dead* são na maioria "vivos", ou seja, são atores por baixo da maquiagem encenando terror em tempo real, embora a equipe acrescente efeitos gerados em computador a algumas tomadas (não cortaram a atriz Melissa Cowan ao meio, por exemplo, para o papel da Menina da Bicicleta). Em termos de efeitos, *The Walking Dead* tem dois tipos de zumbis: os figurantes, que são atores com maquiagem e que aparecem no plano, mas não em close, e os que a produção chama de zumbis "heróis", os que aparecem com destaque. Estes monstros ganham detalhamento em nível exorbitante. No caso da Menina da Bicicleta, por exemplo, a equipe fez moldes da cabeça, dos dentes e do corpo. Estes moldes foram a base para a prótese usada pela atriz. Cowan não levou maquiagem; da cintura para cima, ela foi coberta com um traje de borracha. Sua boca tinha o mesmo tipo de recurso cênico usado com Addy Miller: uma dentadura customizada que se prendia ao lábio, mais outro pedaço de espuma cobrindo a dentadura para criar a ilusão de que a pele fora arrancada. Para colocar o traje de látex na atriz, gastavam-se três horas e meia. Depois disso, o próprio Nicotero acrescentava detalhes na pele com tinta: marcas de mordida, feridas e coisas do tipo.

Outro zumbi que ganhou muita atenção em poucos minutos de tela foi aquele que foi morto e dissecado por Daryl na estreia da segunda temporada, "O Que Vem Pela Frente". No episódio, Rick e Daryl estão na mata procurando Sophia quando veem um errante sozinho. Daryl atira nele e então, para descobrir se o monstro atacou Sophia ou não, eles rasgam suas entranhas e fazem uma dissecação, à procura, bom... à procura de Sophia. Em primeiro lugar, tal como todo zumbi "herói", este (interpretado sem crédito por Charlie Leach) tem uma história. Segundo a figurinista Eulyn Womble, ele era um "professor universitário vegano" e, para entrar no papel, precisava ter cabelo comprido, usar blazer e gravata, mas estar também, é claro, ensanguentado. Leach ganhou tudo que tinha direito em próteses, até os dentes falsos horrendos à mostra. Depois que seu personagem leva um tiro e acaba no chão, faz-se a dissecação parecer real, combinando efeitos e ângulos de câmera: um plano do alto mostra Norman Reedus segurando uma faca, mas a enfiando em um corpo falso. Outro plano, da lateral, mostra Reedus segurando uma faca sem lâmina, mas "mergulhando-a" no Leach real deitado no chão, com um peito de silicone falso sobre o torso. O peito falso é recheado de tripas falsas. Os órgãos foram feitos com sacos de náilon costurados e recheados com uma coisa que os faz parecer cheios e sujos com sangue falso. "Cada órgão que eu tirei daquele corpo", Reedus disse em um especial de bastidores no DVD da segunda temporada, "era pesado, cheio e fazia, tipo" – aqui ele faz um barulho de gosma – "som de meleca."

Um dos zumbis mais memoráveis de todo o seriado é o errante do poço no episódio "Rosa Cherokee" (temporada 2, episódio 4). Na fazenda Greene, T-Dog encontra um zumbi encharcado e inchado no fundo de um poço d'água. Toma-se a decisão de tirá-lo de lá e despachá-lo, mas não o matar no poço, dado que poderia contaminar a água. Glenn é quem desce pela corda e amarra o errante. Então eles puxam o zumbi para fora – mas ele está tão saturado que, na boca do poço, estoura ao meio. Suas pernas caem lá embaixo e seu torso se espalha pelo chão. Deitado ali, quase indefeso, T-Dog esmaga seu crânio.

Conseguir este efeito, mais uma vez, incluiu uma mistura de efeitos reais, um ator, um boneco e um pouco de CGI. Brian Hillard, que trabalha na KNB, interpretou o zumbi, coberto de silicone da cabeça aos pés. Para conseguir o efeito do corpo encharcado, colocaram-se balões cheios de água dentro do traje. Havia quatro fios que percorriam o traje: dois subiam nas orelhas e dois nos olhos falsos. Os dois primeiros eram conectados a um extintor de incêndio, o qual, quando acionado, fazia o líquido escuro e nojento sair pelas orelhas. Os outros dois fios lançavam ar nos olhos de borracha, fazendo-os inchar. O zumbi que parte ao meio era um boneco com sacos de líquido conectados a pequenas bombinhas que, quando acionadas, estouravam as bolsas. Para um toque extra, a equipe de efeitos encheu a boca de Hillard com "nhaca" – foi assim que ele chamou – que ele cospe depois. O boneco foi usado de novo quando T-Dog esmaga a cabeça. A equipe tinha enchido a cabeça com mais balões e marcou o lado de fora para que, quando Singleton acertasse, ela explodisse.

Embora fazer zumbis parecerem aterrorizantes e críveis seja o objetivo soberano, a outra metade da equação, todavia, é a atuação em si. Lembre que ainda há atores por baixo do monte de prótese e maquiagem e do guarda-roupa maltrapilho. E isso quer dizer que eles têm que se comportar como zumbis. Qual a melhor maneira de ensinar um monte de gente ao mesmo tempo a agir como zumbi?

O curso de zumbi.

Conseguir que todos os figurantes atuem como gente que não está nem morta nem viva é a grande meta do curso de zumbi. Este é apenas mais um exemplo de até onde a equipe de produção chega para criar o seriado da forma mais realista possível diante das câmeras. É novidade até para os peritos: "Eu fiz um monte de filme de zumbi", disse Nicotero. "Nunca fiz um curso de zumbi."

A ideia por trás do "curso" faz todo sentido. Embora nunca nos digam o que causou a epidemia, temos informações detalhadas a respeito de como ela afetou e reanimou os corpos. Você se lembra do Dr. Edwin Jenner, lá no CCD, explicando como a infecção entra no corpo e vai abrindo caminho até o sistema nervoso, o que acaba matando o hospedeiro? Depois de uns minutos ou de horas, o cérebro é revivido, embora com funções bastante limitadas. Isso é estar morto? Vivo? "Você que me diz", Jenner falou.

O curso não ocorre num campus frondoso em Cambridge, mas sim numa garagem de tijolos no set, com cadeiras dobráveis, uma TV e um DVD player. Neste espaço modesto, Nicotero e o "coreógrafo de zumbi" Matt Kent dão uma aula sobre zumbis, mostram vídeos como *A Noite dos Mortos-Vivos,* ensinam aos atores pormenores dos zumbis naquele universo e, então, conduzem-nos em uma série de exercícios para ajudá-los a deixar tudo perfeito. De certa maneira, é uma extensão do que Savini fez em *Dia dos Mortos* ao individualizar cada zumbi. O curso de zumbi é uma chance de todos esses atores passarem algum tempo captando as nuances de ser zumbi e até de incorporarem algo de si no papel de morto-vivo. "É muito importante para qualquer personagem, para qualquer ator num filme", disse Gale Anne Hurd. "É preciso garantir que eles serão instruídos sobre o que estão fazendo e o motivo. Há fundamento para tudo." Mesmo no caso de atores cujos nomes nem aparecem nos créditos, que não têm uma só fala, é importante que eles conheçam tanto as regras do seriado quanto a sua motivação – mesmo que tal motivação seja, tipo, "arrancar sua pele e comer", como Frank Darabont já disse.

Também é um jeito de os produtores verem os figurantes, fazendo-os passar por uma série de exercícios, e terem uma noção de quem é melhor zumbi. Como eles devem se virar quando ouvirem um barulho? Como eles se levantariam de um cadeira? Como eles andariam em volta de uma cadeira?

O citado Matt Kent é coreógrafo e trabalha com os atores, ensinando essas nuances. "Cada pessoa meio que passou por essas portas, por esse acampamento zumbi, com uma abordagem um pouquinho diferente", disse Kent. "Algumas andam um pouco mais rápido, algumas são duronas, algumas são mais soltas." O resultado é que todos esses zumbis parecem uma coisa que já foi viva e, assim, o universo de *The Walking Dead* fica bem mais real.

Claro que todos esses zumbis têm que ser mortos. Neste mundo, ou você mata ou morre, ou morre e mata, como dizia o Governador. E isso significa que para cada efeito mais complexo, para cada zumbi extraordinariamente detalhado com que a equipe de efeitos especiais sonha, no final, quem vai ganhar ainda são os roteiristas. Mesmo assim, é *muita* violência, e os vivos não usam só as mãos livres para tudo. Eles usam uma ampla gama de armas – de facas a arcos, a revólveres, a fuzis, até uma e outra bazuca. Algumas dessas armas, como a Colt Python de Rick, a besta de Daryl ou a catana de Michonne, são personagens por si sós. O que não é acidental: as armas, conforme os roteiristas, *são* extensões dos personagens.

"Lembro o primeiro dia que eu fui ao depósito de objetos", disse Kerry Cahill, que interpreta a guerreira Diane, do Reino, "e eles disseram: 'você vai ficar com o arco'. Porque eles já sabem o que cada um usa. Está tudo pronto. Meu arco tinha emprego antes de mim". O arco, disse ela, tem papel no enquadramento, é discutido nas reuniões de produção e evolui tanto quanto um personagem. "Houve reuniões sobre este arco que não tiveram nada a ver comigo. E tudo para tratar de como ele seria." A única coisa que lhe restava, na verdade, era "sacar que nome eu ia dar a esse arco."

Na opinião de Cahill, toda a atenção que se dá a um arco só ilustra quanto empenho existe em torno do seriado. "Eles dão toda atenção a tudo", ela disse. Talvez para provar-se digna, ela pegou o arco e ficou obcecada em usá-lo. Nunca lhe disseram que tinha que fazer isso, mas ela disse que é regra tácita do seriado você investir nesse tipo de empenho. "É tipo chegar em Harvard. Você sente pressão para estudar. Ninguém vai dizer, mas você sente a pressão."

Não tem arma em *The Walking Dead*, contudo, que diga tanto sobre o personagem quanto Lucille, o taco de beisebol com arame farpado que Negan empunha. Essa matança e esse arsenal chegaram a um clímax explícito e sangrento na estreia da sétima temporada, "Chegará o Dia em que Você Não Estará", quando Negan e seu taco de beisebol talvez tenham cruzado a fronteira entre a violência que serve à história e a violência que só serve para chocar.

Spoiler: esse é o infame episódio no qual Negan mostra ao clã Grimes como ele cuida das coisas, o que inclui matar gente de modo brutal para que as coisas fiquem claras. Mas você, caro leitor, provavelmente já sabe o que acontece: Ele está com Rick e o resto da turma presos no meio do mato, todos de joelhos, cercados por centenas de asseclas. Ele escolhe uma vítima, Abraham (Michael Cudlitz), e o espanca até a morte usando o taco. Então, Daryl faz algo impulsivo e imbecil: ele pula e tenta derrubar Negan, mas não consegue. "Agora é *pra* acabar com essa porra!", Negan brada e, para mostrar como é sério, aplica justiça imediata. Só que ele não mata Daryl, e sim escolhe outra vítima: Glenn. Ele tritura Glenn até a morte, de forma explícita e brutal. Um olho de Glenn salta da órbita. O meio do seu crânio entra na cabeça. O vilão dá mais meia dúzia de golpes, vistos de um ângulo superior. Parece que não vai acabar nunca. No fim, Negan dá um passo para trás e você vê pedaços da carne de Glenn pendendo no arame farpado. Negan está se deleitando com a brutalidade, ostentando seu poder para os presos, a ponto de usar seu taco de beisebol, chamado Lucille, de modo flagrantemente fálico.

Apesar de toda a ressonância social, todo o comentário metafórico tácito e subjacente sobre nossos tempos, há uma parcela do seriado – grande parcela – que tem a ver puramente com dar sustos e mostrar nojeira zumbi. O "fator espirra-sangue" tem grande parte na atração do seriado, comentou Juan Gabriel Pareja. "Há uma mistura bizarra de 'oh, meu Deus, que nojo', mas, tipo, *'oh, meu Deus, que nojo!'* Ficar com nojo, mas, ao mesmo tempo, quase exultante pelo jeito fora dos padrões como eles te causam nojo, e é uma contradição estranha." O seriado anda sobre a fronteira entre o "oh, meu Deus" e o *"oh, meu Deus!"*

Aqueles restos da pele de Glenn pendendo do taco de Negan, pelo menos a meu ver, passaram dos limites. Foi meu ponto de quebra. O que escrevi no meu resumo foi o seguinte:

> Achamos que não era mais possível que este seriado fosse nos chocar, mas ele conseguiu. O episódio de hoje deve ter definido um novo nível de *gore* na televisão. Foi exagero? Que cada um decida. Com certeza foi a serviço da história que se queria contar; Negan é violento, é brutal, e esse mundo é louco. Ainda assim, ficamos recebendo mensagens e e-mails logo depois do episódio e o teor era de repulsa. Vai ser interessante ver como as pessoas reagem.

Outros se ofenderam ainda mais. "O episódio foi muito além de retratar o *gore* e chegou a ter prazer, saboreando o desconforto dos espectadores quase com o mesmo prazer sádico do próprio Negan", Sam Adams escreveu na *Slate*. "As mortes de Glenn e Abraham foram chocantes, sim, tudo bem, mas também foram repugnantes, mesmo em um seriado no qual se rasgam corpos como se fossem papel molhado." O episódio em questão, assistido por 17 milhões de pessoas, revirou muito estômago. A queda na audiência foi vertiginosa. Na semana seguinte, só 12,5 milhões sintonizaram. Em qualquer outro seriado, o número ainda seria dos sonhos, mas é uma queda violenta na audiência, e a reação extrema à estreia de temporada foi notada pelos produtores, que começaram a recuar na violência onde lhes foi possível (dado que alguns episódios já estavam finalizados). "Nós baixamos a bola em episódios que ainda íamos filmar para o resto da temporada", Gale Anne Hurd disse em coletiva de janeiro de 2017.

A FCC[6] registrou algumas reclamações de espectadores relativas ao primeiro episódio com Negan. "Não se mostra o Estado Islâmico decapitando gente na TV, tampouco se poderia mostrar alguém sendo espancado até a morte com um taco de beisebol com arame farpado", escreveu um espectador. Outro escreveu: "Assistir ao Estado Islâmico decapitar alguém não é tão horrível quanto assistir a este seriado". Embora possamos discutir empiricamente que assistir ao Estado Islâmico decapitar alguém é categoricamente pior do que qualquer coisa em um seriado de TV ficcional, o argumento é válido. "Não consegui dormir e sei que nunca vou conseguir tirar da minha cabeça essa demonstração repugnante de tortura", disse outro espectador. "Acho que este episódio deveria ser proibido na sua versão atual ou proibido de vez. Não precisamos de pornografia da violência numa sociedade que já é abertamente violenta."

A estreia de temporada foi inclusive violenta demais para ao menos um integrante do elenco. Xander Berkeley, que interpreta Gregory, o cabeça da comunidade Hilltop, disse: "O jeito como se deu, a sensação foi de chutar cachorro morto". Foi a primeira vez que ele viu algo no seriado que o incomodou. "Eu fiquei um, dois minutos um pouco perturbado ao assistir. Lembro-me de ter ficado desse jeito quando assisti a *Taxi Driver*." O que mais preocupou Berkeley foi a possibilidade de, ao mostrar um Negan que é *cool*, até sensual, ao envolver sua violência explícita, sádica, com humor (e vou admitir: Negan *é* engraçado), correr o risco de normalizar o que deveria ser apavorante. "Não quero ninguém

---

6 *Federal Communications Commision*, órgão regulador das telecomunicações e da radiodifusão nos EUA. [N. do T.]

por aí copiando esse cara e curtindo violência vulgar." Será que passou do limite? Mais uma vez, cada um decide por si.

O quanto as imagens de violência na televisão afetam o espectador é algo que se questiona pelo menos desde os anos 1950, ou seja, assim que a televisão se tornou um objeto comum nos lares. "A violência é sintoma de conflito impacificado, aniquilação, mágoa e desperdício", escreveu George Gerbner, professor de comunicação na Universidade de Pensilvânia, em um artigo de 1970. "É, em certo sentido, o oposto da comunicação. Ela nega a capacidade mais singular da nossa espécie humana: a de interagir e mesmo colidir criativamente por meio de símbolos e mensagens. A representação simbólica da violência é, portanto, função vital da informação e da arte na sua iluminação de manifestações e consequências da vida real." Em outras palavras, violência não é só violência por violência. Mesmo um ato violento comunica *alguma coisa;* o que interessa é o que é essa alguma coisa. "Felizes são os mocinhos e infelizes são os bandidos (pelo menos no final)", escreve Gerbner. "Mocinhos têm um *início* tão violento quanto o dos bandidos, mas machucam menos e matam menos. Mocinhos *sofrem* mais pela violência, mas heróis nunca morrem. Bandidos se machucam menos que mocinhos, mas claro que, no final, eles perdem."

Pense em dois vilões do seriado, Negan e o Governador. O Governador era claramente psicopata, maligno. Sua violência nunca foi normal nem mesmo justificável. Ele só matava pelo bem de satisfazer seus gostos bizarros e claro que, no fim, morreu por causa desses gostos. Negan, porém, é uma criatura distinta. Negan é "saborosamente vil", disse Pareja em entrevista, com um "ódio que é incrivelmente charmoso". *The Walking Dead* está basicamente transmitindo uma mensagem através de Negan. A mensagem pode ser que bandidos são malvados e vão pagar pela bandidagem, ou até que, às vezes, bandidos se safam fazendo bandidagem; o mundo com certeza está lotado de exemplos de ambos.

Tudo isso é bom para sustinhos rápidos, mas mesmo criar esses efeitos de primeira por conta própria não basta. Isso porque efeitos especiais não são o que faz uma história de zumbi ser aterrorizante de verdade, uma questão que o próprio George Romero já defendeu: "Eu vou a convenções e universidades, converso com os jovens cineastas e todo mundo tem feito filme de zumbi!", ele disse em uma entrevista de 2008. "Porque é fácil convidar os vizinhos, botar ketchup. Você não precisa de traje de borracha nem de efeitos de monstro." Você vai precisar de litros de sangue falso, mas, se o orçamento for apertado, é mais fácil criar um zumbi do que, digamos, um lobisomem. Deve ser por esse motivo que os zumbis foram figurinhas fáceis dos filmes B durante tanto tempo. Você bota Bela Lugosi, um bando de figurantes e, bum, sai um filme de monstro. "Mas não parece ter muita substância por trás", Romero disse. "É só sangue espirrando, sabe? Acho que tem que ir mais fundo."

O nível mais profundo é o que vem depois dos efeitos especiais, depois dos sustos e dos corpos que explodem. É algo que se pode explorar não através dos mortos, mas apenas através dos vivos. *The Walking Dead* funciona porque mostra gente destruída, amedrontada, corajosa, insana, honrada, falsa, nobre, imprudente ou simplesmente dura na queda. Em resumo, o seriado explora o que há no coração de cada pessoa.

CENAS DE EMBRULHAR ESTÔMAGOS

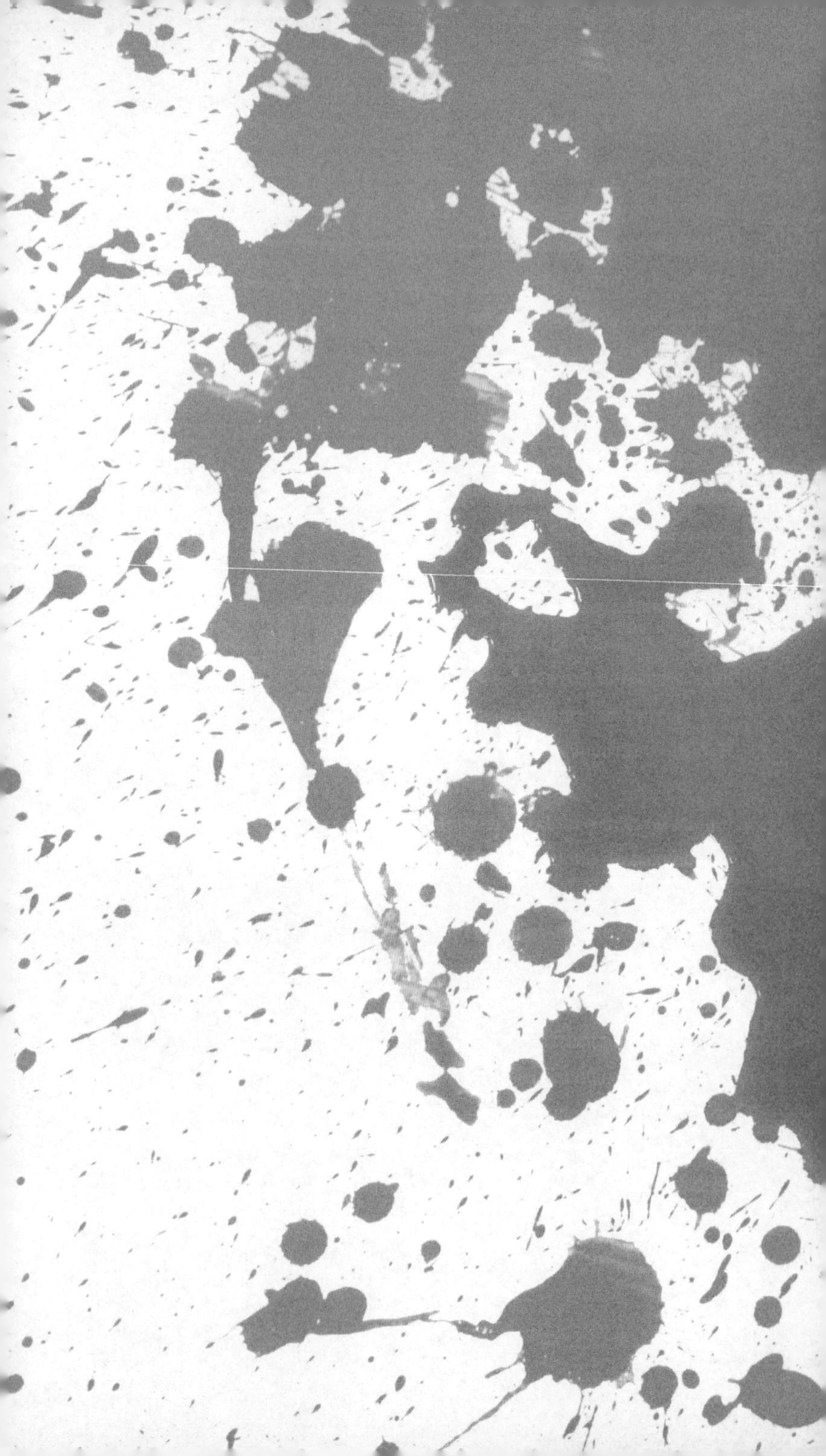

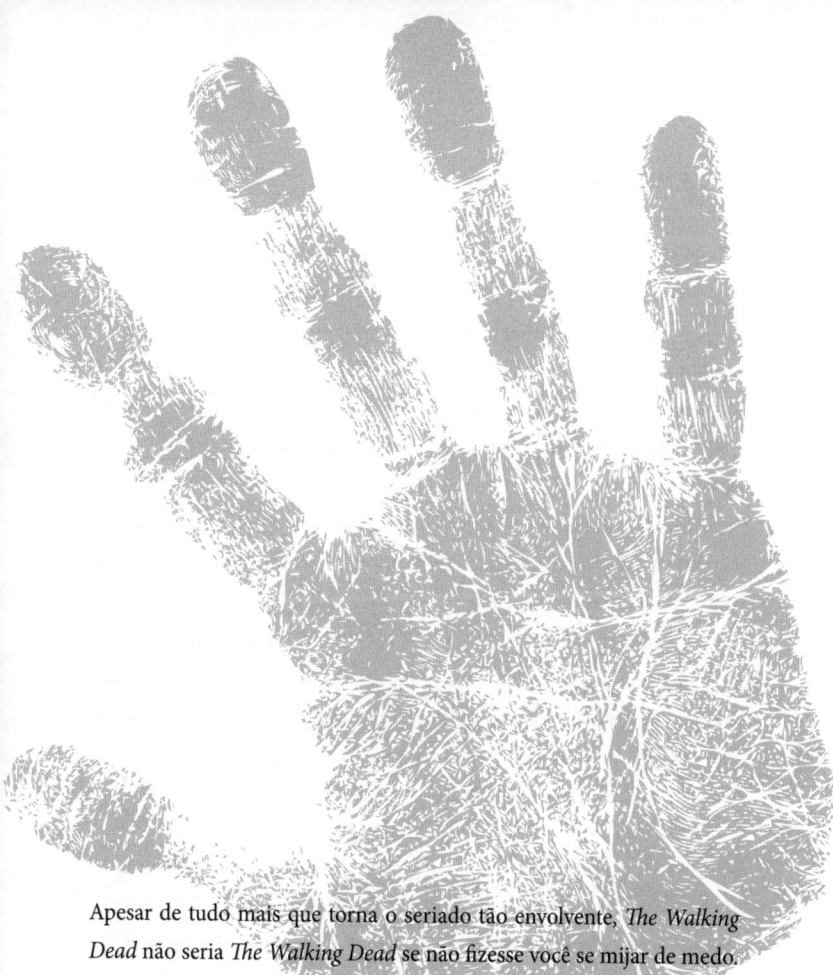

Apesar de tudo mais que torna o seriado tão envolvente, *The Walking Dead* não seria *The Walking Dead* se não fizesse você se mijar de medo. Cada um dos episódios mostra alguma coisa que escorre, que pinga, que geme, alguma coisa repugnante para revirar o estômago. Podem ser os errantes-da-areia na ponte que Tara e Heath descobrem, ou os zumbis d'água na despensa que Padre Gabriel (Seth Gilliam) invade. Às vezes, não é nem um monstro. Às vezes, é o medo do que o aguarda, ali, depois da curva. Aqui vão cinco dos momentos mais dolorosos para sua barriga que o seriado nos serviu nas primeiras sete temporadas.

RICK VAI A ATLANTA

O episódio piloto, "Adeus, Passado", é espantoso em termos de narrativa. Conhecemos nosso herói, Rick, em estado debilitado, ganhamos todas as informações visuais de que precisamos para entender que o mundo em que ele vive está em ruínas, e temos acesso a todos os fatos para entender por que as coisas estão como estão. Só vemos três pessoas vivas – Rick, Morgan e Duane –, mas vemos visceralmente o que os efeitos da praga provocam nos sobreviventes, como ela os destrói tanto no sentido figurado quanto no corpóreo. Rick chega a uma fazenda procurando gasolina e encontra os moradores na sala de estar, mortos em pacto suicida. Morgan e Duane estão atormentados porque a esposa e mãe falecida está se arrastando lá fora entre os mortos. Morgan poderia ter lhe dado uma morte por misericórdia depois que ela foi mordida, mas não conseguiu. Eles se encontram tão encurralados pela culpa e pela indecisão quanto pelos desmortos. Não conseguem seguir adiante, não conseguem fazer a única coisa racional que tem à disposição: partir.

Muito tempo transcorre entre a hora em que Rick deixa sua velha delegacia e chega a Atlanta. Temos até vislumbres do acampamento onde Lori, Carl e Shane estão, e onde Rick vai parar. Rick fica sem gasolina, larga a viatura e encontra um cavalo numa fazenda que o leva pelo resto do caminho. Temos aquele plano icônico com ele sozinho, nas faixas de entrada da rodovia, como um homem da lei chegando à cidade no Velho Oeste. Ele entra e encontra as ruas vazias. Quando vira uma esquina... depara-se com uma manada de zumbis. Centenas, entupindo a rua. Eles viram-se para ele, devagar. Ele percebe que cometeu um grande engano. É o momento "ih, merda" do herói – e também do espectador. É nesta cena que finalmente se revela toda a potência da devastação e do perigo. A coisa fica drástica. Os mortos cercam-no, derrubam-no do cavalo e começam a devorar o animal. Rick arrasta-se para baixo do tanque e atira nos zumbis que vêm atrás. Resta-lhe uma bala, que ele está prestes a usar em si; não dá para acreditar que a estrela do seriado vai morrer no piloto, mas não há saída. Então ele vê o alçapão aberto no fundo do tanque. (Só para registro, o tanque parece um U.S. M1 Abrams, que não tem escotilha de fuga na parte inferior. O M60 Patton tem, mas esse tanque não é um M60; é um Chieftain britânico.)

A última imagem, um plano do alto que vai se abrindo para mostrar os zumbis tomando as ruas, batendo no tanque, destroçando e devorando o cavalo, evidencia que os sobreviventes estão em número absurdamente menor.

O PRIMEIRO ATAQUE DO GOVERNADOR À PRISÃO

De todos os momentos chocantes nas sete temporadas do seriado, nada ganha do primeiro ataque do Governador à antiga Instalação Correcional do Oeste da Geórgia, que acontece no final de "Lar" (temporada 3, episódio 10).

O clã Grimes já transformou a prisão em casa, mas as coisas andam sinistras. Eles já tiveram uma refrega com os vizinhos de Woodbury e seu líder psicopata, o Governador. Glenn Rhee e Maggie Greene foram presos quando catavam suprimentos, e o Governador molestou Maggie. Daryl Dixon, membro importante do grupo, fez parte da equipe que resgatou Glenn e Maggie, mas quando encontra o irmão Merle em Woodbury, e o gênio ruim deste não é bem quisto na prisão, os dois irmãos Dixon vão embora. O Governador vem querendo sangue, e Glenn Rhee quer vingança. Enquanto isso, a morte da esposa faz Rick entrar em parafuso. Ele tem alucinações, ouve vozes, está, como diz Glenn, "viajando na maionese". Rick atravessa a cerca, atrás de seja lá o que estiver chamando-o (a propósito, Andrew Lincoln fica ótimo de doido). Todos os outros dentro da penitenciária fazem o possível para manter a cabeça e preparar-se para o ataque esperado. Hershel vai até a cerca e tenta convencer Rick a entrar. Carol fica observando de longe com Axel, o último preso sobrevivente, que se integrou ao novo grupo. Ele está contando uma história sobre o irmão, e a câmera está fixa nos dois, quando, de repente, a cabeça dele explode. Blam! Então vemos a ponta de uma mira telescópica de espingarda e o rosto por trás: o Governador. Rick fica encurralado no riacho. Hershel, encurralado no front. Um atirador subiu numa torre e deixou todo o pátio da prisão encurralado. Carol só sobrevive porque puxa o corpo de Axel para cima do seu. O Governador segura sua espingarda sobre a coxa e dispara várias vezes no ar, um sorriso de malícia no rosto. Ele *saboreia* o que faz.

Então ele dá sua nova cartada. Um de seus capangas entra de caminhão, derrubando as cercas interna e externa. O caminhão está cheio de errantes. Os mortos-vivos saem e tomam o pátio. O Governador e os capangas vão embora, contentados por terem conseguido a atenção de todos. Rick, enquanto isso, está do lado de fora da cerca, sem munição. Agora ele está cercado por errantes que foram atraídos pelo barulho. Não há como rechaçá-los. Hershel segue encurralado no front; não há como ele sair pulando com as muletas. Michonne sai correndo, cortando cabeças com a catana. Glenn chega de picape. Rick continua por conta própria, rechaçando os errantes que sobem nele às pilhas. Eles o apertam contra a cerca. Um está a centímetros do seu rosto e ele consegue segurá-lo com um braço; há outro logo à sua esquerda. Ele mal consegue conter os dois. A coisa nunca foi tão feia. *AimeudeusoRickvaimorrer!* Aí você vê um dardo familiar entrar pelo crânio do zumbi. Veio da besta de Daryl. Daryl e Merle são a cavalaria mais molambenta que já se viu, mas chegam na clássica última-hora.

A batalha é demorada, quase um quarto do episódio. Começa de repente, vai crescendo de forma violenta e parece que dura uma eternidade. Do júbilo maligno do Governador à morte do pobre Alex, até a quase-morte de Rick e a chegada da cavalaria irmãos Dixon, é uma sequência fantástica para embrulhar o estômago, e exemplo da escala e magnitude a que o seriado repetidamente chega.

A MORTE DE ANDREA

Há fãs que leem os gibis e há aqueles que não. Isso significa que uma grande parte dos espectadores está aguardando certos acontecimentos, enquanto outras partes não. Ao longo dos anos, os roteiristas do seriado tomaram rumos que desviam significativamente das HQs. Deram a personagens do seriado – Denise, Hershel e Bob – o mesmo destino fatal de outros personagens dos quadrinhos – Abraham (uma flecha na cabeça), Tyreese (decapitado pelo Governador) e Dale (devorado por canibais), respectivamente; ampliaram as cenas de alguns personagens, como o Governador; acrescentaram coisas que nunca aconteceram nos quadrinhos, tal como a visita ao CCD; e criaram personagens que nunca existiram nas HQs, como os irmãos Dixon. Mas o seriado deu um golpe surpresa total nos fãs da HQ quando matou Andrea em "Bem-Vindo aos Túmulos", no final da terceira temporada.

Portanto, mesmo que a história já tivesse dado uma guinada drástica em relação à trama nos quadrinhos, os fãs estavam esperando que ela fugisse do covil do Governador. (Nos quadrinhos, até o momento – *spoiler* – Andrea continua viva e é integrante-chave do clã Grimes.[7]) Andrea era uma das personagens que havia mostrado um crescimento incrível, de alguém que queria morrer, na primeira temporada, até se revelar uma sobrevivente capaz, na terceira temporada, o que torna sua morte ainda mais chocante.

Andrea faz tudo que é possível. Ela foi parar em Woodbury e se apaixonou pelo que a cidade poderia ser. Também se apaixonou – muito,

---

7 A personagem faleceu nos quadrinhos na edição 167 de *The Walking Dead*, publicada em maio de 2017, após o fechamento da edição original deste livro. [N. do T.]

muito enganada – pelo que imaginou que o Governador poderia ser. Ao perceber o engano, ela tentou fugir e voltar à prisão. Ela quase consegue, até que o Governador a encontra e a leva de volta. Ele a amarra a uma cadeira de dentista na sua câmara de tortura. Então, ele esfaqueia o outro desertor – Milton – e tranca-o na sala com Andrea. "Agora você vai morrer", diz o Governador, "e aí vai se transformar, e aí vai arrancar a carne dos ossos dela. Nesta vida, você mata ou morre. Ou você morre e mata". Leva um tempo para acontecer o que ele diz. Andrea está se debatendo forte para se soltar antes que Milton morra e se transforme. Mais uma vez, ela quase consegue. Ela está quase fora. Então, Milton se transforma. A cena corta para as paredes de aço do lado de fora. Ouvimos Andrea gritar, mas a cena termina.

Não sabemos o que acontece com ela até a batalha final com o Governador, depois que este chacina sua própria gente e depois que Rick, Daryl e Michonne vão a Woodbury para acabar com tudo (se você pensar um pouco, é um clímax bem violento). Eles vasculham as câmaras de tortura e finalmente encontram Andrea. Ela está viva, mas foi mordida. É tarde demais. Ela implora por uma arma para acabar com tudo. "Já sei destravar", Andrea diz a Rick, fazendo referência ao primeiro encontro dos dois na loja de departamentos em Atlanta, quando ela não sabia como funcionava uma trava de revólver. Rick lhe entrega uma semiautomática, Michonne fica ao seu lado, e ela se mata.

HERSHEL NA ALA DE DOENTES

Os episódios de abertura da quarta temporada, quando um vírus assola a prisão e ameaça matar todos, culminam no que, pelo menos para mim, é o ponto alto emotivo de todo o seriado. Como eu falei acima, às vezes o terror e o drama de *The Walking Dead* não vêm dos monstros; vêm do simples horror de tentar viver em um mundo que perdeu todas as redes de segurança dadas pela sociedade civilizada. Tal como remédios.

Certo tempo depois que o grupo conseguiu transformar a Instalação Correcional do Oeste da Geórgia em lar funcional para um grupo de sobreviventes cada vez maior, acontece uma coisa terrível: um vírus se espalha. Não o vírus zumbi, mas outro. Seja o que for, ele é potente e, sem remédios modernos, começa a fazer vítimas. O primeiro a morrer é um jovem, que se transforma e ataca outros. Ele deixa algumas pessoas muito doentes, tanto que Carol toma para si a tarefa de matar duas delas e queimar os corpos para que não infectem outros, nem que morram e virem zumbis. De repente, a maior parte da população carcerária está doente. Os que não estão saem numa busca desesperada por remédios perto de uma faculdade de veterinária que Hershel conhece. O restante fica em quarentena, em outro bloco da penitenciária. Quem não está doente não pode entrar. É muito perigoso. Eles estão por conta própria, para viver ou morrer.

Hershel decide que não vai deixar essa gente morrer. Ele entra na ala com os doentes e começa a fazer o que está a seu alcance para aliviar o sofrimento de todos. Com sorte, vai mantê-los vivos até os outros voltarem com os remédios. É uma missão suicida. A moléstia é extremamente contagiosa e Maggie e Rick tentam detê-lo. Ele os refuta com um discurso grandioso, desesperado, provavelmente o melhor do seriado: "Se você vai lá fora, você se arrisca. Se você toma água, você se arrisca. E agora, se você respira, você se arrisca. Hoje, independentemente do momento, não há escolha. A única coisa que podemos escolher é pelo que se arriscar. Eu tenho como fazer essa gente se sentir melhor, aguentar um pouco mais. Posso salvar vidas. Já é motivo para arriscar a minha. E vocês sabem disso."

Hershel cuida dos doentes, que estão cada vez mais perto de morrer, incluindo seu cunhado Glenn. A seu serviço, ele tem apenas dois socorros rudimentares – chá de sabugueiro e um tubo de sucção –, além de determinação e sapiência. Ele salva tantos quanto pode. Alguns começam a morrer e se transformar. Ele fica preso lá, tentando evitar os errantes e manter os demais vivos. Maggie finalmente invade a quarentena e salva tanto o pai quanto o marido. A equipe que foi buscar o remédio chega para salvar todos. Não fosse o heroísmo de Hershel, provavelmente todos teriam morrido. É uma cena épica, mas apavorante. Passado o perigo, Hershel finalmente vai descansar em outra cela. Ele senta-se na cama e desaba num choro incontrolável, emocionalmente devastado. E vou lhe dizer que eu fiz a mesma coisa.

GLENN NO BECO

Glenn Rhee aparentemente morre em um beco (temporada 6, episódio 3, "Obrigado"), longe dos amigos, da esposa e do filho ainda por nascer. É o ponto culminante de uma série de fatos totalmente imprevisíveis que ameaçaram a existência de Alexandria. Há um choque total em ver estes fatos levarem à morte de alguém tão apto e engenhoso como Glenn. Embora venhamos a descobrir, três episódios depois, que ele não morreu (e no capítulo 11 vou explicar por que eu acho que essa decisão dos roteiristas foi terrível), este momento – quando você não sabe que ele não morreu – facilmente se destaca como um dos momentos mais chocantes de todo o seriado.

Os primeiros três episódios da sexta temporada (dirigidos por Nicotero, Jennifer Lynch e Michael Slovis, respectivamente; com roteiros de Scott Gimple e Matthew Negrete, Seth Hoffman e Angela Kang) são, na verdade, uma longa e brilhante sequência sobre uma enorme pedreira tomada de mortos-vivos, perto de Alexandria, e que acontece quase em tempo real. Há centenas de desmortos na tela, quem sabe milhares, e o plano de Rick é arrebanhar todos para tirá-los em marcha da cidade. É um plano audacioso, que obviamente vai dar errado, e o gatilho para tudo que acontece na temporada 6. A trama de Glenn forma uma história fechada dentro desta história maior.

Enquanto boa parte da mão de obra de Alexandria está com os zumbis, a cidade fica vulnerável – e é quando o grupo de maníacos conhecido como Lobos ataca. Eles jogam um caminhão contra os muros da cidade, o que dispara uma sirene. É o som que começa a atrair os errantes da pedreira à cidadezinha. De repente tudo vira um caos. Como eu falei, os três episódios são basicamente em tempo real, registrando os fatos de um dia. O ataque dos Lobos acontece sem qualquer pista visual ou de áudio para o espectador. A maioria dos moradores sai correndo – fora Carol, que defende a cidade quase sozinha (ela tem vários momentos fantásticos). O grupo de Rick fica dividido, tentando recobrar o controle sobre a manada e correr dela ao mesmo tempo. Glenn, Nicholas, Michonne e Heath acabam numa cidade onde há uma chance de virar a manada. Não dá certo. Glenn e Nicholas – homem que, aliás, tentou matar Glenn em outra oportunidade – acabam presos em um beco, com dezenas de errantes impedindo-os de se mexer.

É o apogeu de um plano épico que deu absolutamente errado. Glenn e Nicholas escalam uma lixeira grande, sem qualquer chance de fuga. Estão praticamente sem munição. Glenn é um herói do clã Grimes, um sobrevivente feroz, engenhoso. Ele é, afinal de contas, o cara que salvou Rick lá em Atlanta. Mas não há o que se fazer. Eles vão morrer. Nicholas percebe, sussurra um "obrigado" e dá um tiro em sua própria cabeça. O ricochete faz os dois caírem no chão, bem nas mãos dos errantes.

É um momento chocante, que não aconteceu nos quadrinhos. Ninguém tinha como prever, mas faz todo sentido: A trama levou Glenn até aquele beco. Glenn é um dos sobreviventes mais aptos de Alexandria. É claro que ele faria parte da tropa na missão da pedreira. Quando a missão dá errado, é claro que ele seria um dos poucos capazes de achar um conserto. Só que ele não consegue. Ele arrisca sua vida enquanto tenta, como tantas outras vezes em que se provou um herói digno. É o que torna a coisa tão chocante. Naquele instante, ele não é um salvador exuberante. Ele é simplesmente um cara vencido por tudo, e reforça o que deveria ser a única lição contínua deste mundo: qualquer um pode morrer a qualquer instante (mesmo que, no caso, ele não morra. Mais uma vez, espere até o capítulo 11, no qual eu tenho várias opiniões sobre este momento).

RESUMO
TEMPORADA
TRÊS

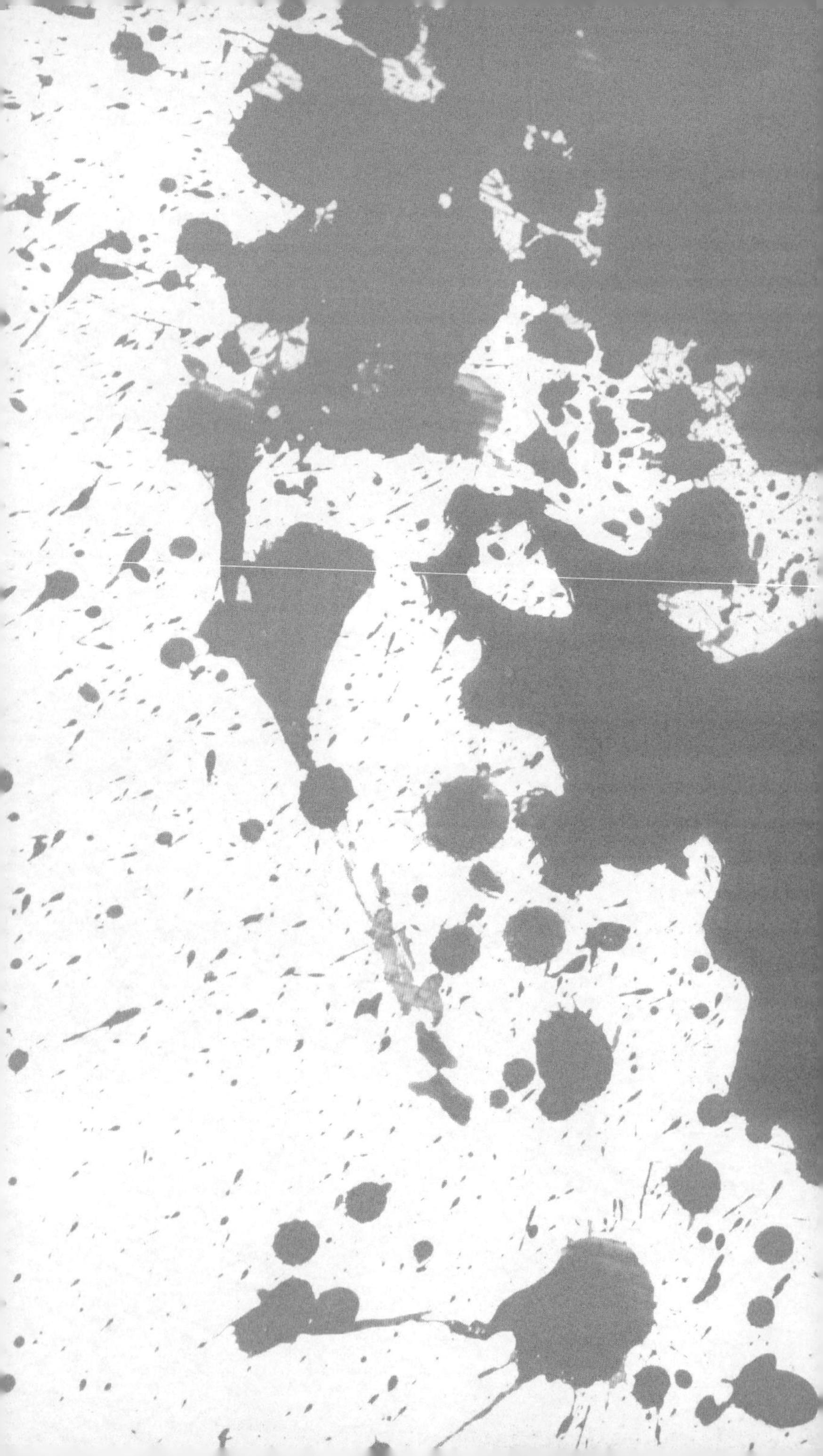

REFÚGIO: A Instalação Correcional do Oeste da Geórgia, Woodbury
BAIXAS ENTRE SOBREVIVENTES: Lori Grimes, T-Dog, Andrea, Milton, Merle, Duane Jones, Donna, Ben, Axel, Oscar, Big Tiny, tantos *woodburyenses* que não deu pra contar
ANTAGONISTAS ANIQUILADOS: Tomas, Andrew, Allen, Merle
ERRANTES DE DESTAQUE: Milton, Merle, Penny
NASCIMENTOS: Judith

Depois que a fazenda Greene é tomada, o clã Grimes volta à estrada e encontra refúgio em um local inesperado: uma penitenciária, a antiga Instalação Correcional do Oeste da Geórgia. Ela tem muros, tem energia elétrica, tem cercas e tem um pátio para plantar. Fora estar precisando de uma faxina, já que está lotada de detentos e guardas mortos-vivos, ela é ideal. A faxina em si é uma tarefa árdua. Hershel leva uma mordida na perna e Rick, por impulso, amputa-a abaixo do joelho. Funciona. Eles também descobrem algo que os surpreende: cinco detentos que não morreram e que passaram o tempo todo trancados no refeitório. Os presos não têm ideia do que aconteceu com a prisão nem com o resto do mundo.

Isso leva a um certo dilema entre os dois grupos: Quem é o "dono" da prisão? Os cinco detentos que estão enclausurados ali há mais de ano, ou o clã Grimes, que acabou de chegar, mas que fez a faxina que deixou o local seguro? Alguém teria direito legítimo sobre alguma coisa fora o que consegue defender com armas, facas e vidas? A pergunta na penitenciária é uma versão trivial da pergunta que vai reaparecer várias vezes – por exemplo, quando o clã Grimes encontrar a comunidade em Woodbury e seu líder assassino e psicopata, o Governador.

Eles chegam a uma trégua com os presos, que não dura nada – tal como os presos não vão durar: Tomas, o líder, ameaça Rick e acaba levando uma machetada na cabeça. Outro é mordido por um errante. Rick afugenta um terceiro, Andrew, que, em retaliação, ativa os alarmes da penitenciária e atrai uma manada de errantes. No meio da bagunça, T-Dog morre sacrificando-se por Carol, e Lori obriga Maggie a fazer uma cesariana de extremíssima emergência. É o que salva a vida da criança, mas deixa Lori com uma ferida letal. Carl é quem executa a tarefa impensável de botar uma bala na cabeça da mãe e evitar que ela se transforme.

Enquanto isso, Andrea, gripada, e Michonne seguem vagando pela floresta. Elas encontram um helicóptero militar caído, onde observam outros sobreviventes. Enquanto assistem de longe, um dos sobreviventes vem por trás delas. É a primeira vez que revemos Merle Dixon, vivo, com uma tampa de metal cobrindo a mão amputada e uma faca no lugar. Em algum momento, Merle foi encontrado pelo homem chamado Governador e tornou-se seu soldado leal. Ele pega as duas e as leva a Woodbury, onde elas são recebidas pelo Governador. Na superfície, Woodbury parece quase idílica: uma cidadezinha de cartão-postal onde se construíram muros altos e robustos. Andrea é atraída pelo lugar e, aparentemente, pelo seu líder, mas Michonne sente calafrios. Não fica claro quem tem o instinto certo. O Governador encontra o piloto do helicóptero caído e descobre que existe um grupo de sobreviventes da Guarda Nacional. Ele vai até o acampamento deles com notícias do piloto do helicóptero – e manda seus homens, escondidos na mata, dizimarem os soldados. É neste ponto que sabemos de quem era o instinto correto: Michonne. Tem-se mais confirmação quando o Governador volta a seu apartamento e se acomoda para a noite – em um sala secreta onde uma parede é tomada de aquários com cabeças de zumbis. Glenn e Maggie saem em busca de suprimentos e se deparam com Merle, que os prende e os leva a Woodbury. Lá, o Governador os tortura, querendo informação. O Governador vê a mera existência de outro grupo como ameaça a seu mando, e sua mente homicida já elabora planos para apagar todos. Michonne monta o quebra-cabeça por conta própria e aparece na prisão com os suprimentos que Maggie e Glenn haviam conseguido. O clã Grimes faz planos para resgatar seus comparsas e invade a cidade. Eles conseguem resgatar os dois, e Michonne parte para encontrar o Governador. No apartamento dele, ela descobre o terror dos aquários e a filha dele, Penny, uma garotinha zumbi. Michonne dá à menina uma morte por misericórdia na frente do pai, e os dois têm um duelo épico, que termina com Andrea entrando para salvar o Governador – mas não antes de Michonne arrancar o olho dele com um caco de vidro. Na luta, porém, Daryl é capturado e o grupo tem que voltar para buscá-lo. Assim que ele é resgatado e reencontra Merle, os Dixon partem juntos para a mata, pois ninguém na penitenciária dispõe-se a conviver com Merle.

De volta à prisão, o peso psicológico de tudo foi demais para Rick, que agora começa a ouvir vozes em um telefone antigo, assim como a ver o fantasma da esposa. O Ricktador não só perdeu a liderança, mas também vaga sozinho pela floresta. O grupo está disperso e temeroso, aguardando a retaliação do Governador. Quando ela chega, vem abrupta e brutal. Axel leva um tiro na cabeça, Hershel de muletas é derrubado no quintal e Rick é quase vencido pelos errantes do outro lado da cerca, no momento em que os irmãos Dixon ressurgem. O Governador dá um sorriso maligno, dispara para cima, descarrega um caminhão cheio de errantes na cadeia e vai embora. Mensagem recebida.

Andrea prepara uma reunião entre o Governador e Rick. Será a única vez em que os dois vão estar na mesma sala apenas para conversar. Não dá certo. "Bom, pelo menos eu não fico me chamando de *governador*", diz Rick, condescendente. As ofensas voam de um lado para o outro, cada um gabando-se de si. O Governador aceita recuar – mas só se Rick entregar Michonne. Rick é esperto e sabe que o outro está mentindo, mas o desespero o faz considerar a proposta. O clã Grimes precisa tomar uma decisão rápida: fugir ou lutar. Será ali mesmo seu lar? E, se for, vale a pena defendê-lo? Merle toma a questão para si, convencendo Michonne a fazer um passeio e levando-a presa, com intenção de entregá-la. Mas sua consciência vence. Até Merle, ao fim, vira nobre. Ele tenta, por conta própria e em desespero, matar o Governador. Não dá certo. Em retaliação, o Governador mata Merle e o deixa transformar-se. Daryl acaba encontrando-o neste estado e é obrigado a dar uma morte de misericórdia ao irmão.

O Governador faz seu plano de ataque, mas antes lida com dois traidores nas suas fileiras: Andrea e Milton. Andrea, ele a amarra a uma cadeira de barbeiro na sua câmara de tortura; Milton, ele o apunhala e o deixa na mesma sala com Andrea. "Neste mundo, você mata ou morre", ele diz, "ou morre e mata". O clã Grimes resolve que vale a pena defender seu lar e se prepara para o inevitável ataque. Quando ele chega, é mais desequilibrado do que imaginavam. O pessoal de Woodbury não é cheio de combatentes altamente capacitados; o clã Grimes, sim. Eles repelem o ataque facilmente e afugentam-nos. No meio desta insanidade e irritado com a derrota, o Governador atira em todos do seu grupo, fora os dois principais tenentes.

Rick, Daryl e Michonne vão a Woodbury e encontram Andrea ainda viva. Ela conseguiu se livrar da cadeira e esmagou a cabeça de Milton – mas não antes de levar uma mordida. Ela não vai sair dessa. Rick lhe dá uma arma. Com Michonne a seu lado, ela acaba com tudo. O clã Grimes pega os retardatários que ficaram em Woodbury, os leva de volta à prisão e inicia o processo de reconstrução e melhoria da comunidade. Agora, aquele ali é seu lar.

CAPÍTULO 5
UM CORAÇÃO

"VOCÊ LUTA. E LUTA MAIS. VOCÊ NÃO DESISTE. E AÍ,
UM DIA, VOCÊ MUDA. TODO MUNDO MUDA."
– **CAROL PELETIER**
(TEMPORADA 4, EPISÓDIO 4, "O BOSQUE")

"Se Daryl morrer, haverá revolta" é um dito popular entre os fãs. Não culpo ninguém. O personagem de Daryl é tão respeitado e está há tanto tempo com os fãs (e passou por tantas provações) que eles não imaginam o seriado *sem* ele. Esse apego aos personagens ilustra como a série trata de muito mais que sustinhos e efeito-especial-zumbi.

"O foco no personagem é tudo em *The Walking Dead*", disse Jay Bonansinga, o escritor responsável pelos livros derivados do seriado. Quem poderia acreditar – ele se perguntava, numa época anterior à estreia da série ou mesmo à dos quadrinhos – que aconteceria um fenômeno pop mundial em torno do apocalipse zumbi? "Na minha opinião, isso só aconteceu por causa de personagens. São eles que fazem o seriado ser tão foda."

Por um lado, os indivíduos de *The Walking Dead* são literalmente personagens de gibi que saltaram das páginas da obra original de Kirkman. Nesse sentido, eles são, vamos dizer assim, bidimensionais. Há o xerife solitário. O sábio fazendeiro. O caipira. O asiático sabe-tudo. A filha do fazendeiro. O padre. O vilão psicopata (desse tipo há vários, aliás). Até os nomes são genéricos: Rick. Carl. Daryl. Bob. Andrea. Hershel. Glenn. Dale. Entretanto, a proposta é modificada quando essas figuras de papelão ganham fôlego com elenco e roteiristas. Ao longo das sete temporadas (até agora), os personagens – os que sobreviveram, pelo menos – passaram por vastas mudanças. Eles são radicalmente diferentes das pessoas que eram no momento em que os conhecemos. Eles evoluíram, viraram tridimensionais, plenos, com competências que lembram superpoderes. Ironicamente, um vilão que teve vida curta, o canibal Gareth, chega a dar nomes de super-heróis de gibi aos inimigos do clã Grimes: o Arqueiro (Daryl), a Samurai (Michonne). Carol, que destruiu sozinha o complexo deles, é chamada apenas de Vaca-Rainha. Apesar dos nomes simples, Bonansinga diz: "Não estamos acostumados a esse tipo de profundidade, a esse desenvolvimento quase tocante dos personagens. É por isso que as pessoas reagem tão bem."

O arco de evolução de um personagem é algo atemporal. Na *Odisseia* de Homero, escrita no século VIII a.C., o astuto herói Odisseu, rei de Ítaca, passa pelo inferno para voltar a sua esposa e filho depois de lutar nos dez anos da Guerra de Troia. Antes de chegar às margens de sua ilha natal, ele terá perdido tudo: seus navios, seus homens, até mesmo sua identidade. Ele se assemelha a um mendigo. Aliás, ninguém – nem mesmo sua esposa – o reconhece quando ele volta para reclamar a coroa. Odisseu parte rei e retorna indigente, e tem que lutar para retomar o que já fora seu (e dar fim sangrento a todos os pretendentes de olho na esposa e no trono). É um belo de um arco de evolução. Certamente, o que o torna mais épico é o fato de que Odisseu nunca perde a noção de si, nunca deixa de acreditar em si como rei de Ítaca, e a história vira uma lição sobre apegar-se a si independentemente das circunstâncias.

A *Odisseia* é uma narrativa tão magistral que praticamente virou base para toda narrativa que surgiu depois. Quando *Star Wars* virou megafenômeno global, em 1977, a trama de tirinhos no espaço ganhou suporte intelectual porque foi vista como reinvenção da "jornada do herói". E fãs (e franquias) amam heróis. *The Walking Dead* faz outra abordagem da jornada do herói. Os personagens que habitam este mundo não estão atrás de um reino, nem de aventura, nem de combates pomposos; eles só querem sobreviver e ter uma desculpa para seguir adiante; normalmente acabam encontrando-a um no outro.

Todo seriado tem um protagonista, a lente através da qual vemos o mundo que o programa representa. *Família Soprano* abre com o chefão da máfia de New Jersey, Tony Soprano, no consultório da psiquiatra Jennifer Melfi. Embora ele finja relutância de início, eventualmente ele se abre para ela, e sentimos a crueza emocional de seu personagem ao longo das sessões.

Às vezes, estes papéis se dividem. *Mad Men* tinha seu protagonista aparente em Don Draper, o publicitário de passado secreto, mas eu diria que a história é contada, na verdade, pelos olhos de Peggy Olson, que vai subindo na hierarquia da agência de publicidade fictícia Sterling Cooper. Na estreia do seriado, Peggy chega para seu primeiro dia como secretária de Don e ganha um *tour* pela agência. Embora Don seja a estrela, somos apresentados àquele mundo através de Peggy.

Faz diferença saber através de qual perspectiva vemos os fatos. Em *Cheers*, um casal de noivos entra num bar de Boston. O homem deixa a noiva no bar e não volta nunca mais. Ela, por sua vez, fica com o emprego de garçonete no local. A partir daí vemos o mundo desse bar pelos olhos de Diane Chambers, a forasteira, motivo pelo qual o local parece tão cheio de gente esquisita e doida. Se víssemos pelos olhos de Sam, ou de Cliff, ou de Norm, quem sabe seria uma coisa totalmente diferente. Em *Mr. Robot*, o protagonista e o narrador são a mesma pessoa, Elliot Alderson (tecnicamente, o protagonista, o narrador e o antagonista são a mesma pessoa, mas *Mr. Robot* é um seriado complicado).

Em *The Walking Dead*, a perspectiva é a de Rick Grimes, através de quem temos a experiência de como o mundo está mudado assim que ele desperta. Rick é uma pessoa que define metas: Encontrar a família. Encontrar refúgio. Proteger o clã. Não é sempre que ele toma a decisão certa – aliás, é comum ele tomar a decisão errada –, mas ele se dispõe a *tomar* decisões e a conviver com as consequências. Há muitos exemplos que eu poderia citar, mas o que me parece mais poético, o mais revelador, tem a ver com o destino de Sophia Peletier, a filhinha de Ed e Carol Peletier, que encontra seu fim nas matas próximas à rodovia no início da segunda temporada (embora só venhamos a descobrir bem mais tarde).

Depois que o grupo deixa o CCD, no final do último episódio da primeira temporada ("IT-19"), eles ficam encurralados na rodovia no início da segunda temporada ("O Que Vem Pela Frente"). Sophia se perde na floresta e o grupo vai parar na fazenda Greene. Rick incentiva todos a continuar procurando Sophia, mesmo que, dentro de si, duvide que ela ainda esteja viva. A decisão não é muito boa para Shane, que não só é o melhor amigo de Rick, mas também cada vez mais se torna seu antagonista, competindo tanto pelo papel de líder no grupo quanto pelo afeto da esposa de Rick, Lori. Shane se irrita com as regras tanto de Rick quanto de Hershel. Quando se revela que há errantes no celeiro, ele entra em parafuso. Ele arma todo mundo, abre as portas do celeiro e deixa os errantes saírem. É seu jeito de desafiar Rick e Hershel, com violência.

E aí, quem sai do celeiro? Sophia. É um momento de partir o coração do público (eu sei que muita gente já previa, mas eu não) e do clã Grimes.

Todos ficam parados, em choque, sem saber como agir. Carol está histérica, destruída, mas todos os outros também se sentem derrotados ao ver que a morte dela é uma coisa real. Shane fica completamente sem reação. Só há uma medida a se tomar, porém. E só uma pessoa que pode tomá-la. Rick puxa sua Cold Python e atira na cabeça de Sophia. Porque, como líder, ele é a única pessoa que poderia fazer uma coisa dessas.

"Existem seres humanos que não são pensados para curar os outros", Andrew Lincoln me disse durante uma entrevista. "Há pessoas que seguem insistindo, e ele é dessas. Por isso que os outros vão atrás. Porque ele tem esse coração." Lincoln lembrou de um trechinho de *O Velho e o Mar*, de Ernest Hemingway, quando o idoso Santiago está contando uma história sobre tartarugas e comenta que o coração de uma tartaruga segue batendo horas depois de ser arrancado do corpo. Serve de metáfora da força de Rick, como ela persiste independentemente do custo ou da situação que ele tenha diante de si. "Uma das primeiras citações que me veio à cabeça, quando eu comecei a interpretar Rick, é uma bem simples", Lincoln disse. "Herói é o homem que faz tudo que pode".

O que explica Rick muito bem. Mas Lincoln insistiu que não é uma qualidade exclusiva do seu herói. "Olhe só para o mundo; fico sempre maravilhado com os pequenos atos de heroísmo que acontecem na vida de todo mundo, o tempo todo." Como tem gente que consegue sair da cama, ele perguntou, quando sabem dos apuros que vêm pela frente? Ainda assim elas se levantam. Se Lincoln tiver razão, e acho que tem, isso ilustra como os personagens são parecidos conosco e por que as pessoas se veem tanto neles. Mas também ilustra como os atores sentem-se contentes com seus personagens, a serviço deles.

Alguns dos personagens parecem ter sido moldados tanto pelos atores que os interpretam quanto pelo que se lê no roteiro. Isso fica evidente em particular com o Rick de Andrew Lincoln, o Daryl de Norman Reedus e a Carol de Melissa McBride. Estes três podiam facilmente virar pouco mais que heróis de papelão, planos como uma folha de papel, mas os atores foram brilhantes em transformar essas figurinhas de gibi preto e branco em gente de carne e osso, com as quais milhões mundo afora se identificam em nível visceral. (Uma pena que ninguém percebe quando chega a época dos troféus.)

Toda pessoa com quem eu falei a respeito deste livro fez elogios absolutamente espontâneos e radiantes a Andrew Lincoln. Lincoln é famoso por ser um ator metódico ao extremo no set. Ele ouve heavy metal cheio de gritos, ele mesmo sai gritando, socando paredes, fazendo de tudo para sua intensidade chegar lá em cima quando vai interpretar as cenas mais fortes. Mas ele também tira um tempo para trabalhar com o elenco, para uni-los, tal como fazem os líderes.

"O Andy, ele é de fato líder pelo exemplo que dá", disse Juan Gabriel Pareja. "Ele tem espírito generoso, e isso criou uma dinâmica no set que fez todo mundo virar família. Ele tinha bastante coisa para fazer e, mesmo assim, ele foi incrível de tão gentil, dedicando seu tempo e sua energia. Serviu de exemplo."

Xander Berkeley, que entrou no seriado na sexta temporada como Gregory, imediatamente entrou em oposição ao Rick de Lincoln, e disse que não sabia como o ator ia entender o antagonismo. Como Gregory, "eu tinha que atormentar o Rick, e há muitas vezes em que os atores – os egos, sabe –, mesmo que seja parte da narrativa, eles recuam, eles não gostam de nada que os faça aparentar fraqueza". Lincoln, contudo, se empolgou com a dinâmica. Para Berkeley, foi sinal de que ele estava trabalhando com um profissional de alto calibre. Berkeley disse que até quem passa só um dia no set vai receber uma visita de Lincoln, que quer garantir que todos estejam à vontade e saibam o quanto são importantes. Além do mais, o nível de compromisso que Lincoln dá ao papel, tanto ao personagem quanto a seu lugar no elenco, é algo que passa para todos no set, e Berkeley acha que, "de algum jeito, ecoa até chegar aos fãs. Eles captam o espírito do seriado".

"Vou dizer: isso é muito raro."

Norman Reedus é a grande estrela menos grande estrela que você vai conhecer na vida. É claro que ele não age como Daryl Dixon, o caipira das grotas, duro de roer, que interpreta no seriado. Mas você vê que há uma qualidade no ator que se traduz no personagem e que faz de Daryl um herói mais realista.

Conheci Reedus quando ele veio a Nova York uma vez, para uma série de entrevistas de promoção do seriado. Gravamos uma entrevista em vídeo e, depois, ele ficou com nossa equipe de produção e comigo, matando tempo, batendo papo, sem qualquer toque de afetação. Alguns dos caras o conheciam do filme cult *Santos Justiceiros*, e ele vinha nos contando a diferença entre fãs de *The Walking Dead* (que ele descreveu como apaixonados e respeitosos) e fãs de *Santos Justiceiros* (apaixonados e violentos). Lembro-me de pensar: *Somente olhando para esse cara, jamais se adivinharia que ele é uma das maiores estrelas no maior seriado da TV.*

Reedus teve uma rota mais tortuosa para o apocalipse zumbi do que Lincoln. Enquanto Rick é o herói nítido do seriado e Lincoln é a estrela, o Daryl de Reedus não era nem personagem quando Darabont estava montando o piloto. E Norman Reedus, de certo, não era uma estrela. Ele entrou nessa de ator já adulto, seguindo o conselho de um amigo quando estava morando em Los Angeles, e já tinha juntado alguns créditos no currículo. Quando ele fez o teste para *The Walking Dead*, era para o papel de Merle Dixon, mesmo que o papel do irmão malvado já estivesse com o veterano de papéis excêntricos Michael Rooker. Ele foi fazer o teste assim mesmo, pois queria qualquer papel no seriado. Os produtores ficaram tão impressionados que o chamaram de volta e acabaram criando o papel de Daryl especificamente para aproveitá-lo. Da mesma maneira que Reedus poderia ficar com o manto de estrela de Hollywood, Daryl poderia pegar o manto de líder. Porém, parece que isso não faz parte da disposição natural nem do ator nem do personagem.

Quando conhecemos Daryl, ele é o irmãozinho de Merle. Ele caça esquilos, é um sobrevivente das grotas e está sempre às turras com Rick, Shane e todos os demais no acampamento próximo a Atlanta. (Em temporada posterior, revela-se que os irmãos Dixon tinham o plano de assaltar o acampamento e se mandar). "Ele é tipo um bicho molhado que você encontra no beco", Reedus me contou. "Se você chegar perto, ele vai rosnar. Mas se você der comida e levar a um lugar quentinho, ele vai te seguir para sempre." Daryl é alguém que precisa de "que lhe tragam esse toque de esperança, porque ele não vai descobrir sozinho". Ao longo dos 99 episódios do seriado, o bicho molhado cresceu emocionalmente, permitindo-se fazer parte do grupo, e até encontrou a si mesmo nesta interação. Ele torna-se um tenente confiável de Rick, assim como líder por direito. Porém, há uma vulnerabilidade que persiste em Daryl, alcançada pela empatia que Reedus dá ao personagem. (Também há ambiguidade. Persistem os rumores de que Daryl é gay, evidenciados pelo fato de que ele nunca ficou com uma mulher na série. Reedus não disse que sim nem que não, mas falou que, caso se revele que Daryl é gay, ele ia "botar pra quebrar".)

O melhor exemplo da evolução de Daryl ocorre quando ele é forçado a escolher entre a prisão e seu irmão, Merle (temporada 3, episódio 11, "Lar"). Ele tenta privilegiar a família de sangue em relação à adotiva, mas não demora muito para ver que não é mais possível viver como antes. Os irmãos Dixon retornaram à estrada, voltaram a se virar por conta própria, numa condição que já havia funcionado antes, mas, agora, não mais. Merle começa seus joguinhos de sempre com o irmão, todos em vão. Eles encontram sobreviventes assolados por errantes numa ponte, e Daryl corre para salvá-los. Ele não é mais o irmãozinho de Merle. Agora ele é um homem – e, mais que isso, é um homem de *bem*. Na floresta, eles caem numa briga, momento em que botam para fora tudo que pensam. É quando se revelam algumas coisas, sendo uma delas que o pai espancava os dois. Daryl cansou e vai voltar à prisão. Merle sabe que não será bem-vindo.

"Eu tentei matar a nega vaca. Quase matei o china."

"Ele é coreano", diz Daryl.

Merle só olha para ele, pasmo e indignado. "Que seja", ele diz. A grande ironia é que ainda em Atlanta (temporada 1, episódio 4, "Hermanos"), Daryl chamou Glenn de chinês e Glenn o corrigiu. "Que seja", Daryl disse naquele momento.

E, claro, Daryl virou um tal ímã de nobreza que até consegue despertar uma centelha no irmão. Eles voltam à prisão, e Merle acaba sacrificando-se ao tentar matar o Governador. Não dá certo, mas Merle se torna herói por conta do exemplo de seu irmãozinho. Fica evidente por que Daryl sempre aparece entre os preferidos dos fãs.

Não houve personagem de *The Walking Dead* que teve um arco mais incrível que Carol, interpretada por Melissa McBride. A estreia da quinta temporada, "Sem Refúgio", retrata um de seus melhores momentos. Foi o episódio de maior audiência até hoje, com 17,3 milhões sintonizados, uma louca cena de ação na qual Carol retorna ao clã Grimes para salvá-los do abate certo na casa de loucos que é Terminus. Naquele instante, Carol Peletier ascendeu ao círculo restrito dos "imortais" do seriado – "imortais" por conta de suas habilidades, e "imortal" por conta do sucesso que faz entre os fãs.

Vale lembrar a armação do episódio: Bob Stookey, Rick Grimes, Daryl Dixon e Glenn Rhee estão na pior, algemados e ajoelhados sobre uma tina de metal, dentro de um depósito gigante. Ao lado deles estão outros quatro, os quais serão mortos. É o abatedouro de Terminus (nunca se acertou qual é o nome desse grupo; eu sempre gostei de *terminitus*), para onde um bando de canibais atrai estranhos só para matar, cozinhar e comer. Cada um sobrevive do jeito que dá, né? O resto do clã Grimes está em um vagão de trem, engaiolados como se fossem gado, seu destino também traçado. No depósito, dois dos terminitos fazem um trabalho metódico com os quatro primeiros (incluindo, sutilmente, Sam, um sobrevivente riponga que Rick e Carol encontraram quando estavam procurando por remédios). Um deles nocauteia as vítimas com um taco de beisebol, outro lhes corta a garganta. A sina aguarda Rick, Daryl, Bob e Glenn (e Glenn, por muito pouco, quase leva dois golpes na cara), até que Gareth, o líder do grupo, chega e bate um papinho com nossos heróis. Rick faz uma típica ameaça de Rick, de matar Gareth – que soa absurda, dadas as circunstâncias. Então acontece algo. Um tiroteio irrompe do lado de fora, seguido de uma explosão destruidora.

Carol Peletier chegou. Ela é um misto de John Rambo e Josey Wales, uma zona de guerra ambulante com talento para matar. Ela faz o cerco a Terminus sozinha – quer dizer, fora a manada de errantes que ela guia até o complexo. Carol explode um tanque de gás, as cercas desabam, os errantes invadem – alguns se esgueirando enquanto a pele podre queima – e está criada a distração que permite a fuga de Rick e de todos os outros.

É uma trama que quase não aconteceu, e tem tanto a ver com a carreira de McBride quanto com o plano que os roteiristas tinham para sua personagem.

McBride havia praticamente desistido de atuar quando foi selecionada para ser Carol. Ela teve trabalho fixo, embora nada de espetacular, ao longo dos anos 1990, fazendo comerciais e TV, com papéis em *Dawson's Creek* e *Walker, Texas Ranger*, assim como em vários telefilmes. Em 2000, ela desistiu de atuar e virou diretora de elenco em uma agência de Atlanta. Em 2007, outra agência de seleção de elenco lhe apresentou uma oportunidade. Frank Darabont ia transformar em filme um conto de Stephen King, "O Nevoeiro", que trata de um grupo de pessoas presas em um supermercado quando cai um nevoeiro, o qual traz uma variedade de criaturas horrendas e letais. Ela se interessaria em fazer o teste? McBride acabou fazendo e topou um papel pequeno, de mãe atormentada que sai do mercado para voltar para seus filhos em casa. McBride aparece só alguns minutos em *O Nevoeiro*, tão rápido que sua personagem nem tem nome; ela só é chamada de "Mulher com Crianças em Casa". Mas sua atuação é potente, emocionante, como a mãe que teme mais pela segurança dos filhos do que pela sua, disposta a sair no nevoeiro para voltar para casa e para eles. Foi a partir da força desta cena que Darabont selecionou McBride para ser a Carol Peletier de *The Walking Dead*.

Na primeira temporada, Carol é uma dona de casa sofrida, vivendo no acampamento dos sobreviventes com o marido, Ed, a filha pequena, Sophia. Fica evidente que Ed violenta Carol, assim como há pistas de que ele abusa da filha. Naquele momento, é uma coisa de que Carol não fala, muito menos impede. Ela acaba perdendo tudo: Ed é morto por um zumbi. Sophia é perseguida até se perder na floresta, onde também é mordida e morre (a revelação de que Sophia se transformou, a propósito, é um dos grandes momentos da segunda temporada). Ela é a mulher para quem nada sobrou e que não tem motivo para viver.

Só que ela vive. Ela ganha habilidades. Ela vira parte de um grupo no qual cumpre sua função. Ela aprende a atirar. Quando o clã Grimes toma conta da ex-Instalação Correcional do Oeste da Geórgia, Carol evolui ainda mais. Ela entra no conselho dos líderes, no qual tem responsabilidades. Ela ensina (em segredo) as crianças pequenas a usar armas e a se defender. Quando uma gripe violenta ameaça o grupo, Carol adota duas garotas, Lizzie e Mika, cujo pai é mordido por outro inquilino que sucumbiu à gripe e se transformou. Carol conversa de modo doce, mas austero, com as meninas sobre o que elas precisam saber para sobreviver neste mundo.

A questão é que nada disso, dessa mudança na personagem, deveria ter acontecido. Nos quadrinhos, Carol é uma personagem menor que comete suicídio ainda no início, vencida pela brutalidade do novo mundo. Sophia, ironicamente, vive mais que ela, e é adotada por Maggie e Glenn. Para o seriado, os roteiristas consideravam francamente mandar Carol embora bem no começo da terceira temporada. A personagem chegaria a sua sina no episódio quatro, "O Assassino Dentro". E, embora se entenda que ser selecionado para o seriado signifique aceitar que seu personagem *vai* (eventualmente) morrer, neste caso, McBride foi pessoalmente defender a vida de Carol com os produtores. Ela argumentou que Carol tinha mais história pela frente. Sarah Wayne Callies, que interpretava Lori, também defendeu McBride. Pode ser que McBride estivesse lutando para manter o emprego, ou que Callies só estivesse ao lado da amiga. De qualquer modo, ao fim, a trama foi alterada e é o T-Dog de IronE Singleton que morre nos corredores da prisão – junto a Lori de Callies, que insiste em uma cesariana da qual sabe que não sairá viva.

"Desde o primeiro dia", McBride me contou em 2013, "eu não tinha ideia se ia sobreviver a um só episódio. Então, a gente fica grata de viver mais um dia. Esta é a mensagem do seriado e também da vida".

O esquema do quem vive e do quem morre é central ao envolvimento que os espectadores criam com o seriado. Não é absurdo dizer que *The Walking Dead* talvez seja o primeiro seriado de TV da história que poderia apagar seu protagonista pelo simples motivo de servir à trama, e fazer com que esta funcione. Você já achou mesmo que o Capitão Kirk seria morto? Ou Joe Friday? Claro que J. R. Ewing levou um tiro, mas o mistério da vez era "quem atirou em J. R.?", não "quem matou J. R.?". E Magnum? Hawkeye? Crockett e Tubbs? Don Draper? Walter White? Tony Soprano? (Eu sei o que você está pensando, e pode parar por aí. Para mim, Tony Soprano continua vivo.) Mas se Rick Grimes levasse uma mordida, ou se fosse morto por Negan, ou morresse nas mandíbulas de Winslow, o zumbi espinhento, ia soar como algo fora de contexto?

Seria chocante, sim, mas completamente justificado dentro do universo do seriado. Claro que muitos espectadores iam ficar chateados, como acontece toda vez que um personagem importante morre. Nós, os espectadores, temos forte apego aos personagens. Descobri isso de um jeito muito interessante numa noite ao assistir à série.

Digo com toda alegria que virei fã de Carol ainda no início. Em um seriado com tantos personagens fortes, ela era um diamante em estado bruto. Tive uma ideia do impacto de Carol sobre o espectador durante o segundo episódio da quarta temporada, "Infectados", o episódio sobre a gripe. Naquela noite, ao assistir, soltei um tweet dizendo o seguinte: "Adoro a Carol dura na queda. Quem diria que aquela dona de casa sofrida e surrada seria uma sobrevivente?"

A conta de *The Walking Dead* da AMC viu aquilo e "retweetou". Aí a coisa "viralizou". Fiquei lá olhando meu laptop, o feed do Twitter voando mais rápido do que eu poderia dar conta. Centenas de retweets. Centenas de *likes*. E uma outra coisa. Respondendo à minha pergunta, uma pessoa escreveu: "Hããã, só toda mulher sofrida e surrada que já fugiu??" Outra disse: "toda dona de casa sofrida e surrada e viúva é uma sobrevivente". Mais outra: "mulheres surradas estão entre as mais fortes que você vai encontrar na vida. Somos sobreviventes!!! Não tenha dúvida". E outra: "é por ser uma dona de casa sofrida e surrada que ela é sobrevivente". Para terminar, talvez a minha predileta: "ela sobreviveu ao marido c**ão; zumbi não é nada".

Carol é quem melhor exemplifica por que fãs do seriado se identificam tão bem com esses sobreviventes. Ela não tem o mesmo treinamento de agente da lei que Rick tem. Ela não é um sobrevivente das grotas como Daryl. Ela não é um soldado como Abraham. Ela é uma pessoa totalmente mediana que se vê uma sobrevivente improvável, e sem nenhuma das habilidades daqueles ao seu redor. O que ela tem, todavia, é a vontade de viver. Ela também consegue ser ardilosa e implacável, tipo quando diz a Andrea para matar o Governador enquanto ele dorme, para encerrar a guerra sem sentido entre Woodbury e a prisão. Com o tempo, ela combina todos esses traços e habilidades para se tornar uma máquina de combate incansável, e salva todo mundo em Terminus por conta própria.

"Particularmente para uma mulher que saiu de uma relação abusiva, reconquistar esse poder é uma coisa muito forte", disse Kerry Cahill, que interpreta uma das guerreiras do Reino, Dianne. "Nós amamos mulheres e qualquer pessoa que passa por conflitos tenebrosos e volta a ficar de pé, que se recupera, que volta mais forte. Adoramos. Porque todo mundo quer ser assim."

É exatamente isso. Carol, mais do que qualquer outro personagem no seriado, é quem nós somos, e quem esperamos nos tornar se forçados a chegar ao limite.

Outro modo de vermos a evolução de personagens é através daqueles que encontram – ou tomam – poder dentro dos grupos de sobreviventes. Como xerife adjunto, Rick Grimes tinha uma pitadinha de autoridade; o Governador era atendente de loja; Negan não aparenta ser alguém que tinha algum poder antes da Virada; Gregory, que comanda Hilltop, talvez tenha sido empresário; Ezekiel era guarda de zoológico; Gareth tinha cabeça para organizar coisas e a usou depois que teve uma lição importante sobre a ordem hierárquica pós-apocalipse zumbi; Deanna Monroe era deputada e estava acostumada a ter poder, de modo que assumiu o manto com facilidade, energia e ingenuidade. Além disso, por já ter uma formação na governança, ela estava ávida em restabelecer o máximo que pudesse do mundo antigo, mesmo que apenas ela usasse o título de líder.

Todos esses líderes chegaram ao poder de modos diferentes, e todos se adaptaram a ele também de modo diferente. Ezekiel, acima de todos os personagens, é quem entende com mais agudeza o quanto o poder é performance e como a performance é crítica para a moral de seu povo. Gregory parece que caiu de paraquedas no papel, entrando no vácuo de poder que é o posto avançado da FEMA[8]. Como Paul Rovia diz, ele não era o líder ideal, mas foi quem assumiu o papel. Ele o utiliza de forma vã e defende-o com ciúmes. Daryl Dixon era capaz de ter poder, mas sempre o recusou: ele sabe sobreviver provavelmente melhor do que qualquer pessoa já retratada em *The Walking Dead*. Ele também tem um grande coração, e embora lhe falte a inclinação natural à liderança, é evidente que as pessoas gravitam a seu redor.

Nas histórias de Bonansinga sobre a *Ascensão do Governador*, ficamos sabendo que o Governador, cujo nome real é Brian Blake, assumiu seu cargo de líder de Woodbury ao tomar a identidade do irmão Philip, homem violento, mas poderoso, e foi por invocar essa personalidade que ele se tornou líder. Claro que esta nova personalidade foi só o princípio de sua queda na loucura. O poder logo deixou o Governador insano. Uma pessoa que passou muito tempo dentro da cabeça do Governador foi Bonansinga, que escreveu quatro livros com Kirkman, nos quais o vilão é o personagem principal. A troca de identidade com o irmão foi ideia de Kirkman, mas tornar o personagem crível foi o desafio de Bonansinga – uma tarefa de vulto. Como tornar um psicopata assassino alguém com quem você pode se *identificar*?

Nos quadrinhos, o Governador é um vilão sem profundidade, puramente mal. Sua filha, Penny, é a única pessoa que consegue humanizar o monstro. Agora Penny é zumbi, mas o Governador a deixa trancada em seu apartamento, pois não consegue matá-la. Bonansinga entrou na mente do personagem por aí. "Usei minha experiência como pai. Foi assim que entrei na cabeça de um cara que, nos quadrinhos, parece um Danny Trejo chapado de LSD", ele disse, em referência ao ator famoso

---

8 *Federal Emergency Management Agency,* órgão do governo dos EUA que coordena a reação a desastres no país. [N. do. T.]

por papéis de vilão ameaçador e excêntrico. Dali em diante, ele conseguiu montar o personagem e lhe dar motivações e desejos mais próximos do normal. No fim das contas, o Governador vira louco delirante, mata umas dezenas do povo de Woodbury – sua própria gente – e foge para o mato. Mas até ele pode voltar. Na quarta temporada, reencontramos o Governador – em uma trama que vem em grande parte dos livros de Bonansinga. Este Governador faz amizade com uma pequena família de sobreviventes e torna-se uma espécie de defensor, até figura paterna de uma jovem, que lembra Penny. Parece uma contradição imensa, não? "Quando se trata de mal, raramente é só o 'mal' católico, demoníaco, puro, aquele mal de quando o Donald Pleasence fala d'A Forma", disse Bonansinga ("A Forma", no caso, é o personagem Michael Myers nos filmes *Halloween – A Noite do Terror*). "Todo grande personagem do mal tem seus motivos." O Governador com certeza é um personagem do mal. Ele também tem, aparentemente, seus motivos. Bonansinga cita uma frase da autora de *Frankenstein,* Mary Wollstonecraft:

"Homem algum escolhe o mal por ser o mal; ele apenas confunde o mal com felicidade, com o bem que busca."

Nenhum homem encarna essa atitude de modo tão integral quanto Negan, o líder dos Salvadores, cheio das tiradas e dono do taco de beisebol. Ele adora ser um totalitário sangue-frio, depravado, assassino, e é incrível como ele é bom no papel. Nos quadrinhos, ficamos sabendo que ele era professor de educação física de colégio, casado com uma mulher chamada Lucille (suas origens ainda não foram tratadas no seriado). No mundo antes da Virada, um professor de educação física nunca se tornaria "rei", como ele diz. A Virada mudou tudo. Desde então, Negan fica se pavoneando, dando seus gritinhos, dá longos discursos e ama a própria voz. Seus jogos são selvagens, cruéis. Ele adora destruir seus detentos emocionalmente. E não tem medo de cometer assassinatos horripilantes.

O que talvez mais surpreenda é que Negan não é odiado de fato pelos espectadores. "Você vai ver que o Negan é um personagem estranhamente sensato, estranhamente identificável, estranhamente psicopata", Robert Kirkman me disse antes da sétima temporada, numa tarde em que estava em Nova York para a Comic Con. Quase ri quando ele falou aquilo, porque soou como um absurdo. Mas o que ele diz faz sentido. Negan *é* sensato, a seu modo. Sim, ele mata Abraham e Glenn de modo brutal na estreia da sétima temporada. Mas isso *depois* de Rick e seu pessoal matarem *mais de trinta* do pessoal de Negan no ataque furtivo a um posto avançado dos Salvadores ("Ainda Não é Amanhã", temporada 6, episódio 12) com sangue ainda mais frio.

Até fiz pressão sobre Kirkman quanto a isso, pois me pareceu que a jogada mais esperta da parte de Negan seria dizimar aquele grupo, que eles eram perigosos demais para ficarem por perto. Kirkman foi inflexível em dizer que eu estava errado, que Negan na verdade queria somar a seu império, e que viu no clã Grimes uma peça potente – desde que os deixasse arrebentados por dentro.

E Negan é um personagem com quem, de certo modo, também dá para se identificar. Para começar, ele tem humor negro. Ele aparece em Alexandria enquanto Rick sai para buscar suprimentos ("Corações Ainda Batendo", temporada 7, episódio 8) e fica bem à vontade na casa de Rick. Ele faz Olivia (Ann Mahoney) preparar um espaguete e, com Carl e Rick, eles sentam-se à mesa como uma típica família nuclear. É louco, é aterrorizante, mas também é tão absurdo que vira humor negro, e você fica com a sensação de que Negan sabe de tudo isso. Se a quase extinção da humanidade é uma grande piada, Negan é quem entende essa piada. Claro que ele é um monstro completo. No mesmo episódio, ele arranca as tripas de Spencer Monroe no meio da rua e depois manda um de seus capangas matar outro morador. Olivia leva o tiro e morre na varanda de Rick. É perigoso tornar tão atraente um personagem tão maligno e violento – com sua jaqueta de couro preto infundida pelo carisma aprazível de Jeffrey Dean Morgan –, mas *The Walking Dead* trilha essa fronteira com brilhantismo.

O personagem de Negan, e a interpretação encorpada que Jeffrey Dean Morgan lhe dá, vira instantaneamente algo grande. No painel de *The Walking Dead* durante a convenção, Morgan recebeu uma das ovações mais ruidosas, mesmo que até ali seu personagem só houvesse aparecido em um episódio. Pode ser que o público enxergasse além da malevolência grosseira do personagem e vibrasse pelo ator. Talvez essa gente não pense do mesmo jeito agora que viram o que Negan faz. Ou, quem sabe, como Kirkman disse, há algo de estranhamente identificável no personagem. Quem sabe até Negan dialogue com alguma coisa dentro de nós, já que, como disse o roteirista Frank Renzulli, as pessoas são basicamente 98% iguais – são aqueles 2% que podem ser a diferença entre acabar como Ezekiel ou acabar como Negan.

O que temos no seriado agora, depois de todos esses grupos novos que surgiram nas duas últimas temporadas, é uma escala de liderança, com Ezekiel em um extremo, no papel (trocadilho intencional) de rei-filósofo, e Negan no outro extremo, como déspota. Todos os outros ficam em algum ponto entre os dois, e às vezes passam de uma tendência para a outra. Rick, mesmo sendo nosso protagonista, nosso aparente herói, às vezes pode ser muito parecido com Ezekiel, ou parecido demais com o Governador ou Negan. Até Negan, em certo ponto, chama Rick de "animal" e, embora isso seja irônico vindo de um déspota tão brutal, não é de todo infundado. Você também acaba com essa rede complexa de comunidades com visões e metas concorrentes, o que, se você para e pensa, parece familiar. "Lembra esses pirados da nossa política", disse Xander Berkeley, que interpreta Gregory, "quando aparece gente diferente vinda de posições diferentes com motivação diferente. Eu amo o jeito como o seriado consegue refletir esses aspectos da vida real".

CAPÍTULO 6
RUPTURA

"NÃO TEM VOLTA, BOB."
– **GARETH**
(TEMPORADA 5, EPISÓDIO 1, "SEM REFÚGIO")

Em 22 de julho de 2011, o *showrunner* Frank Darabont fez parte da equipe que foi a San Diego promover a segunda temporada de *The Walking Dead* na famosíssima convenção Comic Con. Ele participou de uma apresentação em que falou com jornalistas e parecia muito empolgado em partir do sucesso da primeira temporada para fazer outras. Em apenas seis episódios, o seriado havia demarcado novo território na televisão e no gênero zumbi. Darabont era, em grande parte, o responsável.

Cinco dias depois, ele não tinha emprego.

Ficou evidente que algo de muito ruim havia acontecido na relação entre Darabont e o alto escalão da AMC, mas não ficou claro o quê. A AMC emitiu um comunicado à imprensa bastante vago, anunciando que Glen Mazzara, o número dois de Darabont, assumiria o cargo. A rede informou que era grata pelas contribuições de Darabont. Houve informes de que a AMC e o *showrunner* haviam brigado devido aos cortes de orçamento que a emissora impôs. Darabont não se pronunciava. O elenco estava tenso. Mesmo que quisessem falar e sair em defesa do chefe, eles hesitavam. Afinal de contas, era um programa de zumbi. Se eles cruzassem o mesmo limite que Darabont, seria fácil, extremamente fácil, "matá-los" ou simplesmente botar a despedida deles no roteiro. A coisa era feia.

Em 17 de dezembro de 2013, Darabont, sua produtora e seus agentes entraram com uma ação contra a AMC num tribunal do estado de Nova York.

A ação de Darabont, porém, não era um processo por demissão injusta – não no sentido estrito. A ação alegava – e ainda alega, já que o julgamento está agendado para começar em 2018 – que, basicamente, a AMC, que produzia e exibia o seriado, havia conseguido um acordo felicíssimo com sua divisão emissora, licenciando o seriado por menos que sua divisão produtora teria recebido caso o seriado fosse produzido de forma independente. Como responsável pelo desenvolvimento, produção e direção do seriado, Darabont tinha direto a uma bela porcentagem dos lucros. Como a AMC só negociava consigo mesma, conforme ele diz na ação, o *showrunner* recebeu dezenas de milhões de dólares a menos do que deveria. Em resumo, de início a AMC ia tratar *The Walking Dead* do jeito como tratava seus outros seriados, pagando a licença a uma produtora. Na época, a AMC havia comprado a licença de *Breaking Bad* da Sony e a de *Mad Men* da Lionsgate. Antes da estreia de *The Walking Dead*, contudo, eles mudaram de ideia. Depois que o canal tomou a decisão de produzir o seriado internamente, Darabont negociou uma cláusula no contrato que estipulava que a divisão emissora da AMC pagaria à divisão produtora os mesmos valores de licenciamento que pagava a estúdios externos. A ação se dá integralmente em torno desta cláusula. Darabont afirmou que, até setembro de 2012, em vez de ganhar sua parte nos lucros, os demonstrativos que ele recebia da AMC diziam que o seriado na verdade tinha que superar um *déficit* de US$ 49 milhões antes que ele tirasse algum lucro. Não tinha como isso ser verdade no caso de um seriado tão popular, não é? Bom, é o que Darabont alega. Ele não entrou com um processo porque foi demitido; ele processou porque, como alega, foi passado para trás.

O processo foi amargo e prolongado. Já rendeu uma montanha de documentos, queixas, intimações e uma série de audiências preliminares. Já acabou com a paciência do juiz responsável, algo que aparece repetidamente nas transcrições das audiências pré-julgamento. Nenhum dos lados estava disposto a conversar comigo sobre o processo, mas os milhares de documentos públicos muitas vezes dão noção do tumulto de bastidores que afetou a segunda temporada e que aparece no produto final. Ler os autos do processo dá um vislumbre do lado *business* de como se produz o entretenimento hollywoodiano. Nem sempre a coisa é bonita.

Desde 1936, quando Groucho Marx assinou contrato para fazer dois filmes, *Uma Noite na Ópera* e *Um Dia nas Corridas*, e garantiu para si uma parcela dos lucros nos dois – a primeira vez que um ator conseguiu um acordo desses –, brigas têm ocorrido exatamente por conta disso. É bem comum, aliás. É só você abrir o site do *Hollywood Reporter*, em qualquer dia, que vai encontrar uma ou duas matérias sobre processos. A equipe criativa por trás do sitcom *Gente Pra Frente* ainda estava processando a Walt Disney por conta dos lucros do seriado na primavera de 2017, apesar do fato de *Gente Pra Frente* ter saído do ar lá em 1999. *Who Wants to Be a Millionaire, Arquivo X, Nash Bridges, Judge Judy, Os Bons Companheiros* e outros se enroscaram em processos que envolvem as equipes criativas que os fizeram e os estúdios que os produziram.

Os fatos que levaram à ação de Darabont começaram muito cedo. Mesmo antes de o seriado ser exibido pela primeira vez, a AMC tinha boa expectativa quanto ao sucesso, o que foi um fator na decisão de torná-lo produção interna: o canal teria mais controle tantos dos custos quanto do lucro. A primeira temporada fez sucesso tão inesperado que a emissora obviamente renovou para uma temporada completa, de 13 episódios, que estreou em 16 de outubro de 2011 nos EUA. Aproximadamente 7,3 milhões de pessoas assistiram ao primeiro episódio do segundo ano, que trazia o clã Grimes na estrada, sitiado por uma manada de errantes, e terminava com Carl baleado, Rick e Shane na fazenda Greene. Na média, o seriado ficaria um bocadinho abaixo dos 7 milhões de espectadores durante a temporada, números melhores que na primeira. Era uma máquina de fazer dinheiro. A pergunta de US$ 280 milhões – sim, esse é o valor que Darabont pede no processo – é exatamente quanta grana o seriado rendeu naquela temporada e quanto devia ser de Darabont.

Por trás das cenas, a segunda temporada foi encrenca já de saída. Segundo a transcrição de um depoimento de Darabont, ele se reuniu com executivos da AMC antes do início da temporada e, naquele momento, foi informado que iam cortar o orçamento por episódio de US$ 3,4 para US$ 3 milhões. Além disso, a empresa tinha planos de aproveitar um abatimento de imposto que o estado da Geórgia havia oferecido caso as filmagens acontecessem lá, e ficar com esse abatimento para si em vez de investir na produção. No cômputo de Darabont, o corte no orçamento era de 25%, o que o deixou fulo da vida. "O elenco e a equipe estavam fazendo valer, ralando a bunda, botando tudo no set", ele disse, segundo o depoimento. "O fato de que não podíamos aproveitar a isenção de imposto e colocar na tela ou suavizar condições de filmagens, em grau nenhum, isso eu considero que foi colocar lenha na fogueira."

A relação era bem diferente nos primeiros dias. Conforme relatamos antes, a AMC "entendeu" o seriado, enquanto outras emissoras empacaram, e não pediu a Darabont e equipe para atenuar aspecto nenhum. Parecia um casamento perfeito dos aspectos comercial e artístico da indústria do entretenimento. "Hoje em dia acho a AMC um lugar tão empolgante", disse Darabont em um minidocumentário de "making of" que saiu antes da estreia do programa. E era mesmo para se empolgar. O canal tinha seriados de prestígio e hits monstruosos que aparentemente coexistiam em perfeição. "Parece uma opção meio bisonha para o pessoal que faz *Mad Men*", ele disse. Bisonha era uma boa descrição, mas também parecia genial.

O contrato original de Darabont com a AMC era lucrativo e garantia que ele receberia algum dinheiro antecipado. Ele recebeu US$ 80 mil pelo roteiro do piloto, pagos em quatro parcelas. Recebeu mais US$ 40 mil (mais uma vez, em quatro parcelas) por ter crédito solo no roteiro. Pela direção do piloto, US$ 125 mil com um bônus de US$ 25 mil. Como a AMC ficou com a série, ele foi contratado como produtor executivo e ia receber US$ 35 mil por episódio da primeira temporada e US$ 36.750 por cada um da segunda. Por receber o crédito solo de "criado por", havia um bônus de US$ 25 mil (ele recebeu o crédito de "desenvolvido por", e não fica claro se recebeu esse bônus) e US$ 1 mil por cada episódio em que ele recebesse crédito solo de "criado por". Pelo crédito solo de direção, havia um bônus de US$ 25 mil, mais um *royalty* de US$ 3 mil por cada episódio enquanto a série durasse, fosse ele diretor ou não. O contrato inicial explicava o plano da AMC de licenciar o seriado, já que a parte de Darabont nos lucros ia sair desse esquema. Quando a emissora mudou de ideia sobre a parte de produção, o contrato foi retificado.

Só pelo trabalho no piloto, ele recebeu quase US$ 300 mil somados, e ao longo do seriado recebeu vários milhões. Claro que foi uma grana boa, mas não era o ouro. Para Darabont, o que tornaria sua função no seriado lucrativa mesmo seria sua parte nos lucros.

Em janeiro de 2011, Darabont e AMC assinaram outro contrato, pelos serviços de *showrunner* da segunda temporada. O contrato incluía um nível de compensação maior e exigia da AMC negociar com ele primeiro quando fosse hora de escolher o *showrunner* da terceira temporada, supondo que houvesse uma terceira (e, obviamente, houve). Parece que as coisas iam bem. O seriado fazia um sucesso imenso, a segunda temporada era certa e, considerando quanto material se tinha nos quadrinhos (que Kirkman continua escrevendo, até a publicação deste livro, e planeja escrever por anos), aparentemente não havia limite para a duração do seriado. Conforme preparavam-se para a segunda temporada, porém, ficava claro que algo havia mudado. Darabont fervilhou de ter que aceitar os cortes de orçamento, nas suas palavras, de "gente que... nas raras vezes que aparecia no set... vinha do aeroporto no seu carro com ar-condicionado, corria para a barraca com ar-condicionado que a gente tinha para os atores relaxarem e não desmaiarem de calor, vez por outra enfiavam a cabeça para fora e, meia hora depois, corriam para o carro e pegavam um avião de volta para o escritório com ar-condicionado em Nova York. Meu desapreço por essa gente era tremendo." Se esses executivos queriam que produção e elenco trabalhassem no calor da Geórgia e "ficassem arrancando carrapato das bolas", o mínimo que os engravatados podiam fazer era "botar umas botas e ir lá para ver como as coisas são". Mas ele seguiu trabalhando.

Questões de orçamento e preocupações quanto ao compromisso dos envolvidos não eram os únicos problemas. Darabont, cuja base era Los Angeles, recebia diariamente materiais filmados, enquanto a equipe gravava a estreia da segunda temporada, mas ele não estava achando o resultado bom. O que se via era tão ruim, disse Darabont no depoimento, que ele temia que o diretor houvesse tido um princípio de AVC no calor da Geórgia (a saúde do diretor, descobriu-se depois, não era o problema). Darabont informou à AMC que iria pessoalmente à Geórgia assumir a filmagem. "No momento não temos um episódio com coerência para editar, apresentar e obter uma reação de vocês", ele disse a uma executiva do canal, Susie Fitzgerald. O tempo era curto. Grande parte do primeiro episódio se passava em um trecho de rodovia no qual o clã Grimes fica encurralado entre um engavetamento de carros e uma manada gigantesca de errantes. No meio da confusão, a personagem Sophia Peletier corre para a floresta, o estopim de tudo que vem a seguir. Converter um trecho de rodovia de verdade neste cenário infernal pós-apocalíptico foi um empreendimento imenso que não tinha como ser refeito depois por conta de tempo e dinheiro. Se eles não captassem tudo de que precisavam com aquele cenário armado, nunca mais iriam conseguir. Por isso que os executivos da AMC aprovaram que Darabont fosse pessoalmente à Geórgia. Nisso, ele teria que sair da sala de roteiro onde as tramas da segunda temporada estavam em desenvolvimento.

Sua ausência podia ter sido um desastre, mas Darabont chegou a um modo criativo de construir as histórias e aproveitar a equipe de roteiristas enquanto estava fora. Um dos roteiristas convocados para a segunda temporada foi Glen Mazzara, veterano da TV, que já havia escrito e produzido seriados como *The Shield, Crash* e *Life*. Ele ajudara a contratar roteiristas para a segunda temporada e ajudou a coordenar a equipe de roteiro; basicamente, era o número dois de Darabont. Em seu próprio depoimento a respeito do processo de Darabont contra a AMC, Mazzara explicou o processo que eles usavam. Em vez de traçar um episódio e aí despachar um roteirista para roteirizar de fato, depois repetir o processo, os roteiristas reuniram-se durante um período de seis semanas em 2011 e montaram todos os episódios de uma vez só, o que Mazzara chamou de "decupagem". Feito este processo, atribuiu-se a cada roteirista escrever um episódio específico. "Foi um uso incrivelmente eficiente da equipe de roteiro", ele disse. No primeiro dia de filmagens, eles tinham oito roteiros escritos por conta do processo, que ele chamou de "quebra de paradigma genial".

A segunda temporada teria 13 episódios. Quando Darabont partiu para a Geórgia, os roteiristas estavam trabalhando nos últimos cinco. Ele pensava em passar de duas a três semanas na Geórgia, trabalhando na refilmagem, tratando com os roteiristas ainda em L.A. e fazendo seu "refino ativo" nos roteiros. Outro serviço rotineiro do *showrunner* é fazer reuniões de "modulação" com todos os diretores, repassando o roteiro e destacando todas as nuances, para garantir que exista algo de continuidade da visão de uma semana a outra. Essas reuniões teriam uma grande importância logo à frente. Além de tudo isso, Darabont havia escrito o roteiro do primeiro episódio, "O Que Vem Pela Frente" (o crédito na tela acabaria ficando com Ardeth Bay e Robert Kirkman; "Ardeth Bay", Darabont explicou no depoimento, é um pseudônimo que ele usa). Conforme estimativa de Mazzara, Darabont estava trabalhando literalmente "dia e noite" no seriado.

Na Geórgia, a AMC trabalhava com um orçamento mais apertado do que o esperado. O estúdio em que eles operavam era contíguo a uma fazenda que seria locação perfeita para a fazenda Greene, o que seria de grande ajuda em termos logísticos e financeiros, mas a família proprietária era extremamente religiosa e não gostou do conteúdo da série. Darabont foi lá conversar pessoalmente com a família (pode ter ajudado que um dos personagens, Hershel, era fortemente religioso e falava da praga zumbi em termos de fim do mundo, o que deu uma guinada levemente religiosa ao seriado como um todo). Ainda assim, a produção seguia adiante e a expectativa era alta.

Em 22 de julho de 2011, enquanto ainda filmavam a segunda temporada, Darabont fazia parte da seleção da equipe que compareceu à Comic-Con de San Diego para promover a segunda temporada. Ele participou de uma mesa-redonda com jornalistas, na qual fez parceria com Greg Nicotero. Segundo relatos diversos, não havia indicação de algo errado. Darabont falou empolgado da segunda temporada, e o entusiasmo pareceu genuíno. Menos de dois dias depois, o diretor de programação original da AMC, Joel Stillerman, entrou em contato com o agente de Darabont na CAA, Bruce Vinokour. Eles queriam uma reunião com Darabont. No dia 27 de julho, Darabont foi chamado para uma reunião com Stillerman e informado de que seria demitido e substituído por Mazzara.

O contrato de Darabont era o que se conhece na indústria do entretenimento como "*pay or play*"; se o patrão demite o empregado, ele ainda recebe tudo que lhe é devido conforme o contrato. Mas o patrão fica livre para demitir quando quiser. Se a AMC não gostasse do que via, tinha o direito de demitir Darabont e ainda assim ele seria pago. Aparentemente, a AMC não gostou do que viu. Neste momento, é impossível dizer o que Darabont apresentou de que a emissora não gostou. Depois da demissão, aparentemente, houve grandes revisões não só no primeiro episódio, mas em todo o arco da temporada. Além do mais, a segunda temporada é, digamos assim, problemática. O enredo em si não é ruim, mas se atola na fazenda. Por exemplo: há uma trama com um forasteiro, Randall, garoto de um grupo que pode ser perigoso e que acaba virando prisioneiro na fazenda. O grupo tem que decidir o que fazer com ele. Só essa decisão se alonga por cinco episódios. É muito tempo na tela para um personagem ínfimo. É impossível dizer, pelo menos vendo de fora, quantos dos problemas foram causados por limites de produção, quanto veio da demissão abrupta de Darabont, e quanto se deve ao que a AMC viu do papel de Darabont como *showrunner* e não gostou. No verão de 2011, a produção da segunda temporada já estava bem avançada e a AMC não quis fazer alterações.

Apesar da narrativa picada, a segunda temporada ainda tem bons momentos. Tem errantes memoráveis, como o preso no poço. Tivemos a apresentação da família Greene: Hershel e suas duas filhas, Maggie e Beth, sendo que os três vão virar personagens importantes na trama (Maggie ainda está conosco; Hershel, na quarta temporada, e Beth, na quinta, infelizmente foram desta para a melhor). Há uma cena fantástica que se passa em um bar, com Rick botando-se a brigar com dois sobreviventes violentos. Há o momento em que Rick e Shane chegam ao conflito final e Rick mata o melhor amigo. Há o final, literalmente explosivo, em que uma imensa manada de errantes invade a fazenda. Ficamos sabendo o que o Dr. Jenner disse a Rick no CCD: que todo mundo se transforma. A dinâmica do grupo vira outra quando Rick declara que seu grupo não é uma democracia, dando início ao que os fãs chamam de "Ricktadura". E, claro, há o choque quando Sophia Peletier sai do celeiro, uma zumbizinha piscando os olhos à luz do sol. É o ápice emocional da segunda temporada, uma revelação repugnante que obriga todo mundo a confrontar a realidade terrível de suas circunstâncias.

Por trás de tudo isso estava Glen Mazzara, que acabou sendo promovido a *showrunner*, terminou a segunda temporada e passou à terceira. Em dezembro de 2013, contudo, Mazzara também estaria de fora, substituído por Scott Gimple (que, até o momento em que escrevo, segue como *showrunner*). Para um seriado que matou com frequência seus personagens, parece que também deu baixas na linha de *showrunners*.

Na terceira temporada, o seriado estava começando a pegar a perspectiva de Scott Gimple. Os fãs ficaram contentes. *The Walking Dead* ganhou coerência e seus personagens ficaram mais dinâmicos: Rick passava do típico mocinho a algo muito mais trevas; Daryl evoluía de um caipira brabo das grotas a herói quase Lancelot, o parceiro indestrutível; Glenn e Maggie se apaixonaram; Carl ficou marcado pelo trauma de ter que dar uma morte de misericórdia à própria mãe depois da cesariana de emergência; e Carol também estava mudando depois de perder a última coisa com que se importava no mundo: a filha. O seriado também trouxe dois novos grandes personagens: a heroína de catana e *dreadlocks* Michonne, e o Governador, o vilão psicopata da comunidade vizinha, Woodbury.

Em dezembro de 2013, Darabont contra-atacou oficialmente, entrando com uma ação contra a AMC. A AMC emissora esperou quase dois meses para elaborar sua primeira resposta à ação. Ela negava praticamente todas as alegações de Darabont. Foi de interesse particular este parágrafo da emissora: "A queixa fica barrada, na totalidade ou em parte, sob a doutrina das mãos sujas". É uma defesa jurídica padrão, que afirma que os queixosos não podem receber qualquer apoio do tribunal porque os próprios queixosos fizeram algo antiético que levou à situação que se apresenta à corte. Neste caso, a AMC diz que Darabont e a CAA são responsáveis – embora não especifiquem o porquê.

A ação só terá audiência em tribunal depois que este livro for publicado. Atualmente está agendada para 2018 e, dado o histórico de algumas destas ações, ela pode se arrastar por muito mais tempo. Não é o único processo relacionado a *The Walking Dead*. O outro envolve os amigos de infância Robert Kirman e Tony Moore. Ao contrário do processo AMC/Darabont, o de Kirkman/Moore foi resolvido de modo amigável. Em certo momento, porém, ele se prolongou tanto que, por um breve período, teve-se o espectro bizarro de *dois* seriados à parte sobre as tribulações de Rick Grimes e seu pelotão de sobreviventes.

Kirkman e Moore lançaram *The Walking Dead* juntos, com a primeira edição em outubro de 2003. Porém, na sexta edição, publicada em março de 2004, Moore havia saído e foi substituído por Charlie Adlard, que ainda hoje ilustra a HQ. Em 2005, Moore entregou seus direitos de *The Walking Dead* a Kirkman, que na época já negociava um acordo para levar a série à TV. Você imagina no que deu. O seriado vai ao ar, vira um sucesso enorme e, em 2012, Moore processa Kirkman, afirmando que o último fraudou o primeiro na sua parte nos lucros. Kirkman processou-o de volta. Moore entrou com um segundo processo, exigindo o crédito como cocriador, com todos os direitos jurídicos sobre a obra. Assim, teoricamente, Moore teria possibilidade de oferecer *The Walking Dead* a outras redes de TV – na sua versão do mesmo seriado. O advogado de Moore na época sugeriu que ele fizesse exatamente isso.

Essa história, porém, tem um final bem mais feliz. Os dois amigos de infância chegaram a um acordo no mesmo ano, de termos sigilosos, em vez de deixar que chegasse ao tribunal (e, possivelmente, a um segundo seriado chamado *The Walking Dead*). Eles inclusive retomaram a amizade a tal ponto que, em 2016, sua cidade natal de Cynthiana, Kentucky, pôde homenagear os dois em público e com destaque. O Dia *Walking Dead* trouxe Kirkman e Moore de volta para casa para uma comemoração em homenagem ao trabalho dos dois no primeiro fim de semana de agosto de 2016. Começou quando um artista local pintou um mural de quatro personagens do seriado (Rick, Carl, Michonne e Daryl) na parede dos fundos da antiga Rohs Opera House. A câmara de comércio local teve a ideia de um dia inteiro de homenagens ao seriado, entrou em contato com os dois e viu que ambos se dispunham a voltar para casa para participar.

"Vamos transformar toda nossa zona central em apocalipse", disse Tomi Jean Clifford, diretor executivo da câmara local, ao Lexington Herald Leader. Eles conseguiram um avião destruído e viraram carros de cabeça para baixo. Uma penitenciária antiga foi transformada em casa assombrada por zumbis. As lojas nas ruas Pike e Main decoraram as vitrines. Moore desenhou nova capa para a primeira edição, que mostrava Rick encarando zumbis no centro de Cynthiana. Foi uma comemoração pequena de tudo que o seriado trata, na cidade onde os dois caras que imaginaram aquilo cresceram, onde o embrião da ideia deles se formou, longe dos processos azedos e do mundo hiperconcorrido dos índices da audiência televisiva.

PERSONAGENS DE SEGUNDA

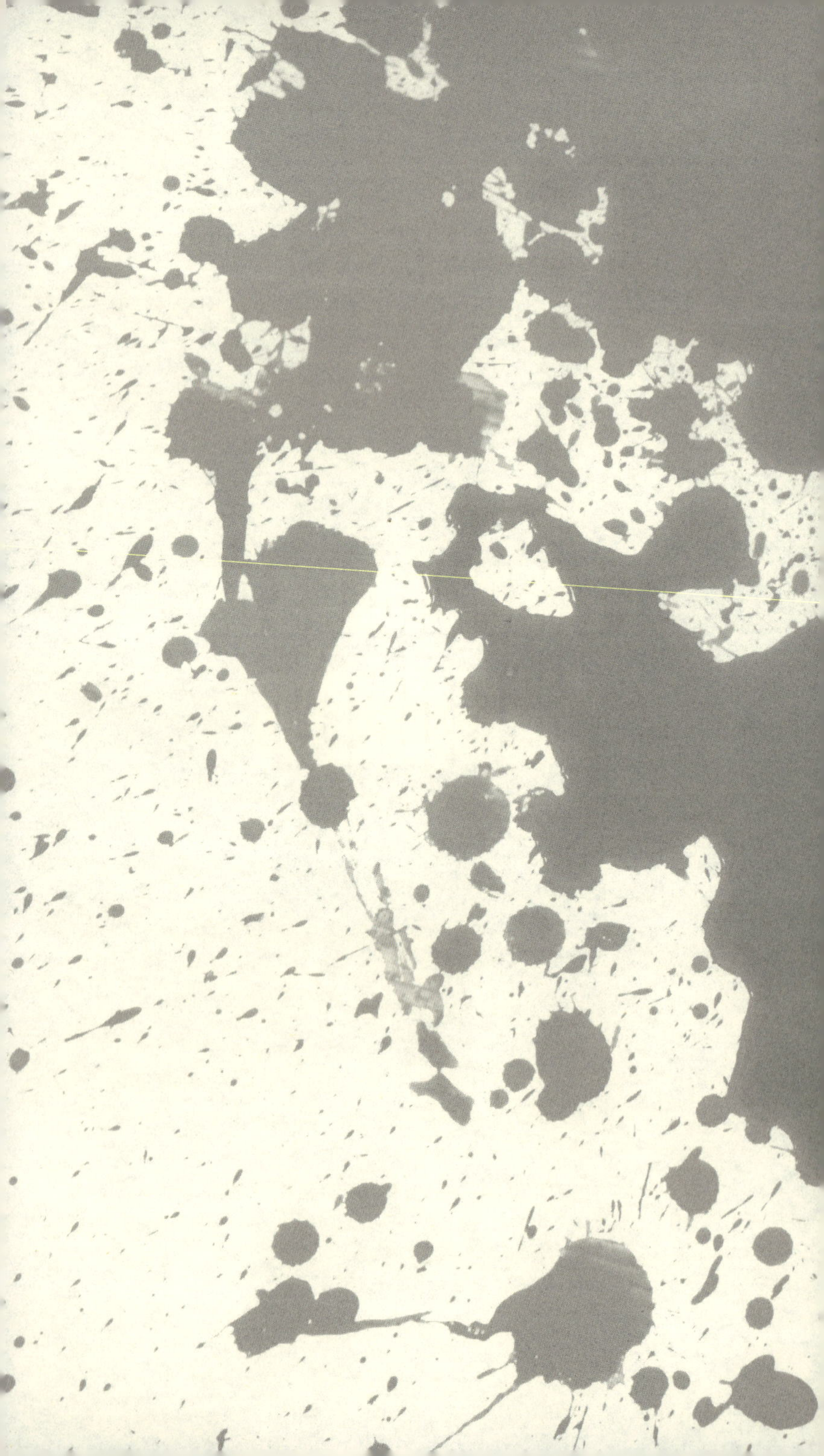

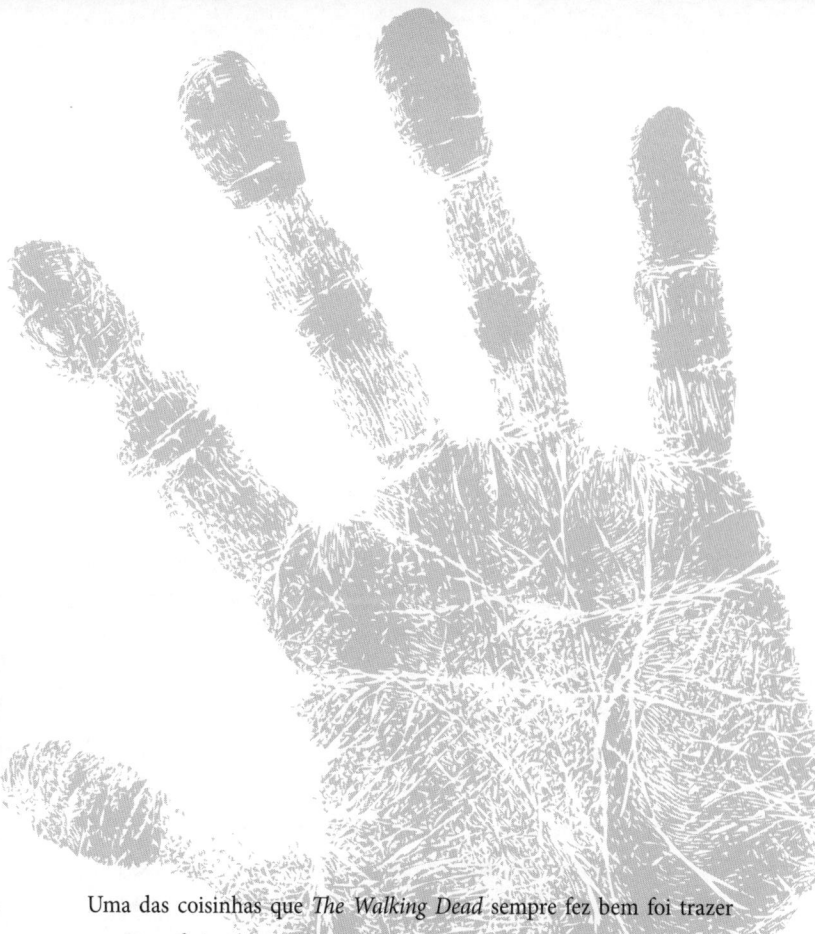

Uma das coisinhas que *The Walking Dead* sempre fez bem foi trazer pequenas fatias da vida no apocalipse zumbi que fogem à trama mestra do clã Grimes – seja o encontro de Morgan com Eastman ou só mostrar pormenores dentro de uma casa abandonada. É um jeito de detalhar a história do colapso planetário. É uma técnica que você pode encontrar nos filmes antigos de Fellini, se você é dos que assistem aos filmes antigos de Fellini, e daqueles neorrealistas que faziam cinema na Itália pós--Segunda Guerra Mundial, exatamente a era que Kirkman pesquisou para ter noção de como é um mundo em colapso. Nos filmes de Fellini, os personagens principais passam por estas outras vidas, interagem com gente que faz de tudo para seguir a vida nos bairros miseráveis de Roma ou na zona rural. Estes pequenos fragmentos de vidas, que não são as do elenco principal, combinam-se à trama mais ampla para dar uma visão bem arredondada do mundo que o diretor quer que se veja.

Em *The Walking Dead*, o clã Grimes passa pela vida de várias pessoas, às vezes sós, às vezes parte de um grupo maior. Mas seja um campista que decide se enforcar ou alguém que se afilia aos Salvadores, a aparição dos personagens de segunda acaba pintando um retrato muito mais vasto deste mundo do que você teria se acompanhasse somente o elenco principal. Acho que o que mais me impressiona nesses personagens é que eles geralmente são "pontuais": eles entram na história somente para os principais terem alguém para lutar. Mas em vez de torná-los figurinhas de papelão, eles viram pequenos estudos de personagem e, nesta exposição mínima, conseguimos ver uma pessoa tridimensional. A meu ver, o resto da trama fica muito mais crível. É algo vital ao realismo que fundamenta o seriado.

Tendo isso em mente, aqui vai minha seleção de melhores personagens pontuais de *The Walking Dead*.

DAVE. O ator Michael Raymond-James teve só uma oportunidade de dar vida a Dave, mas o fez com brilhantismo. Dave e seu colega Tony encontram Rick, Hershel e Glenn em um bar, depois que Hershel cai na bebedeira (temporada 2, episódio 8, "Nebraska"). Assim como o Governador, Negan e Gareth, Dave é um homem maligno que tem perigo no sorriso e harmonia com a violência. O que eu gosto em Dave é que ele parece um cara absolutamente normal. Ele diz que veio da Filadélfia, e é bem fácil imaginá-lo como o típico fã de Eagles/Phillies/Sixers/Flyers (ele tem até uma camiseta dos Stafford Sharkees, equipe de beisebol júnior de Manahawkin, New Jersey). Dave age do modo mais casual possível, como se estivesse contente em encontrar outros viajantes. Ele é o "gente que gosta de gente" entre os dois, e compartilha os bocadinhos de informações sobre o que ouviu e o que viu. Mas logo fica claro que ele está avaliando os estranhos, tentando descobrir de onde eles são e o que eles detêm que ele pode querer para si.

É a primeira vez no seriado que vemos um sobrevivente que fugiu dos confins da moral antiga, que está pronto para mostrar força do jeito que der. Dave já tem algum tempo de estrada. Ele já se adaptou.

Enquanto dividem os restolhos de informação que cada um tem, Dave pula do balcão do bar, sorri e diz que só está procurando "coisa boa". Dave percebe que esses estranhos vivem com conforto – ou o que se tem no momento – e quer o que eles querem. "Tem que entender que não podemos ficar por aí", ele diz, soando quase sensato. Mas há algo no seu tom de voz que, inconfundivelmente, é maligno. Ele está atrás do balcão, mas bem na frente de Rick; Tony está atrás de Rick. Rick está encurralado. Rick está de olho em Dave – mas também enxerga Tony pelo espelho, atrás de Dave. Dave é quem age primeiro: ele vai pegar a arma, mas Rick atira e mata os dois antes que consigam dar um tiro.

Dave é só o primeiro na longa fila de homens de sorriso maligno que vão cruzar o caminho de Rick. Ele também é o primeiro que vai morrer desafiando Rick. Mas sua verdadeira significância está em ser o precursor desta nova variedade de sobrevivente.

CLARA. Começa assim: Um dia Rick está na floresta próxima à antiga Instalação Correcional do Oeste da Geórgia (temporada 4, episódio 1, "30 Dias sem Acidentes"), conferindo armadilhas que deixou para pegar bichos. Enquanto analisa um javali morto, ele enxerga o que de início pensa ser um errante. Descobre que é uma mulher, viva, mas que, pela aparência imunda, não há como distinguir. É Clara, uma irlandesa que estava em lua de mel quando o mundo foi para o inferno.

Interpretada pela atriz Kerry Condon, há algo de louco e triste em Clara (a personagem ganhou o apelido muito apropriado de Clara Arrepio). Ela convence Rick a ir até seu acampamento e, pelo caminho, vai lamentando tudo de horrível que ela e o marido, Eddie, tiveram que fazer para sobreviver, sem dizer claramente o que aconteceu. Ela teve que matar? Quantos? Fica claro que, seja lá o que ela tenha feito, detonou seu psicológico. Rick é inteligente e age com cautela.

Ela pede ajuda a Rick para trazer o javali de volta ao seu acampamento, onde Eddie a aguarda. Ela pergunta se ele tem um grupo, se ela e Eddie podem se juntar a eles. Rick diz que teria que conhecer Eddie e fazer algumas perguntas aos dois.

Eles chegam ao acampamento dela e a verdade fica evidente: Eddie morreu – ou melhor, Eddie está entre os mortos-vivos, e Clara o guardou perto de si. Dentro de um saco. *Partes* de Eddie, pelo menos. Ela não ia suportar viver sem ele, mas o que ela está fazendo é quase inimaginável. Ela está alimentando meio cadáver, quem sabe só uma cabeça (nunca vemos direito), com todo pedacinho de gente ou bicho morto que encontra. Ela atraiu Rick até lá para ser mais comida para Eddie e tenta atacá-lo com uma faca, mas praticamente sem força. Ele a rechaça e ela desaba, já arrasada pelo trauma mental do que vem fazendo. O episódio inteiro ilustra a monstruosidade deste mundo, o que ele faz com as pessoas. Clara enfia a faca na própria barriga, querendo unir-se ao marido entre os desmortos. Enquanto sangra, ela pede que Rick lhe diga o que queria perguntar aos dois. É a primeira vez que ouvimos as Três Perguntas: *Quantos errantes você matou? Quantas pessoas você matou? Por quê?*

A resposta de Clara à primeira pergunta: Eddie matou todos. A resposta à segunda: "Só eu". E a resposta à terceira é de assombrar: "Dessas coisas não há volta".

MARTIN. Martin (Chris Coy) é um veterano deste grupo de personagens menores, mas memoráveis. Ele durou três episódios inteiros da quinta temporada, e voltou em forma de alucinação em um quarto, embora seu único impacto sério esteja na primeira aparição, na estreia da temporada, "Sem Refúgio". Martin é o antagonista na trama B, que tem Tyreese (Chad Coleman) e Judith na cabana no meio do mato. Carol e

Tyreese, carregando a bebê Judith, pegam Martin de surpresa, fazem-no de prisioneiro e ficam com seus suprimentos. Carol vai ao combate e Tyreese fica para trás com o preso e Judith.

Mesmo amarrado, Martin provoca Tyreese verbalmente. Ele não cala a boca, aliás. "Você é daqueles caras que salvam bebê. Isso é tipo salvar uma âncora quando você *tá* no meio do oceano e nem tem barco." Ele quer convencer Tyreese a ir embora. O ator, Coy, é uma pessoa que nunca vimos, mas que, dentro de um tempo limitado, faz um serviço fantástico de imbuir Martin tanto com a saturação do mundo quanto com o pragmatismo que faz as pessoas seguirem vivas. "Leve. Pode pegar o carro e vão embora", ele diz, irritado porque Tyreese continua lá. "Hoje eu não quero isso para mim."

Martin não parece alguém do mal. Ele fala das coisas que fazia antes da Virada, tipo assistir ao futebol e ir à missa. Agora, ele tem andado com os canibais de Terminus só para seguir vivo. Martin *é* do mal, porém. Ele agarra Judith e ameaça quebrar o pescoço da bebê; ele faz Tyreese ir para fora da casa, onde há errantes. Quando achamos que Tyreese morreu, ele volta com tudo pela porta e soca Martin até ele virar suco. Tyreese ajoelha-se sobre ele e o espanca, gritando: "Eu não vou!" Tyreese não quer matá-lo.

E não mata. Martin aparece depois com Gareth, o rosto parecendo um saco de pancada, mas ainda vivo. Não vai durar. Martin acaba pagando o pato no massacre de St. Sarah e, embora merecesse, vale a pena ponderar que, em outras reviravoltas do destino, ele podia ter sido um dos mocinhos. Afinal, ele assistia ao futebol e ia à missa.

PAULA. Estamos acostumados a ver homens se adaptarem às regras hobbesianas do pós-apocalipse zumbi, virando assassinos amorais e oportunistas. Não estamos tão acostumados a ver mulheres adotarem essa postura com a mesma disposição. Mas com a personagem Paula (Alicia Witt) chegamos a um retrato do outro gênero, adicionando uma camada para explorar e retratar como as pessoas se adaptam ao fim do mundo.

O papel das mulheres em *The Walking Dead* evoluiu significativamente desde o segundo episódio, quando Andrea não sabia onde ficava a trava de sua semiautomática, e as mulheres no acampamento eram relegadas a "funções femininas", como lavar roupa. É óbvio que, nos papéis de Maggie, Andrea, Beth, Deanna Monroe e, é claro, Carol, vemos aquela tendência de que Kerry Cahill falava, segundo a qual o gênero não tem relevância e o que importa é competência. Em Paula, porém, vemos algo diferente e pela primeira vez: uma mulher aceitando de bom grado as novas e brutais regras do mundo.

O papel é memorável graças a uma performance afiada de Witt, que apareceu pela primeira vez no filme *Duna,* em 1984, e é uma das atrizes mais conhecidas que fez papel menor no seriado. Mas, novamente, no que é basicamente um rápido esboço de uma pessoa, vemos todo o arco da personagem. Em "O Mesmo Barco" (temporada 6, episódio 13), Paula comanda uma trupe de Salvadores que faz Carol e Maggie de reféns. Elas se escondem em uma casa dos Salvadores e ali começamos a saber mais sobre Paula. Ela é muito parecida com Carol, quase um espelho. Antes da Virada, ela era esposa, mãe, e trabalhava de secretária. Carol servia a seu marido e sofreu com ele; Paula serviu a seu chefe e sofreu com ele. "Eu passava boa parte do meu tempo lendo e-mails de inspiração, tentando me sentir bem comigo mesma", Paula diz.

Elas eram parecidas antes da Virada e são parecidas quando se encontram: as duas são extremamente aptas para liderar, planejar e matar. A grande diferença está em como chegaram lá. Carol pegou o caminho mais longo e relutou até chegar a sua persona assassina; Paula a aceitou com tudo a que tinha direito. Quando a Virada ocorre, ela fica encurralada não com a família, mas com o chefe. Ele não tinha noção do que estava acontecendo, mas ela sim: em vez de deixar que o chororô virasse problema para ambos, ela o matou. Paula mantinha uma lista de quem havia matado, assim como Carol. "Parei de contar quando cheguei a dois dígitos", ela diz. A implicação é clara: matar não a incomoda e, obviamente, ela acaba ficando amiga de Negan. Em todos aspectos importantes, ela *é* Negan. "Eu ainda sou eu", Paula diz, "só que melhor. Perdi tudo, mas isso me deixou mais forte".

Ao longo deste episódio, Carol está lutando contra o pânico, que na maior parte Paula supõe ser apenas o medo de uma fracote, uma "pombinha nervosa", ela diz. Quando se descobre que seu próprio potencial de ser violenta foi o que assustou Carol, Paula percebe como elas são parecidas.

"Você é muito boa", Paula diz. "Pombinha nervosa. Você já foi. Mas agora não é, né? Eu também não." Rola uma briga entre as duas ex-pombinhas nervosas que se tornaram duas predadoras. Quem vence é Carol.

MULHER DO SHHH. De todos os bolsões do apocalipse zumbi que o seriado explorou, e das pessoas que tratou, a "mulher do shhh", para mim, foi a mais assustadora (eu acho que era uma mulher, não há como ter certeza). Em "Duas Vezes Mais Longe" (temporada 6, episódio 14), Daryl, Rosita e Denise saem à procura de uma farmácia. Enquanto Rosita e Daryl ficam procurando, Denise anda por aí. Ela olha para um mostruário com retratos de um bebê feliz, sorridente, abaixo do vidro. Ela vê chaveiros com nomes. Há um som na porta, um só errante. Denise decide que vai ser corajosa e cuidar dele sozinha. O que ela vê do outro lado da porta é arrepiante. Há livros de crianças espalhados pelo chão. Em um canto, um berço. Então ela vê qual era a fonte do barulho: uma errante praticamente decomposta, adulta, com gesso na perna. Está longe de ser o pior. A pessoa escreveu na parede: "Shhh shhh shhh shhh shhh". Cinco vezes. Seja lá quem for a pessoa, ela havia escolhido esse quarto para se esconder, com o que devia ser um bebê, e um bebê que devia fazer muito barulho. O que aconteceu? Não sabemos ao certo, mas conforme Denise traça um arco pelo recinto com a lanterna, ela para em uma pia – onde se vê muito sangue e um sapatinho de bebê. Seja lá o que tenha levado às palavras na parede e àquilo na pia, deve ter sido algo aterrorizante de se viver. Melhor não ficar imaginando se você quiser dormir hoje à noite, mas é a realidade inumana e horrenda do apolicapse zumbi. O pesadelo perfeito.

RESUMO

TEMPORADA QUATRO

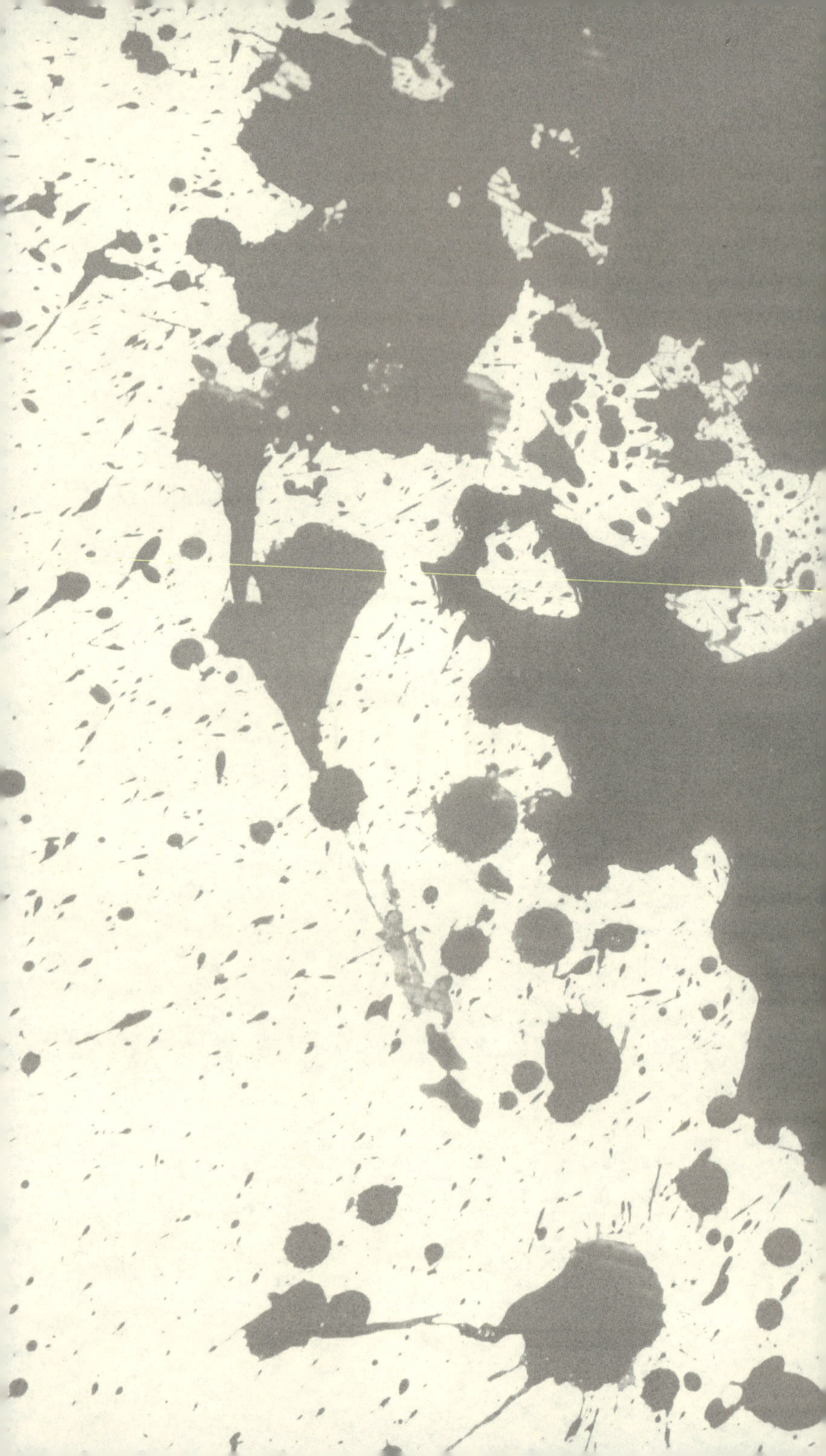

REFÚGIOS: A Instalação Correcional do Oeste da Geórgia, o bosque, Terminus
BAIXAS ENTRE SOBREVIVENTES: Patrick, Hershel, Lizzie, Mika, Karen, Lilly, Meghan, Martinez
ERRANTES DE DESTAQUE: O Governador
TALHOS DO TERROR: A cabeça de Hershel

A ex-Instalação Correcional do Oeste da Geórgia tornou-se uma comunidade pujante de sobreviventes, com mais pessoas chegando a cada minuto. A Ricktadura rendeu-se à paz e agora existe um conselho de líderes que governa a comunidade. Rick cuida de porcos e da lavoura e tenta ser pai de Carl e Judith. As coisas se acomodaram tanto que sobra tempo até para interação humana normal: Tyreese tem uma namorada e Beth, um namorado. A cadeia é um posto avançado próspero e vivo da humanidade em meio a um mar de mortos-vivos.

Carol Peletier passou por uma transformação interior. Ela é uma das luzes da comunidade, uma sobrevivente calejada que entende que tudo se aceita quando a meta é viver mais um dia. Em segredo, ela ensina às crianças do refúgio como usar armas e se defender, e assume a proteção de duas irmãs, Lizzie e Mika.

A tranquilidade, como sempre acontece no pós-apocalipse zumbi, não vai durar. O problema vem na forma de uma gripe letal que varre a prisão, possivelmente vinda dos porcos de Rick. Os sinais estão lá, embora não se notem. Fora da cerca, há errantes com sangue escorrendo dos olhos. Um dos recém-chegados, um garoto chamado Patrick, fica infectado. Ele morre dentro do complexo prisional e volta errante. Antes de alguém entender o que se passa, há dois vírus correndo pela comunidade: o da gripe suína e o dos zumbis. A prisão não tem nada dos recursos para tratar a gripe que existiam antes da Virada. A coisa vai ganhando escala até virar um problema imenso. A namorada de Tyreese, Karen, também se contamina. Ela e outro doente, David, são queimados vivos por um agressor desconhecido. Antes que este mistério se resolva, uma equipe – Daryl, Michonne, Tyreese e Bob – fica encarregada de ir a um hospital veterinário que Hershel conhece e onde pode haver remédios. Enquanto isso, mais pessoas são acometidas pela gripe, incluindo Glenn e Sasha. Não sobraram muitos sadios, mas Rick e Carol estão entre eles. Durante um momento de calmaria, Rick pergunta a Carol se ela matou Karen e David. "Sim", ela diz, na lata. Rick e Carol vão a uma cidade próxima à procura dos suprimentos que conseguirem. Eles encontram dois sobreviventes, garotos, que não parecem muito preparados para o novo mundo. Ao longo dessas horas, Rick está digerindo o que ficou sabendo de Carol e decide que ela não pode voltar com ele. Claro que Rick já matou para proteger o grupo, mas ele vê suas ações de forma diferente das ações dela. Não vai deixar que ela volte. Ela está em choque, mas vê como a coisa vai andar. Carol enche um carro de suprimentos e some.

O grupo de Daryl acaba chegando com os recursos que ajudam os doentes e também encontram uma pista estranha, fortuita: uma transmissão que ouvem no rádio de um carro. "Santuário... quem chega, vive." Enquanto isso, Hershel está na prisão, mantendo os doentes com vida praticamente sozinho, com um caldo de ervas e com os parcos remédios que se tinha à mão. Ele arrisca a própria vida, sabe muito bem que está arriscando, mas defende a atitude com veemência. "Se você vai lá fora, você se arrisca. Se você toma água, você se arrisca." É uma afirmação potente, que chega no cerne do porquê pessoas como Hershel, Rick e outros fazem o que fazem.

Em outro lugar, reencontramos o Governador, que, depois de cometer uma atrocidade horrenda, praticamente perdeu a cabeça. Seus dois capangas, Martinez e Shumpert, o abandonam, e ele vaga sem rumo pela terra desolada. Ele esbarra em uma pequena trupe de sobreviventes: duas irmãs, Lilly e Tara Chambler; o pai enfermo das duas, David; e a filha de Lilly, Meghan. Eles moram em um prédio praticamente abandonado. A família acolhe o Governador com certo medo, mas o medo seria bem maior se soubessem do passado daquele homem. Ele lhes diz que se chama Brian e começa a fazer amizade com eles, inclusive a mostrar-se útil. Quando o pai morre, ele é o único que sabe o que tem que ser feito. Eles saem da cidade e acabam entrando em outro acampamento de sobreviventes, comandado pelo ex-capanga do Governador, Martinez. O Governador rapidamente mata Martinez, assume o grupo e prepara todos eles para outra investida contra a prisão. Consegue convencê-los com a desculpa da segurança: o lugar onde estão não é seguro, diz, mas ele sabe de outro. As pessoas lá, porém, são más e têm que ser afugentadas. Ele convence o novo grupo de que, para escorraçar os inquilinos, basta uma demonstração devastadora de poder. Um dos sobreviventes, Mitch, é veterano do exército e tem um tanque. É uma coisa que o Governador não tinha até então. Ele também tem reféns, que capturou na surdina: Michonne e Hershel.

O Governador vai à prisão com o novo exército, seu novo tanque e seus reféns. Rick quase o convence a não atacar, mas o Governador não quer saber de acordos. Ele também não tem interesse em só afugentar

Rick. Ele corta a cabeça de Hershel com a catana de Michonne e ataca. É um ataque brutal, que destrói a prisão – sua meta louca, obsessiva, desde o princípio. O próprio Governador é morto durante o ataque, assim como a maior parte de sua gente. O clã Grimes é obrigado a se espalhar e fugir, em combinações variadas, aleatórias. Os grupos menores ficam totalmente à parte. As chances de voltarem a se encontrar são mínimas.

Glenn, ainda recuperando-se da gripe, fica para trás. Ele pega todo equipamento que pode e vai embora, encontrando Tara Chambler sentada no pátio da prisão, horrorizada por ter feito parte de tudo aquilo. Os dois partem pela estrada, Glenn determinado a encontrar Maggie. Eles logo são encontrados por três estranhos: o Sargento Abraham Ford, Rosita Espinosa e Eugene Porter, uma figura esquisita de *mullets* que aparentemente traz consigo um grande segredo: a cura zumbi. Os outros dois estão tentando levá-lo até Washington.

Rick e Carl fogem juntos – sem Judith. Rick ficou tão ferido na luta que parece muito provável que vá morrer. Michonne está totalmente só e volta ao hábito de caminhar com iscas de zumbi. Sasha, Bob e Maggie estão juntos, assim como Daryl e Beth. Os dois abrigam-se em um necrotério. Errantes se abatem sobre a casa, os dois são obrigados a fugir, e Beth é misteriosamente levada por alguém de carro. Eventualmente, Daryl é encontrado por uma gangue, os Tem-Dono, que cruza o caminho de Rick, Carl e Michonne. Uma briga acontece. Quem vence não são os Tem-Dono.

Tyreese partiu com Lizzie, Mika e a bebê Judith. Logo eles são encontrados por Carol, que não foi muito longe, viu os destroços da prisão e saiu a procurar sobreviventes. Os quatro acabam encontrando uma casa para ocupar, que parece segura. O problema, porém, não são os errantes nem os outros lá fora, mas sim Lizzie. Na verdade, ela é só uma garotinha e os horrores deste mundo são demais para sua psique frágil. Ela está convencida de que os errantes não são perigosos, que são apenas pessoas, e que ela podia ser igual a eles. Para provar o que diz, ela mata a irmã. Carol e Tyreese percebem que a menina é louca e perigosa e que não pode ser deixada com outras pessoas. Eles não têm outra opção. Carol leva a garota, a mesma garotinha de quem tinha assumido a proteção, ao quintal. "Olhe as flores", Carol diz à menina, que chora com tanta angústia que deixa claro que entende que *alguma coisa* vai acontecer, mesmo que não exatamente o quê. Um instante depois, um tiro.

Apesar de estarem separados, eventualmente todos os membros dispersos do clã Grimes convergem a um só lugar: Terminus. A transmissão de rádio era real. É um antigo terminal de trens, que parece um lugar seguro e que congrega um grande grupo de sobreviventes. Rick, porém, fica desconfiado e logo se prova que sua desconfiança tem fundamento: o lugar aceita gente nova, mas só como prisioneira. Parece que fazem isso com todo mundo. Não é um refúgio; é uma armadilha. Rick, Carl, Michonne e Daryl são conduzidos a um vagão de trem, onde encontram a maioria dos outros, fora Tyreese e Carol. "Eles vão se sentir uns imbecis assim que descobrirem", diz Rick.

"Descobrirem o quê?", Abraham pergunta.

"Que se meteram com quem não deviam."

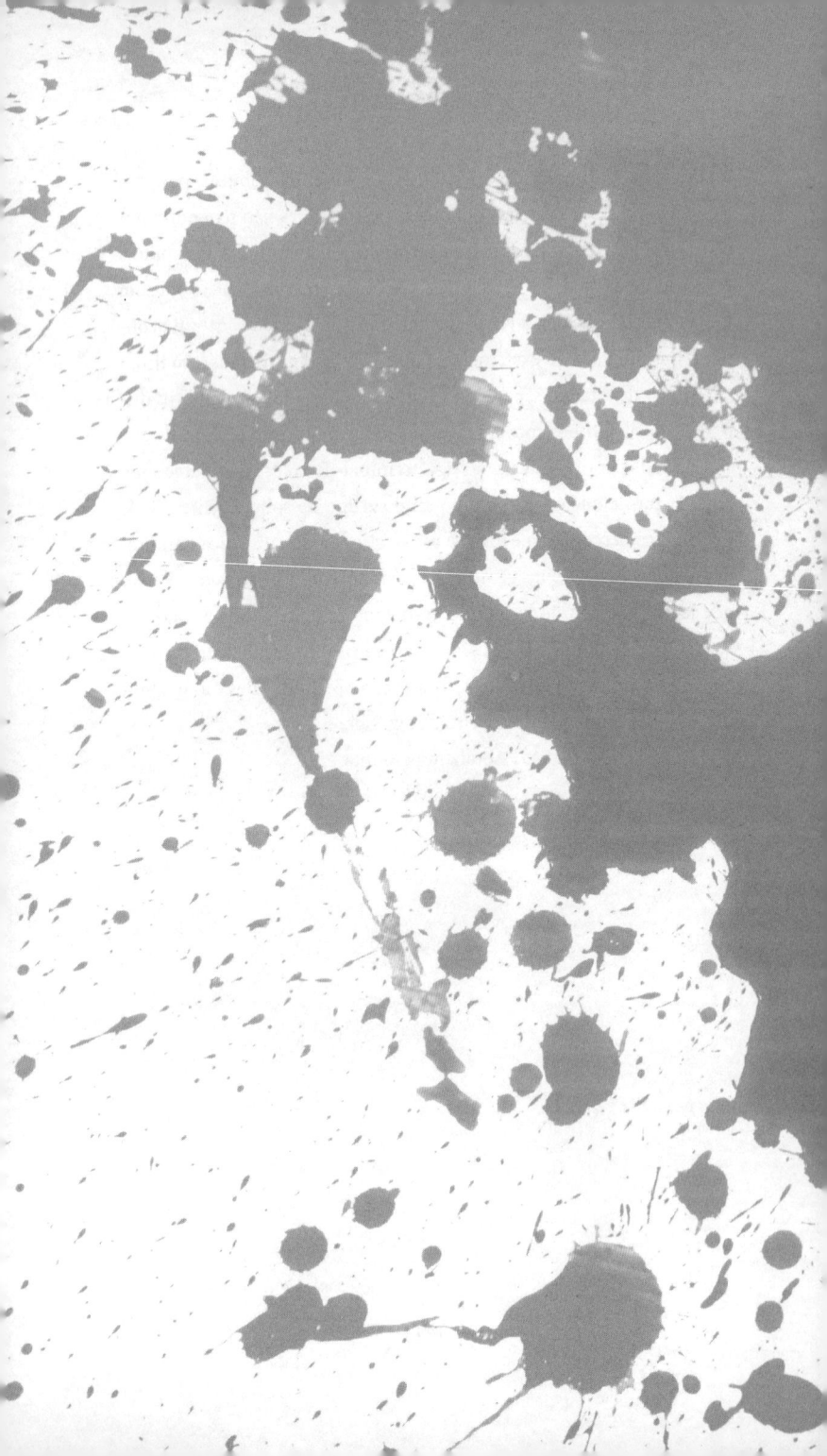

CAPÍTULO 7
EXPANSÃO

"O MUNDO DE VOCÊS VAI FICAR BEM MAIOR."
– **PAUL ROVIA, O "JESUS"**
(TEMPORADA 6, EPISÓDIO 11, "NÓS DESATADOS")

Mesmo antes de o seriado ir ao ar, em 2010, estava claro que o mundo que Robert Kirkman imaginou e ao qual deu vida era grande e ia muito além do que Rick Grimes via com seus olhos. Para começar, o mundo inteiro sucumbiu à praga zumbi, o que significa que havia muitas cidades abandonadas para os sobreviventes encontrarem e muitos bandoleiros perigosos a enfrentar. Ou seja, mais lugares a se conhecer! Mas há um motivo maior para esta armação ter se provado terreno tão fértil para roteiristas que não Kirkman, que renderam programas tanto interligados quanto derivados. O motivo foi resumido por uma coisa que Cliff Curtis, que interpreta Travis Manawa em *Fear the Walking Dead*, me disse em entrevista na primavera de 2016, antes da estreia da segunda temporada do seu seriado. Ele estava falando de Travis e da luta deste para aceitar o que aconteceu no mundo, para chegar a um novo código de sobreviência no mundo ao seu redor, e de não perder a pessoa que ele era: "Os confrontos em que ele se envolve são humanos e têm base no mundo real." É esse tipo de conflito e provação que marca o seriado e torna-o terreno tão fértil para explorar personagens e tramas extrínsecas. Como *você* ia reagir se o mundo acabasse? Aonde você iria? Levaria o quê? Mataria alguém?

(Da minha parte, sei exatamente aonde eu iria: à biblioteca da minha cidade natal. É um prédio de tijolos, bem reforçado. Se você tapar as janelas com tábuas, fica fácil de defender; e há uma lareira, fonte de calor. Fica perto da delegacia, que eu poderia invadir para conseguir recursos e armas. E, embora ela tenha todos os livros que eu gostaria de ler, não é uma fantasia nerd à la *Além da Imaginação*: lá tem toda a informação *pragmática* de que eu vou precisar. Tudo que eu não soubesse fazer, era só pesquisar. Se o mundo acabar, estarei bem entocado lá dentro.)

Jay Bonansinga vinha escrevendo contos de terror há anos quando, em um dia de 2010, seu agente chegou com uma proposta: coescrever um livro com Kirkman baseado em *The Walking Dead*. O seriado ainda nem havia estreado, mas Bonansinga se interessou. "No início, quando ouvi falar do serviço, imaginei que fosse só uma coisa padrão para romancista, uma interligação", ele disse. "Não tinha ideia de onde eu ia me meter."

No mundo editorial, o livro interligado, ou *tie-in,* é um produto bem conhecido, uma coisa que se produz sobretudo para colocar mais mercadoria com aquele nome nas prateleiras. Geralmente é a novelização do seriado ou do filme. Bonansinga tinha até relação direta com a realeza zumbi: havia trabalhado com George Romero em uma versão para o cinema de seu primeiro livro, *The Black Mariah*. Embora nunca tenha chegado às telas, a experiência o ajudou anos depois: "Joguei o nome de

Romero" com Kirkman, ele disse. Depois de uma peneira entre vários autores, Bonansinga conseguiu o contrato.

O escritor supôs que ia receber um roteiro do piloto ou dos primeiros episódios como base para trabalhar. Em vez disso, na primeira conversa com Kirkman ele descobriu qual era a perspectiva: uma "obra literária a todo pau", uma trama à parte que contaria o histórico integral do infame Governador. O primeiro serviço acabaria virando uma série, que atualmente inclui oito livros, e que se ampliou da história do Governador para a do povo de Woodbury, assim como apresentou personagens que Bonansinga criou por conta própria. Quatro destes acabariam servindo de inspiração para personagens que entraram no seriado: Tara Chambler; sua irmã Lilly; a filha de Lilly, Meghan; e o pai de Tara e Lilly, David. Tara acabaria virando figura permanente do clã Grimes.

"Ele é o homem mais possuído que eu já conheci", disse Bonansinga ao falar de Kirkman. "Pretensão zero, senso de humor bobão, sem paciência com gente burra." Deve ser por isso que Kirkman projeta uma persona "ai, que puxa", a que se vê em suas entrevistas. Mas não se passa de carinha que trabalha numa loja de quadrinhos no Kentucky a diretor de um pequeno império de mídia sem ter algum ímpeto, e foi esse ímpeto que Bonansinga viu em primeira mão. "Kirkman tem uma noção inata do que ele quer", Bonansinga diz. "Ele tem esse medidor dentro dele que sabe que, no fundo, o que o fã quer mesmo é uma coisa que o fã talvez nem saiba."

A Ascensão do Governador, o primeiro livro dos dois, entrou na lista de mais vendidos do *New York Times*, assim como o seguinte, que deu continuidade à trama. O Governador tem papel pequeno, mas determinante nos quadrinhos, e, apesar de o papel expandir-se no seriado, ainda não sabemos muito sobre ele na TV. Os livros exploram por completo o que o personagem tem de bondade e as grandes doses que tem de maldade, muita maldade. *A Ascensão do Governador* tem início com a história de Brian Blake e seu irmão Philip. Philip é o mais forte, o líder do grupo; Brian, embora mais velho que Philip, é um homem fraco. Os irmãos acham seu caminho pelo interior devastado junto com a filha de Philip, Penny, e chegam a Atlanta, onde passam um breve período com a família Chalmers: as irmãs April e Tara, e o pai delas, David (há uma versão dessa história na temporada 4, sendo que Tara continua como personagem regular).

Os irmãos levam a família de volta à estrada, onde, em certo ponto, Penny é atacada por um zumbi e se transforma. Philip recusa-se a detonar a cabeça da garota ou deixá-la para trás, de modo que eles mantêm a Penny-zumbi com o grupo, o que você deve imaginar que não é tarefa fácil (é como tentar ficar com um gato raivoso, uma coisa louca de se fazer, mas que ilustra como o fim dos tempos pode te deixar doido). Eles acabam chegando a Woodbury, mas uma Woodbury diferente da que vemos na TV: não há rua principal estilo Mayberry, não há luz, não há esperança. É um posto avançado da loucura, com gente que mal sobrevive ao dia a dia e que vive com medo absoluto do grupo da Guarda Nacional que manda na cidade, comandado pelo Major Gene Gavin. Philip logo enlouquece e acontece uma briga entre ele e o amigo Nick: Nick atira em Philip, Brian atira em Nick e Brian atira em Gavin, e assim toma o controle da cidade. Um dos moradores, Caesar Martinez, pergunta seu nome, e ele diz: "Philip Blake". Brian Blake torna-se Philip Blake e, depois, o Governador (esta virada, a de Brian assumir a persona do irmão, foi ideia de Kirkman, disse Bonansinga). É aqui que o livro termina, mas é claramente só armação para uma quantidade de fatos terríveis que Philip Blake vai cometer em Woodbury como Governador, e a tropa de gente que vai sobreviver a seu mandato maníaco.

Os livros foram a primeira grande expansão da perspectiva do seriado, mas haveria muito mais. Enquanto a equipe Bonansinga/Kirkman escrevia seus livros, a equipe de produção da série de TV fazia experimentos com outros modos de contar histórias sobre a vida no pós-apocalipse zumbi. Começaram com uma série de "webisódios", vídeos curtos que rodavam no website da AMC e que se passavam no universo de *The Walking Dead*. As três *web series* originais são tangenciais ao seriado principal. (Se você não assistiu, vá lá. Não são muito compridos e valem muito a pena.) "Torn Apart" ("rasgada") conta a sina de uma família no princípio da praga zumbi. A mãe sacrifica-se entre os mortos-vivos para salvar os filhos e vira zumbi. Não qualquer zumbi, mas a "Menina da Bicicleta", o espectro patético e rasgado ao meio que Rick encontra no parque depois de acordar do coma. "Cold Storage" ("conservar no gelo") enfoca um sobrevivente, Chase, que se esconde em um depósito e lá encontra outro sobrevivente, que se sente tanto em casa que mantém uma garota trancafiada em uma das unidades. A conexão aqui é que em dado momento Chase vai saquear uma das unidades do depósito, conferindo as posses de alguém que provavelmente morreu há muito tempo. Ele depara-se com o retrato de uma família que nós conhecemos: Rick, Lori e Carl Grimes. "The Oath" ("o juramento") trata de um casal, Paul e Karina, que, buscando auxílio médico num hospital, esbarra em uma médica suicida que tomou para si a tarefa de oferecer suicídio assistido. Karina aceita a proposta. Paul arranca suas presas e leva sua acompanhante zumbi do hospital. Antes de ir, Paul coloca uma barra em uma porta dupla do hospital e pinta com spray um alerta aos outros: "Não Abrir Mortos Dentro".

A expansão mais audaciosa do universo, porém, foi obviamente a série derivada da AMC, *Fear the Walking Dead,* que estreou em 23 de agosto de 2015. *Fear* fez o relógio voltar só um pouquinho. Na estreia, a praga zumbi está começando a atingir as beiradas da sociedade e a maioria das pessoas não acredita no que está acontecendo ao seu redor. O seriado enfoca um pequeno grupo: Madison ("Maddie") Clark, uma orientadora vocacional de colégio; seu namorado, Travis Manawa, que é professor de inglês do mesmo colégio; e suas famílias (Travis é divorciado, Maddie é viúva). Travis tem um filho adolescente, Chris, e a ex-mulher, Elizabeth. Maddie tem dois filhos: Nick e Alicia. O pai deles morreu há algum tempo em um acidente de automóvel.

Mesmo com a audiência monstruosa de *Dead*, ficava a pergunta: haveria ou não demanda suficiente para um segundo seriado sobre zumbis? Para se diferenciar da série irmã, o foco de *Fear* é gente comum. De certa maneira, *The Walking Dead* enfoca gente "normal", mas *Fear* vai mais longe. Os Clark e os Manawa não são policiais nem aventureiros, nem nada de muito especial. Além disso, formam um grupo um pouquinho desajustado: Clark é ressentido com o pai. Nick é viciado em heroína. Alicia só quer ir embora da cidade. Maddie é atormentada pela culpa de como a morte do marido afetou seus filhos. Suas vidas cotidianas tratam de questões mundanas, tais como poupar dinheiro consertando a pia da cozinha sem chamar um encanador (sendo eu alguém que teve que aprender muita coisa sobre encanamento para poupar grana, a cena em que Travis conserta a torneira imediatamente me aferrou ao seriado).

A estreia de *Fear* aconteceu entre a quarta e a quinta temporadas de *The Walking Dead*, quando o seriado estava subindo aos pontos mais altos de audiência. O vento ajudou: o episódio inicial de *Fear* trouxe 10 milhões de espectadores, ou seja, a maior audiência de estreia na história de um seriado na TV a cabo. Embora o número de espectadores venha caindo desde então, ele continua sendo o segundo seriado de maior audiência na TV a cabo, atrás apenas de *Dead*.

A julgar apenas pela audiência, *Fear* é obviamente um sucesso. Mas ele ainda tem que viver à sombra da série irmã, o que rende comparações insistentes e inevitáveis. "Acho que a segunda temporada vai nos consolidar como seriado à parte", disse Cliff Curtis naquela entrevista de 2016. Ainda assim, tal como a irmã mais velha, *Fear* sofreu de uma segunda temporada irregular. Algumas coisas funcionaram muito bem, como a ideia de botar o elenco em um barco e explorar o mundo fora do continente. Um modo criativo de mostrar uma parte do apocalipse zumbi que não se vê com frequência, mas que muitas vezes é citada como chance de fuga por fãs do gênero. Houve coisas que não funcionaram tão bem, como um final de meia temporada que terminou com um incêndio literal, e que soou forçado.

O personagem de Curtis, Travis, ocupa espaço interessante no seriado. Apesar de ser o protagonista masculino, Travis não é um Rick Grimes. Para começar, ele é professor de inglês, e não policial. O mais importante é que ele tem instinto de sobrevivência suficiente para não ser um dos primeiros mortos quando ocorre a Virada, mas tem uma dificuldade de desistir da moral e da ética. Ele ainda antevê a sociedade se reconstruindo, um mundo onde ele possa criar o filho e ficar com Maddie, e, quem sabe, voltar a ensinar Jack London e outros clássicos da literatura. E, por mais que possa ser cansativo assistir a Travis tentando fazer o bem em um mundo onde tudo deu errado, isso também é necessário. Do ponto de vista de trama, você precisa de um Travis para ser a ponta do *continuum* moral, o lado bom da dinâmica confiar-na-humanidade/azar-da-humanidade. Os impulsos de Travis de ainda fazer o bem, enquanto o mundo está ficando muito, muito mal, tornam-se as causas do atrito interno no grupo, que gera o drama entre os sobreviventes. A maior dor para ele é ver seu filho, Chris, passar à outra ponta do espectro. Aqui, porém, o conto moral torna-se reafirmação sobre o valor de se fazer o bem neste mundo, pois a jornada moral de Chris acaba custando sua vida.

A dinâmica vira outra conforme novos sobreviventes entram no grupo. Primeiro vêm os Salazar: Ofelia (Mercedes Masohn) e seus pais, Griselda (Patricia Reyes Spindola) e Daniel (Ruben Blades), um barbeiro simples de passado arrepiante. Victor Strand (Colman Domingo), outro personagem, só aparece quando a primeira temporada está acabando, em "Cobalto" (episódio 5); assim que ele surge, porém, o teor do seriado vira outro. A maioria dos personagens está tentando descobrir o que se passa a sua volta; Strand não está nem aí. Ele é um malandro, está sempre sorrindo, e Domingo lhe dá uma voz que é quase um ronronar enquanto ele mexe seus pauzinhos.

Strand está encurralado na cela de uma instalação militar (com Nick Clark, como viremos a descobrir). Ele volta-se para outra pessoa de sua cela, Doug, e, aos poucos, enlouquece-o. Strand provoca Doug em relação à esposa, diz que Doug não foi forte para cuidar dela, mas que ela é bonita e, neste novo mundo, vai encontrar outro homem que a proteja. É quase como se Strand estivesse exercitando uma habilidade – talvez algo que já saiba sobre Doug – como um *quarterback* arremessando em um treino. As verdadeiras intenções de Strand ficam nas trevas, de modo que você não sabe de fato qual é o seu jogo. Mas ele é crítico para a sobrevivência do grupo. É ele que tem o barco, o *Abigail*, no qual os sobreviventes pegam uma carona para fugir de Los Angeles em chamas. Acabamos descobrindo que a motivação de Strand é bem simples: reencontrar seu parceiro, Thomas Abigail, um rico empresário mexicano. A missão de Strand de voltar a Thomas torna-se o fulcro em torno do qual gira a segunda temporada inteira, e que faz os "Abinautas" pararem no México. O seriado até atingiu, sem querer, um pouco do *zeitgeist* cultural no final da segunda temporada, que foi ao ar em 2 de outubro de 2016, no meio da eleição presidencial dos EUA – eleição na qual o plano de Donald Trump de construir um imenso muro na fronteira com o México foi um dos grandes pontos de discussão. Perto do fim do último episódio, vários dos personagens – depois de chegarem ao México de barco – encontram-se de volta à fronteira, Ofelia sozinha e Nick comandando o grande grupo de uma cidade de sobreviventes. Ofelia aparentemente é presa por um pistoleiro solitário armado. O grupo de Nick é atacado a tiros por uns caras de aparência paramilitar assim que cruzam os velhos portões por onde os carros entram nos EUA. Com ou sem zumbi, a fronteira é uma coisa para a qual as pessoas ainda dão bola.

Seja com *The Walking Dead*, *Fear the Walking Dead*, com os livros, os "webisódios" ou os quadrinhos que seguem em produção, as pessoas têm um apetite por conteúdo zumbi que parece insaciável. A expansão do mundo que Kirkman e Moore esboçaram inicialmente nos quadros de uma página de HQ tocaram alguma coisa dentro do público, e o público reagiu de modo visceral. Eles querem mais.

The Walking Dead voltou para a segunda temporada em 16 de outubro de 2011, mas não voltou sozinho. A AMC sabia o que tinha nas mãos, um estouro de audiência. A pergunta era: como lucrar com isso? Tradicionalmente, uma emissora vai tentar alinhar um ou mais programas para rodar na mesma noite e criar um bloco de programação que deixe os telespectadores vidrados no canal. A AMC tinha outra ideia. No canal Bravo, o produtor Andy Cohen havia pegado sua franquia *Real Housewives* e feito uma coisa incomum: construiu um *talk show* a respeito das séries. Chamado *Watch What Happens Live*, o programa trazia Cohen e várias estrelas de seriados da Bravo, assim como, pelo que se vê, quem estivesse por acaso em Nova York naquela noite. Oprah. Cher. Quem fosse. O seriado foi, e é, conscientemente apatetado – e sempre envolve bebedeira (não há nada como assistir ao ator e superfã de *Housewives* Michael Rapaport, depois de virar umas, falar sobre a última briga de Bethany com a Condessa). Parece que o grupo pensante da AMC também viu esse modelo, achou legal e pensou: *Ei, a gente também pode fazer isso… sem bebedeira.* O programa de Cohen estava atraindo mais ou menos um milhão e meio de espectadores, e *Housewives* não chegava nem perto do grande negócio que era *The Walking Dead*. Além disso, produzir um *talk show* custava bem menos do que fazer mais uma série dramática com roteiro.

No verão de 2011, a AMC pediu um piloto e contratou a mesma equipe de produção por trás do *Watch What Happens*. Eles trouxeram o comediante de stand-up Chris Hardwick como apresentador para um teste. Hardwick era uma boa escolha, com ótimo *nerd cred*. Ele já tinha sido moderador de painéis de *The Walking Dead* na Comic-Con de San

Diego, apresentou especiais do *Doctor Who* na BBC América e tinha um podcast chamado, devidamente, *Nerdist Podcast*. O piloto deu certo e a emissora fez planos de lançá-lo como programa ao vivo. Assim nasceu *The Talking Dead*.

O primeiro episódio foi ao ar com dois convidados no set, o comediante Patton Oswalt e o roteirista-diretor James Gunn, mais Hardwick. Kirkman participou via satélite. A ideia toda era se inspirar menos nas patetices alcoolizadas de Cohen e acessar exatamente o que já estava acontecendo na internet acerca do seriado, que era (e ainda é) gente conversando sobre o episódio, com paixão, com seriedade, em minúcias. No ar, o apresentador e os convidados recebiam ligações, liam perguntas de espectadores na internet e tagarelavam sem parar sobre as coisas mais ínfimas. *Aquele zumbi, que o Daryl e o Rick dissecaram, engoliu mesmo uma marmota inteira? Isso é possível?* Gunn, Oswalt e Hardwick entraram numa discussão sobre como queriam morrer antes de virar zumbis, e as minúcias de zumbis rápidos *versus* zumbis lentos. (A propósito, Gunn escreveu o roteiro do remake de *Madrugada dos Mortos*, de 2004.) Eles discutiram sobre a arma perfeita para um apocalipse zumbi: Hardwick deu preferência à catana, mas Oswalt concordou com o escritor Max Brooks, que expressou em seu best-seller *Guerra Mundial Z* que a melhor seria uma calibre 22. Gunn queria uma metralhadora Gatling. Mais tarde, Hardwick fez Oswalt admitir, resignado, que os dois haviam jogado *Dungeons & Dragons* juntos, e entraram numa discussão sobre moral, "cooperação" ética e como Kirkman mexe com a cooperação moral dos personagens sob as condições árduas em que vivem.

"Você perdeu cada espectador que tinha até agora", Oswalt disse, "mas conseguiu *um* espectador *super* fiel".

O programa atraiu aproximadamente 1,2 milhão de pessoas no primeiro episódio, depois da estreia da segunda temporada de *The Walking Dead*, "O Que Vem Pela Frente", com 7,26 milhões de espectadores, recorde para o seriado na época e sinal do que estava por vir. O plano na verdade funcionou melhor do que a AMC podia esperar; os índices de audiência de *The Talking Dead* subiram depois da estreia e continuaram subindo. Na segunda temporada – junto à terceira de *The Walking Dead* – o público de *Talking* foi, aproximadamente, de 2 milhões para 5 milhões. Na terceira temporada, de 5 para 7 milhões. O programa entrou para o top 10 das noites de domingo. Não só isso, mas a reprise das 23h do episódio das 21h também entrou no top 10. *The Talking Dead*, ao que parece, servia de bom chamariz para a reprise do episódio que o público tinha acabado de assistir. Você assistia ao seriado, depois uma discussão sobre o seriado e depois algumas pessoas assistiam ao seriado *de novo*. Além disso, *The Talking Dead* era tão *nerd* que ia para a internet depois de sair do ar. Em outras palavras, até o programa-pós-seriado tinha seu programa-pós-programa. De repente a AMC estava com as três horas mais assistidas nas noites de domingo, além de ser uma sensação na internet que comentava esse conteúdo todo. Veja, por exemplo, a semana de 5 a 11 de dezembro de 2016. Naquela semana, o programa com mais audiência na TV a cabo foi *The Walking Dead*, que trouxe 6,5 milhões de espectadores na faixa etária determinante dos 18 aos 49. *Monday Night Football* ficou em segundo (o jogo de Colts vs. Jets), com 3,3 milhões de espectadores. *The Talking Dead* foi o terceiro, com 2,5 milhões.

The Talking Dead era fácil em termos de conceito, mas sua popularidade repentina o fez entrar em alta demanda. Além de atores de *The Walking Dead* e integrantes da equipe de produção, como Kirkman, Gimple, Hurd e Nicotero, o programa atraiu uma ampla gama de convidados. Gente que não tinha nada a ver com o seriado e que, além de ser fã, aparecia para se sentar no sofá e dar uma de *fanboy* com Hardwick. O diretor Kevin Smith (que também tem um programa na AMC, *Comic Book Men*) é convidado frequente, assim como Will Wheaton, Dave Navarro, Aisha Tyler, Keegan-Michael Key e Marilyn Manson. Os convidados foram de uma variedade que vai do âncora matinal da CNBC Joe Kernen até DeAngelo Williams, ex-*running back* dos Pittsburgh Steelers. A atriz Yvette Nicole Brown é convidada frequente e é tão fã do seriado que chega ao set com um caderninho cheio de anotações sobre o que assistiu.

Era impossível não ver a mina de ouro que a AMC tinha encontrado. De repente, um monte de seriados com fãs obcecados começou a ganhar seu *after-show*. *Orphan Black,* da BBC América, série excelente que encerrou a quinta e última temporada em 2017, teve seu próprio *after-show*, *After the Black*. *Game of Thrones* ganhou o seu. *Mr. Robot*, outro seriado que eu amo, também teve o seu. *Sons of Anarchy... This Is Us...* fizeram até para *Mountain Monsters,* da Discovery América, sobre um grupo de caçadores da Virgínia Ocidental em busca de provas do Pé Grande e outros monstros extravagantes de nome pitoresco como o Hogzilla, o Cherokee Death Cat, o Snallygaster e o Grassman (nem me pergunte).

Nem todo mundo foi fã do novo formato. "O grande problema desses *after-shows*", escreveu Scott Meslow em crítica na revista GQ, "é que eles se originam dos mesmos cérebros que produzem os seriados que vão entrar em análise". *Será que um dia o Hardwick vai malhar um episódio? Alguma estrela vai reclamar da trama?* "Na prática, esses pós-programas são basicamente apenas uma extensão maquiadinha para apoiar a marca – um discurso motivacional para os fãs de programas de TV que já têm fãs obcecados." Vale notar que Meslow também não é fã de *The Walking Dead*.

Então, o que fazer quando se é o seriado mais popular e mais sangrento da TV a cabo? Você vai e tenta arrebatar o mundo da academia. Desde que eu comecei a pesquisa para este livro, já me deparei com vários textos acadêmicos sobre o seriado. Parece que os figurinhas PhD têm tanto interesse na série quanto a gente. O apocalipse zumbi pode ser nojento, pode ser sanguinolento, violento e apavorante, mas isso não quer dizer que seja escapismo demente. Pense no que é o seriado além dos zumbis: o colapso da sociedade, um luta macabra pela sobrevivência e o empenho para reconstruir algo que lembre o mundo anterior a partir dos escombros. A maioria das histórias de zumbi nunca explora esses temas com profundidade, se é que os explora, pois não dura o suficiente para chegar a esses temas. *A Noite dos Mortos-Vivos* trata literalmente de uma noite só. *Extermínio* mostra a sociedade depois do colapso total, mas não vai além da corrida para sair de Londres e de uma luta com soldados bem trevosos. *Dead Set* dá um tempo para os pestes de *reality show* ficarem discutindo e ganha pontos por satirizar os *reality shows*, até que os zumbis tomam conta do set – e do mundo. *The Walking Dead*, por outro lado, desde o começo deixou claro que ia explorar o período após o apocalipse zumbi. É um seriado sobre o *pós*-apocalipse zumbi. Ou seja, há muitos temas a serem explorados – tudo: desde política a sociologia, a medicina e o estudo de pandemias. Foi isso que percebeu um pequeno grupo de professores da Universidade da Califórnia em Irvine.

"Sociedade, Ciência, Sobrevivência: Lições de *The Walking Dead*" foi o curso optativo de oito semanas, via internet, que os professores da UCI ofereceram em 2013. Projetado com a AMC, era o que se chama de "MOOC", um *massive open online course* (disciplina aberta on-line para múltiplos usuários). O curso explorava as bases da sobrevivência individual e tratava de experiências intelectuais tipo: *Dá para comer esquilos?* (Daryl Dixon ia rosnar se você fizesse essa pergunta na sua presença). Ou *O que é a Hierarquia das Necessidades de Maslow, e sobreviver já é motivo para viver?* O curso entrava em perguntas mais amplas sobre estrutura social, exploradas por meio de várias ambientações do seriado – desde a fazenda Greene, passando pela comunidade na ex-Instalação Correcional do Oeste da Geórgia, até a ditadura de Woodbury. Abordava "identidade social", os tipos de regras e estereótipos em que os personagens se encaixavam. Tratava de questões de saúde também. Como as doenças infecciosas se espalham? Qual o papel da profissão médica, desde os médicos de cidadezinha até o Centro de Controle de Doenças? Tratava até do dano psicológico sofrido pelas pessoas que passam por uma provação dessas. Qual o efeito que se dá na psique de alguém que sempre tem que dormir com um olho aberto?

Para a UCI, foi importante que os cursos se dessem no nível universitário, fosse a faculdade participar ou não. Quatro professores da faculdade foram selecionados para conduzir o MOOC e dividiram as lições: Joanne Christopherson, tutora da Escola de Ciências Sociais; Michael Dennin, professor de física e astronomia; Sarah Eichhorn, pró-reitora do Centro de Educação a Distância da faculdade; e Zuzana Bic, tutora de saúde pública. Cada um propôs tópicos distintos. A AMC acabou selecionando oito deles para o curso, de olho em temas que iriam se ampliar na quarta temporada, já que o curso começou antes da estreia desta (embora a emissora não compartilhasse nem uma fala dos novos episódios com os professores, com medo de entregar *spoilers*). Duas das lições de Christopherson foram selecionadas, uma sobre a hierarquia das necessidades e outra sobre estilos de liderança.

Christopherson já dera aulas via internet, um dos motivos pelos quais foi escolhida para o curso, mas nunca havia assistido ao seriado. "Sou uma pessoa mais *Downton Abbey*", ela disse. Ela fez uma maratona das três primeiras temporadas de *The Walking Dead* e descobriu-se intrigada. Aí começou a procurar resumos na internet. Sua cabeça começou a acelerar. "É um seriado muito rico para se escrever", ela disse. Tinha uma ideia, assistia a um episódio, fazia anotações, ia ler um resumo e outras ideias surgiam na sua cabeça. "Eu tinha que me limitar a três tópicos" para o MOOC, ela disse. Seu interesse em como os personagens lidam com a sobrevivência em meio ao desastre era a fonte subjacente a seu módulo sobre a hierarquia das necessidades.

O curso acabou tendo 60 mil participantes de 90 países, o que foi revelador para Christopherson, pois ilustrou que o seriado não atraía apenas a garotada americana saturada de violência. Quatro quintos dos participantes disseram que passavam mais de uma hora por semana estudando – ou seja, passavam mais tempo fazendo o curso do que assistindo ao seriado em si – e 60% deles disseram que o curso os tornaram mais fãs do seriado. Embora seja uma vantagem que provavelmente nenhum deles venha a precisar, 80% acharam que o curso aumentou suas chances de sobreviver a uma epidemia zumbi.

O *feedback* positivo acabou sendo muito bom para a reputação de Christopherson no campus. O curso chamou atenção e ganhou destaque na mídia. No campus, ela ainda é convidada a ir aos dormitórios e conversar com alunos sobre o seriado, além de ter convites para assistir aos episódios com eles. "Eu meio que virei a professora que entende de *The Walking Dead*", ela disse. "Para mim, é um fenômeno."

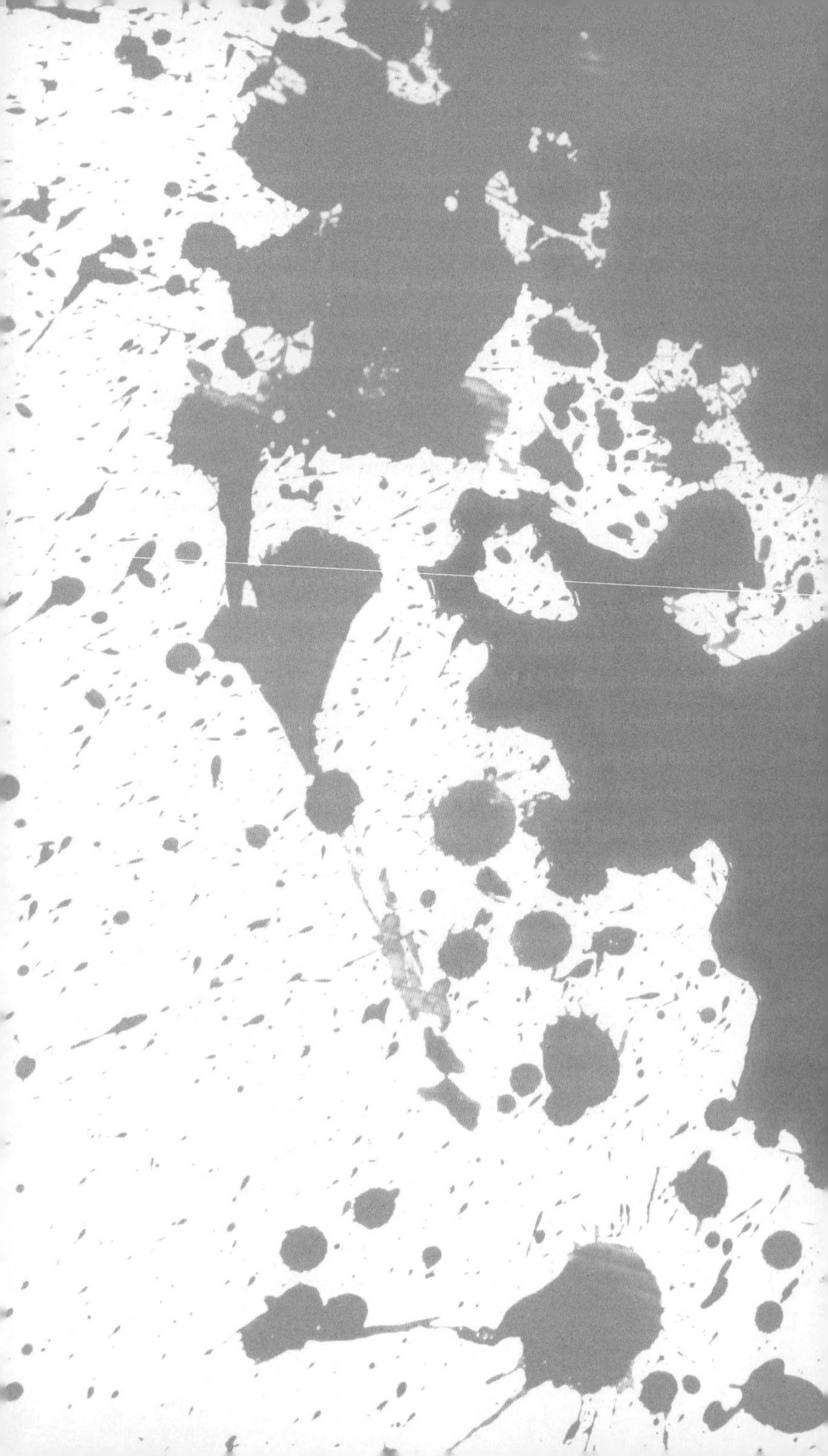

CAPÍTULO 8
MARCO AURÉLIO E ZUMBIS

"VOCÊ NÃO QUER MAIS UM DIA,
MAIS UMA CHANCE?"
– MICHONNE
(TEMPORADA 5, EPISÓDIO 9,
"O QUE FOI E O QUE ESTÁ SENDO")

O pânico financeiro de 2008 provocou a maior retração econômica que todos nós já vimos e destruiu vidas planeta afora. Em 2008 e 2009, nos EUA, centenas de milhares de pessoas perdiam emprego todo mês. Embora não fosse a mesma coisa que um apocalipse zumbi, me ocorreu que deveria haver algum vínculo entre o mundo ficcional do seriado e o mundo real dos espectadores. Meu cargo principal no *Wall Street Journal,* na época e ainda hoje, envolve cobrir o mercado financeiro. De dia eu escrevia sobre a movimentação da Dow Jones Industrial Average, relatórios de ganhos, preço do petróleo, o dólar, e também sobre a economia, previsões de PIB, desemprego, consumo, produção industrial – essa coisa toda. Eu estava na primeira fila para ver o colapso épico de Wall Street. A catástrofe econômica chegou aos meu círculo de amigos e familiares. Eu conhecia gente que perdeu o emprego, gente que estava sofrendo para pagar as contas e botar comida na mesa. Quase uma década depois, ainda tentamos superar aqueles tempos.

O século XXI já tinha visto uma boa dose de desastres, incluindo, só nos EUA, os ataques de 11 de setembro e o Furacão Katrina de 2005. Aconteceram calamidades diversas pelo globo. O tsunami do Oceano Índico em 2004, que matou quase 300 mil pessoas na Índia, no Sri Lanka, no Quênia e na África do Sul; o terremoto de 2011 no Japão, o quarto mais potente no mundo desde 1990, no qual morreram 15.894 pessoas, e que nos deixou a poucas horas de uma catástrofe nuclear na usina Fukushima Daiichi. Londres (Inglaterra), 2005. Paris (França), 2015. Aleppo (Síria), 2016. Pode-se dizer que o mundo real, no qual tanta gente comum deparou-se com o pior que a humanidade e a natureza tinham a oferecer, infelizmente havia deixado as pessoas bem preparadas para o mundo ficcional de *The Walking Dead*.

"No cerne, *The Walking Dead* é o seriado sobre um grupo de pessoas comuns tentando sobreviver a um mundo que se transformou de forma repentina e violenta diante delas", escrevi em um resumo antes da estreia da quarta temporada. "Isso repercute em um país no qual, nos últimos cinco anos, milhões tiveram suas vidas transformadas de forma repentina e violenta."

O sucesso de um seriado como *The Walking Dead* "sempre tem algo a ver com a época em que ele surge", disse o escritor Jay Bonansinga. Ele apontou o livro de Bram Stoker, *Drácula*, com suas entrelinhas sobre a sexualidade em oposição à sociedade e à religião, como obra que bateu de frente com as sensibilidades da Era Vitoriana. Hoje, ele disse, "a era em que vivemos é bagunçada em diversos aspectos". Temos terrorismo, desemprego, a economia, os mercados, não ter plano de saúde, *ter* plano de saúde... a lista não acaba. "Esse mês você pode dar um tiro na cabeça da coisa", ele disse, "mas ela não para de crescer. Se ela vier em enxame, você morreu". É temer que você vai chegar à caixa de correio e ver mais contas que você não tem como pagar; é temer que o telefone toque e você sabe que é um cobrador; é ficar esperando que o próximo desastre imprevisível desabe na sua vida.

"Parece muito com a vida real", disse Norman Reedus quando o entrevistei na sede do *Journal,* em 2014, referindo-se à propensão do seriado para matar personagens, outra coisa que o faz parecer mais real. "Você sempre acha que vai ter mais tempo para conviver com os outros. Aí, arrancam essa pessoa de você e é um choque."

The Walking Dead utiliza o zumbi como metáfora para terrores do mundo real, sim, mas também faz outra coisa. Ao retratar um grupo de sobreviventes que vive em ameaça constante e com desafios morais, ele nos mostra as entranhas de um modelo para atacar todos esses terrores do mundo real, uma espécie de estoicismo moderno que vê todo dia como nova oportunidade. "Você não quer mais um dia, mais uma chance?", Michonne pergunta. O seriado é praticamente um manual para você criar as ganas de que precisa para sobreviver aos momentos difíceis. Kirkman não estava atrás de grandes afirmações sobre o mundo quando imaginou sua HQ; ele só queria fazer uma história de zumbi. Mas o mundo ao seu redor mudou e encontrou com o dele. É isso que torna o seriado tão visionário.

Como essa mensagem é transmitida já é algo singular. Um senhor chamado Stuart Hall, professor da Universidade de Birmingham, Inglaterra, explicou tudo isso em 1973, em um artigo que buscava tratar de como a televisão tinha seu próprio "idioma televisivo" e como esse idioma é usado para disseminar mensagens culturais. Em essência, é um grande circuito que começa na equipe de produção, passa pela emissora ou pela internet, chega até a casa através da televisão (ou, hoje em dia, de laptops, desktops, tablets, smartphones) e, bem, bate no seu cérebro. O último passo, porém, não é o resultado. Você não é só um receptáculo burro na ponta do circuito. O que está sendo transmitido a você, Hall diz, é uma mensagem codificada. O jeito como você vai decodificar esta mensagem é o que dá potência a essa mídia. "A televisão é um discurso", ele escreve, "um evento comunicativo que não é apenas comportamental". Amarrando isso tudo, o que temos é um seriado que faz uso de uma metáfora do zumbi apta a significar toda apreensão que o espectador tiver, que se exibe numa época em que o espectador tem apreensões de sobra. Neste ambiente, aquele discurso de Hall ganha vida própria.

Com as redes sociais, isso se amplificou. Quem se apresenta em palcos, atores de teatro, músicos e até artistas de rua são bem familiarizados com a conexão entre eles e o público, em tempo real, e como isso produz uma dinâmica que é singular a cada indivíduo e performance. Atores de TV não têm o mesmo *feedback*; mas se entram no Twitter quando o programa está no ar – como muitos fazem hoje em dia – eles têm algo similar da reação "em tempo real" à sua atuação. Nesse sentido, as redes sociais dão um canal inteiramente novo para seu idioma televisivo. Hoje, com gente que assiste à TV e, ao mesmo tempo, conversa sobre os programas nas redes sociais, você acaba tendo um circuito ainda mais complicado do que aquele que Hall considerou em 1973. "Assistir à televisão é um elo na corrente da narrativa sagrada", escreveu Diane Winston em *Small Screen, Big Picture,* "uma versão contemporânea das tradições ocidentais, tais como ouvir as escrituras, 'ler' vitrais ou absorver a Paixão de Cristo". Em uma era de redes sociais, quando a interação entre espectador e programa é muito mais cinética do que antes, as mensagens não ditas dentro de um programa como *The Walking Dead* são, mais do que nunca, moldadas tanto pelo espectador quanto pela produção.

É interessante ver Winston fazer comparações com a religião. É fato que, em um mundo no qual ir à Missa perdeu qualquer sentido ou coerência para muitos, a televisão – para o bem ou para o mal – emergiu como conexão real através da qual se exploram certos valores culturais. "A televisão converte as preocupações sociais, os enigmas culturais e as questões metafísicas em histórias que exploram e até moldam noções de identidade e destino – os elementos constituintes da especulação religiosa", disse Winston. Em *The Walking Dead*, temos várias insinuações religiosas e, embora o seriado não forneça precisamente uma resposta religiosa às grandes perguntas da nossa era, consegue, creio eu, dar as respostas do tipo que as pessoas costumam buscar na religião ou na literatura. Na era moderna, programas de TV são nossas parábolas, disse Sonya Iryna, escritora freelancer que cobre o seriado para o website de fãs *Undead Daily*. "Sempre relaciono com uma frase de Neil Gaiman, autor de *Coraline*, que diz que 'contos de fadas são mais que verdade: não porque nos dizem que dragões existem, mas porque nos dizem que temos como vencê-los'. Acho que esse é o grande atrativo do seriado."

"Um seriado como [*The Walking Dead*] nos diz que, independentemente do que acontecer, se você for leal às pessoas que ama", ela diz, "você consegue tudo."

Mais ou menos 23% dos norte-americanos hoje consideram-se sem filiação a religião alguma, segundo levantamento de 2015 da Pew Research. Esse grupo, além de tudo, está ficando cada vez mais jovem e seu número geral vem crescendo, enquanto católicos e protestantes estão ficando mais velhos e a quantidade de adeptos ao Catolicismo e ao Protestantismo vem caindo. É um fenômeno que a Pew chama de crescimento do "n.d.a.". Eu acredito que o seriado pega alguns pontos de referência religiosos, reinterpreta-os e os usa de um modo que tem apelo tanto entre os religiosos quanto entre os "n.d.a.".

Se você assistiu a *The Walking Dead* o bastante, é certo que já percebeu as entrelinhas religiosas. Há personagens muito religiosos, como Hershel Greene, e outros que não são nada. Igrejas já foram usadas como cenários, e o seriado como um todo passa a sensação de Livro do Apocalipse. "E o sétimo anjo derramou a sua taça no ar; e saiu uma grande voz do santuário, da parte do trono, dizendo: Está feito." É um versículo do Apocalipse (16:17). Depois que o sétimo anjo derramou a última das taças do apocalipse, acontece o seguinte: "E houve relâmpagos e vozes e trovões; houve também um grande terremoto, qual nunca houvera desde que há homens sobre a terra, terremoto tão forte quão grande".

Esse versículo, reproduzido na sigla "REVELATION 16:17", aparece na marquise em frente à Igreja Batista da Luz Divina – a igreja na qual o clã Grimes entra para procurar Sophia em "O Que Vem Pela Frente". É uma referência sutil, mas inegável. E não vai ser a única vez que o seriado usará versículos bíblicos. Dentro da paróquia do Padre Gabriel, a St. Sarah, há cinco versículos indicados no quadro de avisos para o sermão da semana, que deve ter sido o último do Padre. Só para registro, são os seguintes:

ROMANOS, 6:4 – "Fomos, pois, sepultados com ele pelo batismo na morte, para que, como Cristo foi ressuscitado dentre os mortos pela glória do Pai, assim andemos nós também em novidade de vida."

EZEQUIEL, 37:7 – "Profetizei, pois, como se me deu ordem. Ora, enquanto eu profetizava, houve um ruído; e eis que se fez um rebuliço, e os ossos se achegaram, osso ao seu osso."

MATEUS, 27:52 – "E, saindo dos sepulcros, depois da ressurreição dele, entraram na cidade santa, e apareceram a muitos."

APOCALIPSE, 9:6 – "Naqueles dias os homens buscarão a morte, e de modo algum a acharão; e desejarão morrer, e a morte fugirá deles."

LUCAS, 24:5 – "E ficando elas atemorizadas e abaixando o rosto para o chão, eles lhes disseram: Por que buscais entre os mortos aquele que vive?"

Por fim, no arco acima do púlpito há outro versículo, João, 6:54: "Quem come a minha carne e bebe o meu sangue tem a vida eterna; e eu o ressuscitarei no último dia".

Há um diálogo no final da segunda temporada que consolida esta sutil sugestão de que o seriado retrata o Fim dos Tempos tal como profetizado pela *Bíblia*: A fazenda foi invadida por uma manada de errantes e o clã Grimes se dispersou. Rick, Carl e Hershel estão de volta à estrada, de volta ao ponto onde o grupo havia parado. "Não posso professar que conheço o plano de Deus", diz Hershel, "mas Cristo prometeu a ressurreição dos mortos. Só acho que o que ele tinha em mente não era bem isso". Você pode ler todo *The Walking Dead* como uma prolongada reflexão sobre o fim do mundo.

Nossas instituições não entraram em colapso como em *The Walking Dead*, mas se você for sincero consigo, elas entraram um pouquinho sim. Nos tempos medievais, a sociedade foi separada em "estados". O primeiro estado eram os sacerdotes, o segundo eram os nobres, o terceiro eram os plebeus. No século XVIII, acrescentou-se o quarto estado: a imprensa.[9] Bom, atualmente, nenhum desses estados tem uma reputação muito benquista: as igrejas vêm perdendo fiéis; os nobres perdem apoio popular; os plebeus – os que hoje chamaríamos de 99% – estão sob pressão de todos os lados; a imprensa vem sendo estripada pela internet. O jeito como o seriado retrata o que as pessoas pensam das instituições pode ser resumido ao se ver como o clã Grimes trata a Igreja.

Há duas igrejas que têm participação prolongada em *The Walking Dead*, a primeira das quais aparece na estreia da segunda temporada, "O Que Vem Pela Frente". "Neste ponto da trama integral de *TWD*, Deus existe, conforme creem as pessoas, e elas sentem-se em relação com Deus – embora essa relação seja tensa", escreveram dois professores, Erika Engstrom, da Universidade de Nevada, Las Vegas, e Joseph Valenzano, da Universidade de Dayton, Ohio, em um artigo de 2015 sobre o seriado e a imagem que ele faz da religião. A igreja da Luz Divina é retratada com reverência. É uma capela branca bucólica, bela, do campo. Tanto por dentro quanto por fora, ela está do mesmo jeito que foi em

---

9   No Brasil e em outros países, o termo "quarto poder" é mais comum para fazer referência à imprensa. Nessa concepção, não há referência aos "estados", mas trata-se a imprensa como um poder além da tripartição clássica do Estado em executivo, legislativo e judiciário. [N. do T.]

todo dia da sua existência. Aliás, o sistema de som que toca a gravação dos sinos da igreja ainda funciona – é o que eles ouvem e o que os atrai. Quando eles entram, há três errantes sentados nos bancos, que parecem paroquianos à espera do Senhor. Mesmo depois que o grupo de busca percebe que Sophia não está lá, eles ficam. Daryl, sarcástico, pede um sinal à estátua de Jesus. Carol reza. Rick, embora não seja religioso, também reza. Ele fica lá, parado sob a estátua de Cristo, implorando por um sinal de que está fazendo o que é certo para o grupo. Anteriormente, no CCD, ele admitiu que não tinha esperança de que eles fossem sobreviver; ainda assim, Rick luta por eles. Não é hoje que ele terá a resposta, porém. Em cada plano, a câmera mostra Rick do ponto de vista de Jesus olhando-o do alto da cruz, como ressaltam Engstrom e Valenzano. Rick é "rebaixado" em relação a Jesus. "Na combinação de planos, esses ângulos e o posicionamento de imagens religiosas criam a impressão de que Rick, o humano, não passa de humano", eles escrevem. Deus ainda tem posto de comando nas vidas desses sobreviventes.

Isso vai mudar. Na segunda vez em que eles encontram uma igreja, esta é St. Sarah, outra congregação rural, sob o comando do Padre Gabriel. Isso acontece pouco após o encontro com os canibais em Terminus, no início da quinta temporada, que quase acabou em morte. Carol apareceu, salvou sozinha todo o clã Grimes e destruiu Terminus. Agora os canibais invadiram a igreja em busca de vingança. Achando que atacaram, enquanto Rick e seu grupo central não estavam, os Terminitus veem-se encurralados assim que Rick volta – era tudo um grande ardil para capturá-los.

Todos os sinais visuais da "igreja" de um episódio para o outro foram transformados. Enquanto as cenas da Luz Divina foram gravadas à luz do dia e a igreja em si parecia imaculada, a St. Sarah é diferente. As paredes foram riscadas e manchadas. Alguém, não se sabe quem, rabiscou VOCÊ VAI ARDER POR ISTO na parede de fora, uma mensagem para o Padre Gabriel, possivelmente para Deus. Na Luz Divina, paroquianos zumbificados ficam sentados em silêncio, como se aqui os mortos fossem reverentes. Na St. Sarah, o único presente é o Padre Gabriel, um covarde assustado, impotente, assassino, péssimo representante de Deus na Terra. Até Rick foi transformado. Na Luz Divina, ele ainda era o Policial Grimes, ainda era o herói bonzinho que arriscava a vida pelos outros, que perdoava e via o bem nas pessoas, até aqueles que ameaçaram sua vida. Na St. Sarah, veremos uma versão diferente dessa pessoa. O uniforme se foi. De barba e cabelo compridos, Rick lembra um profeta falando em danação e enxofre à la Antigo Testamento. O primeiro Rick era o do perdão; este é o da vingança. Ele obriga Gareth a ajoelharse na sua frente. Ele brinca com Gareth tal como um gato brinca com um rato, e depois, lembrando sua promessa, puxa o machete de cabo vermelho e deixa Gareth em pedacinhos – Rick literalmente castiga seu inimigo em solo que já foi sagrado. Agora, como Maggie diz logo após o massacre, "não passa de quatro paredes e um teto". Engstrom e Valenzano vão além: "Não é apenas vingança à moda do Antigo Testamento, pois até isso vem acompanhado da crença e valor no Todo-Poderoso. Não, essas ações são despidas de fé e sugerem que os personagens desistiram da religião – e de Deus."

Ou o retrato da religião no seriado é um comentário sobre a religião em si, ou a religião representa as instituições em geral. A cena na St. Sarah podia ser o momento "Deus está morto" de *The Walking Dead*, uma espécie de epifania nietzschiana. Ou pode ser vista como *afirmação* da religião. Lembre-se de que Hershel não repudia Deus, ele só achou que Deus tinha um plano diferente na cabeça. As dificuldades e as provações pelas quais o clã Grimes e todos os outros sobreviventes passam são símbolos de um teste do Todo-Poderoso à la Jó. Nesse sentido, o seriado como um todo ilustra um testemunho a favor da fé, não uma rejeição – é assim que vê Ann Mahoney, que interpretou Olivia. Ela observou que, na batalha épica contra os mortos dentro dos muros de Alexandria, o

Padre Gabriel diz que Deus deu aos alexandrinos a resposta a suas preces, que é: "vão cuidar disso; saiam e resolvam".

"Não penso que Deus, na minha opinião, trate com um humano inanimado", ela me disse quando conversamos. Nesse mesmo sentido, ela acredita que deve deixar os próprios filhos "fazer por merecer aquilo que sabem, pois é assim que eles crescem". Você precisa olhar de modo horizontal, não vertical, disse Mahoney; o pensamento vertical tem a ver com preocupar-se com o momento a seguir, enquanto o pensamento horizontal tem a ver com pautar-se em um poder superior para o crescimento espiritual. Há uma frase muita citada do Livro de Tiago que resume tudo: "Assim também a fé, se não tiver obras, é morta em si mesma." (Tiago, 2:17). Já ouvi uma paráfrase disso: "a fé sem obras é fé morta".

A ação, não a falta dela, foi embutida em cada fibra da humanidade, segundo a *Bíblia*. Você nem precisa passar do Livro do Gênesis. "Tomou, pois, o Senhor Deus o homem, e o pôs no jardim do Éden para o lavrar e guardar" (2:15). Deus não deixou o homem no jardim sem responsabilidades. Longe disso; o homem foi colocado ali especificamente para trabalhar a terra, para mantê-la. Ação e trabalho fizeram parte do acordo desde o princípio. Claro, outra parte do acordo era que o homem não comesse do fruto proibido, mas isso é outra história.

Mesmo que você não seja muito religioso, a *Bíblia* é uma rica fonte de simbolismos. Há uma história bíblica que parece uma parábola tragicamente adequada para a sétima temporada. Abraão, o pai dos hebreus (e, por extensão, dos cristãos e dos muçulmanos), era servo obediente do Senhor. Ele deixou sua casa e assentou-se em novas terras por ordem de Deus. Deus lhe disse para fazer isso, e prometeu que sua prole dominaria o mundo. Quando ele tinha cem anos, idade que até Abraão achava alta, ele e a esposa Sara foram abençoados com um filho, Isaque. Isaque viria a ser o fulcro do teste mais severo de Deus: o Senhor ordenou que Abraão matasse seu filho como sacrifício, por obediência. Abraão levou o filho ao topo de uma montanha, construiu um altar, amarrou Isaque e puxou uma faca. Ele ia cumprir a ordem, por mais que lhe doesse. Um anjo, porém, o deteve. O Senhor já vira o bastante.

Apesar de toda a violência e controvérsia, o episódio de estreia da sétima temporada, "Chegará o Dia em que Você Não Estará", é uma espécie de versão demente da história de Abraão e Isaque. Rick e família fizeram uma longa jornada e parece que chegaram à terra prometida. Aí, é claro, deparam-se com os Salvadores, o nome mais irônico que já existiu, e Rick, depois de muito terror, acaba passando pelo mesmo teste de Abraão: ele deve sacrificar seu filho. Abraão pode não ter entendido por que foi solicitado a fazer aquele sacrifício, mas Rick entende – Negan vai matar todo mundo se ele não cumprir. Você achou que Rick ia matar o filho? Eu achei. E o caso é que Rick *ia*. No último minuto, Negan, a seu modo doente e maníaco, resolve que já se fez entender e detém Rick. Naquele instante, Negan simbolicamente assumiu o poder de Deus, pelo menos com esse grupo.

De certo modo, Rick é um pouco Jesus e um pouco Abraão. Ele não é apenas um herói, que enfrenta e espanca os inimigos com toda valentia; ele também é o pastor desse rebanho. Através dele, encontra-se o caminho para a salvação, pelo menos para a sobrevivência.

Já discutimos este seriado do ponto de vista cristão, pois as referências ao Cristianismo são várias. Mas eu não quero dizer que é só uma parábola cristã. Acho que há outro jeito de ver esse mundo, uma filosofia que explica o seriado e as motivações de seus personagens em grau ainda maior. Aliás, acho que o que vou mostrar a você é o grande motivo para o séquito absurdamente incomum de *The Walking Dead*.

Just Survive Somehow. Sobreviver A Todo Custo.

Em "Eles" (temporada 5, episódio 10), Rick faz um discurso que vai fundo nesse mantra e nessa visão de mundo, mostrando que o único modo de sobreviver nesse contexto é basicamente esquecer-se de si, não se preocupar com nenhuma das coisas que dizem respeito a nós, no nosso mundo real. Você tem que deixar de se preocupar com coisas como certo e errado, amor ou ódio, até com vida e morte. *Principalmente* vida e morte. Vale a pena reproduzir aqui o discurso inteiro, talvez o mais importante de todo o seriado:

> Quando eu era criança, perguntei ao meu avô se ele tinha matado alemães na guerra. Ele não me respondeu. Dizia que era coisa de adulto. Então... então eu perguntei se algum alemão tinha tentado matá-lo. Meu avô ficou em silêncio. Ele disse que tinha morrido no instante em que entrou em território inimigo. Todo dia ele acordava e se dizia: "Descanse em paz, agora levante e entre em guerra." E aí, depois de uns anos se fingindo de morto, ele conseguiu sair vivo. Acho que essa é a sacada. Fazemos o necessário e, com isso, saímos vivos. Mas, independentemente do que encontrarmos em Washington, eu sei que vamos ficar bem. Porque é assim que sobrevivemos. Dizendo para nós mesmos que nós somos os mortos-vivos.

Essa última parte, "nós somos os mortos-vivos" – "*we are the walking dead*" no original –, é uma frase icônica nos quadrinhos; nos gibis, Rick a diz na prisão, tentando explicar a diferença entre civilização e barbárie e como a fronteira entre vivos e zumbis é muito tênue. No seriado, a frase ainda vem de Rick, mas em um ambiente totalmente distinto, em um discurso totalmente distinto. Ela surge depois da luta com os canibais de Terminus, perto do fim da longa jornada até Washington, quando o grupo está exausto e próximo da inanição, à beira do colapso total. Enquanto descansam em uma cabana na mata, cansados demais para fazer outra coisa, Rick faz esse discurso motivacional macabro.

O conceito – *nós somos os mortos-vivos* – fica mais contemplativo, nuançado e significativo com o discurso cativante de Rick. Ele está falando de um modo de vida, enfocado na ginástica mental extrema a que o soldado tem que recorrer para sobreviver aos horrores da guerra. O único jeito de fazer é se dizer que tudo já acabou, que o pior já aconteceu. "Fazemos o necessário e, com isso, saímos vivos." Uma frase perfeita do estoico Rick Grimes.

O estoicismo como traço de caráter ainda tem sua relevância cultural, mas como forma de ver a vida é algo que não é muito bem entendido hoje. Na Grécia e na Roma antigas, era uma das grandes escolas filosóficas. O estoicismo, desenvolvido por um grego chamado Zenão de Cítio por volta do ano 300 a.c., ensina o autocontrole e a aceitação como modo de superar as emoções, de praticar uma espécie de negação ponderada das preocupações materiais para se atingir a paz e a calma, e viver uma vida virtuosa. A maior meta do estoicismo é aliviar o sofrimento. Sempre pensei nessa filosofia como a determinação para manter-se atento ao que é mais importante de tudo, a vida em si, e não ser atropelado por problemas e preocupações externas que não podemos controlar. A meta não é se afastar do mundo, mas encontrar um modo de viver com toda a doideira que, inevitavelmente, vai fazer parte dele, aceitar que ele é assim, e também não deixar que ele te deixe louco. O discurso de Rick, visto a esta luz, está próximo à essência do estoicismo. Compare com estas citações de Marco Aurélio, o imperador de Roma no século II, cujo livro *Meditações* é uma das grandes obras do estoicismo:

> Apenas que faça o que é certo. O restante de nada importa. Frio ou calor. Cansado ou descansado. Desprezado ou honrado. Morrendo ou ocupado com outros afazeres. Pois morrer também é uma das atribuições que a vida dá. Nisto de novo: "fazer o que for preciso". Olhar para dentro.
> Pense que está morto. Você viveu sua vida. Agora, tome o que resta e viva de modo adequado. O que não transmite luz cria suas próprias trevas.

No estoicismo, Aurélio encontra seu refúgio e orientação para o mundo. Na sua época, Roma estava na pior. O império fora acossado pelos partos ao leste e pelas tribos germânicas ao norte, e a maior parte de seu reinado se perdeu em guerras. Os soldados que voltavam da campanha contra os partas trouxeram uma peste consigo, que assolou o império durante anos. "Quanto à dor, a dor que é intolerável nos transporta, mas a que dura muito tempo é suportável", escreveu Aurélio em *Meditações*. Em outras palavras: se não mata, não pode ser de todo mal.

Se você me perguntar quem é o personagem mais estoico do seriado, eu diria que é Glenn Rhee. Ninguém chega perto da mesma dedicação à virtude e a ser duro na queda, seja qual for a circunstância. Glenn chega a Alexandria e conquista um inimigo mortal, Nicholas, que até tenta matá-lo. Mesmo assim, Glenn transforma a situação em questão de virtude pessoal e trabalha com Nicholas para fazer dele um homem melhor. Por que fazer isso? Porque isso o torna um homem melhor. Lembra-se de quando eles estavam fugindo de Terminus, na estreia da quinta temporada? Glenn ouve alguém dentro de um dos vagões de trem e exige que o resgatem. Glenn, que acabara de ficar a um segundo de ter a garganta retalhada, ainda se preocupa com um estranho. Nossa, pode voltar lá no piloto, quando Glenn faz um esforço heroico para salvar Rick, decisão que, como Maggie ressalta em seu discurso no final da sétima temporada, deu à luz tudo que o grupo construiu desde então. O misto de gana, coragem e esperança em Glenn é a mensagem estoica perfeita para nossa época.

Essa visão da vida aparece também fora do estoicismo. Existe um conceito na cultura japonesa chamado *gaman* – Erika Engstrom, da Universidade de Nevada, me apresentou quando comentei aquela teoria com ela – que às vezes é traduzido como perseverança, mas significa algo como "tolerância psicológica", um conceito mais robusto e intelectual. Não parece uma boa descrição do discurso de Rick?

Encontrei um vídeo da CNN de 2011, logo após o terremoto, o tsunami e a crise nuclear do Japão, quando a emissora trouxe o George Takei de *Jornada nas Estrelas* para falar especificamente de como o *gaman* afetou a reação do povo japonês ao desastre. Foi este *gaman*, disse Takei, que ajudou os japoneses a suportarem o pesadelo. Foi o *gaman* que impediu os indivíduos de fazer baderna ou de saquear lojas, de abandonar todas as normas sociais, e foi o *gaman* que deu à equipe de resgate a coragem de entrar na usina nuclear de Fukushima para ajudar a estabilizá-la, mesmo que estivessem se expondo ao vazamento letal de radiação dentro da usina. "Eles fazem parte da comunidade", ele disse, "então sabem que estão assumindo um risco maior, mas toleram, persistem, [com] firmeza, e, pelo bem dos outros, eles vão entrar".

Ora, isso que é fazer o que tem que ser feito.

Se você ainda não tem certeza que *The Walking Dead* é praticamente uma reflexão prolongada sobre o estoicismo, faça este teste. Adivinhe quem falou as seguintes frases: Marco Aurélio, o imperador de Roma no século II e célebre estoico, ou o Sargento Abraham Ford, sobrevivente da praga zumbi, de notória boca suja?

"O pepino é amargo, joga-o fora. Há roseiras pelo caminho, desvia-te. Já basta. Não pergunta ainda 'por que tais coisas foram postas no mundo?'"

"Por que cocô é marrom? Porque merda é isso."

"Quão ridículo e infundado é o homem que fica pasmo com tudo que acontece na vida."

"Você ia ter mais sorte se tentasse pegar cocô pela ponta limpa."

"Atravessa este pequeno espaço de tempo com conforto à natureza, e termina tua jornada contentado, tal como a azeitona cai quando está madura."

"Chupa minhas bolas."

Ok, não foi tão difícil, foi? Mas ilustra que existe bastante estoicismo em *The Walking Dead*. Os estoicos se esforçam para suportar qualquer dor e sofrimento, vendo-os, devidamente, como coisas que estão além de seu controle. Quando Abraham diz "chupa minhas bolas" a Negan, mesmo quando Negan está prestes a matá-lo, ele recorre a uma modalidade de estoicismo. Extrema, sim, mas que seja.

Desviei você um pouco do ponto de onde partimos, mas por bom motivo. Há coisas interessantes acontecendo em vários níveis e que se traduzem diretamente no sucesso do seriado. Os roteiristas tiram deixas da religião e da filosofia para reforçar suas histórias. Essas deixas e esses valores que as subjazem são retransmitidos por um novo veículo; no caso, um programa de TV. Elas são absorvidas, com disposição, por um público grande e global. E mesmo que sejam transmitidas por meio de uma história sobre o apocalipse global, elas são recebidas como mensagem positiva, esperançosa, por milhões de pessoas, sendo que algumas certamente sofrem nas vidas que têm. Isso, além do mais, acontece numa época em que as pessoas têm se tornado *menos,* não mais, religiosas.

Essa última parte é curiosa. Lembre-se do estudo da Pew, que descobriu mudança nas posturas quanto à religião tão absolutas que hoje existe um grupo inteiro chamado "n.d.a.". A denominação é esperta, mas acho que o estudo não capta uma parte crucial da história. Parece que as pessoas têm mesmo fugido da religião organizada. Mas isso não quer dizer que fugiram das perguntas que fizeram a religião nascer. *Por que estamos aqui? Do que se trata isso tudo? Por que eu nasci para sofrer?* A busca pelo sentido, termo que o grande Viktor Frankel usou, é eterna, assim como são as respostas. Cabe a nós encontrá-las por nossa conta. Se as pessoas não se vincularem às respostas dadas pela religião, terão que procurar em outros lugares. Não é loucura sugerir que elas sejam encontradas em um programa de TV, mesmo que este trate de zumbis. Afinal de contas, na perspectiva de Mahoney, o seriado e sua fé estão basicamente usando histórias diferentes para dar as mesmas lições.

TOP 10 EPISÓDIOS

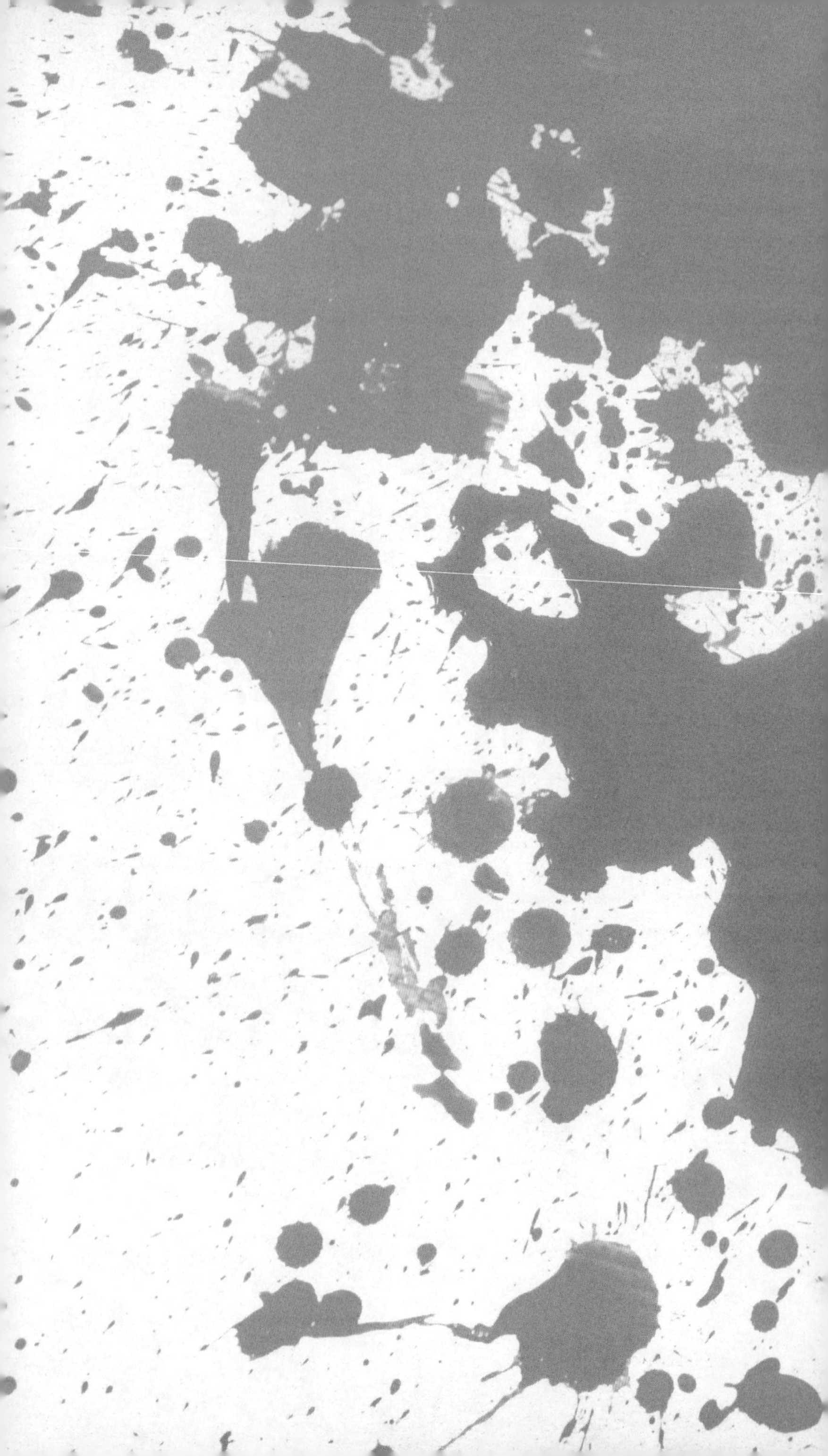

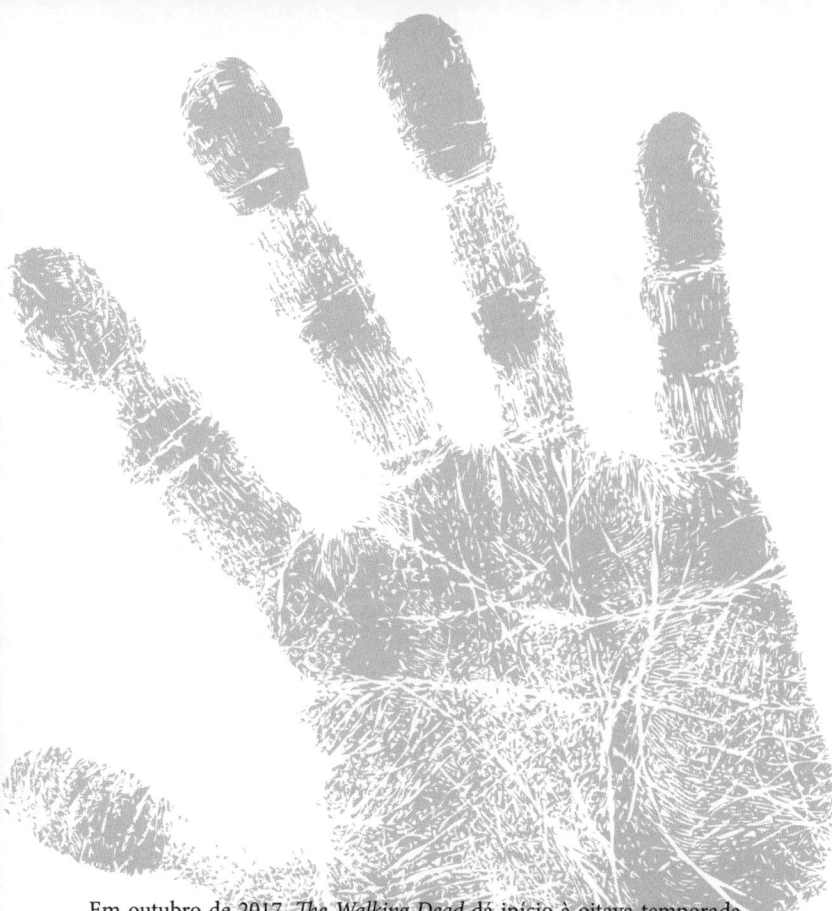

Em outubro de 2017, *The Walking Dead* dá início à oitava temporada com seu centésimo episódio, marco notável e sinal de sua longevidade. É um marco forte para qualquer programa de televisão, e ainda mais difícil pelo modo como se constroem e exibem seriados na época da Peak TV[10]. Nos velhos tempos, você filmava mais ou menos por uns vinte e cinco episódios por temporada, mas vários programas reduziram esse número. A concorrência também é mais forte. Há centenas de canais, sejam abertos, a cabo ou na internet, e centenas de programas, para não falar de todo material, do amador ao profissional, no YouTube.

---

10 Termo que se refere ao período de alto número de seriados audiovisuais dramáticos, nos anos 2010, na TV aberta, nos canais a cabo e nos serviços de *streaming*. [N. do T.]

The Walking Dead começou com seis episódios, ampliou para treze na segunda temporada e desde então tem filmado dezesseis por ano.

Tendo isso em mente, vamos dar uma olhada nos melhores dos melhores, o *top ten* dos primeiros noventa e nove episódios de *The Walking Dead*. Para me ajudar nesta lista, recrutei dois dos redatores do Undead Daily, o famoso *fan site* sobre *The Walking Dead*: Adam Carlson, fundador do site, e Sonya Iryna, uma das redatoras da equipe.

10. "FLECHA NA PORTA" (TEMPORADA 3, EPISÓDIO 13) *A tensão entre a prisão e Woodbury está lá no alto. Rick Grimes e o Governador encontram-se para um pretenso acordo de paz, mas os dois saem da reunião irascíveis, mais dispostos do que nunca a guerrear.*

Paul diz: Essa é a única vez em que o Rick Grimes de Andrew Lincoln e o Governador de David Morrissey estão em um episódio juntos, e é um prazer raro ver a interação dos dois atores. A base é uma conferência de paz entre Woodbury e a prisão que acontece em um engenho antigo. O problema é que nenhum dos líderes está a fim de paz e, conforme um vai fintando o outro, a verdade vai ficando mais aparente. Rick rosna, o Governador sorri, mas os dois só têm massacre em mente. Quando Rick zomba dele – "Pelo menos eu não me chamo de *governador*" – e diz "Você é o bêbado da vila", você nota a condescendência. O Governador, por sua vez, joga com as emoções de Rick, provoca-o em relação à filha e ao fato de que ela não é dele (na época não tínhamos certeza disso, mas Rick mais tarde confessou a Michonne; portanto, na época, ele já sabia que era verdade). Nenhum dá o braço a torcer e os dois estão prontos para entrar em guerra; Rick ainda apreensivo, o Governador deleitado. Há também a trama B: os ajudantes de ordens do lado de fora do engenho. Assistir a Daryl e Martinez na competição de matar zumbis é fantástico.

9. "JUIZ, JÚRI, CARRASCO" (TEMPORADA 2, EPISÓDIO 11) *Na fazenda Greene, o grupo discute a sina de um detento. Na balança está não só a vida do preso, mas a alma moral do grupo.*

Sonya diz: "Juiz, Júri, Carrasco" é um dos episódios de que eu mais gosto porque mostrou o grupo esforçando-se para se ater à sua humanidade. Embora eu ache que a trama de Randall se arrastou, gostei de que os roteiristas usaram essa trama para tratar das regras que os personagens têm quanto à moral no novo mundo. Dale diz a todos: "O mundo como conhecemos acabou, mas manter nossa humanidade ainda é opção". Ele tem razão. Essas perguntas sobre moralidade surgem repetidamente ao longo do seriado. Agora que as comunidades estão se direcionando para reconstruir algo que lembra civilização, essa é uma questão que eles vão ter que definir e resolver de novo no contexto de como se refaz uma sociedade.

Este episódio também teve um dos meus momentos prediletos de toda essa temporada, aquele que fica ainda mais tocante agora que tanto Glenn quanto Hershel se foram. A cena em que Hershel dá a Glenn seu relógio de bolso como herança e lhe diz: "Não há homem que seja bom o bastante para sua garotinha, até que ele aparece." O relógio virou um símbolo de humanidade ao longo do programa. Glenn levou o legado da humanidade de Hershel diante do horror, e agora Maggie é quem o carrega, por Glenn e por Hershel.

8. "AQUI NÃO É AQUI" (TEMPORADA 6, EPISÓDIO 4) *Em flashback, vemos a evolução de Morgan Jones durante sua relação com um homem chamado Eastman, e como esse encontro o direciona à rota da paz a todo custo.*

Adam diz: Morgan é um personagem singular. Você já o conhecia de quando acolheu Rick ("Adeus, Passado"), aí você fica sabendo da morte do filho (temporada 3, episódio 12, "Limpo") e que a morte o deixou absolutamente pirado. Em "Aqui Não É Aqui", você consegue ver a evolução do personagem que vem acontecendo ao longo de vários anos. E Eastman é um personagem complexo por si só – ele espelha vários personagens, principalmente Rick, quando fala por que teve que matar Shane; Eastman teve que matar o cara que acabou com sua família. Por isso eu achei que muitos paralelos ali ficaram ótimos... e Lennie James é um ator fantástico.

7. "CONFINADOS" (TEMPORADA 4, EPISÓDIO 5)

Um vírus devasta a prisão, infectando a maioria dos moradores. Eles ficam isolados em uma cela à parte, mas a situação vai ficando pior. Hershel aparece para tentar mantê-los vivos com um remédio à base de ervas e os restos dos medicamentos que há. É uma corrida contra o tempo, que faz Hershel testar os limites de sua resistência.

Sonya diz: Achei "Confinados" um episódio importante para o desenvolvimento do enredo porque tratou de algo que não havia sido tratado até então: as pandemias. Boa parte da trama dos sobreviventes teve a ver com lidar com errantes ou gente perigosa, e a questão das doenças só apareceu na quarta temporada. É que neste mundo, onde várias pessoas vivem juntas em condições tenebrosas e insalubres, doenças e moléstias vão se espalhar fácil e rapidamente. Achei que "Confinados" mostrou uma nova faceta na luta pela sobrevivência quando eles tiveram que enfrentar algo inanimado que talvez não conseguissem vencer. Errantes e pessoas podem ser mortas, mas a moléstia é um inimigo sem rosto. Também achei a performance de Scott Wilson simplesmente incrível. Hershel teve grandes momentos ao longo da série, mas "Confinados" foi seu momento de brilhar, com certeza. Ele encarnou a fé profunda no poder da humanidade. Era triste e lindo.

6. "CHEGARÁ O DIA EM QUE VOCÊ NÃO ESTARÁ" (TEMPORADA 7, EPISÓDIO 1)

O clã Grimes finalmente fica cara a cara com Negan. Quando se ajoelham diante dele, capturado por seus capangas, ele se vinga pelo ataque anterior matando Abraham. Depois ele mata Glenn e acaba com a determinação de Rick. Ao fim, liberta todos, agora súditos de seu império em expansão.

Sonya diz: Este episódio foi, de longe, o mais pesado. Mas entrou na minha lista de prediletos porque talvez tenha sido o momento mais icônico do seriado e da HQ. Eles tinham que armar a chegada de Negan no ponto exato, caso contrário iam estragar o seriado. E acho que fizeram bem. Na TV, foi o momento mais devastador a que eu já assisti na vida, e tenho assistido a filmes e seriados de terror desde os sete anos. Assistir à morte de Glenn me fez passar mal, fisicamente mesmo. Levar as pessoas a terem um investimento emocional tão grande em um personagem fictício é muito difícil de se fazer, mas *The Walking Dead* faz muito bem.

Mesmo que o episódio tenha sido brutal e doído, tenho que contar como um dos mais extraordinários que o seriado já fez. E mesmo depois das mortes de Glenn e Abe e da humilhação de Rick, Maggie e Sasha estavam prontas para lutar. O espírito de sobrevivência, assim como o laço entre os sobreviventes, é o cerne do seriado. Mesmo que o episódio tenha sido um terror de doloroso, ele foi recheado daquela crença inabalável no poder do amor, da lealdade e da família.

5. "QUATRO PAREDES E UM TETO" (TEMPORADA 5, EPISÓDIO 3)

Depois de fugir de Terminus – e de destruir Terminus –, o grupo encontra abrigo em uma igreja, onde são atacados por Gareth e seus poucos colegas remanescentes. Rick atrai seus inimigos à igreja, encurrala e massacra-os com toques de crueldade.

Paul diz: Seja lá qual for o motivo, o terceiro episódio da maioria das temporadas tende a ser épico, e "Quatro Paredes" com certeza o é. Ele encerra a trama de Terminus, mas, o mais importante, revela a evolução total de Rick Grimes – de policial de boas intenções a líder implacável de um grupo de sobreviventes que é *mesmo* foda! A tensão é fantástica. A impressão é que Gareth e os Terminitus invadiram a igreja de St. Sarah e vão matar e canibalizar. Então Rick aparece pelas sombras, vira a mesa e assume seu lugar no púlpito, pairando sobre Gareth. Com essa barba, ele parece um profeta insano do Antigo Testamento e castiga os inimigos sem remorso algum. É o novo pacto de sangue.

Adam diz: Tudo se mesclou de um jeito sensacional, foi um episódio potente. Gostei de Gareth e queria que ele ficasse um pouco mais. Um daqueles episódios em que tudo passa voando.

4. "ADEUS, PASSADO" (TEMPORADA 1 EPISÓDIO 1) *O piloto. Rick Grimes acorda em um leito hospitalar, recuperando-se de um tiro e do coma. O mundo que ele conhecia se foi, substituído por um pesadelo no qual a sociedade veio abaixo e os mortos-vivos dominam o mundo, enquanto os vivos lutam para sobreviver.*

Adam diz: Aquele que deixou todo mundo vidrado. Uma das coisas de que eu gosto no piloto é que ele não é perfeito. Há cenas que não fazem sentido nenhum – tipo a Summer, a garotinha que agarra o ursinho de pelúcia, ou os errantes que pegam uma pedra para quebrar uma porta. Pode-se dizer que *The Walking Dead* estava tateando, tentando sacar como o seriado ia funcionar e tudo mais. Naquele ponto eles ainda não tinham uma identidade. Quando assisti ao episódio pela primeira vez, eu pensei: *Uau, que incrível*. Hoje, voltar e assistir depois das mudanças que eles implementaram com o passar dos anos – e como [essas mudanças] foram relativamente esquecidas – é muito divertido. E acho que é isso que o torna reassistível.

3. "SEM REFÚGIO" (TEMPORADA 5, EPISÓDIO 1) *O clã Grimes está encurralado em Terminus, na fila para virar comida de canibal. Carol Peletier comanda uma manada de errantes até o complexo e, sozinha, resgata todo mundo e destrói os Terminitus.*

Paul diz: Em termos de episódio de "ação", é difícil ganhar desse. Desde a abertura no abatedouro até o reencontro de Rick e Carl com a bebê

Judith, ele não para nunca. Há explosões, saraivadas de tiros e sustos a dar com o pau. Há também toneladas de zumbis se arrastando por aí – os que continuam andando depois de passar pelo fogo são os mais nojentos. Acima de tudo, é o episódio em que Carol se torna heroína de cabo a rabo, recorrendo ao cérebro e à coragem para resgatar o grupo (mesmo depois de Rick a banir).

2. "O BOSQUE" (TEMPORADA 4, EPISÓDIO 14) *Carol e Tyreese encontram um santuário em uma fazenda antiga. Mas a pequena Lizzie ficou louca e perigosa, e Carol é obrigada a tomar uma das decisões mais difíceis de sua vida.*

Sonya diz: "O Bosque" foi um episódio lindo e de partir o coração. A atuação de Melissa McBride foi emocionante e tinha várias nuances; foi arrebatadora. Existem muitas camadas no episódio que são muito bem trabalhadas. Uma das coisas que se destacou comigo foi a contraposição entre a vida doméstica que eles tanto queriam e o horror do mundo em que vivem. A cena de abertura, na qual Carol está fazendo chá e Lizzie aparece brincando de pega-pega com o errante que quer matá-la, é brilhante.

Paul diz: Um de apenas dois episódios que todos nós concordamos que tinha que entrar no *top ten*, e não imagino que pudesse ficar fora da lista de qualquer pessoa. Se "Sem Refúgio" é o episódio em que Carol torna-se a heroína aventureira de cabo a rabo, "O Bosque" é aquele em que se torna a heroína trágica de cabo a rabo. Carol já provou que é uma pessoa que não tem medo de decidir e de agir, mas agora ela precisa tomar a decisão de matar uma garotinha que, na prática, ela havia adotado. Quando Carol diz "Olhe as flores", o coração do espectador se despedaça pelas duas. É uma história temível, mas executada de uma maneira linda.

Adam diz: "O Bosque" é um clássico. Não há como falar dos melhores episódios de *The Walking Dead* sem falar nele.

1. "SEM SAÍDA" (TEMPORADA 6, EPISÓDIO 9) *Depois do ataque dos Lobos, errantes invadem os muros de Alexandria e ameaçam destruir tudo. Rick Grimes comanda uma luta épica contra os desmortos para salvar a cidadezinha.*

Paul diz: O outro dos dois episódios que todos nós concordamos, o que facilitou para alçar a primeiro. Acho que é o ponto alto do seriado.

Adam diz: Não há como resumir, fora dizendo que os últimos minutos estão entre os momentos mais intensos da televisão. Quando os alexandrinos estavam tentando abrir caminho pela multidão [de errantes], você tem Carl, tem a mão decepada, tem [Jessie] tentando proteger o filho, tem o filho que fica oprimido por tudo ao redor. Tem um final potente. É fantástico.

Sonya diz: Do que eu gostei mesmo nesse episódio foi que ele tocou em um dos temas que perduram na série: gente ordinária pode fazer coisas extraordinárias. O episódio teve o único momento de bravura de Eugene, quando o povo de Alexandria, que vinha se apoiando em Rick e nos outros, deu um passo à frente e lutou pela sua comunidade e pela vida de todos. E eles conseguiram. Eles deram esse passo.

RESUMO
TEMPORADA CINCO

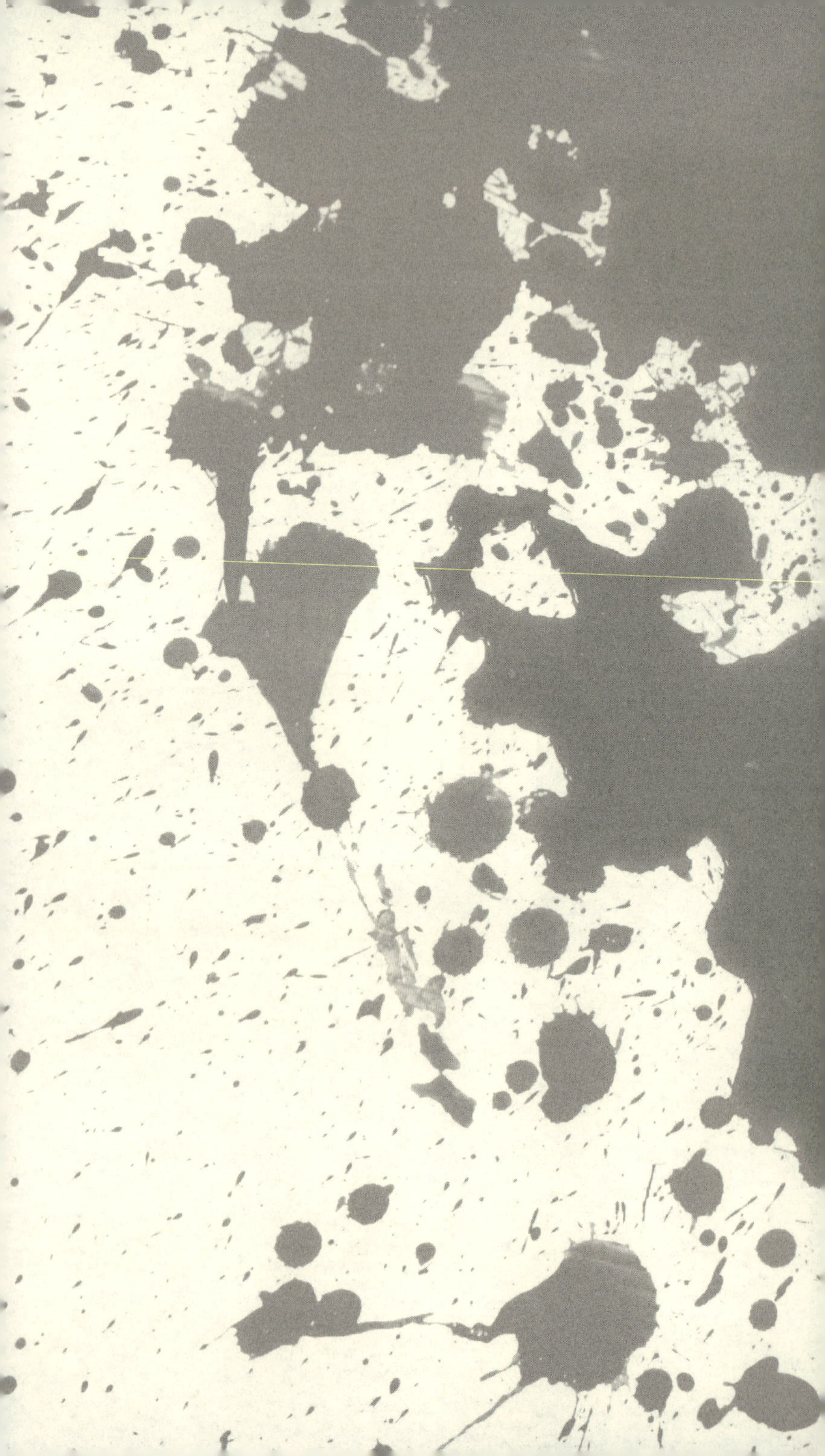

REFÚGIO: Igreja de St. Sarah, Hospital Grady Memorial, Zona de Segurança de Alexandria
BAIXAS ENTRE SOBREVIVENTES: Bob, Tyreese, Noah, Aiden, Reg, Pete
ANTAGONISTAS ANIQUILADOS: Gareth, Mary, Martin, todo mundo em Terminus, Dawn Lerner
TALHOS DO TERROR: a perna de Bob
MANADA DE ZUMBI: a manada de Terminus

O clã Grimes está encurralado em um vagão de trem no refúgio canibal de Terminus. Mas eles não vão ficar quietinhos até virar jantar. Eles estão prontos para lutar com tudo que tiverem à mão: pedaços de pau, fivela de cinto, tiras de couro. Os Terminitus também são astutos. Eles soltam gás lacrimogêneo no vagão e levam todos ao abatedouro em grupos de quatro. Os primeiros capturados: Rick, Bob, Daryl e Glenn. Eles são enfileirados diante de uma tina de aço inoxidável com outros quatro. Vão levar uma paulada de taco de beisebol na cabeça e depois vão ter as gargantas cortadas. Os Terminitus são canibais muito eficientes. Eles têm um sistema. Gareth, o líder, vem conferir o avanço e perguntar a Rick sobre um saco que ele enterrou na floresta. Rick lhe diz o que tem dentro, incluindo um machete de cabo vermelho, "o que eu vou usar para te matar". É uma declaração doida, vangloriosa, dada a situação atual. Gareth ri. Então se ouve um barulho do lado de fora. Aí alguma coisa faz o prédio inteiro sacudir.

Como logo iremos descobrir, foi Carol. Ela e Tyreese, com a bebê Judith no colo, encontraram na floresta um dos Terminitus, um jovem chamado Martin. Eles o amarram e levam-no a uma cabana, onde Tyreese e Judith ficam com ele. Carol pega fogos de artifício (Martin estava usando-os para levar errantes para longe de Terminus), um poncho, arsenal pesado e parte para Terminus por conta própria. Lá ela dá início à invasão de uma mulher só. Ela faz buracos em um grande tanque de gás no pátio e depois dispara um rojão no tanque, detonando uma imensa explosão que derruba os portões e abre o pátio para uma manada de errantes.

Rick e os outros aproveitam a distração para matar os apreensores – mas não Gareth, que saiu do recinto – e dão início a sua fuga. Há errantes por todos os lados e os Terminitus tentam rechaçá-los. Carol, procurando seu pessoal, encontra uma sala de troféus onde há pilhas de pertences das vítimas. Ela encontra a besta de Daryl e o relógio de pulso de Rick. Também depara-se com Mary, mãe de Gareth. Elas brigam e Carol dá um tiro na perna da outra. As duas têm uma conversa rápida e aprendemos a filosofia que os Terminitus aprenderam a duras penas: "Ou você é açougueiro ou você é o gado." Carol abre a porta, deixando os errantes entrarem e deixando Mary para morrer. Todo mundo é finalmente libertado e eles fogem para a mata. Rick quer voltar e acabar com os Terminitus, mas ninguém mais está a fim; todos já ficam contentes de estarem vivos. Então Carol aparece. Só Rick sabe por que ela havia sumido, mas tudo está perdoado. Ela leva-os à cabana onde Tyreese está aguardando com Judith, e Rick e Carl veem que ela está viva.

Agora todo o clã Grimes se reencontrou, mas eles não vão a lugar algum. Eugene ainda não lhes contou da sua "missão" para chegar a Washington com a cura do vírus zumbi, mas vê no grupo uma potência que pode auxiliá-lo. Eles encontram um padre, Gabriel, lutando pela própria vida sozinho na mata. Eles o salvam e ele os leva à sua paróquia, a Igreja de St. Sarah. Fica evidente a Rick, pelo menos, que tem algo de errado com esse homem e sua igreja. E tem. Ali aconteceu alguma coisa terrível: como eles vão descobrir, Gabriel se trancou na igreja e deixou os paroquianos morrerem do lado de fora.

Gabriel leva-os a um despensa na cidade onde há suprimentos em um porão alagado e cheio de errantes. Eles acham um jeito de descer lá e pegar os suprimentos, mas parece que Bob saiu com uma mordida do errante. Ele diz aos amigos que está bem. Eles voltam à igreja e fazem um grande banquete. Abraham dá seu discurso defendendo que todos partam para Washington, e Rick concorda. Bob sai de cena sorrateiramente. Ele está chorando, não sabemos por quê, e alguém lhe dá uma paulada na cabeça. Carol também vai embora sem avisar, e é seguida por Daryl. Esse será um tema recorrente com Carol, que se tornou uma sobrevivente temida no pós-apocalipse zumbi, mas tem dificuldade psicológica para se resolver com as coisas que tem que fazer. Enquanto eles estão perto de um carro velho, passa outro carro que ostenta uma cruz que Daryl já viu – o carro que levou Beth. Eles saem correndo atrás.

Bob acorda e se vê capturado pelos Terminitus, ou os que sobreviveram do grupo. Antes de Terminus, eles eram caçadores e agora caçam Rick e sua trupe, com vingança em mente. Eles cortam a perna de Bob e começam a comer, coisa que por algum motivo Bob acha hilário. "Carne podre!", ele berra, puxando a gola da camisa para mostrar a marca de mordida que ele levou no porão alagado.

Os Terminitus devolvem Bob à igreja e ele conta ao grupo o que aconteceu. Rick elabora um plano astucioso. Ciente de que estão sendo observados, ele leva um grupo consigo, à noite, à mata. Pouco depois, Gareth e seus sobreviventes invadem a igreja. Achando-se os caçadores, eles se descobrem caça. Rick volta, aponta a arma para eles e faz Gareth ajoelhar-se na sua frente. Gareth implora por um acordo, mas Rick não tem intenção alguma de deixar que essa gente se vá. "Eu te fiz uma promessa", ele diz. Ele puxa o machete de cabo vermelho e talha Gareth até a morte enquanto Sasha, Abraham e Michonne dão jeito nos outros. É um banho de sangue. Na manhã seguinte acontece uma vigília por Bob, que logo também morre. Abraham, Rosita, Eugene, Glenn, Maggie e Tara partem para Washington no ônibus da igreja de St. Sarah. O restante fica esperando Daryl e Carol voltarem.

Daryl e Carol seguem o rastro de Beth até Atlanta, a um hospital chamado Grady Memorial. É um posto avançado da humanidade em meio a um mar de mortos-vivos, que continua funcionando graças a um esquadrão da polícia local sob o comando da ríspida Dawn Lerner. Logo fica claro que existe uma hierarquia violenta por ali. Os tiras têm o que quiserem, por consenso ou por força, e o resto tem que "trabalhar" pelas dívidas que vão somando – seja no que for – pelo privilégio de viver com segurança. Não é o tipo de coisa que Beth vai topar. Com outro cativo, Noah, ela arma uma fuga. Noah consegue fugir, mas Beth não, e é ele que encontra Carol e Daryl na cidade. Quando eles saem a procurar Beth, Carol é atropelada acidentalmente pelos tiras, que a recolhem do chão e a levam.

Na estrada, a trupe que leva Eugene a Washington encontra vários obstáculos, mas Abraham nunca se dá por vencido. O ex-sargento não leva desaforo para casa e quer levar sua missão até o fim. O ônibus deles vira, mas eles seguem caminhando até achar um carro de bombeiro. O caminho deles é bloqueado por uma manada de mil e tantos zumbis. Ainda assim, Abraham quer passar por cima. Começa um debate feroz quanto ao que fazer, e Eugene não aguenta mais. Ele enfim lhes conta a verdade: Ele não é cientista. Ele não tem a cura da praga. Ele é só um nerd assustado, inteligente, que tem *mullets* e talento para mentir.

O que resta do clã Grimes tem uma dura missão no resgate de Beth. O plano de Rick é entrar sorrateiro no hospital e matar todos os policiais, mas Tyreese tem uma opção menos drástica: capturar dois deles e fazer uma troca de reféns. É exatamente o que fazem, levando seus prisioneiros ao hospital. O plano quase dá certo, até que... Beth vira-se para Dawn, sua apreensora, solta um enigmático "Agora eu entendi" e enfia uma faca no peito de Dawn. Dawn puxa sua arma por instinto e atira na cabeça de Beth. O grupo de Abraham, que havia dado uma guinada ao sul para procurar os outros, chega bem a tempo de Maggie ver a irmã morta.

Agora o grupo segue rumo norte, na esperança de que Eugene pelo menos estivesse certo quanto à sobrevivência de Washington. A jornada é sofrida. Eles acabam esgotando tudo que tinham e chegam perto da morte. Encontram um celeiro e se entrincheiram em meio a uma tempestade feroz. Na manhã seguinte, Maggie e Sasha encontram Aaron, que é de uma comunidade próxima e se oferece para abrigá-los. A comunidade chama-se Alexandria e é governada por uma otimista inabalável chamada Deanna Monroe. Aaron é diferente de todo mundo que eles já encontraram. É um sobrevivente bastante apto, mas a situação geral não o levou à loucura. Parece até que ele vem de um mundo pré-Virada. Até parece... uma pessoa normal. A oferta que ele faz é muito tentadora para se recusar. O grupo não tem mesmo escolha, mas estão na estrada há tanto tempo que não fica nada claro se ainda conseguem viver entre outros.

Eles chegam a Alexandria e o clã Grimes faz o possível para se encaixar. Carol assa biscoitos. Rick assume o cargo de delegado. Daryl junta-se a Aaron nas excursões de recrutamento. A união dos grupos é incômoda. Os alexandrinos estão detrás dos muros de aço da cidade quase desde o princípio de tudo. Eles não entendem como o mundo passou a funcionar. Eles *precisam* do clã Grimes. Mas Rick não está interessado em ser babá de um bando de maricas. Ele está preparado ou para fazer a coisa funcionar ou simplesmente tomar conta da cidade – o que servir melhor a ele e a seu pessoal.

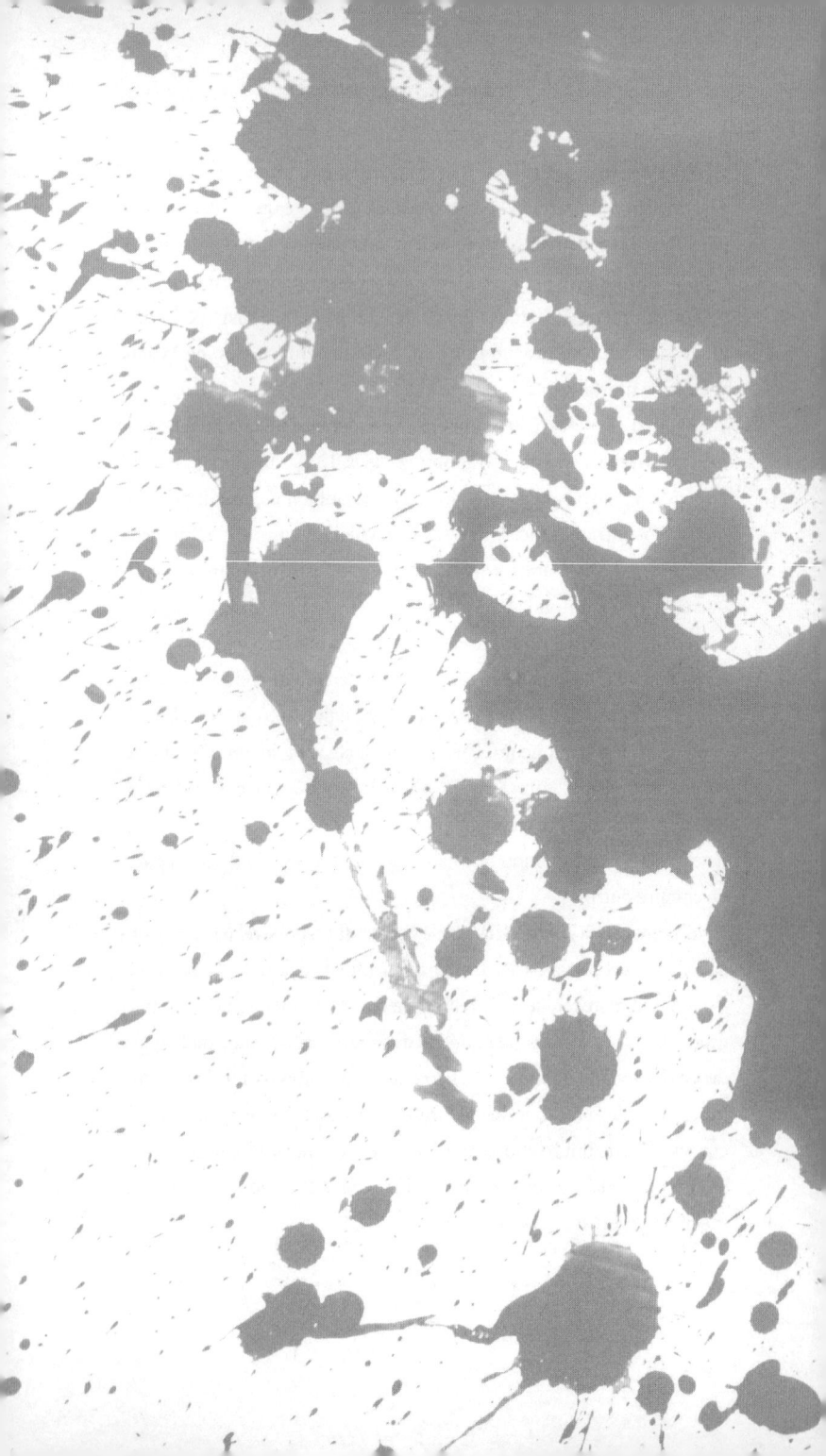

CAPÍTULO 9
O MAIOR MOMENTO DE THE WALKING DEAD

"TEMOS REZADO JUNTOS. REZADO PARA QUE DEUS SALVE NOSSA CIDADE. POIS NOSSAS PRECES FORAM ATENDIDAS. DEUS HÁ DE SALVAR ALEXANDRIA, POIS DEUS NOS DEU A CORAGEM PARA NÓS MESMOS NOS SALVARMOS."
– PADRE GABRIEL
(TEMPORADA 6, EPISÓDIO 9, "SEM SAÍDA")

A sexta temporada de *The Walking Dead* consiste basicamente em duas histórias à parte que viram uma só. A primeira é a que trata dos errantes na pedreira e o plano para se livrar deles que dá totalmente errado, levando Alexandria quase à aniquilação total; a segunda trata da expansão do mundo que temos visto até agora – a introdução do Hilltop, assim como de Negan e dos Salvadores. Enquanto a segunda metade é a armação para o inferno que virá pela frente, a primeira é uma trama fechada, um grande feito narrativo que termina com o que eu diria que é o maior momento do seriado: o último embate que os alexandrinos têm com a horda (episódio 9, "Sem Saída"), quando essa gente assustada, ferida, dispersa, forja um novo laço e finalmente torna-se grupo unificado. Assim como Eugene diz antes de sair a lutar, "essa é a história que as pessoas vão contar".

Ao longo do seriado, o clã Grimes cresceu de pequeno pelotão até virar uma comunidade vibrante que mora dentro de uma prisão antiga, depois volta a ser um pequeno pelotão e, ainda depois, quando se juntam aos sobreviventes de Alexandria, um grupo grande e pujante. Dois fatores conduzem essa transformação: um está em os Grimes perceberem que ninguém sobrevive muito tempo por conta própria. "Gente é a melhor defesa contra errantes, ou contra gente", Rick diz a uma sobrevivente potencial que encontra na mata (ela não passa no teste). Portanto, há a vontade de somar números para se autopreservar. É, contudo, um raciocínio frio e provavelmente nenhum grupo sobreviveria às inevitáveis disputas internas se a questão fosse *só* números. O segundo fator é o mais duradouro: os laços de irmandade. Há uma palavra no grego antigo, *storge*, que se traduz mais ou menos como amor em família (ela aparece na *Bíblia* no Livro dos Romanos 12:10, quando São Paulo escreve: "Amai-vos cordialmente uns aos outros com amor fraternal"). É o amor da família e dos amigos íntimos. O termo nunca é citado no seriado, mas perpassa a história dos sobreviventes. É o novo rejunte social do pós-apocalipse zumbi, e é esse *storge* que impele Rick a correr à floresta e encontrar Sophia (temporada 2, episódio 1, "O Que Vem Pela Frente"), ou que inspira Merle, logo o Merle, a tentar matar o Governador por conta própria (temporada 3, episódio 15, "Vida em Luto"). O conceito de amor familiar é central no discurso de Maggie no final da temporada 7, "O Primeiro Dia do Resto da Sua Vida", quando ela fala sobre como o grupo cresceu "não como estranhos, mas como família". Essa é a essência do *storge*. Este episódio é o auge de tudo que temos falado, uma mistura de *storge*, *gaman*, fé, obras e estoicismo extremo. É isso que transforma o episódio no maior momento do seriado.

Antes dessa briga épica, a integração do clã Grimes a Alexandria não tinha sido, para dizer o mínimo, suave. Eles abriram mão do seu arsenal, mas Carol roubou tudo de volta. Rick sentiu-se atraído por Jessie e brigou com o marido dela, o beberrão e abusivo Pete – o qual Rick, posteriormente, mata. Glenn está brigando com os caras que mandam nas buscas de suprimentos, Aiden Monroe e Nicholas. Um alexandrino, Carter, quer matar Rick antes que ele faça mais estrago. Enquanto alguns entre o pessoal de Rick ficam enlevados com o plano de Deanna Monroe, o de Alexandria tornar-se novo florão do mundo antigo, Rick está igualmente preparado para tomar a cidade à força.

O atrito chega a termo quando dois antagonistas surgem na cidade. O primeiro é o grupo de errantes. O outro são os "Lobos", um grupo de sobreviventes absolutamente perturbados – identificados por um *W* (de *Wolves*) de sangue riscado na testa – que talham e saqueiam todo lugar a que vão. Anteriormente, já havíamos visto indícios do que eles fazem quando o clã deparou-se com uma cidade totalmente saqueada no nono episódio da quinta temporada, "O Que Foi e o Que Está Sendo".

O plano de Rick era levar os errantes para fora da pedreira e descer uma rodovia até saírem da cidade. Enquanto ele comanda um grupo nessa tarefa, os Lobos atacam Alexandria e o barulho faz pelo menos metade da manada sair da estrada e entrar na cidade. Tão logo o ataque dos Lobos é reprimido, os zumbis começam a chegar e fazer pressão contra os muros de Alexandria. Os muros não os seguram por muito tempo, e aí as ruas de delineamento e ornamento perfeito da cidade são tomadas pelos mortos-vivos.

A situação é desesperadora. As pessoas estão trancadas em casa. Ninguém consegue se comunicar. Rick está na sua casa com Carl e Judith, Michonne, mais Jessie e os dois filhos dela, Sam e Ron. Gabriel também está lá. A ideia de Rick é que eles se cubram de lonas sujas de tripas – tal como ele e Glenn haviam feito em Atlanta –, consigam chegar a alguns carros e mandem a manada embora. E assim eles vão. Rick entrega Judith a Gabriel, que a leva à garagem, sua capela improvisada. De volta à rua, o pequeno Sam não consegue se controlar e, quando você pensa melhor, não consegue culpá-lo. Ele não passa de um garoto que testemunhou o apocalipse, assistiu ao pai ser morto e teve que suportar o discurso ameaçador de Carol. É demais para ele. Então Sam desaba, o que atrai os errantes. Ele afunda, e Jessie vai junto. Então *Ron* desaba. Ele puxa uma arma e aponta para Rick, a pessoa em quem ele põe a culpa por tudo (e tem um pouco de razão). Michonne arranca as tripas de Ron antes que ele consiga dar um tiro perfeito, mas ele ainda dá um disparo que acerta Carl no olho direito.

Nesse momento, tudo está saindo pela culatra. Rick pega Carl e corre para a enfermaria. Denise está lá com Heath e Spencer. Embora Denise esteja perturbada pela mera ideia de cumprir funções médicas, ela se firma e se prepara para assumir o paciente. Há muita movimentação e nervosismo no recinto. Rick está, compreensivelmente, extenuado. Ele fica ali, perplexo e indefeso. Não sabe o que fazer, exceto... a luz que Denise precisa para operar está atraindo os errantes do lado de fora. Eles podem invadir a casa a qualquer momento. Se Carl tem alguma chance, qualquer chance que seja, isso não pode acontecer. Então Rick pega sua machadinha, sai da casa e começa a desmiolar errantes, sozinho. Por mais capaz que Rick seja, parece uma missão suicida; são zumbis demais. Michonne, porém, não vai deixá-lo sozinho. Ela ama os dois homens, Carl e Rick, mesmo que isso tenha acontecido antes de ela e Rick virarem um casal. Ela não pode fazer muita coisa por Carl fora segurar sua sutura, mas pode fazer muito para ajudar Rick. Ela dá um beijo na testa de Carl e corre para ajudar Rick. Heath e Spencer sentem-se impelidos a entrar na refrega. É o ponto de virada dos alexandrinos, e também do clã Grimes. Não só é o momento em que eles unem-se como um só, mas, depois dessa noite, essa gente nunca mais vai ter medo de monstros. É um momento absolutamente crítico no seriado.

Filmar este episódio foi quase tão dramático quanto o episódio em si, e saber da maratona de gravação que o rendeu dá um toque distinto de realismo quando você assiste a ele pela segunda vez. Ann Mahoney, que interpretou Olivia, me guiou pela filmagem da sequência.

"A maioria de nós foi chamada às dezessete ou dezessete e trinta", ela disse. "A gente sabia o que tinha pela frente." O plano era, de fato, "violento": eles iam filmar tudo do set de Alexandria em uma noite só. Era uma produção imensa. Para começar, envolvia praticamente todos os integrantes do elenco. Eles gravaram cenas diversas em locações diversas, tanto dentro das casas quanto nas ruas. Havia a questão dos efeitos especiais com o lago artificial em chamas. Para fechar tudo, a gravação exigia mais ou menos 250 figurantes que formariam a horda zumbi que invade a cidade.

Tudo foi feito em etapas. As cenas dentro das casas, quando a maioria dos personagens está do lado de dentro, escondendo-se, foram gravadas antes. Depois, a equipe foi para o lado de fora e gravou de trecho em trecho. "Gravávamos em uma parte da rua, depois andávamos três metros e gravávamos mais." A cada novo ponto, a produção jogava mais sangue nos combatentes e botava mais lama nas roupas, de forma que, com o avançar da sequência, eles parecessem cada vez mais emplastados na batalha. "Se você acompanhar", ela disse, "a continuidade é belíssima. A gente passou literalmente doze horas pulando, correndo e lutando."

De volta à trama, de início não fica claro o que Rick vai fazer quando sai da casa. Ou ele está pensando em enfrentar estes errantes como a única coisa que pode fazer para ajudar o filho, ou está só com raiva, descontrolado, e quer descontar nos mortos-vivos. Suas emoções sugerem as duas coisas. Seus motivos, porém, não têm tanta importância. O que importa é que os outros vejam o que ele está fazendo. Para alguém como Michonne ou

Carol, a opção por lutar é simples: se Rick vai, elas vão. Para os outros, principalmente os alexandrinos, a decisão não é tão simples. Mas mesmo os mais mansos ficam inspirados ao verem o que Rick faz. É quase certo que ele não queria inspirar os compatriotas a lutar, mas é exatamente o que faz.

Todo mundo está disperso. Padre Gabriel está com Judith e um grupo de paroquianos. Denise está do lado de fora com Owen, o único membro vivo dos Lobos, que Morgan capturou, mas não matou. Rosita, Eugene, Carol e Morgan estão na casinha onde fica a cadeia. Olivia e Eric estão em outra casa. Aaron, Heath e Spencer estão na enfermaria. Maggie está encurralada, sozinha, em uma torre de observação perto do muro. Glenn e Enid estão chegando à cidade. E Daryl, Sasha e Abraham estão na estrada. Eles estão espalhados, à parte, não há nem como falar sobre o que eles possam fazer, se pudessem. Isso não interessa. Rick tomar uma atitude já é sinal suficiente.

"É agora", diz Heath. Michonne, Aaron, Heath e Spencer correm para unir-se a Rick. Os cinco se põem entre as centenas de zumbis, talhando o que veem pela frente. Não há como voltar, não há como correr. Agora eles estão nessa. Outros assistem, espiando pelas persianas de dentro de casa. "Derrubem tudo, passem por cima", Rick diz. Ele vê Olivia e Eric virem correndo de uma casa. Eric, a propósito, ainda tem gesso no pé, mas corre mesmo assim, só com uma faquinha em punho. De repente, Rick não está mais só. Ele tem um grupo ao seu lado. Ele tem colegas. Ele tem sua família. "Vamos vencer!", ele berra. Eles seguem abrindo caminho aos talhos pelo tropel. Na pequena capela improvisada, Padre Gabriel segura Judith. Ele consegue ouvir Rick berrando as orientações do lado de fora. Gabriel entrega Judith e pega um machete sujo de sangue.

"Gabriel", diz Tobin, "o que está fazendo?"

"Temos rezado juntos", Gabriel diz. "Rezado para que Deus salve nossa cidade. Pois nossas preces foram atendidas. Deus há de salvar Alexandria" – ele está quase sorrindo – "porque Deus nos deu a força para nós mesmos nos salvarmos".

Ao longo de tudo isso, diz Mahoney, a pessoa que manteve o grupo em riste foi Andrew Lincoln. "Andy Lincoln é líder de verdade", ela disse, "Ele não é apenas um líder como o personagem, mas também lidera pelo exemplo que dá ao elenco". Lincoln faz loucuras para entrar no personagem e, quando seu personagem é Rick Grimes, você tem que fazer loucuras. Já vi cenas de bastidores em que ele grita e soca paredes, e em uma dessas, atravessou o gesso com os punhos.

Mahoney estava gravando dentro de uma das casas, já que sua personagem, Olivia, continuava escondida, e ela viu Lincoln, como Rick, "pela rua, talhando o que vê pela frente".

"Não houve muita atuação naquilo ali", ela disse. "Mas foi muito inspirador de assistir." Naquele ponto, Rick havia perdido a mulher de quem gostava – ele literalmente cortou o braço dela –, os dois filhos dela, e o seu próprio filho tinha um ferimento seriíssimo. Mas ele está lá, usando o que lhe resta de energia para lutar contra as forças esmagadoras. "Ele segue lutando, então como é que a gente vai ficar sentado e o deixar ali? A gente tem que ir", ela disse, recontando a essência do que se passava pela mente de sua personagem. É isso que leva os alexandrinos a deixar a segurança de seus lares para entrar na refrega.

Do lado de fora, eles seguiram gravando a luta de trecho em trecho, descendo a rua e atravessando a cidade, basicamente na mesma sequência que acabou no episódio. Eles gravaram nas ruas e depois os atores se deram as costas, formando um círculo contra as centenas de figurantes, "e eles vinham de todos os lados, e a gente gravou esse trecho, e depois a gente gravou o trecho em que consegue revidar e levar os errantes na direção do muro. E aí, no fim", ela disse, incapaz de conter a risada quando se lembra, "bom, no final, a gente gravou a hora em que o Daryl explode o lago".

Segundo as lembranças da atriz, houve um esforço tremendo para fazer tudo aquilo caber em uma noite só, e eles estavam constantemente correndo para seguir em frente e vencer um prazo imbatível: o nascer do sol. Ela lembra que o maior motivador deles, ao longo de toda a noite, foi Lincoln. "Tinha horas em que o Andy só olhava para nós e dizia: 'A gente vai dar conta? Vai!'"

Longe dali, Glenn e Enid estão de volta à cidade e tentando salvar Maggie, que está encurralada no alto da torre de guarda. Não há tempo para nada, fora o plano mais desesperado. Enid escala a torre até chegar a Maggie, enquanto Glenn faz todo barulho que pode para afugentar os errantes. Funciona, embora pareça – mais uma vez – que Glenn vai ser consumido pelos desmortos. Ele é salvo por uma saraivada de tiros – Abraham e Sasha no alto do muro, com fuzis de alto calibre. Nesse ponto, você nem se pergunta como eles conseguiram matar dezenas de errantes com uma saraivada de balas e não atingiram Glenn nem uma vez. Você não se faz essa pergunta porque, um, Glenn é aparentemente imortal (até ali) e, dois, a tensão está tão lá no alto, o drama está tão intenso, que você nem pensa em falhas de continuidade. "Pode abrir o portão?", Abraham diz, sorrindo. "Ia ser legal, amigão."

É quando a maré começa a virar. Todo o clã Grimes está de volta a um lugar só e os alexandrinos estão nas ruas com eles. Ainda temos a questão das centenas de zumbis, porém. Daryl surge com um plano inovador. Já que eles chegaram em um caminhão de gasolina e já que Abraham achou um lança-foguetes na estrada, eles colocam gasolina no lago artificial da cidade e soltam um morteiro. (Olha, provavelmente teria sido mais esperto poupar o morteiro para outro dia e acender o lago com um isqueiro ou o que fosse, mas isso é picuinha. E outra: não ia ser tão dramático.) O lago fica em chamas, o que atrai a atenção dos cabeça de titica. Eles começam a caminhar bem devagar, estúpidos, lago adentro e fogo adentro. Mas não todos. Agora todos os sobreviventes estão talhando, retalhando, esfaqueando e desmiolando mortos-vivos, um depois do outro depois do outro. "Não parem!", Rick berra. Conforme a trilha sonora de Bear McCreary atinge um crescendo, assistimos a uma série de cortes cada vez mais rápidos de todos: Glenn desmiolando um errante; Morgan girando seu cajado; Daryl retalhando com uma faca; Maggie, Sasha e até Eugene na volta; Padre Gabriel talhando com seu machete. A coisa toda vai ficando veloz. Há uma cacofonia de berros e de gemidos, de gente a talhar e a retalhar com tudo a que tem direito.

Deu bastante trabalho, elenco e produção estavam cansados, conta Mahoney, mas, apesar de tudo, ninguém perdeu o entusiasmo. "A gente parava, brincava um pouco com a situação, um animava o outro", ela disse, "estava todo mundo com o astral lá em cima".

"Tal como na cena", disse Mahoney, "entre todos os atores, a gente se sentiu uma equipe, a gente tinha que botar drama e intensidade naquilo. Foi uma noite sensacional". Eles filmaram até o sol raiar, e a cena em que todos estão na varanda, imundos e exaustos, foi a última que gravaram na longa noite. A sujeira e o sangue eram de mentira, mas a exaustão era de verdade. "Foi um grande momento de união", disse Mahoney. "Conforme encerramos naquela manhã, dava para sentir a euforia no grupo. A gente sabia que tinha chegado lá."

A própria Mahoney só conseguiu ver a edição final do episódio na noite em que passou na TV. Filmar em etapas dá uma perspectiva diferente em relação a quem vê montado. No set, ela disse, você carrega o impulso consigo conforme interpreta o papel, mas não percebe esse impulso crescendo tal como acontece no produto finalizado. Quando ela se sentou para assistir ao episódio naquele domingo à noite, disse: "Fiquei vibrando por eles."

Mahoney reconheceu, pesarosa, sua única decepção com aquela noite: fora a cena em que Olivia sai correndo da casa, não se vê a personagem em combate. As cenas dela ficaram jogadas no chão da sala de montagem, como dizem na área. "Eu retalhei um monte de zumbi", ela disse, "e vocês não viram quase nada." Ela também defendeu os alexandrinos das reclamações dos espectadores de que eles não haviam demonstrado muito espírito de combate antes desse episódio. "Bom, vocês seriam assim no apocalipse; nenhum seria o Daryl, nenhum seria o Rick." Os alexandrinos, ela comentou, também foram o primeiro grupo que o clã Grimes encontrou que não é insincero nem abertamente assassino. É um grupo de gente de bem que quer fazer o bem, e quando finalmente se veem obrigados, naquela noite épica, eles não se acovardam.

"Não se deve desprezar os alexandrinos."

A questão se apresenta nos *frames* finais, tão rápidos que é impossível dizer quem é quem (a não ser que, tal como um obsessivo, você comece e pare o vídeo tantas vezes até conseguir separar todo mundo, como eu fiz). É tanta gente retalhando os outros, braços abanando, tudo tão rápido. Não parece um monte de gente, mas um corpo só. É isso que eles são agora. Um só. Um só grande, poderoso, espantoso combatente no mundo zumbi. Eles recobraram o controle. Estava demorando, tanto para o clã Grimes quanto para os alexandrinos. E independentemente de você achar que Deus está morto ou vivo, o momento do triunfo funciona. Eles encontraram uma força tremenda em si próprios para se erguerem, para lutarem por si mesmos. Juntos eles chegaram a uma nova força coletiva, que antes não tinham.

Não quer dizer que seus problemas acabaram. Longe, longe, *muito longe* disso. Mesmo quando se chega a este desafio, há um maior, mais mortal, no horizonte: os Salvadores e Negan.

CAPÍTULO 10
QUATRO PAREDES E UM TETO EM CHARLOTTE

"TUDO É POSSÍVEL ATÉ SEU CORAÇÃO PARAR."
– PADRE GABRIEL
(TEMPORADA 7, EPISÓDIO 12, "DIGA SIM")

"Vamos ver Jesus!", a garotinha disse ao pai. Eram duas pessoas em meio a centenas de congregados no domingo, em um prédio cavernoso de Charlotte, Carolina do Norte. Em qualquer outro domingo, em qualquer outra construção desse porte no Cinturão Bíblico, em meio a uma congregação de fiéis, o Jesus em questão provavelmente seria o Senhor e o Salvador do povo cristão. Neste dia, contudo, a menina não estava falando de Jesus de Nazaré, mas de Jesus de Hilltop. Mais exatamente, estava falando de Tom Payne, o ator que interpreta o personagem Paul Rovia – que, graças ao cabelo comprido e barba densa, ganhou o apelido de Jesus.

Para entender a popularidade de *The Walking Dead*, não basta só assistir ao seriado nas noites de domingo, mesmo com o Twitter aberto. Se você quer entender por que as pessoas são tão apaixonadas pelo seriado de zumbi, por que ele é mais do que sustinhos bem-dados e efeitos especiais, você tem que conhecer os fãs cara a cara. Você tem que ir à Walker Stalker Con.

Em Charlotte, o Park Expo and Conference Center fica a poucos quilômetros de distância do movimentado centro da cidade, mas parece mais longe. O centro é cheio de guindastes e de obras recentes; novos hotéis; prédios de escritórios; o moderno e dinâmico Hall da Fama da NASCAR; e um pavilhão meio shopping center chamado Epicentre, cheio de restaurantes, cinema, boliche e afins. O "Park", como chamam o centro de exposições, fica em uma zona tranquila de Charlotte, saindo da autoestrada, entre uma escola Montessori e um pequeno coliseu. Ele não ostenta nada de arquitetura chique nem luzes fortes. Na semana anterior, havia acontecido ali uma mostra de armamento. Em janeiro, uma mostra de motor homes. O Corpo de Bombeiros de Charlotte aplicou sua prova de ingresso ali. Do lado de dentro, basicamente há vigas expostas e paredes de cimento. Maggie Rhee provavelmente chamaria de quatro paredes e um teto.

As convenções Walker Stalker tiveram início em 2013, quando dois fãs do seriado, o executivo da indústria musical Eric Nordhoff, de Nashville, e seu vizinho James Frazier, organizaram uma convenção de fãs em Atlanta. Foi um sucesso surpreendente e imediato, e eles logo tiraram seu lucro. Agora, elas acontecem seis vezes por ano, por todo o país, além-mar (Londres) e até *no* mar (é sério, existe um cruzeiro Walker Stalker). Elas cresceram em tamanho e em escopo, mas muitas, incluindo a edição na qual eu estava como enviado, em Charlotte, em dezembro de 2016, têm algo de aconchegante. Há convenções maiores e que conseguem atrações maiores – praticamente todo mundo do seriado estava na Walker Stalker Atlanta. Tanto que o autor Jay Bonansinga, por exemplo, as descreveu como "ir ao Super Bowl". Mas elas não são como outras convenções; não são projetadas tanto para lhe vender coisas (embora também haja isso) ou ser marketing de seriado novo. As convenções Walker Stalker têm um foco mais definido: acontecem para unir quem faz o seriado e quem assiste a ele.

Uma fórmula de sucesso que é quase formidável.

Sábado foi um dia úmido e cinzento em Charlotte, tão frio que as nuvens descarregaram um fluxo constante, alternando neve e chuva. O centro de convenções já tem um visual funcional e o mau tempo não o deixou mais atraente. A única pista fora do prédio em relação ao que acontecia lá dentro era um grande arco inflável com WALKER STALKER escrito em grandes letras brancas contra um fundo vermelho cercado por zumbis do gibi de Kirkman. Apesar do clima e dos zumbis nominalmente agourentos, a multidão estava com o astral excepcionalmente alto. E por que não estaria? Estavam prestes a conhecer seus heróis. Ou, para ser mais preciso, os heróis tinham que os conhecer.

Diferente da edição de Atlanta, a Walker Stalker Charlotte não elencava os nomes *top* como Lincoln, Reedus, Gurira e McBride. Mas a convenção tinha vários atores do seriado – tanto atuais quanto os que partiram há pouco – e já havia crescido a ponto de atrair atores de outros seriados: R. J. Mitte e Giancarlo Esposito de *Breaking Bad;* vários atores do *Z Nation* do canal SyFy, como Keith Allan e Russell Hodgkinson; Kane Hodder, que interpretou Jason em vários *Sexta-Feira 13;* e, totalmente aleatório, Zach Galligan de *Gremlins.*

O piso da convenção era repartido em três grandes corredores: um para estandes de atores e dois para produtos. O corredor dos atores começava com Michael Cudlitz numa ponta e terminava com Chandler Riggs na outra, que foram os dois estandes mais lotados. Outros atores por lá cujos personagens ainda estão vivos eram Josh McDermitt (Eugene), Christian Serratos (Rosita), Alanna Masterson (Tara), Seth Gilliam (Padre Gabriel), Khary Payton (Ezekiel), Tom Payne (Paul Rovia, o "Jesus"), Ross Marquand (Aaron), Xander Berkeley (Gregory) e Austin Amelio (Dwight).

Fora o layout básico, o piso tinha um arranjo aleatório. Havia exposições grandes, cenas montadas para os fãs entrarem e tirarem fotos. A mais elaborada, sem nenhuma dúvida, era a de "Cecil Grimes", um sósia de Andrew Lincoln. O estande de Cecil ganha o prêmio em altura: a minirreinvenção da Instalação Correcional do Oeste da Geórgia, com uma torre de guarda que devia chegar a uns cinco metros – e um manequim de Glenn Rhee lá no alto. Abaixo, havia uma cerca de arame e um pequeno quintal da prisão, onde Cecil, vestido como xerife adjunto de King County, posou para fotos. Junto a ele havia um cara meio sujinho, de óculos escuros, que até passava por Daryl Dixon. Cecil tinha uma fila fora do set com gente esperando para pagar US$ 25 por uma foto com ele, US$ 30 pelo "pacote *bro-mance*", que incluía Cecil e Daryl, ou US$ 45 pelo pacote especial, que incluía foto autografada e produtos.

Longe dali, Robert Bean, um homem alto e magro com um bigode e cavanhaque à la Dick Van Dyke, havia armado sua "Equipe Tática de Emergências" – um SUV preparado para o apocalipse. Dentro havia máscaras de gás, escopetas, fuzis automáticos, pentes de bala, balas, machadinhas, cobertores. E mais pentes de bala. Muitos pentes. Ele tinha um arsenal do lado de fora também, uma prateleira cheia de revólveres, fuzis, machetes e espadas. As espadas eram espingardas de pressão customizadas e, se você pagasse, podia posar em frente ao SUV com um arsenal de aparência bem letal e manequins zumbis. Mas tinha outro estande que vendia catanas *de verdade*. Ele tinha uma grande variedade, incluindo algumas da marca AMC por US$ 250. Mais US$ 100 e ele afiava a lâmina para você.

Conforme a manhã de sábado foi avançando, a multidão e as filas começaram a crescer. Em frente ao estande de cada ator, havia corrimões de alumínio para as filas mais compridas, mas muitas passavam dos corrimões e chegavam ao passadiço principal. Havia muitas famílias, pais com filhos: uma garotinha estava vestida como o zumbi de pijama interpretado por Addy Miller, do episódio de estreia, com maquiagem zumbi completa e um ursinho de pelúcia. Ela foi correndo direto no estande de Miller, deixando a mãe para trás, a empolgação bem aparente.

Os vendedores sempre tinham algo relacionado ao seriado, ou pelo menos ao gênero do terror. Um dos estandes fazia maquiagem zumbi, por exemplo. O autor Eugene Clark, que interpretou o zumbi "Big Daddy" no *Terra dos Mortos* de Romero, tinha seu próprio estande para vender produtos. Havia vários estandes de camiseta, vestuário e bijuteria. Vários artistas também. Um deles, Rob Prior, tinha um estande duplo e dava um show. Ele estava fazendo um retrato de Jesus – o Jesus de *The Walking Dead,* no caso – com um pincel em cada mão, com movimentos rápidos, enquanto ouvia *hard rock*. A pintura era muito boa. A Skybound, empresa de Robert Kirkman, tinha um estande em que vendia tacos Lucille, chaveiros e bonés com um *D* ondulado, reprodução do boné que a personagem Clementine usa no videogame. E quadrinhos, claro. Muitos quadrinhos.

Um dos aspectos mais incomuns da Walker Stalker Con é que ela não tem a ver apenas com atores no seriado *agora;* atores cujos personagens já morreram ganham segunda vida por ali. Michael Cudlitz, que interpretou Abraham Ford, obviamente tinha vários fãs. A fila em frente ao seu estande serpenteava pelos tubos de alumínio que se usava para formar os corredores, chegava ao piso principal e fluía até uma área extra, onde ela se dobrava mais seis vezes. Mas ele não era o único ator famoso no local. Scott Wilson, Chad Coleman, Michael Rooker, IronE Singleton e Lawrence Gilliard Jr. (Bob Stookey) tiveram todos estandes lotados nos dois dias de convenção. Até atores que tiveram só papéis menores no seriado – os que apareceram só de maquiagem zumbi, totalmente irreconhecíveis em carne e osso – têm fãs nessas convenções.

Os atores também não estavam lá para fazer qualquer coisa. Dependendo do tamanho da fila, eles podiam passar de trinta segundos a alguns minutos conversando com fãs, mas cumprimentavam cada um com entusiasmo. Davam um abraço ou um soquinho em todos. Jogavam conversa fora. Respondiam dúvidas. Contavam histórias de bastidores. Sei que eles são atores, mas nada pareceu forçado.

Uma adolescente com quem conversei foi Abby Johnson, garota de dezesseis anos de Statesville, Carolina do Norte. Ela havia acabado de sair do estande de Chandler Riggs, em êxtase. Ela tremia e enterrou a cara no ombro do pai. "Ele seguiu os sonhos dele", ela disse. "E me inspirou a seguir os meus." No início achei que ela estava falando de Carl, o personagem, o que não fazia sentido para mim, porque Carl geralmente não é muito certo da cabeça. Depois entendi que ela estava falando de Riggs, o ator.

Ao meio-dia de sábado, as multidões haviam diminuído um pouco. As pessoas saíam para almoçar, incluindo atores e fãs. Mas havia Kyla Kenedy, que interpretou Mika, ainda em seu estande, conversando com um pai e um filho, os únicos por lá. O filho tinha uma deficiência séria e andava de cadeira de rodas, mas era alerta e engajado, curtindo a chance de conversar com uma das estrelas do seriado. Kyla, da sua parte, parecia animadíssima de poder conversar e sem pressa alguma. Sem mais outras pessoas em volta, os três ficaram lá um tempo sentados, conversando. Tentei imaginar como deve ter sido mais difícil para este pai trazer o filho aqui do que para todos os outros cujos filhos não têm deficiências, e fiquei pensando o que eles esperavam tirar daquilo. Só entretenimento, ou algo mais profundo?

No domingo, as multidões estavam mais ou menos do mesmo tamanho das do sábado. Uma jovem, Brittney Taylor, vinte e três anos e vinda de Raleigh, estava vestida de Michonne, com apliques nos *dreadlocks* reais para aperfeiçoar o visual. Ela estava com três amigos e eles haviam visto alguns dos atores, como Tom Payne, Chad Coleman e Michael Cudlitz.

Do que ela gosta no seriado, disse, são as "lições de vida real" que ele ensina. De início não entendi muito bem o que ela quis dizer. Lições *para* nossa vida real ou lições *da* vida real? Não podia ser a segunda, pois nós (ainda) não vivemos em um mundo onde todo dia temos que enfrentar zumbis para continuar vivos; mas foi o que me pareceu. Claro que ela se referia à primeira opção. Sim, os personagens enfrentam monstros fictícios, mas, em suas tribulações, ela disse, eles demonstram crescimento e persistência. Michonne, por exemplo, perdeu tudo na vida (aliás, só ficamos sabendo na quarta temporada, quando Michonne é obrigada a segurar a bebê Judith – e tem uma reação doída –, que ela era mãe), e tem que encontrar uma maneira de lidar e reconstruir-se como pessoa. É isso que atrai Brittney ao seriado.

A sua amiga, Debra Ulmer, gostava de outro aspecto de *The Walking Dead*. "Essa gente se vê forçada a trabalhar com gente com quem normalmente não conviveria", ela disse, ressaltando especialmente o conflito inicial no telhado entre Merle e T-Dog. Merle é racista, violento e odeia T-Dog por causa da cor de pele. Eles lutam, o irmão Dixon socando T-Dog sem parar. É Rick Grimes quem intervém e dita as novas regras do mundo. Merle leva algumas temporadas para entender a mensagem, mas entende. Enfim, uma hora ele entende. Mas é uma coisa que Debra captou e que a mantém envolvida com o seriado. Afinal, quem não quer ver isso acontecer no mundo real?

Outra coisa interessante na convenção é que você tem uma ótima chance de esbarrar em um dos atores. Eu estava entrevistando Ron Rosaly; sua filha, Lex; e sua neta, Harley. Estávamos perto do palco, e o ator R. J. Mitte passou a caminho de seu painel. Ele estava com alguns minutos de atraso, mas parou um tempinho para conversar conosco.

"Estar aqui", Lex disse, deixa o fã no mesmo nível que os atores. "Eles não ficam num pedestal. Eles são humanizados."

Alguns minutos depois, eu estava na fila para um refrigerante, perto de uma mulher cujo namorado estava no balcão fazendo seu pedido.

Tom Payne passou por nós. A mulher ao meu lado ficou congelada, um grande sorriso se formando no rosto. "Estou tentando controlar meu rosto", ela disse. Não conseguia. Você vê isso aos montes. Os atores acabam caminhando pelo salão e sua única opção é ficar entre os fãs – não que pareça que algum deles faria outra coisa. O apreço dos fãs nesta convenção é genuíno. Em outras, em que a grande meta é dar publicidade ao que se estiver promovendo, a mídia é grande coisa. Aqui, não. A mídia é autorizada a cobrir, mas não é prioridade. Os fãs, contudo, são prioridade. Uma vez se questionou ao grande jogador de beisebol Joe DiMaggio por que, em uma partida insignificante de 1951, ele se empenhou em uma jogada insignificante. "Sempre tem um garoto que vai me ver pela primeira vez", disse DiMaggio. "É por ele que eu tenho que dar meu melhor." Lembrei-me dessa frase enquanto assisti aos atores conhecendo e recebendo os fãs.

Houve duas coisas em que tentei pegar a sensação da experiência do fã. A primeira foi esperar numa fila para conhecer um ator (com minhas credenciais de imprensa, eu poderia ter entrado na fila VIP, mas não quis). Alguns dos atores faziam o *meet-and-greet,* no qual você pode dar um "oi" e conversar um minuto sem comprar autógrafo ou foto. Josh McDermitt, que eu já havia conhecido e entrevistado, estava fazendo *meet-and-greets,* então, entrei na fila. As pessoas na fila eram amigáveis, felizes, empolgadas de estar ali, conversavam bastante entre si. Não havia ninguém se empurrando nem furando a vez do outro nem nada. Pessoas que nunca haviam se encontrado, conversavam e compartilhavam detalhes de suas vidas. Enquanto eu esperava, notava McDermitt conversando com uma família que tinha dois adolescentes. Naquele breve instante ele conheceu o básico da família: um dos garotos tinha dezesseis e parecia ter dificuldades com a idade. "O ano mais comprido da sua vida", McDermitt falou, de experiência. "Boa sorte."

Passeei mais. Fiquei mais ou menos uma hora de mosquinha observando o estande de IronE Singleton. Perguntei se podia ficar de lado e só assistir ao ator e aos fãs. Não fiz anotações, não tirei fotos, não entrevistei nenhum dos fãs depois. Eu queria ter uma noção da dinâmica entre fã e ator.

Singleton é um dos integrantes mais interessantes do elenco. Ele foi criado nos Perry Homes, um dos conjuntos habitacionais mais infames de Atlanta. Nunca conheceu o pai. Junto ao irmão e à mãe alcoólatra e violenta, ele morava com os avós e outros familiares em uma casa só. Seu cotidiano era pobreza e violência massacrantes. Quando ele tinha dezoito anos, a mãe morreu. Ele poderia ter se tornado estatística, mas, por pura determinação, conseguiu sair do conjunto habitacional e encontrou sucesso na indústria do entretenimento. É uma história que ele conta com frequência e abertamente, usando a própria vida como lição. A história ressoa; o público gravita ao seu redor.

"As pessoas me contam as coisas mais íntimas", Singleton me disse enquanto eu estive lá. Ele acredita que tem a ver com o fato de ser tão aberto a respeito da própria experiência. É quase certo que seja por isso. Uma corrente de pessoas extremamente variada veio vê-lo: negros, brancos, meninas, meninos, gente da cidade, um casal da Inglaterra. Ele tratou a todos com carinho. Duas jovens garotas brancas que estavam no colégio lhe disseram que queriam fazer teatro; ele conversou com elas sobre atuação, sobre a importância de dedicar o tempo necessário para dominar o ofício e de manter as notas lá em cima. Pareceu que o casal da Inglaterra já o conhecia de outra ocasião, e houve o carinho de velhos amigos reencontrando-se. Eles esperavam vê-lo na Inglaterra quando a Walker Stalker for a Londres. Cada pessoa que entrava lhe dizia que queria que T-Dog ainda estivesse no seriado.

Domingo à tarde. A última grande entrevista no palco principal seria com Michael Rooker, que atraiu uma grande multidão. Seu personagem Merle foi, digamos, um dos mais singulares do seriado, e Rooker, veterano dos papéis excêntricos, era o único ator facilmente identificável no elenco (pelo menos nos EUA) quando o seriado estreou. Rooker respondeu a algumas perguntas do moderador, algumas dos fãs e, então, agarrou o microfone, pulou do palco e começou a mexer com a plateia por conta própria. Flertou com as meninas. Fez joguinhos com os meninos. Da plateia vieram perguntas sobre Merle, perguntas sobre seu estado civil, sobre seus próximos projetos. Ele chegou a um garoto, que eu não conseguia enxergar, e empurrou o microfone na direção dele.

"Qual é o sentido da vida?" A pergunta foi tão incomum que eu fiquei tentando ver quem havia perguntado. Era o garoto da cadeira de rodas que eu tinha visto no dia anterior, conversando com Kyla Kenedy. *Qual é o sentido da vida?* Essa pergunta, vinda de qualquer outra pessoa, seria retórica. Vinda daquele garoto, não. Ele tinha feito esse caminho todo, suportado todos os desconfortos advindos de viajar, teve essa chance de fazer uma pergunta significativa, e foi esta. Pergunta absolutamente apropriada. As grandes mentes da história humana já se debateram com essa pergunta. Diabos, todo mundo já se debateu. É uma pergunta perene e sem resposta. Não era justo esperar que Rooker conseguisse responder assim, na lata. Mas ele levou a sério, e tentou. "O sentido da vida é viver", ele disse, "e curtir cada segundo". Como resposta, não foi das piores. Pode parecer estranho que um seriado literalmente sobre a morte da humanidade acabe respondendo a perguntas sobre o sentido da vida, mas responde. Pelo menos tenta. "Fazemos o que temos que fazer, e aí saímos vivos", Rick Grimes diz na série, e embora tenha sido em circunstâncias bem diferentes, é das melhores respostas que você vai ter. Não é reconfortante, mas também não é uma fábula nem uma mentira.

Estava ficando tarde e a convenção foi perdendo o gás. Boa parte das atrações continuava lá, porém. Scott Wilson, IronE Singleton, Josh

McDermitt, Michael Cudlitz, Lawrence Gilliard Jr., John C. Lynch (Eastman), Michael Traynor (Nicholas), Jason Douglas (Tobin), o elenco de *Z Nation*, Chad Coleman, Addy Miller e outros ainda recebiam fãs. Josh abraçou um grupo de meninas e todas saíram sorrindo. Wilson fez um bate-aqui com uma garotinha. R. J. Mitte ficou em seu estande batendo papo com fãs tal como se fosse gente que você conheceu no bar. Um policial de Charlotte ficou de papo com Kane Hodder.

Romero estava 100 porcento errado sobre este seriado quando disse que era uma novelinha com zumbis. Assisti a todos esses fãs, assim como aos atores conversando com eles, compartilhando com eles, envolvendo-se com eles e rindo com eles e lhes oferecendo incentivo nas próprias vidas, e percebi que a chave para entender o sucesso do seriado é esta: ao assistir aos conflitos de cada semana, as pessoas têm a esperança de que vão conseguir lidar com quaisquer problemas que tenham nas suas vidas. Aí que está o futuro. Durante um fim de semana, as quatro paredes e um teto do Park Expo and Conference Center foram transformados em uma espécie de igreja de *The Walking Dead*.

Por volta das quatro e meia, a equipe de voluntários da convenção teve sua chance de conhecer os atores. Ainda havia alguns fãs em volta, mas as filas estavam quase completamente tomadas pelos voluntários de camiseta marrom. Eles haviam dado duro o fim de semana inteiro para chegar neste momento. Os atores também sabiam disso e muitos seguiam por lá. McDermitt, Berkeley, Singleton, Gilliard, Lynch, Payton, Mitte. Cudlitz tinha uma fila imensa a aguardá-lo. Outros voluntários estavam desmontando as divisórias, tirando banners e cortinas, empurrando caixas dos produtos que não foram vendidos. Mas os atores comportavam-se como se ainda tivessem a noite inteira. Os voluntários curtiam. Não tinha mais quase ninguém para ver aquilo, o que é muito ruim. Os figurinhas de Hollywood já tinham batido o ponto. Estavam ali apenas porque apreciavam o empenho dos voluntários – que, afinal de contas, também eram fãs da série.

Cinco da tarde. A convenção havia terminado oficialmente, mas os atores continuavam lá. Cinco e cinco. Cinco e quinze. Vi os acompanhantes de Cudlitz tentando fazê-lo encerrar a coisa, mas ele os ignorou. Uma empilhadeira passou por ali, e os sons de tubos de alumínio ocos se batendo ecoaram pelo salão. Agora a decisão entre último ator de pé estava entre Cudlitz, McDermitt e Berkeley. Às cinco e vinte, Cudlitz finalmente foi arrastado do local. Alguns minutos depois, McDermitt também foi embora e encontrei com ele enquanto caminhava pelo pavilhão vazio.

"Eu e o Cudlitz geralmente somos os primeiros a chegar e os últimos a sair", ele me contou. Ele me disse que entende os fãs porque, antes de conseguir o papel de Eugene Porter, era um deles, e gosta do trabalho que todos os voluntários investem ao longo do fim de semana. "Eu também fui fã do seriado. Eu entendo. Temos a benção de estar aqui."

Olhei para trás e notei que Berkeley ainda estava conversando com voluntários, ou seja, McDermitt não foi o último a sair. "Não sei por que o Xander continua lá", ele admitiu, de cara séria. "Que saco." Para ele, ser o último é uma medalha de honra.

Mas é a medalha que, desta vez, ele não vai ganhar. Xander Berkeley é o último integrante do elenco a deixar o pavilhão.

ARMAS

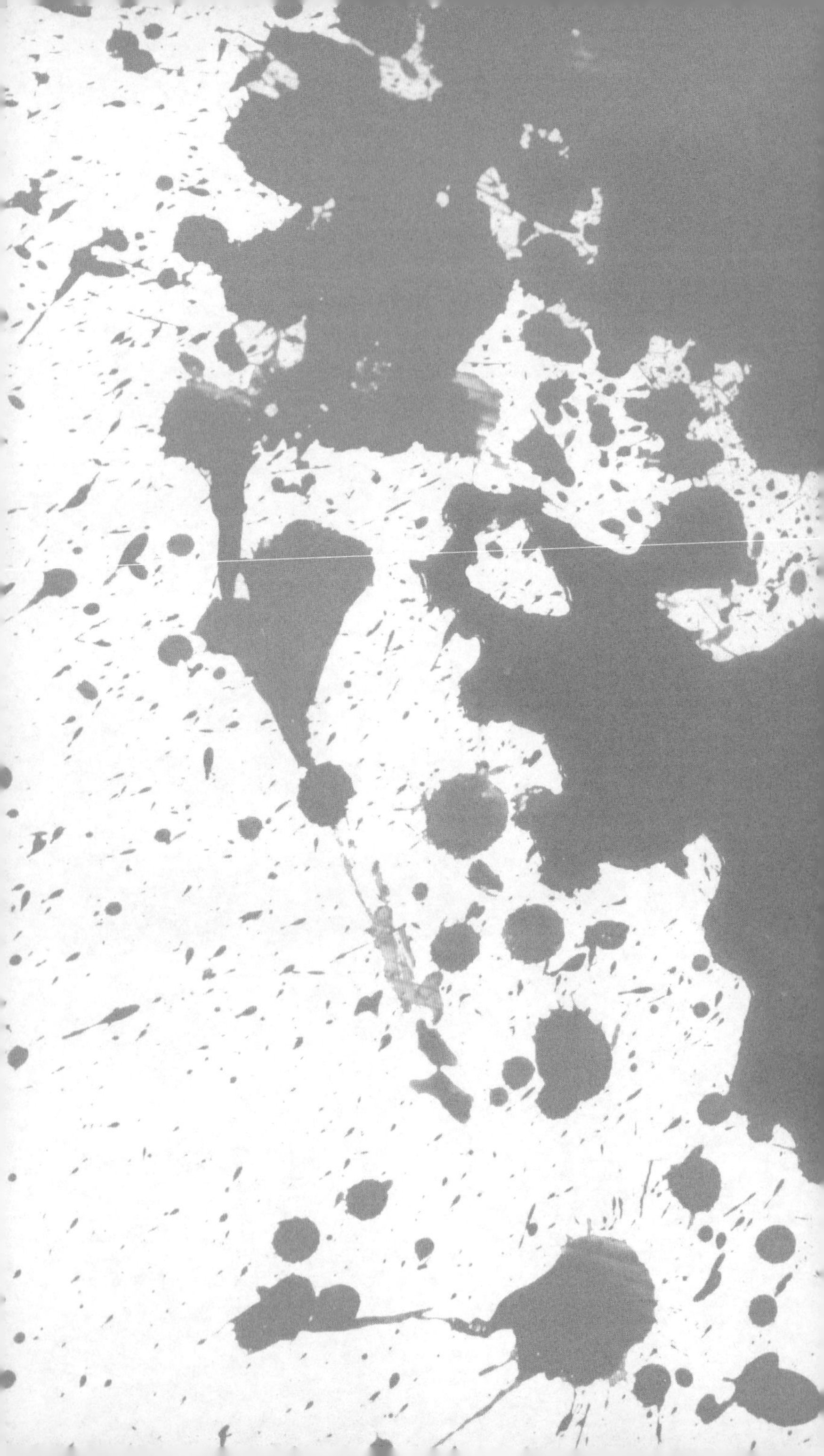

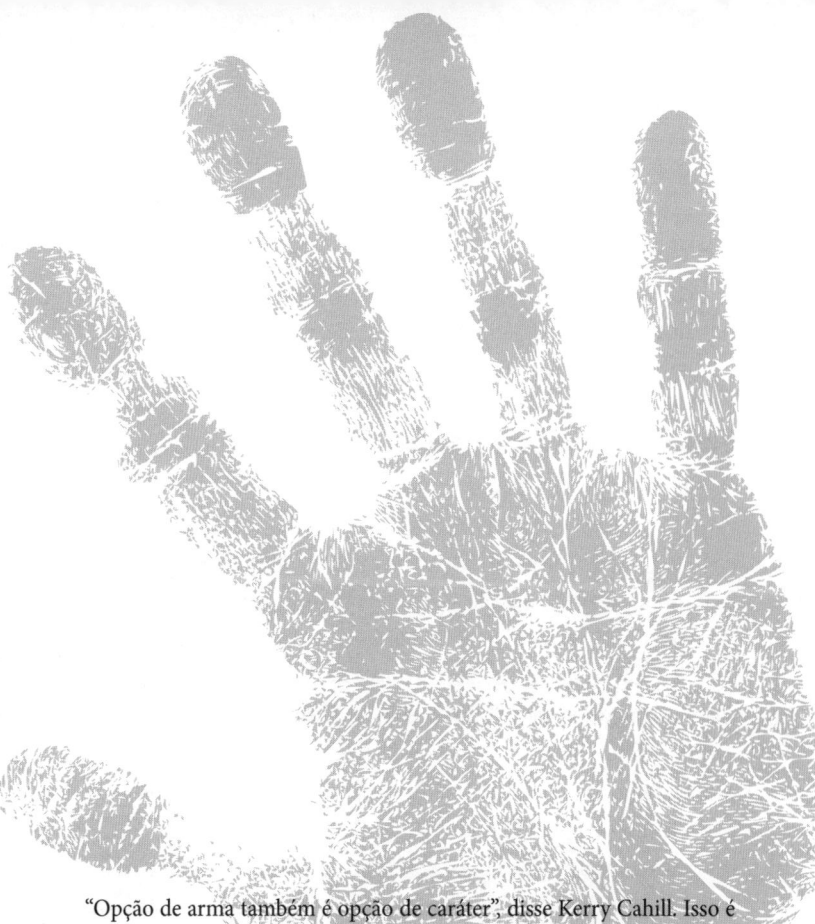

"Opção de arma também é opção de caráter", disse Kerry Cahill. Isso é uma verdade. Os personagens de *The Walking Dead* e *Fear the Walking Dead* usam absolutamente tudo que tiverem à mão – pedaços de pau, bengalas, chaves de fenda, pás. Às vezes a arma *é* a mão, por exemplo quando Nick Clark enfia os dedões nos olhos de um errante até entrar no cérebro (e a cena é tão nojenta quanto soa). O ideal, porém, é quando esses personagens têm armas de verdade.

O que estes personagens usam para se defender é extensão de sua personalidade. Você imagina outra pessoa usando o Colt de Rick, por exemplo? Às vezes, personagens perdem suas armas e parece que ficaram indefesos; quando as armas voltam, é como se Sansão tivesse o cabelo de volta. Michonne encontra sua catana entre as coisas que Gareth carregava consigo. Carol encontra a besta de Daryl. Daryl pega o Colt de Rick do Santuário e lhe devolve, e é como se Rick tivesse voltado a ser, bom, o Rick. Ele está pronto para lutar de novo. Opção de arma também é opção de caráter.

Vejamos algumas das armas mais icônicas em *The Walking Dead*. Para mais informações sobre estas armas, declaro minha dívida com o website Internet Movie Firearm Database e com o Walking Dead Wiki.

O COLT PYTHON .357 MAGNUM – Rick Grimes é o macho alfa A-1 do pós-apocalipse zumbi, e seu revólver ostenta isso aos berros. O Colt Python .357 não é a pistola mais potente da história – este título pertence à Smith & Wesson Magnum .500 –, mas é potente. Mais que isso, é um revólver com distinção visual da mesma fabricante do icônico Peacemaker, "o revólver que venceu o oeste". A que Rick usa tem tambor de seis polegadas e acabamento niquelado, e o que a destaca é tanto este tamanho quanto o brilho do níquel. É uma pistola barulhenta e poderosa, e quem a empunha também precisa ser poderoso. É uma arma de fogo com visual clássico, bonita, um revólver. Uma arma das antigas para um homem da lei das antigas. O Python é a arma perfeita para ilustrar essa frase.

Também faz sentido que um policial use essa pistola como arma no serviço – algumas delegacias a usam mesmo – e não a Smith & Wesson, que é grande demais para o trabalho diário. Mais que esse tiquinho de realismo, porém, a Colt Python de Rick é grande e malvada e tem esse visual ameaçador. Não é um símbolo fálico tão escandaloso quanto a espada gigante que o Kikuchiyo de Toshiro Mifune empunha no clássico *Os Sete Samurais* de Akira Kurosawa, mas pelo menos intimida tanto quanto a Magnum .44 de Harry Callahan na cinessérie *Dirty Harry*, e isso fica bem claro sempre que Rick a puxa para fora. Você não vai mexer com esse homem.

Se ainda tem dúvida, tente imaginar se a arma que Rick tivesse escolhido fosse uma Glock ou qualquer pistola por aí. Não ia ser a mesma coisa, não é?

A HORTON SCOUT HD 125 E A STRYKER STRYKEZONE 380

– A Horton Scout que Daryl Dixon usa na primeira e na segunda temporadas, substituída pela Stryker na terceira, diz tudo que você precisa saber sobre ele. "Um homem com espingarda, lá naqueles tempos, podia ser fotógrafo, técnico de futebol", diz Joe, líder dos Tem-Dono (temporada 4, episódio 13, "Sozinho"), a gangue que encontra Daryl na estrada. "Mas arqueiro é arqueiro, venha o que vier." Daryl Dixon não é só mais um sobrevivente. O arco é uma arma antiga e sua habilidade na flecha exemplifica a capacidade primeva de Daryl para sobreviver. Estas capacidades podem ter sido praticamente inúteis no mundo antigo, quando a sobrevivência era garantida por diversas conveniências modernas, mas quando tudo, como se diz, caiu na merda, Daryl Dixon foi alçado a estrela – o que fica enfatizado toda vez que ele dispara um dardo (não chame de flechas – são dardos!). Qualquer um aprende a disparar uma espingarda. Mas arqueiros são outra raça.

Um dos pontos negativos tanto de pistolas quanto de bestas, sobretudo no rastro do colapso social, é munição. O seriado faz um serviço admirável de mostrar claramente como Daryl dispara vários dardos e depois os pega de volta. Mas até o grupo mais bem abastecido de sobreviventes pode se ver com munição baixa. É aí que as armas a seguir mostram como são melhores.

MARTELOS – Não há nada de especial num martelo. É uma ferramenta absolutamente indelicada. Nas mãos de Tyreese, porém, ele torna-se um símbolo de pura força física. Pense na cena de "Isolamento" (temporada 4, episódio 3), quando Tyreese encara uma manada de errantes armado só com seu martelo. O martelo é grande – parece os de setenta centímetros –, mas, mesmo assim, há como um homem esmagar a cabeça de zumbis só com um martelo? É força bruta *pra* valer. Tyreese, como se deixa claro em outros episódios, não é muito das armas de fogo, mas é mortal com um desses. A ironia é que, apesar de toda a potência, usar o martelo é uma coisa traumática e vai contra quem o personagem é. O atrito acaba ficando insuportável. O martelo reflete os dois lados de Tyreese. Afinal de contas, pode ser tanto uma arma para destruir quanto uma ferramenta para construir.

TACO DE BEISEBOL COM ARAME FARPADO – Lucille está com sede. Lucille está com fome. Lucille insiste em seguir as regras. De todas as armas em *The Walking Dead,* nenhuma é mais antropomorfizada que Lucille, o taco de beisebol enrolado em arame farpado que Negan carrega consigo. Também não há outra arma que sirva como totem do poder de seu usuário. Negan fala do taco como se fosse o taco que tomasse as decisões.

De todos os personagens, nenhum tem mais prazer em usar sua arma do que Negan com seu taco. E existe algo que chega quase ao pornográfico na violência. Claro que metade do sentido está aí. Negan está se exibindo e o taco faz parte do teatro. Similar ao Colt de Rick, o taco de Negan é fisicamente ameaçador, principalmente com o arame farpado em volta. É uma arma grande, visual, perfeita para um *showman* como Negan. O violão de B. B. King também se chamava Lucille. É óbvio que o taco de beisebol é crítico ao passatempo nacional dos EUA. Faz sentido que a arma de Negan venha de um esporte, já que ele parece tratar tudo como um jogo. Até o arame farpado está ali pelo efeito teatral – afinal, só os golpes do taco já bastam para matar. O arame só rasga pele e rende mais sujeira, mais intimidação para quem for obrigado a assistir aos homicídios.

Quando Negan entrega o taco para Rick segurar (temporada 7, episódio 4, "Serviço"), e depois também a Carl, você quase sente a transferência de poder. Negan entende o que o taco representa. Ele o põe nas mãos dos inimigos não por conveniência, mas em desafio escancarado ao poder que eles têm na mão. *Você pode ficar com meu poder,* ele diz, *mas tem que ter culhão pra usar.*

CAJADO BO – O cajado bo de Morgan Jones é, tipo, só uma vara avantajada. Mas o cajado diz tudo a respeito do que Morgan se tornou neste mundo. Na verdade, é uma das poucas armas em toda a extensão do seriado que praticamente tem seu próprio histórico. Depois de deixar a cidade natal de Rick no Kentucky – e depois de perder todas as estribeiras –, Morgan vaga pelos campos em um estado mental basicamente nulo (temporada 6, episódio 4, "Aqui Não É Aqui"). Ele acaba esbarrando em um homem chamado Eastman, interpretado pelo grande ator de personagens excêntricos John Carrol Lynch, que o adota, doma sua insanidade e lhe dá uma nova filosofia: o aiquidô, que lhe ensina novas maneiras de lutar e viver neste mundo. Isto não é importante apenas para Morgan – é o que lhe devolve, afinal, alguma dose de sanidade – mas seu novo pacifismo torna-se ponto importante da trama vários episódios à frente. A capacidade de Morgan de usar seu cajado bo com tal precisão demonstra que ele tem o poder de matar, mesmo que se recuse a usá-lo.

Hoje em dia o cajado bo que Morgan leva consigo não é usado amplamente por praticantes do aiquidô. Eles usam um cajado mais curto, chamado de jo. Ainda assim, ter uma vara grande no pós-apocalipse zumbi ajuda mesmo quando você não quer machucar alguém.

CATANA – A catana de Michonne é, a meu ver, a melhor arma de *The Walking Dead*. Ela é letal, nunca fica sem munição, é comprida para se usar antes que um zumbi chegue perto demais e, nas mãos certas, pode rachar uma cabeça ao meio ou decepá-la com um golpe só. A catana também é a arma perfeita para Michonne. Ela representa tudo que a personagem é: rápida e letal, afiada e mortal. A espada em si representa tanto a graciosidade, com sua lâmina comprida e curvada, quanto o poder, com sua empunhadura extra-longa, que permite que o usuário a segure com as duas mãos. Michonne, aliás, não difere dos guerreiros samurais que foram os primeiros a usar essas armas, uma lutadora praticamente imortal que também adere a um código moral e pessoal complexo. Tal como o arco, a espada é uma arma cujas raízes vão fundo na história humana, cinco mil anos ou mais. Então, há algo de mítico na forma como Michonne a usa e, de fato, quando a conhecemos, coberta com um manto e capuz, levando pelas correntes dois errantes inutilizados, ela parece uma coisa mítica. Se eu tivesse que apostar em um só personagem que vai durar mais que qualquer outro no seriado, eu apostaria em Michonne e sua catana.

RESUMO
TEMPORADA
SEIS

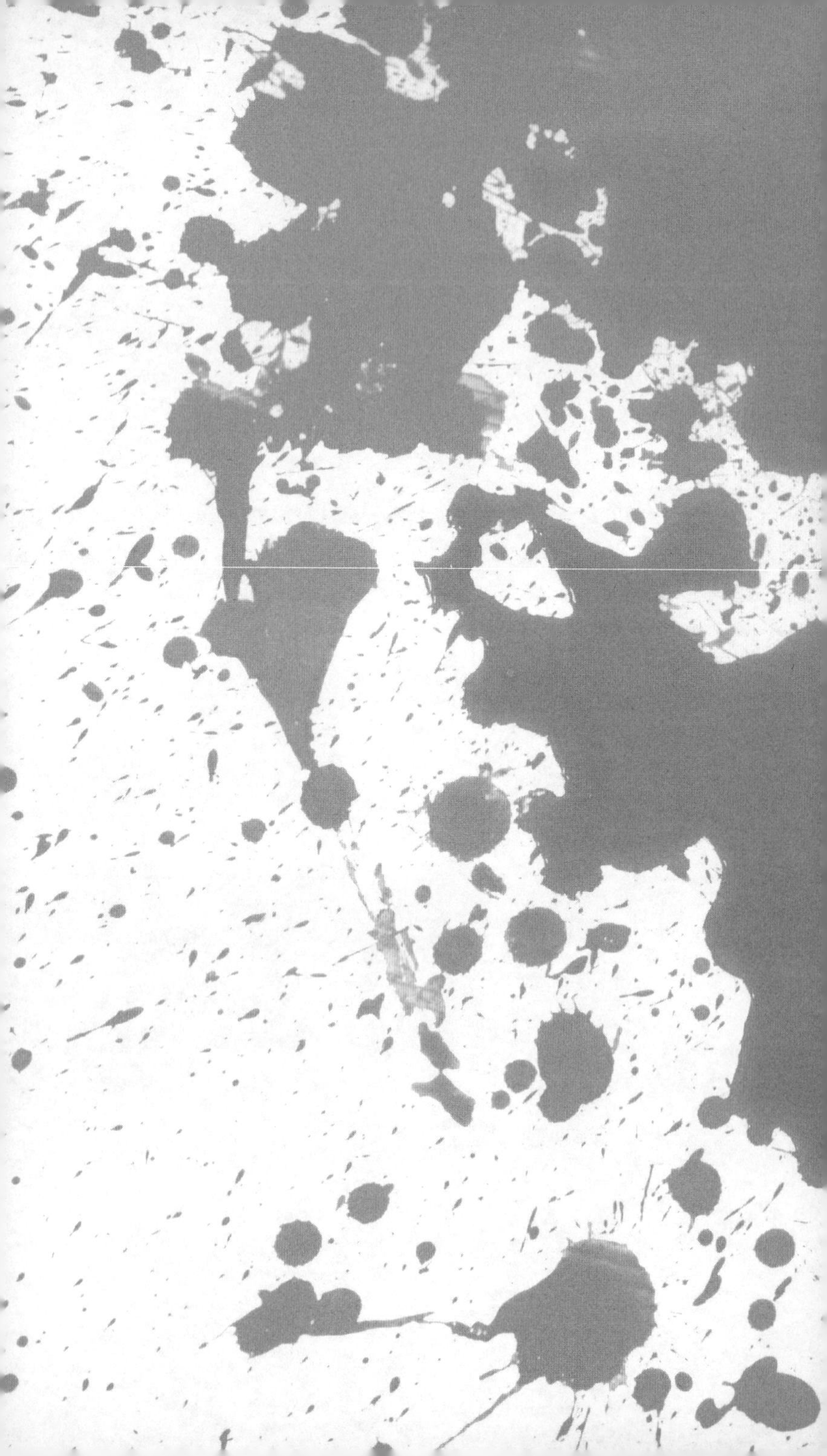

SANTUÁRIO: Zona de Segurança de Alexandria
SOBREVIVENTES PERDIDOS: Carter, Nicholas, Jessie, Ron, Sam, Deanna Monroe, Denise, Eastman
ANTAGONISTAS ANIQUILADOS: Os Lobos; muitos, muitos "Negans". Mas não o Negan.
ERRANTES DE DESTAQUE: Deanna Monroe
MANADA ZUMBI: Manada da pedreira

Rick e Morgan descobrem uma grande pedreira, a alguns quilômetros da cidade, tomada por centenas de errantes. Quanto mais deles caem lá dentro, mais barulho fazem e outros mais são atraídos. É como um ímã de mortos-vivos e o motivo pelo qual Alexandria tem ficado relativamente livre dos zumbis. Mas aquilo não vai durar. As estradas que saem da pedreira são bloqueadas por caminhões, mas elas estão se desfazendo. Os errantes vão acabar saindo de lá e, provavelmente, vão encontrar Alexandria. O plano de Rick é levá-los de lá em marcha para bem longe, a trinta quilômetros da cidadezinha. No início, dá certo. Daryl, de moto, mais Abraham e Sasha, de carro, conduzem os desmortos pela estrada. Os outros servem de vaqueiros, que não deixam errantes se desgarrar da manada. Aí acontece algo inesperado. Ao longe, da direção de

Alexandria, soa uma sirene. Os errantes são atraídos pelo som, estão em número grande demais para a pequena tropa de caubóis lidar, e começam a se arrastar em direção a Alexandria. O plano vai fracassar.

Pouco antes, em Alexandria, tudo estava calmo. Carol prepara uma comida no forno enquanto observa a Sra. Neudermeyer em frente à sua casa, fumando. De repente, um homem vem correndo e rasga a Sra. Neudermeyer com um machete. Sem aviso algum, Alexandria está sob o ataque dos Lobos, a tropa homicida que tem uma filosofia perturbada sobre o novo mundo. Eles atravessam a cidade armados de facas e machetes, talhando quem encontrar pela frente. A maior parte da força de combate de Alexandria está fora, com Rick. Carol, Morgan, Maggie, Carl e alguns outros armam a defesa. Mas Carol é a mais durona, que no mesmo momento sabe exatamente como entrar em ação. Um dos oponentes vem com tudo contra o portão da cidade, de caminhão. Spencer Monroe, na torre de guarda, atira nele antes de chegar. Ele bate no muro, o que dispara a sirene e atrai a manada da pedreira. Agora tudo virou bagunça. Os Lobos estão decididos a matar cada um na cidade. Carol mata um deles e se disfarça de Loba. Ela surge e some sorrateira, matando-os tão impiedosamente quanto eles matam. Morgan, enquanto isso, defende-se com seu cajado, mas não ataca. Os dois acabam afugentando os invasores.

Na mata, Rick e equipe estão tentando criar novas distrações para os errantes que se dispersaram do grupo principal. Em uma cidade próxima, eles entram em desespero tentando chegar a uma ideia, sem sucesso. São mortos-vivos demais. Glenn e Nicholas querem botar fogo em um depósito de ração, mas descobrem que ele já foi incendiado. Eles estão na rua, cercados pelos mortos. Já se ouve sons de tiros em Alexandria. Eles correm para um beco e deparam-se com uma cerca. Estão encurralados. Há dezenas de errantes em fila, atrás deles. Eles escalam uma lixeira, mas é praticamente inútil. Nicholas se dá um tiro na cabeça e, ao cair, derruba Glenn consigo. Os errantes comem o corpo de Nicholas, enquanto Glenn dá um jeito de se arrastar para baixo da lixeira sem que errante algum perceba.

Rick volta a Alexandria à frente da manada, mas por um triz. Eles estão encurralados. Há centenas de mortos-vivos do outro lado dos muros. Mais à frente dali, Daryl, Sasha e Abraham conduzem os zumbis para longe e aí têm seus problemas para voltar. Em certo ponto, Daryl depara-se com três estranhos: Dwight, Sherry e Tina, todos fugindo dos Salvadores. Eles assaltam Daryl, que depois reencontra Sasha e Abraham. Na volta a Alexandria, eles terão o primeiro encontro com o grupo liderado pelo homem chamado Negan.

Dentro dos muros, a situação parece sinistra. Os alexandrinos nunca encararam nada desse tipo, e muitos perdem a esperança. Eles ficam ainda mais desencorajados quando os errantes derrubam um muro, a única defesa da cidade. Eles entram às pilhas, os mais mortais dos viajantes. Todo mundo é obrigado a correr e a se esconder. Agora as pessoas estão presas dentro de casa. Deanna se envolve em uma luta e é mordida por um errante. Rick a leva à casa de Jessie, onde há outras pessoas. Rick quer levar Carl, Judith, Michonne, Gabriel, Jessie, Ron e Sam para fora usando lençóis cobertos de tripas de zumbi. Deanna não tem como correr com eles. Ela manda-os embora e fica aguardando o inevitável. Quando errantes entram na casa, ela decide partir literalmente em última glória, abrindo fogo e gritando loucamente. Se você pensar bem, é um belo jeito de ir dessa para a melhor.

Rick manda Gabriel ficar com Judith e leva os demais para fora. De início, o plano tem sucesso. Todos conseguem sair e andam em silêncio entre os mortos-vivos. O problema começa, porém, quando o garoto Sam perde as estribeiras. O barulho atrai os mortos, que o atacam. Jessie também perde a cabeça e é atacada. Ron perde a cabeça e dá um tiro em Rick, erra e atinge Carl no olho. Rick corre com o filho para a enfermaria, e, então, sai novamente para dizimar a manada por conta própria. Ele logo é acompanhado por Michonne e, depois, por todos os outros.

A cidade inteira reencontra sua força, une-se e afugenta a manada em uma batalha épica.

Meses depois, a cidade está sendo reconstruída e reabastecida. Carl está melhor. A vida está voltando ao normal. Rick e Daryl vão fazer uma busca de suprimentos. Enquanto estão na busca, deparam-se com um recém-chegado incômodo. Ele os assalta, mas depois eles o perseguem e o capturam, sem matá-lo. Acontece que este estranho, chamado Paul Rovia ou "Jesus", vem de outra comunidade, chamada Hilltop. Levado até Alexandria, ele explica tudo aos citadinos e diz que também estava procurando suprimentos e parceiros de comércio. Um grupo curioso vai com ele até Hilltop. É uma comunidade pujante com muros altos, abrigos do FEMA e, no centro, uma grande construção *antebellum*, a Mansão Barrington. Quem manda ali é Gregory, um homem que não tem nada de corajoso e muito de vaidoso. Ele está mais do que disposto a fazer um acordo para se salvar, e é basicamente o que fez com os Salvadores. Mas o acordo é tênue e a situação está cada vez pior. Rick e equipe aceitam matar os Salvadores em troca de suprimentos. Eles encontram um posto avançado e matam todo mundo lá dentro, mais de vinte pessoas. O que eles não sabem, contudo, é que não mataram Negan, muito menos o grupo inteiro. Eles só deram conta de uma base dos Salvadores. Logo eles ficarão cara a cara com toda a potência do que resolveram encarar.

Daryl, Denise e Rosita partem em busca de medicamentos. Abraham e Eugene encontram um lugar que Eugene acha que pode ser oficina para fabricação de balas de revólver. Carol deixa a cidade, atormentada com tanto morticínio. O primeiro grupo encontra tragicamente Dwight e um contingente de Salvadores. Denise é morta por um dardo da besta de Daryl, disparado por Dwight. Daryl e Rosita afugentam os Salvadores com a ajuda de Eugene e Abraham, e voltam para a cidade. Daryl volta para encontrar Dwight, com vingança em mente. Glenn, Michonne e Rosita seguem-no, esperando trazê-lo de volta. Todos serão capturados pelos Salvadores. Carol também vai dar de cara com os Salvadores, os quais ela consegue dizimar. Rick e Morgan saem à procura de Carol, mas Rick dá meia volta e Morgan segue em frente. De volta a Alexandria, Maggie está tendo complicações devido à gravidez, e toma-se a decisão de levá-la a Hilltop, onde há um médico, instalações hospitalares e medicamentos de verdade.

Eles encontram várias estradas bloqueadas pelos Salvadores. O grupo está brincando com o clã Grimes, fazendo-os mudar de rota, aterrorizando-os. Eles tentam dispersar, criando sua própria distração. Eugene parte no caminhão e o resto tenta literalmente carregar Maggie até Hilltop. Não dá certo. É noite, e todos – Rick, Michonne, Carl, Abraham, Sasha, Eugene, Aaron, Daryl, Rosita, Maggie e Glenn – são capturados pelos Salvadores, que os levam até uma clareira na floresta. Há dezenas de Salvadores, quem sabe, uma centena. O grupo é muito, muito mais poderoso, melhor equipado e capaz do que Rick e os outros haviam percebido. Então surge o líder: Negan. Ele é o rei do apocalipse. Ele se pavoneia, se vangloria na volta deles, carregando seu taco de beisebol envolto com arame farpado. "Daqui a pouco essa vai ser a cidade da calça mijada", ele diz, sorrindo. Negan está quase sempre sorrindo. Ele equilibra o teatro com brutalidade e claramente curte a dor que distribui por aí. Negan explica que alguém do clã vai ter que morrer de castigo pelo ataque ao posto avançado. Depois, eles vão ficar a seu serviço, nos mesmos termos de todos seus associados: metade de tudo fica com ele (e é ele que decide o que é metade). Ele faz um jogo de "Uni, duni, tê" para escolher o sacrifício. Ele desce o taco em uma cabeça – não vemos de quem. "Toma que nem campeão!", Negan exulta de triunfo, com mais golpes.

A tela escurece.

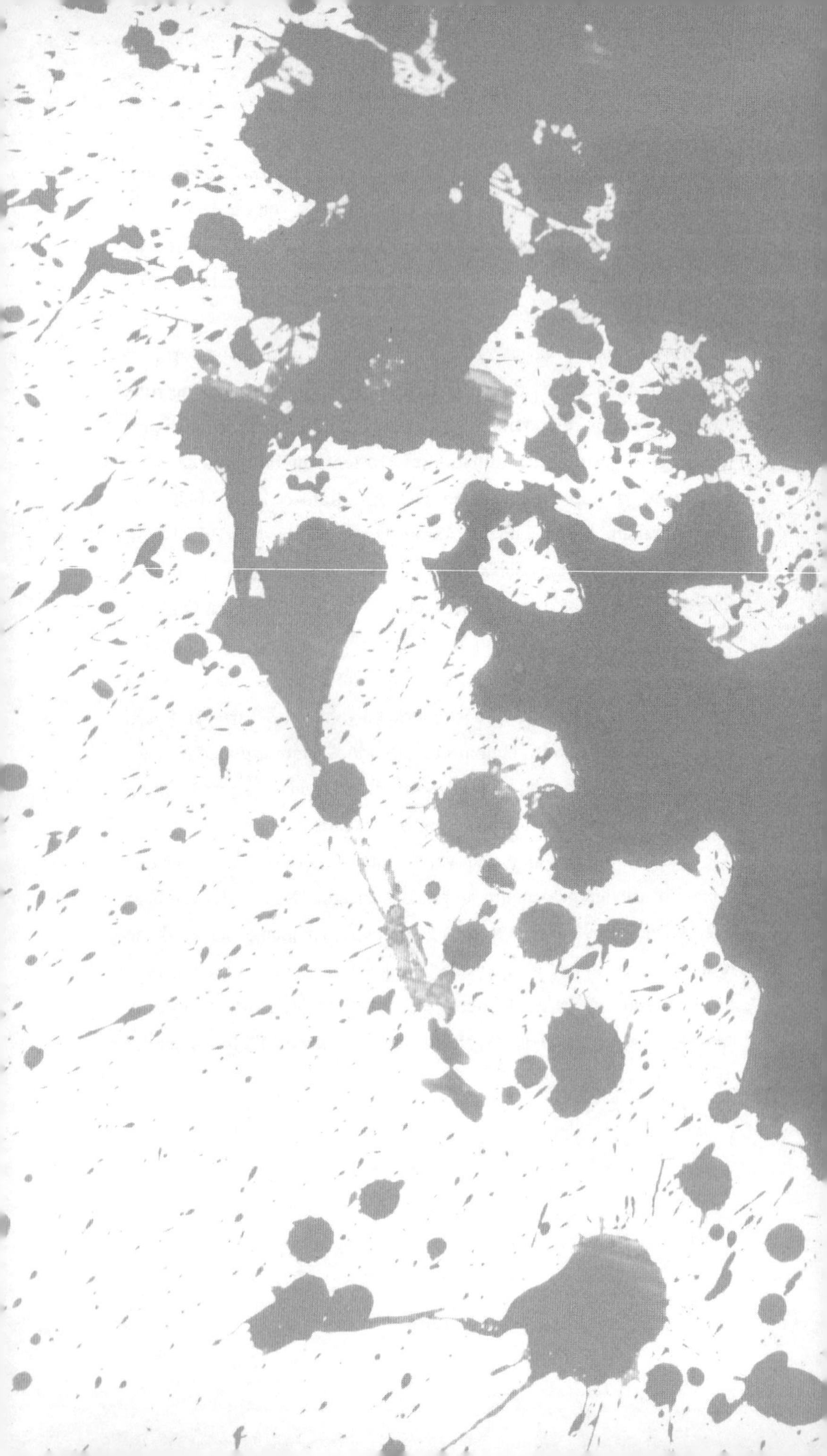

CAPÍTULO 11
DISSECANDO

"TENHO QUE IR. BOA SORTE, BABACA."
– **GLENN RHEE**
(TEMPORADA 6, EPISÓDIO 3, "OBRIGADO")

No episódio da sexta temporada citado acima, Glenn Rhee está no alto de uma lixeira no fundo de um beco, sem opção de fuga fora o caminho por onde entrou. A rota está bloqueada por dezenas, quem sabe, uma centena de mortos-vivos. Ele não tem mais balas. Seu único acompanhante é Nicholas, um homem que já tentou matá-lo, um homem que mal conseguiu sobreviver ao mundo do pós-apocalipse zumbi, e o homem que neste exato momento desistiu de qualquer chance de viver um minuto a mais que seja.

Uma série de acontecimentos infelizes e imprevisíveis levou Glenn até aquela lixeira. Os Lobos atacaram Alexandria na mesma hora que os errantes estavam sendo conduzidos da pedreira. O plano de Rick vai para a cucuia e Glenn está tentando redirecionar os errantes para que fiquem longe de casa. Ele e Nicholas estão em outra cidade, procurando uma maneira de fazer isso, quando se veem encurralados em um beco.

Glenn sobreviveu bastante tempo só com neurônios e determinação. Está tentando empregar as duas qualidades. Nicholas, contudo, sabe que está tudo acabado e o que vai ser deles. Diferente de Glenn, ele ainda tem uma bala na pistola. "Obrigado", ele diz a Glenn. Ele põe a arma na têmpora e puxa o gatilho. O sangue se espalha pelo rosto de Glenn, em choque. O corpo frouxo de Nicholas cai sobre Glenn e os dois desabam ao chão, imediatamente engolidos por dezenas de zumbis ávidos por carne humana. (Se você assistir a esta cena várias vezes, como eu infelizmente fiz, vai perceber que há uns zumbis sensacionais no meio do tropel, maquiagens estupendas; olhe bem de perto e você vai ver o diretor Greg Nicotero todo vestido de zumbi. Ele dirigiu a cena de dentro da manada.)

Esta cena no beco foi o *crescendo* do episódio. Esqueça só por um segundo que você sabe o que vem depois, como Glenn sai vivo e pense só na ação nesta cena: Glenn está no chão, cercado por uma dúzia de errantes. Tem mais dúzias atrás deles. Eles caem sobre Glenn e Nicholas e entram em fúria canibal. Literalmente não há espaço entre ele e os desmortos. E mesmo assim...

Sei que as pessoas ficaram desapontadas quando acharam que Glenn havia morrido e, quatro episódios depois, eufóricas quando ele apareceu vivo. Elas não estavam nem aí para a lógica narrativa nem para mais nada. Só queriam Glenn de volta. Mas o único jeito de chegar a esse nível de envolvimento é quando o risco é real. Ou seja: pessoas têm que morrer. É uma coisa de que *The Walking Dead* entende. Os personagens estão todo tempo em perigo e, às vezes, a coisa fica sinistra. Na maior parte das vezes, eles encontram uma saída. A fuga de Glenn do beco não foi crível, porém, e fez o risco parecer menos real.

Veja só: todo mundo aqui sabe que é um programa de TV, baseado em outra mídia ficcional – o gibi –, então temos a suspensão proposital de descrença que nos permite deixar de lado várias coisas que estragariam a ilusão. Para começar: zumbis não são de verdade. Mas vai além disso. Há outras questões que nos dispomos a desconsiderar. Alguns exemplos:

GRAMA. Já vi os implicantes falarem dessa várias vezes. É de se pensar que, se a maior parte da humanidade foi dizimada pela epidemia zumbi, não sobraria ninguém para cortar a grama. Mas a grama na prisão está cortada, assim como a grama nas cidades vazias. A equipe de produção do seriado faz um serviço tremendo de criar a ilusão de um mundo apocalíptico, mas é difícil encontrar locações onde faz anos que ninguém corta a grama.

GASOLINA. Se você já deixou gasolina no tanque do cortador de grama no inverno, sabe que na primavera ela virou uma gosma inútil. Isso acontece porque a gasolina, um produto refinado do petróleo cru, dura só uns meses. Então, se você está vivendo em uma sociedade pós-colapso onde ninguém mais refina gasolina, seu carro não vai sair do lugar. Em outras palavras, nenhum dos carros que você vê em *The Walking Dead* deveria funcionar.

FACADAS NO CRÂNIO. Sempre me perguntei sobre essa. É muito, muito mais difícil do que você imagina fazer uma faca atravessar um crânio (não que eu tenha tentado alguma vez). Se não mirar nos olhos nem nos ouvidos, provavelmente você não vai conseguir. Mas, em *The Walking Dead*, vemos praticamente todo mundo, diversas vezes, desmiolando zumbis de um jeito que parece fácil. Consultei alguns peritos em armas. No geral, você precisa de uma faca específica – das grandes, tipo uma *seax* saxônica do período medieval ou a faca Bowie moderna –, bastante força e bastante treino. Sem isso, é mais provável que a lâmina rebata no crânio do que penetre (nem osso de zumbi se decompõe tão rápido). "Enquanto uma coisa do tamanho de uma *seax* ou maior pode esmagar ou atravessar um crânio", disse o perito em armamento Marc MacYoung, "o normal seria você ouvir um 'dink, dink' seguido dos gritos da pessoa sendo devorada viva pelo zumbi".

Todo seriado e filme tem esse tipo de coisa. Como espectadores, nos dispomos a deixar passar, desde que a história que se conta seja boa a ponto de fazer a gente esquecer. Só os chatos levam isso a sério. Mas ao pensar a sobrevivência absolutamente improvável de Glenn, o *showrunner* Scott Gimple e seus roteiristas detonaram uma regra pétrea da narrativa: foram contra a lógica interna da sua própria história. Ao fazer isso, deixaram à mostra a mágica que há por trás de um programa de TV.

Glenn já havia conseguido sair de dificuldades sérias. Porém, encurralado no beco, ele não tinha saída. Estava caído no chão, cercado por dezenas de come-carne. Glenn estava morto; tinha que morrer. Subiram os créditos e imediatamente a internet entrou em choque. *The Walking Dead* sempre matou seus personagens, e não só os proverbiais "camisa vermelha".[11] Mas dessa vez foi diferente. Não só você não tinha como prever – nem os fãs dos quadrinhos que conheciam o enredo –, mas parecia uma coisa definitiva. Não tinha como, *não tinha como* Glenn ter sobrevivido. Certo? Não, não tinha.

E aí...

Chris Hardwick, de cara seriíssima, apareceu logo a seguir para introduzir seu programa, *The Talking Dead,* e tentou apaziguar o público em relação ao que tinham acabado de assistir. Já havia virado uma piada recorrente do seriado que, quando um personagem morre, o ator vem ao *talk show* e se senta na ponta direita do sofá, ao lado de Hardwick. Mas Steven Yeun não estava no set. Não só Yeun não estava lá; ninguém do seriado foi. Os convidados eram a atriz e superfã de *The Walking Dead* Yvette Nicole Brown e o roteirista Damon Lindelof. Além disso, Hardwick leu uma declaração enigmática de Gimple, que sugeria, no mínimo, que a história de Glenn ainda não havia se encerrado.

---

11 Termo utilizado para atores em seriados de TV ou filmes que estão lá apenas para morrer. É uma referência aos oficiais de segurança da Enterprise no seriado original *Jornada nas Estrelas,* que usavam camisas vermelhas, enquanto os personagens principais usavam camisas amarelas. [N. do T.]

"Veremos Glenn de novo, de algum modo." E depois, para fechar com chave de ouro, Glenn não entrou no "in memoriam" do programa.

Ah. Ah, *sério?* As engrenagens começaram a girar. As pessoas começaram a sacar que tinha caroço nesse angu. Não tardou para os fãs voltarem ao episódio e começarem a analisar *frame* a *frame*. À primeira vista, parecia óbvio que Glenn estava sendo devorado vivo. À segunda, pelo menos para alguns, não. O burburinho começou a fervilhar no Twitter; vídeos de fãs começaram a brotar no YouTube. Prova A: Você não vê o corpo de *Glenn* ser destroçado. Você vê *um* corpo ser destroçado. O ângulo da câmera é baixo e inclinado. Só vemos jorros de sangue, intestinos sendo arrancados, mas não temos certeza de quem é o torso. Prova B: Se aqueles intestinos vêm do corpo de Glenn, dado o ângulo, eles teriam que vir do seu peito, e o peito não tem intestino (o fato de termos entrado em uma discussão a respeito do que é fisicamente possível em um seriado de TV fictício sobre o apocalipse zumbi demonstra a que ponto chegou essa coisa toda). Prova C: Parece haver um lapso físico entre onde estão a cabeça e o pescoço de Glenn e a cavidade corporal de onde essas tripas saem. Elas estão muito altas, muito longe do pescoço dele, que dá para ver. Glenn, disseram os obsessivos, não tinha morrido.

Pfft, disse este obsessivo aqui. *Esse cara morreu.*

Eu estava tão convencido de que Glenn havia morrido que escrevi um post à parte sobre isso no dia seguinte – em retrospecto, um post bem arrogante – explicando todos os motivos pelos quais eu achava que se somavam e provavam que ele estava morto. Agora é óbvio que eu estava redondamente enganado. Claro que eu reassisti à cena. Dezenas de vezes. Mas me parece inconcebível que Glenn houvesse sobrevivido. "Não tem como ser verdade", escrevi, muito sério. Glenn devia ter morrido ali? Claro que devia! Ele estava caído no chão, cercado de zumbis. Pelo comportamento que conhecemos dessas criaturas depois de seis temporadas, é impossível crer que nem mesmo uma veja Glenn e não o ataque. Nem mesmo uma!

Quatro episódios depois, em "Alerta", a trama volta ao beco e todos vemos como ele deu jeito de sair vivo. Glenn consegue rastejar sob o corpo de Nicholas, arrasta-se até a lixeira e então se espreme *debaixo* da lixeira, tudo isso sem ser notado por nenhuma das dúzias de zumbis que estão literalmente a centímetros do seu corpo. Ao assistir àquilo, eu me sinto Annie Wilkes em *Louca Obsessão,* reclamando dos ganchos nas cinesséries a que ela assistia quando criança. "Ele não saiu da porcaria do carro!", ela grita. Glenn não saiu da porcaria do beco. A que velocidade ele poderia ter arrastado o corpo inteiro para baixo da lixeira? Teria como ele ir tão rápido a ponto de nenhum dos mortos-vivos devoradores de carne humana terem notado o movimento de um corpo de sangue quente? Glenn é magrinho, mas seria realista achar que ele conseguiria espremer o corpo para baixo dessa lixeira sem, pelo menos, deixar uma parte de si exposta tempo o bastante para atrair uns morde-mordes? Passei muito tempo no Google procurando fotos de lixeiras daquele tamanho, e não acho que ia ser fácil se esgueirar para baixo de uma.

O problema de Glenn ter sobrevivido é que, para chegar lá, os roteiristas tiveram que descumprir as regras do universo ficcional que haviam passado cinco anos criando. "Se vão fazer que os errantes sejam perigosos", disse Adam Carlson, que lançou o website de fã Undead Daily três anos atrás, "você tem que dar uma certa consistência. Ou eles matam ou não matam".

Quando perguntei a Carlson sobre o incidente, ele só soltou um suspiro. "Ah, cara", ele disse. Ele não gostou da dúvida ter ficado quase um mês em suspenso e, além disso, questionou o motivo por trás daquilo. Nos quadrinhos, a morte de Glenn nas mãos de Negan é um momento tão icônico que até gente que não lia (como eu) sabia que ia acontecer. Então o que, perguntou Carl, esse gancho pendente no beco queria provar? "Qual foi o sentido dessa enganação?", ele disse. "Eles só tinham que armar a cena, deixá-lo com a Maggie, cuidar dela, falar do bebê. Seria uma preparação bem melhor."

Tenha em mente que tanto Carlson quanto eu somos fãs do seriado. O que é duplamente frustrante com esse negócio do Glenn no beco, pelo menos para mim, é que ele estraga o que podia ter sido a melhor trama que o seriado já fechou em três episódios. Esses três, "Pela Primeira Vez, de Novo", "JSS" e "Obrigado" – roteirizados, respectivamente, por Gimple e Matthew Negrete, Seth Hoffman e Angela Kang, e dirigidos por Nicotero, Jennifer Lynch e Michael Slovis –, têm uma narrativa fenomenal. Em certos momentos, os fatos parecem ocorrer em tempo real. Não se fica pulando entre as histórias, não há planos abertos para mostrar o tempo passando. O ataque dos Lobos acontece logo após Carol botar sua comida no forno, marcar o timer para quarenta e cinco minutos, e termina antes do timer apitar; o desespero de Glenn tentando domar os errantes acontece na mesma tarde. Depois de três horas e meia de telinha nos primeiros três episódios, pouco mais do que isso havia passado na cronologia do programa. Quando Glenn fica preso no beco, a sensação de nervosismo e apreensão é palpável. Do incidente com os errantes na pedreira até o ataque dos Lobos, até o terrível desfecho, é uma trama que trata de ir contra tudo que é provável, de erros imprevisíveis, calamidades imprevistas, e de morte. É tudo de que trata *The Walking Dead*. É brilhante, é envolvente e você é arrastado aos esperneios até o beco com Glenn e Nicholas. Eu amei ver aonde esses três episódios me levaram, mesmo quando Glenn e Nicholas despencaram da lixeira para a morte quase certa. Estes episódios foram exemplo de como a sorte está contra os sobreviventes. Ao fazer Glenn morrer – e não só um bando de pessoas que a gente não conhece – o seriado teria *reforçado,* e não acabado com as regras.

Conta-se uma história, possivelmente enfeitada, sobre um dos primeiros filmes exibidos em público. É um filme que dura um minuto, *L'Arrivée d'un train en gare de La Ciotat,* feito por dois irmãos, Auguste e Louis Lumière, exibido em Paris em 1895. É o plano fixo de um trem chegando na estação, vindo na direção da câmera, e gente saindo do trem. Simples, né? Vá assistir a isso no YouTube. Ele não diz nada a nós, espectadores contemporâneos. Bom, conta a história que os parisienses, como nunca tinham visto um filme desses, achavam que o trem estava vindo mesmo teatro adentro e piraram. Isso que é truque de mágica! Já ouvi contarem a mesma história sobre o final de *O Grande Roubo do Trem*, o filme de 1903 que termina com o ladrão disparando a arma contra a câmera. As pessoas sabiam que o trem não era de verdade? Sabiam que o ladrão não era de verdade? É claro. E se assustaram mesmo assim? Provavelmente.

Vou contar outra história. Alguns anos atrás, o Radio City Music Hall fez um festival de cinema sensacional, no qual você podia assistir a todos filmes clássicos em uma das maiores salas de cinema do país. Fui assistir a *Tubarão*, assim como a vários outros filmes. Bom, eu já assisti a *Tubarão* umas cem vezes, mas nunca no cinema. Quando ele estreou, minha mãe assistiu ao filme no cinema e voltou tão apavorada, como todo mundo, que não queria me soltar. Eu só tinha visto na televisão. Há uma cena em que o Chefe Brody de Roy Scheider está jogando a rede, e você vê como ele é grande. Eu já tinha visto aquela cena cem vezes; sabia exatamente o que ia acontecer, a cada momento; sabia até o ângulo do cigarro caindo da boca de Brody. Eu sabia *exatamente o que esperar*. Quando aquele tubarão saiu da água em uma tela de vinte por nove, aquelas mandíbulas imensas, aqueles dentes afiados como agulha, aqueles olhos de boneca, sabe o que eu fiz?

Eu pulei da minha poltrona. Juro por Deus que eu fui para trás. Eu não conseguia acreditar em mim mesmo. *Isso* que é mágica. E o tubarão naquele filme é, para minha vergonha, nada realista. Mas a história é tão boa que você é absolutamente fisgado (sem trocadilhos). Olha, eu digo o seguinte: tudo isso é muito complexo, é uma dramaturgia complicada, e quando é bem feito, é uma coisa maravilhosa. *The Walking Dead* faz isso muito bem toda semana, o que o torna tão especial: mas tudo, cada *frame*, é uma ilusão e, ao ampliar qualquer aspecto, você se arrisca a destruir toda a ilusão.

CAPÍTULO 12
GUERRA E PASMEM

"UM DIA AQUI VAI EXISTIR UM GOVERNO"
– DEP. DEANNA MONROE
(TEMPORADA 5, EPISÓDIO 13, "ESQUECER")

Dada a temática de *The Walking Dead*, o fim do mundo, sobrevivência e tudo mais, as pessoas sempre tentam discernir qual é a mensagem política do seriado. Almocei com um amigo pouco antes de terminar esse manuscrito e ele defendeu, com toda ênfase possível, mas sem me convencer por completo, que *The Walking Dead* é um seriado com tendências de esquerda. Em seu ponto de vista, há muita tergiversação dos personagens sobre o uso de poder e de força bruta. *Game of Thrones*, disse ele, em que o sentido todo está em conseguir poder total, é um seriado mais conservador. Paradoxalmente, um estudo de 2016 descobriu que *The Walking Dead* foi considerado o segundo melhor seriado em um levantamento entre Republicanos, mas só o sexto entre Democratas.[12] O seriado preferido dos Democratas? *Game of Thrones*. Os próprios políticos parecem ter noção de que é assim. Jared Kushner, o genro de Donald Trump, disse à revista *Forbes* que os números da campanha de Trump ditaram que os fãs de *The Walking Dead* deviam ser os mais preocupados com imigrantes. Por isso eles compraram espaço publicitário durante a temporada do outono de 2016 do seriado, supondo que era ali que iam atingir seus eleitores.

No *Vulture*, Sean T. Collins atacou o seriado basicamente por ser uma apologia ao fascismo. "Faz anos que tanto *TWD* quanto seu derivado, *Fear the Walking Dead*, têm retratado a sobrevivência no pós-apocalipse como triunfo da vontade", ele escreveu, soltando uma referência ao infame filme propagandístico nazista *O Triunfo da Vontade*. Na *National Review*, David French desancou a esquerda que gosta do seriado. Na cabeça deles, neste seriado, os personagens "vivem pelo conservadorismo, morrem pela política progressista, e você só larga sua Smith & Wesson quando alguém arrancar da sua mão zumbi fria e podre".

Da minha parte, não penso que *The Walking Dead* tenha uma tendência política, pelo menos não que se encaixe fácil nas categorias esquerda ou direita. *Jornadas nas Estrelas* era um seriado com uma perspectiva política consciente, retratando um futuro no qual a política progressista clássica se tornou dominante no mando de classe e de política (até no espaço). *The Walking Dead* não faz nada isso. O que o seriado faz, contudo, é retratar todos os elementos que entram na composição da política, começando pelo nível mais baixo possível: a sobrevivência de cada indivíduo. O que o torna tão fascinante para gente da ciência política e para quem se interessa por política é que ele mostra o processo inteiro de construção de sociedades e de governos, começando pelo "estado natural" do homem segundo Thomas Hobbes e sobe até a

---

12 O Partido Republicano e o Partido Democrata representam, respectivamente, as tendências majoritárias de direita e de esquerda no cenário político dos EUA. [N. do T.]

Hierarquia das Necessidades de Maslow. Ele não defende uma posição política – ele mostra como a política começa a existir.

A hierarquia de Maslow é pensada para explicar as motivações humanas no mundo civilizado, mas pode ser facilmente adaptada para explicar motivação no mundo não civilizado. A hierarquia é normalmente ilustrada como uma pirâmide. Na base ficam as necessidades físicas, como comida e água. Acima fica a segurança. A seguir fica a "pertença", forjar relacionamentos e redes de amizade. A seguir vem a autoestima e, acima, no topo da pirâmide, a autorrealização. Nas sete primeiras temporadas de *The Walking Dead*, poucos passaram do terceiro nível.

Em vários pontos do seriado, conseguimos ver vários dos personagens por conta própria. Quando conhecemos Rick Grimes, ele está lá embaixo na pirâmide, sozinho em um mundo despedaçado. Morgan Jones estava protegendo esposa e filho. Depois, só o filho. Depois, só a si. Bob Stookey ficou quicando de grupo em grupo e assistiu a todos darem errado. Depois disso ele ficou vagando, sozinho, construindo pequenos espaços de segurança onde podia se embebedar sem preocupação. Abraham Ford também tentou proteger a família, fracassou, e estava prestes a desistir de tudo quando se deparou com um sobrevivente patético que precisava de sua ajuda: Eugene Porter. O Padre Gabriel se salvou trancando-se na sua igreja, condenando todos os paroquianos à morte do lado de fora. Quando o conhecemos, ele é uma figurinha nervosa que mal consegue afugentar errantes. Tara está entocada com irmã, sobrinho e pai. Aos poucos ela também fica sozinha no mundo. Toda essa gente singular, perdida, vai cruzar o caminho um do outro. Ao longo de sete temporadas, assistimos a este grupo buscar segurança, confiança e construir estes laços de amor e amizade que serão o rejunte da comunidade.

"Você disse que vocês eram uma família", Deanna Monroe diz a Rick quando eles se conhecem (temporada 5, episódio 12, "Lembrar"). "Foi o que você disse. Para mim é incrível que pessoas de vidas tão distintas, que não tinham nada em comum, possam se tornar isto." É interessante que Deanna reconheça Rick como alguém que consegue se conectar com os outros, pois ela sabe que é o ingrediente necessário para construir uma sociedade duradoura e estável. O clã Grimes tem os ingredientes-chave que todo grupo precisa para sobreviver neste mundo: um líder decidido, seguidores aptos e estes laços. Alexandria não tem o que eles têm, mas Alexandria tem outra coisa de valor: muros e segurança. A fusão não vai ser perfeita, mas um grupo precisa do outro.

A noção de família que o clã Grimes tem talvez seja o elemento mais importante na reconstrução do mundo. "Para Rick Grimes, a fé que ele deposita na família, nos amigos e na função de líder e protetor do grupo é seu 'Deus'", escreveram os professores Erika Engstrom e Joseph Valenzano, os quais citei anteriormente quando estávamos falando de religião. No seriado, a fé na religião e nessas instituições antigas praticamente se foi, já que as instituições em si se foram. Se a sociedade vai ser revivida, é preciso construir novas instituições, e o primeiro tijolo é o laço entre os indivíduos. Sem ele, cada um ficaria nessa espécie de "estado natural" descrito por Thomas Hobbes em sua obra-mestra, *O Leviatã*. Hobbes defende que o estado natural do homem, tal como no estado sem a coleira de um governo central, é aquele em que todo homem está em guerra com todos os outros homens. Não há aplicação nem confiança, não há empenho artístico, apenas "o constante temor e perigo de morte violenta, e a vida do homem é solitária, pobre, sórdida, embrutecida e curta", escreve o filósofo. O Leviatã do título é a defesa da ideia do governo central como aquilo que pode impedir o homem de viver nas condições descritas acima. Conforme o argumento de Hobbes, as pessoas entram em um contrato social e abrem mão de parte de suas liberdades pessoais em troca da segurança e permanência que vá libertá-las do terror desta vida bestial, na selva.

A troca da liberdade por segurança pessoal é retratada com vivacidade em *The Walking Dead*. Quando os conhecemos, o grupo de Rick não passa de um clã nômade no último degrau da sociedade. Nesse momento, não há nem gente suficiente para formar qualquer tipo de contrato social. Eles estão em estado pré-político, em que a unidade "família" é o único laço social. Não que seja uma coisa inútil. Lembre-se de onde começamos, com Deanna Monroe impressionada pelos laços de amor e de fidelidade que a pequena tropa de sobreviventes forjou. As pessoas dentro do grupo de Rick farão de tudo um pelo outro, incluindo um morrer pelo outro. É um rejunte poderoso para manter o grupo unido. Mas no mundo dos mortos que andam, você só vai até ali. "Gente é a melhor defesa contra errantes, ou contra gente", Rick diz à pobre e condenada Clara, a mulher que encontra na floresta perto da prisão (temporada 4, episódio 1, "30 Dias sem Acidentes"). Ele acaba percebendo que números trazem segurança.

O clã Grimes tenta criar um lar seguro para si na prisão. Antes de o Governador aparecer com um tanque, um exército e acabar com tudo, a prisão está a caminho de tornar-se um posto viável e seguro para sobreviventes. Há um órgão governante nascente no conselho de governo; eles conseguem plantar lavoura, criar gado e até se apaixonar e chegar aos níveis mais elevados da hierarquia de Maslow (é um mistério constante por que Carol e Daryl nunca ficam juntos, mas isso é outra história). O ataque à prisão e sua destruição arrasam com tudo, fazem todos se dispersar e voltar ao primeiro passo (temporada 4, episódio 8, "Longe Demais"). Anos de empenho vão para o inferno por causa de um lunático.

Do nosso ponto de vista, aquele episódio é de interesse especial. É o quadragésimo terceiro na conta total, mas, sendo o "final de meia temporada" da temporada 4, também é o ponto médio do seriado ao longo das sete primeiras temporadas, marcando claramente um ponto médio na trama. Se pensarmos dessa forma, a primeira metade teve a ver com forjar o clã Grimes. A segunda metade trata de perceber que talvez seja possível reconstruir a sociedade civil e tentar de fato chegar lá. Cada metade tem um antagonista principal: o Governador na primeira, Negan na segunda.

Na segunda metade, o clã Grimes vira parte de Alexandria, uma comunidade com muros fora da capital, comandada por uma ex-deputada, Deanna Monroe (do décimo quinto distrito de Ohio, ela diz, embora nunca especifique de qual partido). Alexandria é uma espécie de Peyton Place do mundo pós-apocalipse zumbi. Era um condomínio fechado antes da Virada, com energia solar, casas grandes, um lago artificial, gazebos, tudo de primeira. Depois que o clã se acomoda – e esse já é um processo por si só – passamos a ser apresentados a outras colônias e seus estilos de governança. Aqui vai um breve resumo.

HILLTOP. *Tipo de governo: autoridade central fraca.* Hilltop aparece pela primeira vez na temporada 6. Mais um complexo murado, Hilltop é uma comunidade pequena, mas estável, com um governo central fraco, na forma de Gregory (Xander Berkeley), homem que vive calculando as chances que tem e que parece ter caído de paraquedas na função. Mas Hilltop tem muitas vantagens. Ela fica no alto de um morro (boa visão dos arredores) e tem muros de madeira grossa. Boa parte das moradias consiste em antigos abrigos da FEMA, e bem no meio do local há uma antiga e robusta mansão *antebellum*, a Barrington House (quando Hilltop apareceu pela primeira vez no seriado, a Barrington House me pareceu tão real que perguntei à AMC onde acharam aquela mansão para as filmagens. Ela não é real; é cenário).

O REINO. *Tipo de governo: monarquia.* O Reino é introduzido na temporada 7. É uma comunidade que parece ser pujante, construída no terreno de um velho campus universitário. É bem armada, protegida, tem lavoura e comida de sobra. É o lugar onde as pessoas podem alcançar as necessidades mais elevadas na hierarquia de Maslow. No Reino, as pessoas tocam música e leem livros. Tudo isso é supervisionado pelo Rei

Ezekiel (Khary Payton), líder nos moldes do ideal platônico de rei-filósofo. É tudo encenação – Ezekiel era ator de teatro comunitário antes da Virada –, mas é uma encenação bem-feita. As pessoas acreditam em Ezekiel e acreditam no Reino.

OCEANSIDE. *Tipo de governo: coletivo.* Uma comunidade estritamente isolacionista e praticamente só de mulheres, coordenada como coletivo – embora tenha uma mulher de idade, Natania, de líder. Operando dentro de um antigo motel de beira de estrada, o Oceanside Cabin Motor Court, esta comunidade não tem muros fortes para se proteger, embora sejam todas bem armadas (onde elas conseguiram as armas, ainda não sabemos). O local aparentemente é bem isolado, de modo que elas ficam a salvo tanto de humanos quanto de errantes, mas elas têm uma regra geral de atirar à primeira vista em quem quer que encontrem. Só por segurança. As medidas extremas desta comunidade são resultado de sua experiência desastrosa com os Salvadores, que massacraram todos seus homens e meninos.

CATADORES. *Tipo de governo: tribal e bem estranho.* É assim que eu os chamo, pelo menos. Tem outros que chamam de Coletadores. Negan os chama de "gente suja do lixo". São um grupelho bizarro de acumuladores que Rick encontra quando está procurando Padre Gabriel. Eles moram em um imenso lixão, têm sua própria cadência de voz e idiossincrasias, e marcham e andam a partir de sinais mudos. Parece que eles têm uma líder, Jadis, e uma ética reinante, como Jadis explica: "Catamos. Não incomodamos." Em outras palavras, eles não se esforçam para adquirir coisas, eles só tomam o que puderem – seja tomar coisas ou aceitar acordos com outros grupos. Eles também não têm lealdade alguma, como Rick descobre de maneira árdua.

OS SALVADORES. *Tipo de governo: o pior possível.* Esses são os canalhas, os malignos, os vis, os assassinos, parte do estado totalitário mão-de-ferro comandado pelo satânico ditador Negan. Também são, ironicamente, o grupo mais organizado e exitoso de sobreviventes que conhecemos até agora. Eles têm uma estrutura de liderança armada e um sistema para partilhar a riqueza material do grupo, assim como um conjunto de regras que todo mundo entende. Se você olhar do ponto de vista, digamos, de Eugene Porter, funciona que é uma maravilha. A base de Negan, chamada Santuário, é um complexo fabril antigo e relativamente bem-protegido. As pessoas que moram neste complexo têm uma vida incrível de boa. Se não fosse gente opressora, terrível e assassina, seria o farol da humanidade.

O que parece mais importante é que o líder no pós-apocalipse zumbi seja *decisivo*. Mesmo em nosso mundo real, não esperamos que nossos líderes sejam perfeitos, principalmente diante do desastre (americanos têm exemplos a dar com o pau desse tipo de resultado). Sim, eleitores podem "despejar os vagabundos" se a economia vacilar, mas estudos demonstram que políticos que reagem de forma decisiva a desastres levam votos de recompensa – seja a decisão certa ou não, e mesmo que esses políticos não tenham feito o bastante para estarem preparados para esses desastres. Negan e o Governador são homicidas e suicidas, mas também são decididos. Negan pode estar tão disposto a jogar você no forno quanto a te servir espaguete, mas, na sua decisão, ele pode nos dar uma sensação de conforto – desde que você não o irrite.

Negan é um líder muito mais apto que o Governador, embora igualmente sanguinário. Não sabemos nada da sua vida pré-epidemia, mas parece que de política ele entende. Ele constrói um império baseado em um princípio simples: a metade. A metade de tudo que você tiver é dele. Em troca, você fica vivo. Funciona de um modo chocante. Negan atrai gente que tem muito medo de ficar sozinha ou que é tão louca quanto ele. Ele constrói um culto a Negan que reúne centenas e é o poder preeminente na grande região de Washington.

O mando dos Salvadores por meio da força bruta opõe-se à astúcia política. Um dos tenentes de Negan, Gavin (Jayson Warner Smith), resume perfeitamente a diferença (temporada 7, episódio 13, "Enterre-me Aqui"): "Ezekiel: não existem mais reis, presidentes nem primeiros-ministros, e aquilo tudo também era conto de fadas. Não me venha com essa porra de 'sua alteza.'" Na sua perspectiva, a política é uma ilusão, um construto mental que foi apagado pelo apocalipse.

Gavin, talvez com ironia, é um filósofo político perfeito para o pós-apocalipse zumbi. Ele entende muito bem o que faz. "Eu não entrei nessa para me estressar; muito pelo contrário." Você pode chamar de *realpolitik*. Gavin não parece concordar em nenhum aspecto com Negan. Aliás, ele se esforça para torcer as regras de Negan e manter a situação relativamente polida. Onde valeria um boa porrada, ele deixa Ezekiel e seus homens saírem só com uma repreensão. É só depois que Richard (Karl Makinen) força um confronto que o baba-ovo de Gavin, Jared (Joshua Mikel), consegue matar – e quando ele mata o garoto Benjamin (Logan Miller) em vez de Richard, Gavin fica furioso. Gavin age com resignação e fadiga total quanto às suas circunstâncias. Ele só tenta dar conta do possível para aguentar mais um dia.

Depois do final da sétima temporada ("O Primeiro Dia do Resto da Sua Vida"), mais de um daqueles seus amigos superentendidos questionou por que Rick teria confiado nos Catadores, o exército de lixeiros maluquetes. Em retrospecto, foi erro confiar no grupo, dado que eles se voltaram contra Rick quando Negan veio com um acordo melhor. Claro, foi uma decisão ruim. Ele foi contra uma das regras cardeais – ele se arriscou. Mas precisava se arriscar. Rick não tem medo de decidir, e esse é um dos motivos pelo qual as pessoas o seguem. Mas decidido não é a mesma coisa que certo. Rick já cometeu tantos erros que dariam um livro. No mundo de *The Walking Dead,* praticamente cada pessoa que assumiu papel de liderança de qualquer modo cometeu erros que custaram vidas. Às vezes muitas vidas. Aqui vai uma lista parcial das péssimas decisões de Rick:

* Confiou nos Catadores (temporada 7).
* Trouxe Randall para a fazenda Greene (temporada 2).
* Não matou Andrew, um dos detentos que o clã encontrou na prisão, e que queria matá-lo (temporada 3, episódio 2, "Doente"). Em vez disso, Rick só o expulsou de lá. Andrew voltou e, em retaliação, disparou o alarme da prisão, atiçando uma grande matilha de errantes. Isso resultou diretamente na morte de T-Dog; Lori, que entrou em trabalho de parto enquanto fugia, obrigou Maggie a fazer uma cesariana de emergência e, depois, a Carl lhe dar um tiro de misericórdia.
* Não atirou no Governador quando teve a chance perfeita (temporada 3, episódio 13, "Flecha na Porta"), durante a reunião dos dois. Se tivesse, a destruição subsequente da penitenciária não teria acontecido. As duas decisões acima acabam sendo mais pesadas para Carl, que em certo ponto passa a odiar o pai.
* Mandou Carol embora da prisão sem consultar os outros (temporada 4, episódio 4, "Indiferença"). Ela estaria errada em matar a sangue-frio duas pessoas, com a defesa de que estava tentando conter um vírus suíno descontrolado que deixava todo mundo doente? Bom, ela poderia ter perguntado. Mas Rick não estava mais no comando; Carol estava. Então, quem era ele para mandá-la embora? Além disso, Carol havia se tornado uma das sobreviventes mais aptas do grupo, como prova posteriormente ao salvar todo o clã depois que os Terminitus o capturam. Exilar Carol Peletier: péssima decisão.

Eu, no caso, não tenho problemas em ver Rick cometer erros. Não seria realista se ele sempre tomasse a decisão correta. A maior qualidade de Rick, fora o instinto de sobrevivência fabuloso, é a capacidade de simplesmente saber escolher. Em um mundo no qual a vida é medida em horas e dias em vez de décadas, é uma qualidade essencial de se ter. Será interessante ver se Rick conseguirá se tornar um líder mais nuançado de uma rede de comunidades maior – supondo que ele sobreviva à guerra vindoura com Negan, e que ele vença essa guerra. (Arrã, arrã, claro que vai, né? Bom, nunca se sabe.)

Além disso, todo líder toma decisões ruins, terríveis, neste mundo, o que deve nos lembrar de que toda essa gente era só um bando de ninguém bem comum antes da Virada. O Governador é um líder terrível. Ele toma uma comunidade relativamente pujante em Woodbury e, insano, faz todos se afundarem em uma luta que leva à aniquilação. Ele então encontra outra comunidade e a destrói, com uma avidez insana para matar todo mundo na prisão. Eu prevejo que o único grande erro de Negan – não dizimar os alexandrinos quando teve chance – acabará o levando à sua derrocada.

Na visão de mundo hobbesiana, este estado natural do homem sem a presença do Leviatã – o governo – leva à guerra perpétua. "Torna-se manifesto que, durante o tempo em que os homens vivem sem um poder comum capaz de manter o respeito de todos, eles estão naquela condição que é chamada de guerra; e tal guerra é a de todos os homens contra todos os homens", escreveu Hobbes. Ele delineou três motivos primários pelos quais as pessoas lutam: desconfiança, competição por recursos e glória. É este o mundo de *The Walking Dead* ao longo de sete temporadas: um estado de desconfiança e de concorrência constantes. Aliás, a potência mais poderosa até agora tem sido Negan e seu apetite voraz por tributos e violência. Dentro deste mundo, não há como construir uma sociedade que dure. Aliás, por que você ia se dar ao trabalho, se estivesse sendo atacado constantemente, tendo sua lavoura saqueada, suas casas destruídas?

Quando se vive sob um regime opressor como o dos Salvadores, a maior decisão política é simples, e é uma coisa que Gavin – mais uma vez, o grande filósofo político do pós-apocalipse zumbi – explica a Ezekiel de maneira sucinta: "Bom, vocês têm uma escolha. É a mesma que há desde o princípio, imagino eu. Vocês podem abrir mão das suas armas ou podem tentar usá-las." Submeter-se e colaborar ou resistir. Este é o dilema que sempre esteve diante dos povos que foram ocupados. Por motivos diversos, a maioria escolheu o apaziguamento: Gregory, por ser um covarde; Ezekiel, porque acredita que pode equilibrar as demandas dos Salvadores com a liberdade de sua gente (sem que os últimos cheguem a saber das primeiras); Rick, porque sua determinação foi destroçada por Negan.

Essa dinâmica está condensada em um diálogo entre Dwight e Gordon (Michael Scialabba), o cara que tenta fugir do Santuário (temporada 7, episódio 3, "A Cela"). Gordon ficou de saco cheio com a vida sob o comando de Negan e fugiu. É uma coisa que o próprio Dwight fez em dado momento, até voltar atrás quando ele e sua esposa, Sherry (Christine Evangelista), não conseguiram lidar com o mundo lá fora. Dwight, Gordon, Sherry, Gavin e Eugene, todo mundo no Santuário teve que decidir em algum momento ficar ou não com Negan. "Malvadão aparece aí sorrindo, taco de beisebol na mão, e a gente se borra até desistir de tudo", diz Gordon. "Mas ele é só um e tem todo mundo aqui, então por que a gente vive assim?" Dwight deixa o porquê claro: ele não só ameaça matar Gordon, ele ameaça matar todas as pessoas que Gordon conhecia. Ele ameaça desenterrar a esposa falecida de Gordon e entregar seu corpo aos zumbis. Dwight é bem versado nas técnicas coercitivas de Negan e sabe que elas dão certo. Gordon rende-se. Dwight mata Gordon e não faz nada que ele ameaçou fazer. Essas táticas funcionaram muito bem para Negan e os Salvadores. Eles ergueram um imperiozinho robusto afligindo os fracos.

Na temporada 8, tudo vai mudar. Os Salvadores não estão mais fazendo pressão sobre os fracos, sobre colônias vivendo no temor. Entre as últimas imagens que se vê no final da sétima temporada, "O Primeiro Dia do Resto da Sua Vida", está aquela em que Rick Grimes, Rei Ezekiel e Maggie Rhee estão sobre um palco construído às pressas em Alexandria e dirigem-se ao povo. O sinal é claro: agora há uma aliança de guerra entre Alexandria, o Reino e Hilltop. Haverá uma guerra pelo controle do apocalipse e, em um mundo onde já não há regras, você pode esperar que virá um conflito selvagem e brutal.

Parece improvável que os Salvadores consigam vencer esta guerra. Por mais grandioso que Jeffrey Dean Morgan seja ao interpretar Negan, uma temporada assistindo a Rick e a todo mundo mais sob o mando brutal de Negan já foi bastante. Vou supor que ele será detido no momento em que os sobreviventes poderão começar a construir um mundo que, em alguns aspectos, lembra o que eles conheciam. Eles têm como fazer com que dê certo? Eles viveram tempo demais nesse estado natural? Se as sete temporadas do seriado podem ser divididas entre antes e depois do ataque do Governador à prisão, quase como volume 1 (sobrevivência) e volume 2 (família), então a nova temporada, e a guerra total que está por vir, marca o princípio do volume 3 (união). É nesta nova história que todos os filamentos de política vão ganhar primeiro plano.

Como será o mundo da grande confederação pós-Salvadores? O mundo que Rick e Michonne discutiram durante um jantar à luz de velas com ração militar ("macarrão instantâneo *e* chili")? Dá para imaginar uma rede de comércio e de segurança, em comum, e sem os Salvadores a engolir metade de tudo, deve sobrar para os cidadãos da nova unificação política que vier. Afinal de contas, quanta gente existe nessas comunidades? Plantar comida suficiente para tanta gente não devia ser problema. Segurança é uma questão constante, claro. Comunicação confiável é um desafio. Parece que a zona rural já foi bem desbastada por estes grupos, mas tem mais coisa para se encontrar? Coletar recursos provavelmente será uma ocupação forte nesse mundo novo. Claro que outra questão é: quanto prejuízo essa guerra por vir vai causar? O que vai sobrar? *Quem* vai sobrar? Parece que os sobreviventes estão à beira de fugir daquele estado natural, daquela guerra constante de homem contra homem. Eles vão sobreviver tempo o bastante para construir um novo mundo?

RESUMO
TEMPORADA SETE

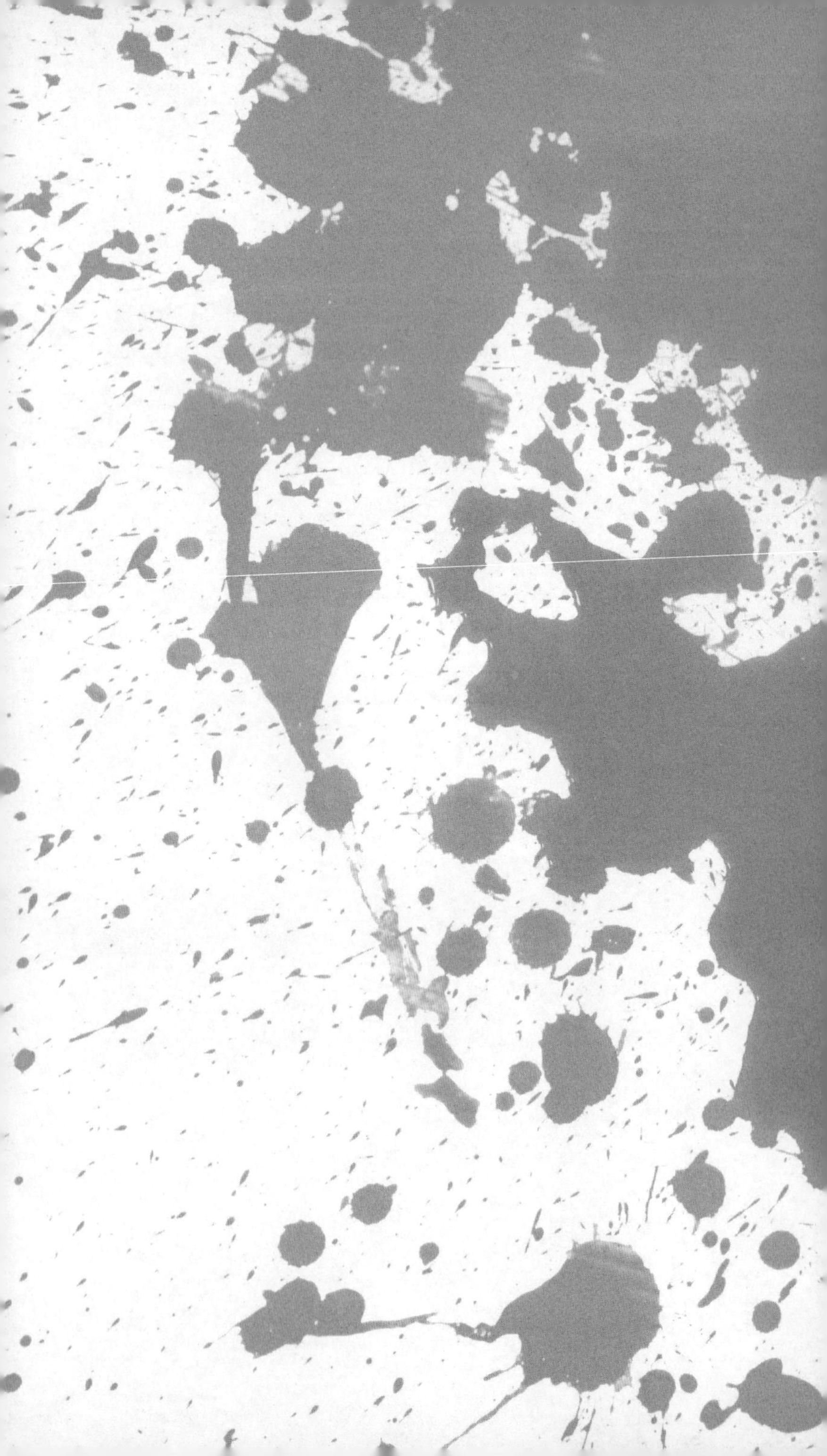

REFÚGIOS: Zona de Segurança de Alexandria, Hilltop, o Reino
BAIXAS ENTRE SOBREVIVENTES: Abraham, Glenn, Olivia, Spencer Monroe, Sasha
ANTAGONISTAS ANIQUILADOS: Muitos Negans. Mas o Negan, não.
ERRANTES DE DESTAQUE: Winslow, Sasha

A estreia da sétima temporada se arrastou para revelar quem exatamente foi morto por Negan, mas vou dispensar a enrolação: ele matou Abraham Ford. Quando Daryl perde a compostura e dá um pulo para detonar o cara do taco, Negan dá castigo rápido. "Agora é *pra* acabar com essa porra", ele brada. Ele não mata Daryl, mas escolhe outra pessoa, aleatoriamente, para tomar a punição: Glenn, em quem ele desce o porrete com júbilo pornográfico.

Rick se ajoelha, o sangue do camarada morto escorrendo pelo seu rosto. Ainda assim ele é desafiador. "Eu vou te matar", ele diz a Negan – o que o cachorrão do apocalipse toma como desafio. Como deixou bem claro antes, Negan embarca na sua missão seguinte, que é despedaçar o líder deste grupo. Ele joga Rick no motor home e parte para o que consiste em uma sessão particular de Neganismo. Quando eles voltam, já é dia. Ele manda Rick cortar o braço de Carl. Se não cortar, Negan vai matar todo mundo ali na floresta. Depois, toda Alexandria. Depois, Carl. As opções são terríveis. Negan está domando Rick tal como um caubói doma um cavalo chucro. Por fim, quando Rick está prestes a fazer o que é mandado, gemendo e chorando de agonia, no último instante, Negan o detém. Foi o teste final e Rick passou.

"Você responde a mim. Você fornece para mim. Você pertence a mim. Certo?!" Esse é o novo acordo, o único que vai deixar todo mundo vivo.

"Certo", Rick sussurra. Rick Grimes é um homem despedaçado e a ocupação de Alexandria começou.

Depois de matar Abraham e Glenn, Negan leva seus homens, mais Daryl, e parte. Sasha leva Maggie para Hilltop, para onde elas se dirigiam antes e onde há um médico. Eles também levam os corpos de Glenn e Abraham. Maggie, mesmo em seu estado enfraquecido, já está falando em revidar. Não será a única.

Enquanto isso, Morgan encontrou Carol na floresta. Ela quase foi morta por um Salvador, e inclusive queria morrer. Ela queria cair fora. Foi por isso que ela deixou Alexandria. Mas Morgan a salva, descumprindo seu próprio juramento ao dar um tiro no oponente. Eles encontram dois homens a cavalo e são levados ao lar destes estranhos: o Reino, uma comunidade murada pujante dentro de um velho campus universitário, governada pelo rei-filósofo do pós-apocalipse zumbi: Ezekiel, homem imponente que tem um tigre como bicho de estimação.

De volta ao covil de Negan, um antigo complexo fabril conhecido como Santuário, Daryl fica trancado em uma cela sem janelas, forçado a comer sanduíches com ração de cachorro e a ouvir todo dia a mesma musiquinha feliz e animada no *repeat* (*"We're on Easy Street, and it feels so sweet, 'cause the world is but a treat when you're on Easy Street"*). Mas a tropa de Negan não consegue domá-lo, independentemente de quanto tentem. "Como você se chama?", Negan lhe pergunta, certo de que conseguiu outro convertido.

"Daryl", responde seu cativo. E volta para a cela.

De volta a Alexandria, Rick tenta fazer o novo acordo dar certo. Ele percebe que não há outra opção. Os Salvadores são mais poderosos do que ele esperava. O fato de que Negan não dizimou todo mundo é quase uma dádiva. Agora Alexandria vai pagar tributo a Negan e passar a existir. Quando Negan chama, Rick range os dentes e tenta satisfazer o homem. Carl fica exaltado e puxa uma arma contra o Salvador, o que incita Negan a exigir todas as armas, até a última que houver. Rick está tão castrado que segue Negan pela cidade, até carregando seu taco, Lucille. Negan fica provocando, quase implorando que Rick use-o contra ele. Mas Rick não faz nada.

Ele sai em coletas, tentando conseguir tributo suficiente para aplacar o soberano ensandecido. Quando sai em uma dessas buscas, Carl faz uma coisa tipicamente impulsiva de Carl: ele se esconde em um caminhão que vai para o Santuário e tenta matar Negan. Claro que não consegue cumprir o planejado. (É fato que uma das coisas mais incríveis é quanta gente quer matar Negan e tem uma chance de matar Negan, mas não dá conta por algum motivo.)

Enquanto isso, Tara ainda está em sua missão de busca de suprimentos com Heath. Eles partiram depois do primeiro ataque ao posto avançado e não têm ideia do que aconteceu desde então. Tara não sabe de Negan, tampouco da morte da namorada. Ela e Heath são atacados por errantes em uma ponte e ficam separados; Tara acaba indo parar numa praia, onde é descoberta por uma jovem, Cyndie. A menina é de um grupo de sobreviventes que fez seu lar no Oceanside Cabin Motor Court, um motel de beira de estrada. O pessoal de Oceanside é muito bem armado, mas tem uma regra rígida contra forasteiros. Tara mal consegue sair viva, é salva por Cyndie e jura segredo a respeito da casa delas.

Negan volta a Alexandria com Carl e sente-se em casa enquanto espera Rick voltar. Ele manda Olivia cozinhar espaguete e senta-se à mesa de Rick para comer. Quando Rick chega, a tensão sobe. Negan manda trazer uma mesa de sinuca para a rua e joga com Spencer Monroe. Spencer, que nunca foi muito afeiçoado a Rick, está tentando convencer Negan a matar Rick e entregar o lugar a ele. Negan o entretém algum tempo e, então, quando uma multidão está assistindo ao papo, ele puxa uma faca e a enfia na barriga de Spencer, arrancando seu intestino. É o que enfurece Rosita, que havia convencido Eugene a produzir uma bala para a semiautomática que encontrou. Rosita aponta para Negan e puxa o gatilho – mas atinge o taco. Negan manda um de seus capangas, Arat, dar o castigo. Ela gira e atira na primeira pessoa que consegue mirar: Olivia, que cai morta na varanda de Rick. Os opressores vão embora – levando Eugene de cativo (Negan juntou as pecinhas da história) –, mas o horrendo incidente faz Rick virar 180 graus. Ele está pronto para lutar.

Mas como? Eles precisam de armas e de aliados. Em Hilltop acontece uma briga política. Jesus, Maggie e Sasha são como um triunvirato das sombras, mas Gregory ainda é o líder aparente e é totalmente contra o combate; ele preferia livrar-se dos três. Jesus apresenta Rick ao Reino, onde eles encontram Morgan, mas Ezekiel também tem medo de encarar os Salvadores, esperando que possa manter sua situação fragilizada – eles pagam tributo aos Salvadores e estes concordaram em nunca entrar no Reino. Richard, um dos tenentes de Ezekiel, entende que eventualmente o apetite dos Salvadores vai destruir o Reino. Ele está tentando, de todo jeito possível, convencer Ezekiel a lutar.

Dentro do Santuário, o terror de Eugene logo é substituído por algo totalmente distinto. Negan quer aproveitar a mente de Eugene. Em Alexandria, Eugene era sobretudo um fardo; aqui, ele é uma vantagem. Ele percebe que aqui consegue encontrar segurança e se joga nisso com entusiasmo. "Sou totalmente, absolutamente, para valer Negan", ele diz. "Eu era Negan antes de te conhecer." Negan o recompensa com uma noite de festa com três de suas esposas. As mulheres convencem Eugene a fazer uma pílula do suicídio, dizendo que é para uma delas. Eugene se dá conta de que é para Negan. Ele faz o comprimido, mas não lhes dá.

De volta ao Reino, Carol está se coçando para ir embora. Ela não quer mais ficar perto de ninguém. Ela não consegue mais ser a pessoa que era, tampouco consegue suportar sua eficiência como máquina de matar. Ezekiel diz para ela acomodar-se em uma pequena casa logo na saída do Reino. Ela pode ir embora, ele explica, sem ir. Então ela se acerta lá, tentando levar a vida de ermitã. Ezekiel, Morgan e até mesmo Daryl (depois que ele foge) vão visitá-la em diferentes momentos. Eventualmente, ela se dá conta de que a luta com Negan não foi bem, e que as pessoas de quem ela gostava morreram. Nesse momento, Carol Peletier volta. Ela está *de volta*.

As relações entre Reino e Salvadores se deterioram. Richard tenta sabotar uma das entregas, de melões fresquinhos, esperando que vá levar um tiro e que isso vá estimular Ezekiel. Os Salvadores, em vez disso, matam um jovem combatente chamado Benjamin. Richard, horrorizado com tudo que deu errado no seu plano, confessa a Morgan; na entrega seguinte, Morgan perde as estribeiras e espanca Richard até a morte na frente dos Salvadores e de Ezekiel. Agora até o Rei entende: a guerra está à sua porta.

Os alexandrinos acabam se deparando com outro grupo, os Catadores, um ajuntamento bem heterogêneo que mora em um enorme lixão e que fala com uma cadência peculiar, de frases curtas. Rick tenta convencê-los a lutar do seu lado. Eles topam, depois de um teste: jogam Rick no meio de uma montanha de lixo, em um lugar fechado, onde mora um dos errantes mais bizarros de todos os tempos. Ele tem um capacete de metal e um monte de pregos e estacas cruzando o peito – um monstro morto-vivo praticamente imortal. Seu nome, como viremos a descobrir, é Winslow. Rick puxa um muro de lixo sobre ele e consegue cortar sua cabeça. Provadas suas credenciais, os Catadores aceitam lutar – se ele cumprir suas demandas, que são, basicamente, por armas. Muitas, muitas armas, lhe diz a líder do grupo, Jadis. Então os alexandrinos saem a procurar armas. Rick e Michonne encontram o que já foi uma base do exército para sobreviventes, agora tomada de mortos, mas recheada de armas e outros suprimentos, como rações. Tara finalmente se abre quanto a Oceanside, descumprindo a promessa com Cyndie, e eles vão saquear o arsenal do grupo feminino.

Rosita, porém, não consegue ficar esperando todo esse planejamento. Ela rouba um fuzil de elite e vai para Hilltop, sabendo que conseguirá convencer Sasha a embarcar numa missão praticamente suicida: ir até o Santuário e matar Negan. Sasha vem cuidando de Maggie, mas ainda está ardendo por dentro pela morte de Abraham. Ela se joga na chance de acabar com a vida de Negan. Claro que a dupla é estranha: duas mulheres que dividiram o mesmo homem e uma não gosta muito da outra. Mas as duas são soldadas perfeitamente aptas, e Sasha é boa de mira. O Plano A é se entocar no prédio externo e tentar um tiro a longa distância. Se esse der errado, elas recorrem ao Plano B: arrombar o local à noite. Elas têm uma chance de resgatar Eugene, que por algum motivo está na rua à noite; para surpresa delas, porém, ele não quer ir embora. Na verdade, ele corre de volta para dentro. Sasha abre um buraco na cerca, enquanto Rosita está ocupada, e depois fecha de novo. Será missão solo.

Nunca vemos o ataque em si, mas vemos o que acontece depois: Sasha na cela que já foi de Daryl. E Negan, é óbvio, ainda está vivo. Ele faz a ela a mesma oferta que fez a Daryl, Eugene e a todo mundo: união ou morte. Eugene é trazido e explica que aceitou a oferta de Negan simplesmente porque não quer viver no terror. (Apesar de tudo, péssima razão para trair sua gente.) Negan tem um plano, pois sabe qual é a de Rick; Sasha não sabe exatamente o que é, mas sabe que terá a ver com usá-la contra os seus, o que não vai topar. Ela convence Eugene a lhe dar as pílulas de suicídio que ele produziu. Dentro do caixão, na longa viagem até Alexandria, ela toma as pílulas e morre.

Estão em posição todos os elementos para um grande confronto no portão de Alexandria.

CAPÍTULO 13
SANIDADE E MORALIDADE

"SE VOCÊ MATA GENTE, VOCÊ SE TORNA
UM DOS MONSTROS?"
– **SAM ANDERSON**
(TEMPORADA 6, EPISÓDIO 7, "ALERTA")

Uma das respostas mais frequentes, quando pergunto a alguém por que gosta do seriado, é versão da seguinte: "É que com ele eu posso brincar de 'Como Eu Faria?'" Como você ia reagir se toda a sociedade viesse abaixo e mortos-vivos ávidos por carne humana andassem se arrastando por toda a paisagem?

Desculpe o palavreado, mas... você ia se borrar todo.

Ninguém está preparado para o fim do mundo. Aposto que até o seu *prepper* médio não está pronto.[13] Mesmo com tudo de horrível que aconteceu só neste século, nada foi tão catastrófico quanto o colapso

---

13 Os *preppers* são os praticantes da busca pela sobrevivência, estão em preparo constante para grandes emergências sociais. Costumam estocar recursos básicos e ter abrigos para momentos críticos. [N. do T.]

da sociedade que se retrata em *The Walking Dead*. Seria algo similar à Peste Negra, a praga que se espalhou pela Europa no século XIV e que se estima que tenha matado metade do continente. Todas as instituições fracassaram. Padres, nobres, tribunais, todas as autoridades fugiram para tentar se salvar. Fazendeiros abandonaram lavouras e gado. Para uma população que tinha a religião como o literal e a ciência como a fantasia, foi como se Deus houvesse abandonado o mundo. Era o Livro das Revelações a se suceder.

Neste mundo, as reações dos sobreviventes variaram. Alguns redobraram sua moralidade religiosa, pensando que a reaplicação da fé poderia salvá-los. Eles isolaram-se dos outros sobreviventes e tentaram viver uma vida de temperança, esperando que tudo fosse se acertar. Outros seguiram a abordagem totalmente oposta, crendo que, já que o mundo foi para o inferno, por que não agir conforme? Estes jogaram a moral às favas e foram beber e farrear. Bebiam nos bares, invadiam casas e faziam o que bem entendessem. "Isto faziam com facilidade, pois todos sentiam-se condenados e haviam abandonado as propriedades", escreveu o poeta italiano Giovanni Boccaccio em seu relato da peste, *O Decamerão*, "de forma que a maioria das casas tornou-se propriedade comum e qualquer estranho que nelas entrasse fazia uso como se fosse dono. Com este comportamento bestial, eles evitaram os doentes o tanto quanto possível".

Boccaccio escreveu: "No sofrimento e na desgraça da nossa cidade, as autoridades das leis humana e divina quase desapareceram, pois, tal como outros homens, os ministros e executores das leis estavam todos mortos ou doentes ou encerrados com suas famílias, de forma que nenhum dever foi realizado. Todo homem estava, portanto, apto a fazer o que bem entendia."

Parece algum lugar que você conhece? É difícil imaginar o estrago psicológico que você teria ao viver desse jeito e, no nosso conto de apocalipse zumbi, temos uma versão ficcional destes horrores tão reais (se algum produtor por aí quiser fazer um seriado sobre a Peste Negra, é só me chamar). Desde Shane tomando a esposa do melhor amigo, passando pelo Governador de Woodbury, os canibais de Terminus, a gangue que anda por aí se chamando de Tem-Dono, até o cruel Negan, o mundo de *The Walking Dead* é tal como a paisagem devastada pela peste na Europa do século XIV, na qual todas as normas de comportamento humano foram para a cucuia. Certo, errado, moral, ética. Ao longo do seriado, há uma tensão entre tentar fazer o que é "certo" conforme a moral e as regras antigas e o que é "certo" conforme as novas regras. No princípio, Rick é nobre ao extremo. Ele arrisca a vida para salvar Merle Dixon, apesar de saber que Merle é uma pessoa ruim e um perigo para o grupo. No momento em que ele chega aos muros de Alexandria, o velho Rick se foi há tempos. "Não me arrisco mais", ele diz a Morgan.

Muitas vezes pensei que, se você caísse em um apocalipse zumbi, a pungência da coisa seria tão esmagadora que a mente seria incapaz de processar. Se *The Walking Dead*, como seriado, fosse realista até o talo, seria impossível de assistir – um mundo de zumbis e gente absolutamente doida fazendo coisas absolutamente doidas. Não haveria "série", nem narrativa, nem personagens, com certeza nenhuma evolução de personagem. Lembra-se de Jim, do primeiro acampamento de sobreviventes perto de Atlanta? Sua história, que é contada rapidamente, é horripilante: esposa e filho foram literalmente arrancados de suas mãos por zumbis quando a casa deles foi invadida. Ele só fugiu porque os zumbis estavam muito ocupados em comer sua família para lhe dar bola. É trauma demais para uma mente, e Jim perdeu as estribeiras. Ele começa a cavar túmulos a esmo. Não faz sentido, e deixa os outros sobreviventes pirados. Imagine um seriado cheio de Jims, fazendo coisas malucas por nenhum motivo que seja remotamente racional.

Em vez disso, felizmente, temos um seriado em que as pessoas conservam a sanidade – pelo menos um pouco. A maior chave para sobreviver, na real, é a velocidade com que você consegue se livrar da moral antiga e descobrir moral nova. É uma coisa que Dale não consegue. "O mundo que conhecíamos se foi", ele diz a Andrea na fazenda Greene, quando estão debatendo o que fazer com o preso, Randall (temporada 2, episódio 11, "Juiz, Júri, Carrasco"), "mas conservar nossa humanidade? Isso é uma escolha". Esse é um grande ponto de contenção. Esse garoto, Randall, fazia parte de um grupo maior de facínoras e foi a humanidade de Rick que o fez decidir-se por salvar o menino. Mas agora eles estão encurralados com ele e, já que Randall conhece a família Greene de antes da Virada e pode levar sua gangue até a fazenda, libertá-lo poderia ser ameaça maior ao grupo. Então o que fazer? Matá-lo a sangue-frio? Libertá-lo? Tentar torná-lo parte do clã? Shane quer matar o garoto e não sente remorso algum. Outros ficam apreensivos, mas não querem essa opção. Rick está em conflito, mas tende para matá-lo. Dale, porém, é totalmente contra matar. Matar o garoto vai torná-los outras pessoas, ele diz. Vai transformá-los em algo que não eram.

O grupo inteiro encontra-se na sala de estar de Hershel para discutir esse conflito. Dale é o único ardentemente oposto, mas está perdendo na discussão. Mesmo que esteja certo, não há alternativa. Isso está ficando claro até para Dale, que agora abre o coração para tentar convencê-los do não.

"Se nós fizermos isso, as pessoas que éramos, o mundo que conhecemos, tudo morreu. E este novo mundo é feio, é árduo, é a sobrevivência dos mais aptos. É um mundo no qual eu não quero viver", ele diz, as lágrimas escorrendo pelo rosto. Até aqueles que não eram totalmente a favor de matar Randall não tinham alternativa. Vencido pelas emoções, Dale vai embora. "Esse grupo se partiu", ele diz a Daryl. Dale tem razão, mas também está errado. Ele tem razão sobre o mundo ser novo, árduo e feio, e também quanto a ser hobbesiano em um grau que Hobbes provavelmente nunca imaginou; afinal de contas, quando Hobbes escreveu sobre seu "estado natural", ele estava antevendo apenas uma espécie de sociedade pré-politizada. Não estava falando de uma sociedade em colapso, devastada, na qual as pessoas são perseguidas, mortas e devoradas por monstros bamboleantes. O mundo hobbesiano clássico, na verdade, é manso comparado ao mundo de *The Walking Dead*.

Dale está errado em dizer que o grupo está partido. Ele não está partido, está só se ajustando às novas regras. A opção certa é aquela em que você fica vivo. A opção errada é a que o mata. São as regras mais simples, e são regras a que o grupo já está se acostumando, como é evidenciado pelo pouco apoio que Dale recebe depois do seu discurso. Aliás, os sobreviventes não só adotam essas regras – vão dominá-las tanto quanto algum de seus inimigos.

Adaptar-se a esta realidade é a chave para sobreviver, algo que vemos incisivamente em Carol Peletier. Durante esse debate na sala de estar de Hershel, enquanto eles lutam e brigam, Carol sobe a voz pela primeira vez. "Eu não pedi isso", ela diz. "Você não pode dizer que a gente tem que decidir uma coisa dessas." Carol ainda está de luto pela filha, Sophia, mas sua declaração também reflete sua posição como personagem: ela é incapaz de lidar com a situação – ela não adotou as novas regras, mas aplicar as antigas claramente não funciona. Portanto, Carol, por enquanto, está sem saída. É claro que ela vai mudar e aceitar o novo mundo pelo que é. Quando o vírus suíno se espalha pela prisão (temporada 4, episódio 2, "Infectados"), Carol não só é a favor de matar dois doentes para tentar impedir que a gripe se espalhe, mas também dá conta do serviço ela mesma, sem ao menos perguntar aos outros o que acham. Mais tarde, quando fica evidente que a garotinha Lizzie – menina que Carol na prática adotou – virou uma demente periculosa e não pode ficar perto de gente (temporada 4, episódio 14, "O Bosque"), novamente é Carol quem toma a decisão que antes seria incapaz de tomar. Ela leva Lizzie a uma clareira, diz para a menina "olhar as flores" e lhe dá um tiro.

Os personagens que entendem rápido que o código antigo se foi são os que têm mais chance de sobrevivência. Conforme as pessoas começam a unir-se em pequenos grupos de sobreviventes, elas começam a criar seus próprios códigos, um reflexo do novo mundo. Há os Tem-Dono, o grupo que encontra Daryl sentado no meio da estrada depois de perder Beth (temporada 4, episódio 13, "Sozinho"). Os Tem-Dono têm um código muito simples: você vê uma coisa, você diz a palavra "tem dono" em voz alta, e é seu. Pode admitir: tem uma certa beleza.

Nenhum grupo reflete a adoção total do novo código para o novo mundo de modo tão integral quanto os residentes de Terminus (os Terminitus, como eu gosto de dizer), que aparecem no final da quarta temporada. Ficamos sabendo que eles já foram como qualquer outro grupo sobrevivente. Eles encontram refúgio em uma antiga estação de trem, literalmente um terminal, onde tentaram atrair outros. Eles fizeram placas para deixar perto de trilhos de trem e tinham até uma transmissão de rádio. "Santuário... quem chega vive." Quando Rick e todos os outros residentes dispersos da prisão chegam, o lugar passa de santuário a círculo do inferno.

Em um rápido *flashback*, vemos que Terminus em si foi tomada por outro grupo de saqueadores, que trancou Gareth, sua mãe, Mary, e os demais, torturou-os, estuprou-os, matou-os e os aprisionou no próprio lar. Eles viraram a mesa, tomaram o local de volta e prenderam os apreensores. Mas a experiência fez o grupo mudar. Como Mary explica depois a Carol: "Entendemos a mensagem. Ou você é o açougueiro ou você é o abatido." Não existe descrição melhor da única moral que resta neste mundo. Num contexto como esse, matar não é errado, roubar não é errado, estuprar é... bom, estuprar continua sendo errado. Até Negan diz que é errado. Entretanto, Negan tem um depósito de prisioneiras que chama de esposas, portanto suas perspectivas sobre o assunto ainda são nebulosas.

A questão é que, quando você passa desse limite, quando você troca sua pele antiga e veste a nova, o que você se torna? Negan, logo ele, fala de Rick e dos outros alexandrinos (temporada 7, episódio 16, "O Primeiro Dia do Resto da Sua Vida"), porque iam explodir não só ele e seus homens, mas também Eugene Porter. "Ele é um dos seus", Negan diz, fingindo supresa. Por um lado, é o auge da ironia. Por outro... eles iam explodir Eugene. "Vocês, gente", diz Negan, "vocês são uns animais".

"Num mundo em que as pessoas têm liberdade sem limites para decidir seu comportamento, devíamos esperar que mais pessoas caiam no abismo", escreve Greg Garrett no livro *Living with the Living Dead* [Vivendo com os mortos-vivos]. Parte das pessoas que é vilã no seriado, afinal, era inócua antes da Virada. O Governador era nada mais que um homem de família, classe média, funcionário de escritório; Shane Walsh era xerife adjunto; Dawn Lerner, que virá a coordenar o Grady Memorial Hospital em Atlanta com um toque de ditadura, também era policial; pelo lado contrário, enquanto Merle Dixon era uma maçã podre desde o minuto em que o conhecemos, ele evolui de perverso a herói.

Voltando mais uma vez a Hobbes, a maioria das convenções sociais consiste em construtos artificiais que nos tiram do estado natural de guerra perpétua, de um contra o outro. Criamos leis, direitos e obrigações e aceitamos ceder uma pequena frestinha da nossa liberdade em prol do bem maior. O que acontece quando nos tiram essas liberdades? O que acontece quando a moral some? Nós voltamos a uma "condição de guerra de todos contra todos, cada um governado por sua própria razão, e não havendo nada de que se possa lançar mão para a preservação de sua vida contra os inimigos; segue-se daqui que em tal condição todo homem tem direito a tudo, incluindo ao corpo de outrem." Houve dois paralelos que me saltaram imediatamente aos olhos assim que li este trecho: "Todo homem tem direito a tudo" soa exatamente como a filosofia dos Tem-Dono. A cláusula seguinte, sobre ter o direito "inclusive ao corpo de outrem," soa literalmente como a filosofia dos Terminitus, que, afinal, tomam os corpos de outros, picam e comem. Também remonta-se aos Salvadores, que saem por aí tomando tudo que querem ou que podem por força bruta. No final da sétima temporada, temos até um vislumbre de Negan e Jadis, a líder dos Catadores, falando dos termos do acordo. Ele envolvia um certo número de corpos. Eles estavam regateando a quantidade.

O que me surpreende neste mundo é que estas condições não levam absolutamente todos à loucura total. Claro que renderia um seriado menos coerente e menos narrativo, mas seria realista. Temos vislumbres de insanidade. Rick foi para a "terra dos birutas", como Glenn diz, na prisão. Rick encontra uma mulher, Clara, longe dos muros da prisão, que é claramente maluca. Durante a fuga de Terminus, quando Glenn exige que eles resgatem outros presos, a pessoa que eles resgatam acaba sendo – e você tinha que estar bem atento para perceber – do grupo que anteriormente derrubou e aterrorizou Terminus. Gareth e seu povo capturam seu torturador, trancam-no e o deixam absolutamente insano. Em vez de insanidade, o que temos é gente se debatendo com as realidades da vida em um mundo sem regras.

Você vai ouvir com frequência gente reclamando de violência nos filmes ou na TV, mas, embora a violência possa ser excessiva, geralmente ela se encaixa em uma armação moral, ética. Mas e se a história tratar de um mundo onde moral e ética não existem mais? Rick Grimes mata por vingança. Rick Grimes mata a sangue-frio. Eu já disse e acredito que a grande mensagem do seriado é a do estoicismo extremo diante dos horrores do mundo e acho que, no fim das contas, é uma mensagem positiva. Mas ao brincar com a vasta paisagem deste mundo zumbi, os roteiristas podem encaixar todo tipo de coisa, e encaixam.

Rick Grimes é mesmo um cara de bem? No mundo real, questões de bem e mal têm peso. No mundo de Rick, a pergunta não tem sentido. "O desejo de poder motiva muitos vilões no apocalipse zumbi", escreve Greg Garrett. "Eles acreditam que, ao exercer o poder impiedosamente, dão a si e a quem os segue a mesma chance de sobrevivência. Não esqueça que para nós que assistimos de longe ao apocalipse zumbi, as ações deles parecem coisa de sociopata ou mesmo de loucos." É notável que a maioria das pessoas em *The Walking Dead* que fazem coisas terríveis, fora Rick Grimes, sejam retratadas como sociopatas ou coisa pior. Negan e Rick, aliás – ficam bem perto da fronteira.

Depois que Rick e Michonne levam uma comitiva a Woodbury para resgatar Glenn e Maggie (temporada 3, episódio 8, "Nascidos para Sofrer"), e Michonne quase mata o Governador em uma luta brutal, o Governador reúne seu povo em um pátio escuro. Ele está ferido e sangrando, com uma atadura sobre o olho em que Michonne o atingiu. A cidade aparentemente acaba de sofrer um ataque. O povo está com medo. O Governador faz um discurso que toca em tudo que sua gente sente:

> O que eu vou dizer? Não temos uma noite dessas desde que terminamos os muros. E achei que isso era passado. Que haviam passado os dias em que ficávamos abraçados, assustados em frente à TV, nos primeiros tempos da epidemia. O medo que todos sentíamos então, sentimos de novo hoje à noite. Fracassei com vocês. Prometi que ia deixá-los seguros. Olhem só para mim, inferno. Eu devia dizer que vamos ficar bem, que vamos ficar seguros, que amanhã vamos enterrar nossos mortos e durar. Mas não. Porque não posso. Porque tenho medo. Isso mesmo. Tenho medo dos terroristas que querem o que temos. Que querem nos destruir!

Ele está mentindo a seu povo ou contando a verdade? Você deve achar que é óbvio que ele está mentindo, tentando incitar seu grupo a entrar numa peleja que ele mesmo começou. Mas pare e pense. Sim, ele é agressivo desde o começo. Sua política consiste em matar todos os concorrentes potenciais de Woodbury, e é ele que inicia o conflito. Mas se ele faz isso para proteger a cidade, então talvez tenha justificativa. Como ele vai saber o que as pessoas na prisão querem de verdade ou por que estão lá? Se você aprendeu as regras deste mundo novo, como aprenderam os Tem-Dono e os Terminitus, você sabe que é matar ou morrer. Então por que não empregar política externa agressiva? Isso é uma coisa que até Rick Grimes virá a adotar, até certo ponto, e que aprende através de uma experiência dolorosa. "Eu não me arrisco mais", ele diz a Morgan depois que os dois se reencontram. Correr riscos pode levar à morte. O Governador pode estar dizendo a verdade. Ele pode até estar com medo.

Ok, eu não vou muito longe com isso, pois, no fim das contas, o Governador é um psicopata que fuzila o próprio povo e coloca fogo na própria cidade. Ele é louco. Mas seu discurso é muito persuasivo e o retrata por outro ponto de vista. Tocar nos medos das pessoas, no medo do desconhecido, é uma estratégia bem eficiente em qualquer mundo, e o Governador tira vantagem disso. Ele não está totalmente errado em desconfiar de imediato do clã Grimes. Quem sabe que outros grupos entraram em contato com Woodbury? Todo mundo é perigoso. "Na guerra, força e fraude são as duas virtudes cardeais", escreve Hobbes. "A justiça e a injustiça não fazem parte das faculdades do corpo ou do espírito." Ou você é açougueiro ou você é o abatido e, quanto antes aprender essa lição, melhores serão suas chances de sobreviver.

Embora *The Walking Dead* faça um serviço eminente de tornar seus vilões tão afáveis quanto os heróis, as pessoas por quem torcemos são quase sempre boas. Daryl Dixon, por exemplo, é o ser heroico que reluz tanto quanto pode. Aqui há um homem cujo histórico pré-Virada – tal como seu irmão – levaria você a pensar que ele seria um animal absolutamente solto no rastro do colapso social. E, dadas suas capacidades elevadas, ele seria bom *pra* caramba se tomasse esse caminho. Mas é bem o contrário. Daryl pode resmungar e gritar e espernear e ameaçar, mas raramente faz alguma coisa questionável do ponto de vista moral, e quando a faz, é por bom motivo. Daryl é um cidadão mais honesto no mundo zumbi do que já foi no mundo antigo. O inferno faz de Daryl um homem *melhor,* não pior. Ele arrisca sua vida para encontrar Sophia depois que ela sai correndo da autoestrada na segunda temporada, e quase é morto quando faz isso. Na temporada 6, episódio 6, "A Escolha é Sua", ele se depara com Dwight na mata, mesmo depois de ele ser levado como prisioneiro por ele e seus acompanhantes. O espírito nobre de Daryl vence. Ele foge com uma sacola de suprimentos, mas volta porque a sacola tem insulina, e Tina precisa dela porque é diabética. Ele até os ajuda a fugir depois que os Salvadores chegam (e isso vai lhe custar caro mais à frente); Daryl é tão bom, tão nobre, que nem faz sexo. Em toda a vida do seriado, ele nunca ficou com ninguém. É de se pensar que ele acharia alguém, não? Ele é bastante próximo de Carol, mas nunca rola nada (para grande desgosto de todos que "shippam" Carol-Daryl). Ele não encontra ninguém na prisão, onde aparentemente todo mundo está se amigando, e também não encontra ninguém em Woodbury. Nem Lancelot de Camelot conseguiu livrar-se de suas próprias emoções e desejos humanos.

O primeiro ataque aos Salvadores é o grande porém na nobreza de Daryl – e, nesse caso, de todo mundo mais. Rick comanda um grupo até um posto avançado dos Salvadores, achando que eles vão matar a gangue inteira e livrar Hilltop da opressão. Para eles, o acerto é valioso: Hilltop tem a comida e os suprimentos de que Alexandria precisa, e tudo que Alexandria tem a oferecer em troca é sua capacidade de matar. Não são habilidades que eles já usaram para outra coisa que não se defender, e a decisão pesa no grupo, mas eles precisam do que Hilltop tem. Por isso Rick, Daryl, Michonne, Glenn, Jesus, Sasha, Tara, Carol, Maggie, Heath, Aaron, Abraham, Rosita, e até Padre Gabriel, infiltram-se em um posto avançado dos Salvadores na calada da noite e matam todo mundo a sangue-frio.

Padre Gabriel espera do lado de fora do prédio, impedindo que qualquer um fuja. Ele encontra um fugitivo e o derruba com seu fuzil. "Não se turbe o vosso coração", ele diz enquanto o Salvador está no chão, contorcendo-se de dor. "Na casa de meu Pai há muitas moradas. Se assim não fosse eu vo-los teria dito. Vou preparar-vos lugar." É o que Jesus disse a seus discípulos para reconfortá-los na Última Ceia, depois de explicar exatamente como seria traído e crucificado. Agora, porém, quem diz essas palavras é o proverbial homem de batina, trajando sua farda clerical, que está executando um homem que se diz Salvador.

Diversos alexandrinos debatem-se com as implicações. Glenn, que antes entregava pizza e levava uma vida normal, fica abalado. Em todos os anos que esteve com Rick, ele nunca matou ninguém, ainda mais assim; ele nunca se infiltrou numa casa na calada da noite e enfiou uma faca na cabeça da pessoa. Assim como Heath. Aaron só quer continuar vivo, mas, quando chega a hora, apunhala um homem na barriga. "Não fôssemos nós, ia ser você", Aaron diz, justificando seu ataque. É claro que ele tem razão. A realidade é que, quando o mundo se despedaça, quando se removem todos os sustentáculos artificias e as instituição falham, você vai fazer o que for preciso para continuar vivo. Ou vai morrer.

CAPÍTULO 14
O PRIMEIRO DIA DO RESTO DA SUA VIDA

> "VOCÊ É UM PUTA DUM BABACA,
> RICK. PUTA BABACA."
> – **NEGAN**
> (TEMPORADA 7, EPISÓDIO 16,
> "O PRIMEIRO DIA DO RESTO DA SUA VIDA")

Rick Grimes se ajoelha na clareira, o filho ao lado, mais uma vez prestes a sentir o que Negan tem por castigo. Desta vez, Negan vai matar Carl, *matar mesmo*. Rick está fervendo para resistir, uma resistência que impressiona o fortão. "Uau, Rick", Negan cochicha. Então, ele se levanta, tira o chapéu de Rick da cabeça de Carl e puxa o taco de beisebol para trás. "Você falou que eu podia." Ele está prestes a bater quando, do nada, o imenso tigre de Ezekiel, Shiva, entra de um salto e deixa todo mundo chocado – inclusive Negan.

"O Primeiro Dia do Resto da Sua Vida", último episódio de *The Walking Dead* da temporada 7, é uma batalha tão épica que precisamos decompô-lo e conversar só sobre ele. É o clímax de uma história que vem se armando desde que Daryl, Abraham e Sasha tiveram a primeira briga com os capangas de Negan (temporada 6, episódio 9, "Sem Saída"), e é um episódio que entrelaça ação a temas. Não se trata só de uma luta bem dramática, embora trate disso também. Tem a ver igualmente com os laços de família de que temos falado que finalmente brotam e unem três comunidades distintas para resistir aos vis Salvadores. Também é o clímax de uma história que começa lá no episódio piloto, a culminação de tudo que teve início quando Glenn Rhee decidiu ajudar um estranho que ele viu encurralado dentro de um tanque em uma rua de Atlanta.

Você sabe como foi até aqui: Rick e os alexandrinos estão finalmente prontos, armados para enfrentar Negan. O Reino chegou à mesma decisão, por conta própria, e marcha rumo à luta. Rick pediu especificamente a Hilltop para ficar de fora, querendo ter uma reserva caso o conflito resulte no pior para eles. Isso não é muito bom para Maggie, que se tornou a líder de fato da colônia. Negan, por sua vez, sabe exatamente o que se passa, pois ele fez um acordo com os Catadores, que vão se voltar contra Rick de dentro dos muros. Quando Negan chega a Alexandria, ele aparece na sua versão sorridente, provocadora. Ele está com tudo pronto, ou assim pensa. Ele vai acabar com essa revolta, desarmar Alexandria e tomar uma vida para deixar claro o que diz.

O episódio em si é cinematográfico na sua beleza, sob direção de Greg Nicotero a partir de um roteiro que teve um trio de autores: o *showrunner* Scott Gimple e os roteiristas de longa data Angela Kang e Matthew Negrete. Nicotero, que começou no seriado como guru dos efeitos especiais, já se mostrou bom diretor e segue na tradição que Darabont definiu lá no começo, que traz à telinha a sensação do cinema na telona. Quando os Catadores invadem Alexandria, a câmera de Nicotero está acima da estrada e capta a ação em um plano só; vemos o teto do motor home, depois os ciclistas, depois os grandes caminhões de lixo. É uma imagem um pouco desnorteadora, mas era para ser – há coisas acontecendo em terra que estão mudando o mundo que vemos. É um episódio que, tal como a estreia da sexta temporada (também dirigida por Nicotero), cairia bem numa tela de cinema. Dada a duração mais longa (mais ou menos uma hora e vinte e cinco minutos, contando os comerciais), é praticamente um filme.

O episódio inteiro apoia-se no plano de Sasha para frustrar o plano de Negan, e, com base nisso, Sasha ganha um desfecho memorável. Não gosto de comparar o seriado aos quadrinhos, mas desta vez vale a pena. Nos quadrinhos, há uma personagem chamada Holly (que não existe no seriado) que é capturada por Negan. Negan aparece em Alexandria e a "entrega" com um saco na cabeça. Os alexandrinos a trazem para dentro da cidade, tiram o saco e descobrem... que ela morreu e virou zumbi. Na prática, Negan plantou uma bomba zumbi. Os fãs dos quadrinhos, assim, talvez tivessem uma noção do que ia acontecer; mas nós, os que não seguimos os quadrinhos, não. No episódio, Sasha é enfiada em um caixão nos fundos de um reboque (Negan, sempre teatral). Dentro, ela toma a pílula de suicídio que Eugene lhe deu um episódio antes ("Algo Que Eles Precisam"). Mas ele não esperava que Sasha fosse *se transformar* em bomba zumbi. Nem, é claro, Negan.

A história de Sasha ocupa boa parte dos últimos episódios da temporada. Depois da morte de Abraham nas mãos de Negan, ela fica obcecada pela ideia de vingança. Ela decide cuidar de Maggie, mas sabe que, em algum momento, vai partir na missão de matar Negan. Sua primeira tentativa de matá-lo dá errado e ela é capturada, mas continua determinada a fazer com que o que resta da sua vida tenha significado. E ela não é obrigada a fazer aquilo que decidiu fazer. Negan oferece uma opção a todos. Se assim quisesse, Sasha podia seguir viva, mas ela decide sacrificar-se pela família e pelos amigos. É um exemplo imaculado de *storge,* e ela sente isso com tanta força que até consegue transformar sua morte em algo que beneficia sua família. O sacrifício de Sasha talvez nunca chegue ao auge de Sydney Carton em *Um Conto de Duas Cidades,* mas lembra aquele sacrifício – talvez seja ainda mais valoroso. Carton escolheu a guilhotina para salvar um inocente e por causa do amor não correspondido de Lucie Manette. "O que faço muito, muito melhor do que já fiz", diz Carton. Sasha, porém, se sacrifica para salvar toda sua comunidade. A sua surpresa dá aos alexandrinos a abertura de que eles precisam para iniciar a luta. Sasha, que sobreviveu à epidemia, ao apocalipse, ao amor, à mágoa, à dor e à desgraça, tem um descanso muito melhor do que já conheceu. Ela engole a pílula do suicídio de Eugene, liga o iPod velho que ele lhe deu e ouve uma música de Donny Hathaway: "Someday We'll All Be Free" ("um dia todos seremos livres").

De fato, seremos.

Do lado da ação, o episódio têm várias surpresas genuínas, bem-executadas e com boa sincronia: a traição dos Catadores (alguns sacaram antes; eu, não); o suicídio de Sasha; e a chegada do Reino, que vem anunciada por Shiva, o tigre que entra voando em cena quando Negan está prestes a matar Carl. Até Negan parece genuinamente assustado com o tigre, e o homem que é um mestre do teatro tem uma lição dolorosa de teatralidade. Logo em seguida, os combatentes de Hilltop surgem na cidade comandados por Maggie, para entrar na briga. "A viúva viva, mostrando as armas", Negan diz. A magnitude da resistência finalmente lhe fica clara. Ele já viu o bastante. Negan foge de caminhão, o dedo em riste para Alexandria.

Se ficarmos apenas no nível do entretenimento, essas surpresas são de execução perfeita. Não havia nada que denunciasse ao público que os Catadores iam se voltar contra os alexandrinos – houve até um diálogo todo extravagante entre a líder dos Catadores, Jadis, e Michonne, em que Jadis conta a Michonne que vai dormir com Rick quando tudo aquilo acabar. É um engodo que se joga ao espectador, mas funciona. A história de Sasha é contada através de uma série de flashbacks e sabemos o que vai acontecer quando Negan abre o caixão; mas os flashbacks encerram a história dela e tornam o sacrifício pessoal evidente. Mesmo na morte, ela é uma heroína plena. Aí, no caso, um tigre que explode na tela é puro espetáculo, mas o *timing* é essencial. Você acredita mesmo –

eu acreditei, pelo menos – que Negan ia assassinar Carl, e que seria um solavanco monumental no enredo. A chance de ele ser morto faz subir o drama até ponto alto, e o diretor Nicotero o deixa pairar tempo o bastante para você suar antes de Shiva aparecer.

Toda essa ação, todas essas reviravoltas, porém, servem a uma meta maior: elas mostram as três colônias de sobreviventes unindo-se, forjando laços na guerra que – com sorte – os levarão à nova paz em algum ponto mais à frente e a instituir algo que lembra o mundo antigo. Como estamos em *The Walking Dead,* você sabe que não vai ser fácil ou que pode nem acontecer. A defesa de Alexandria e o nascimento da nova coalizão, porém, fecham bem empacotadinho o arco da história inteira desses sete anos.

Começou com um bando de estranhos tentando lidar com algo inerentemente além da compreensão. Alguns conseguiram, outros não. Eles tornaram-se um pequeno pelotão de sobreviventes sem lar fixo, gente que fazia o possível na procura dos mínimos elementos para sobreviver. Eles tornaram-se peritos em sobrevivência e depois tiveram que encarar novo desafio: formar uma comunidade maior. Não foi fácil. Tiveram que superar a própria desconfiança, os próprios medos, e equilibrar a própria liberdade para agir contra os benefícios que advêm da segurança de um grupo maior. Tudo poderia azedar a qualquer momento. Essas pessoas precisavam de algo que as mantivesse unidas neste mundo insano e, finalmente, conseguiram. No final do episódio, há uma narração de Rick e Maggie. Eles estão falando de Sasha e de como ela poderia ter planejado aquela surpresa. Independentemente de como aconteceu, aquilo lhes deu uma chance, diz Rick, assim como a decisão de Maggie de entrar na briga. "Você tomou a decisão certa ao vir", ele diz. Ela responde que a decisão não foi dela:

> A decisão foi tomada há muito tempo, antes de qualquer um de nós se conhecer, quando éramos todos estranhos que no máximo teriam

se cruzado na rua. Antes do mundo acabar. Agora, um é importante para o outro. Você estava em apuros, você estava encurralado. Glenn não te conhecia, mas te ajudou. Ele correu riscos por você. E foi lá que começou tudo. De Atlanta à fazenda do meu pai, de lá à prisão, até aqui. Até este momento. Não como estranhos, mas como família. Foi porque Glenn decidiu ir até lá, por você, naquele dia, tanto tempo atrás. Foi essa decisão que mudou tudo. Começou com vocês dois e só cresceu. Tudo isso. Um se sacrificar pelo outro, sofrer, persistir, angustiar, doar, amar, viver, lutar pelo outro. Foi Glenn que tomou a decisão, Rick. Eu só fui atrás dele.

É óbvio que é uma cena e um discurso sentimentais, e a intenção é que seja um desfecho da trajetória de Glenn. Enquanto Maggie está falando, vemos cenas do que vem depois da luta. O importante é que Maggie, Ezekiel e Rick dirigem-se às pessoas reunidas, sinal da aliança formal destas três colônias. Mas o discurso é mais que uma despedida emotiva. Ela fala de sacrifício, de sofrimento, de luto e de luta, e de um fazer pelo outro. É este chamado a agir, à fé, e a trabalhar, a suportar estoicamente independentemente do que aconteça ao seu redor. Viver como se esta escolha fosse válida e, se você fizer esta escolha várias vezes, você ajuda a construir algo maior que você. Maggie diz que o grupo é uma *família*. Família pode ser um clichê açucarado em várias histórias, mas aqui representa algo específico. É o ingrediente-chave que Deanna Monroe viu pela primeira vez no clã Grimes. Nos resquícios da humanidade, eles redescobriram aquele *storge*, aquele amor fraternal. E ele foi ativado por uma opção tomada pelo mais moral destes personagens, Glenn, que nunca perdeu a fé na humanidade.

Claro que isso não acontece sem um custo. Glenn, para começar, morreu, e digamos que ele não os deixou à beira da terra prometida. Abraham, Sasha, Olivia e outros também morreram, e esta nova aliança vai precisar de todos os corpos que puder. Eles finalmente se encontraram, mas seus laços serão testados imediatamente, dado que Negan veio destruí-los. Pode-se apenas imaginar (ou ler num gibi) o que ele tem de planos para essa gente. Aliás, embora o episódio tenha sim uma resolução, é mais uma preparação para o capítulo seguinte. Negan volta ao Santuário, passa alguns minutos tentando entender como Sasha conseguiu se matar e então reúne sua gente para dar uma mensagem: "Vamos entrar em guerra".

O episódio encaixa todos os elementos que tornam o seriado uma experiência tão visceral para os espectadores, e ao longo de todo ele só aparece um zumbi! (Sasha, claro.) No mínimo, ele ilustra que se trata de mais do que apenas um seriado de zumbi, que há um caminho pelo qual os sobreviventes podem voltar, depois da Virada, depois dos horrores de um mundo tomado por zumbis e por loucos. Eles ainda não chegaram lá – e se Kirkman e companhia decidirem encerrar o seriado, nunca vão chegar lá –, mas você vê que não são mais apenas sobreviventes vivendo um tormento. É gente que faz parte de algo maior que si: um grupo duradouro e cooperador, uma associação de pessoas que se une para fins comuns.

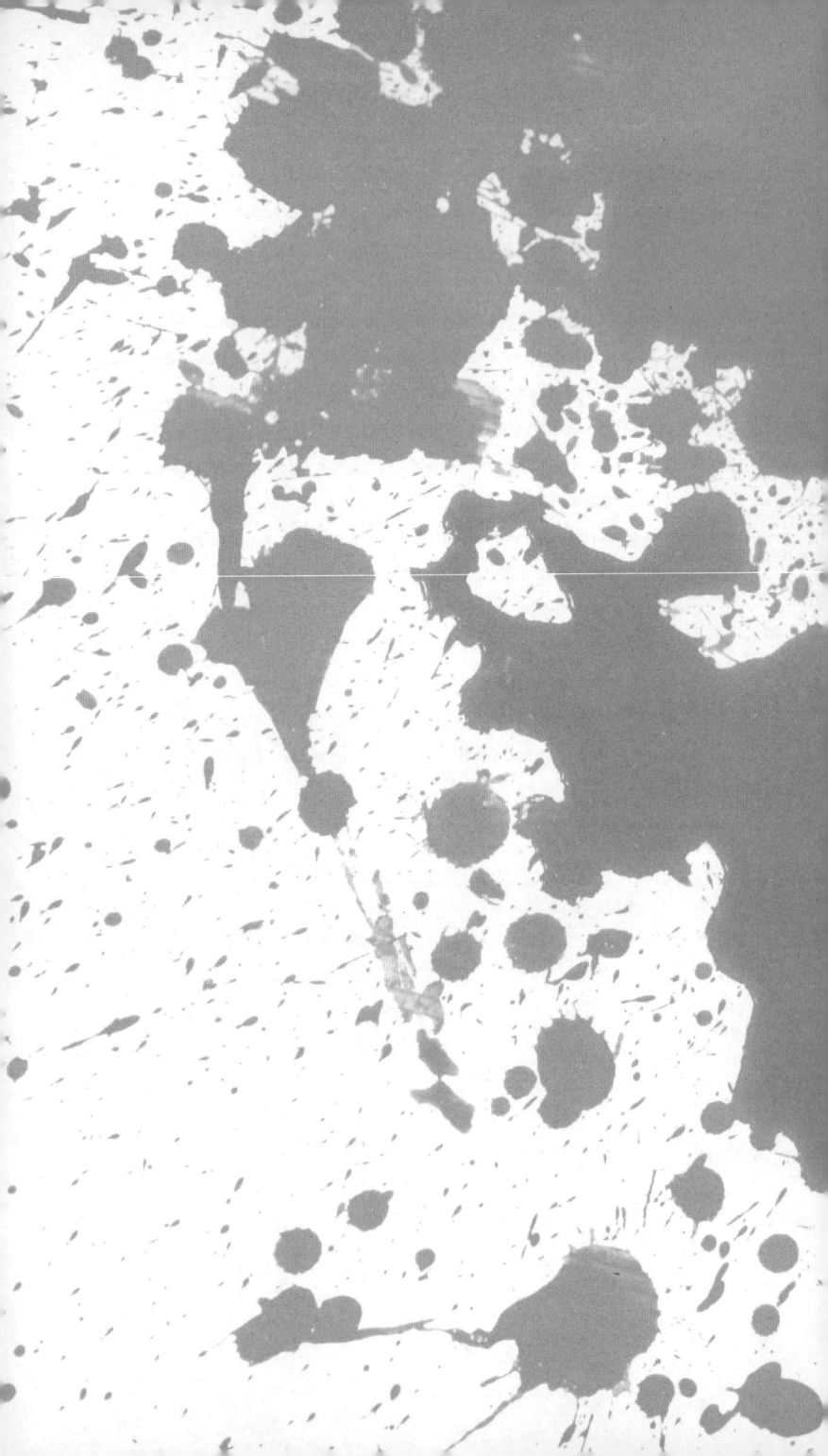

POSFÁCIO

O FIM

> "ISSO AQUI É UM PESADELO.
> E TODO PESADELO TEM FIM."
> – **BOB STOOKEY**
> (TEMPORADA 5, EPISÓDIO 2, "ESTRANHOS")

A inspiração de *The Walking Dead*, com tudo que tem de tripas e de triunfo, começou com um final – os filmes dos *Mortos* de George Romero e, especificamente, o final de cada um deles. No primeiro longa de Romero, ninguém sobrevive à noite entre os mortos. Os dois filmes seguintes do diretor terminam com um punhado de sobreviventes batendo em retirada de helicóptero, no desespero total, enquanto os zumbis dominam o mundo. Kirkman queria saber o que aconteceu com os sobreviventes depois do último rolo.

As histórias de zumbi geralmente têm um final A ou um final B: ou a humanidade consegue vencer a maré ou os zumbis tomam conta do mundo. Em *A Noite dos Mortos-Vivos* original, a humanidade vence, mesmo que os homens e mulheres que vemos no filme morram todos.

Quando Romero fez *Madrugada dos Mortos*, a humanidade está fugindo. No *remake*, os zumbis matam todo mundo e assumem o planeta. No britânico *Dead Set*, os zumbis tomam conta do mundo e não sobra humano algum. Em *Extermínio* e na sequência, parece que a humanidade conseguiu manter o apocalipse zumbi restrito à Inglaterra. Em *Guerra Mundial Z*, o grande livro de Max Brooks, a humanidade vence depois de uma guerra épica, de anos a fio. A versão para o cinema, que parece ter dispensado tudo do livro fora o título, sugere esse resultado. Nem Romero conseguiu deixar seus finais como estavam. Desde *Dia dos Mortos*, de 1985, e depois que Kirkman começou *The Walking Dead* em HQ em 2003, Romero fez mais três filmes *dos Mortos: Terra dos Mortos* (*Land of the Dead*, 2005), *Diário dos Mortos* (*Diary of the Dead*, 2007) e *A Ilha dos Mortos* (*Survival of the Dead*, 2009). Nesses filmes, ele ampliou o universo que iniciou em 1968 e focou em mais histórias de sobrevivência.

O que todas essas histórias têm em comum, porém, é que elas *têm* fim. E algum dia *The Walking Dead* também vai ter fim. Provavelmente. Grandes chances. Parece que vai. Quantos seriados do horário nobre duram para sempre? *Lassie* teve dezessete temporadas, *Gunsmoke* teve vinte e *The Simpsons* ainda nos mostra a vida em Springfield. Mas todo programa acaba. Mesmo que *The Walking Dead* mantenha os números de audiência lá em cima e dure mais uma década, uma hora vão ter que mudar o elenco e uma hora a melhor equipe criativa fica sem fôlego e ganas. O final parece inevitável.

Embora a popularidade garanta que *The Walking Dead* não tenha fim à vista, uma pessoa já sabe o final: Robert Kirkman. Pelo menos é o que ele declarou em público. Ele tem a trama inteira esboçada na cabeça e tem um final em mente. Isso é importante. Bonansinga, o escritor, ensina a seus alunos que é preciso ter um final em mente antes de começar a escrita. Para ele, é fundamental que o escritor saiba aonde a história vai chegar. É elemento essencial da escrita. Decidir onde terminar um programa de TV, porém – suponho que a opção esteja nas mãos do *showrunner* – é ardiloso. Veja só: se *The Walking Dead* usasse a temporada 8 como final – não vai, mas vamos fingir que vai –, se escolhessem uma data para o final, o que eles produziram nestas oito temporadas se sustenta. Eles teriam criado um marco, introduzido personagens inesquecíveis, icônicos, e transformado a televisão. Um legado nada ruim de se ter. Seria melhor cimentar isso e cair fora, ou seguir adiante até algum final opaco lá na frente? Estamos claramente nos direcionando para a segunda opção, e por isso vale a pena ponderar duas coisas: Quando o fim deve acontecer? E como vai ser? *The Walking Dead* "pulou tubarão"?

Se você não sabe, "pular tubarão" é referência a um momento no final de *Happy Days* em que Fonz faz esqui aquático e literalmente pula sobre dois tubarões. Virou símbolo de quando um seriado de TV para de se importar com coisas tipo lógica interna, continuidade, dramaticidade, personagens, até com o público. É quando os roteiristas começam a encaixar proezas ou artifícios malucos só para chocar ou, pior, para render audiência. Ouvi gente dizer que isso aconteceu tanto no gancho de Glenn-no-beco quanto no gancho de Negan-na-floresta. É um momento perigoso, que nenhum artista de verdade deveria almejar.

Lembro-me de assistir ao episódio 12 da sétima temporada, "Diga Sim", aquele em que Rick e Michonne encontram um acampamento de sobreviventes num circo, e, pela primeira vez em algum tempo, fiquei tenso de tão nervoso. A cada segundo eu esperava que alguma coisa fosse saltar e ameaçar os dois: um errante, uma patrulha de Salvadores, um facínora qualquer, qualquer coisa. Eu fui fisgado. Era uma sensação que eu não tinha há algum tempo no seriado – pelo menos não desde que Glenn conseguiu sair daquele beco. Eu percebi como aquele gancho tinha afetado como eu assisto ao seriado, e percebi que em algum ponto por aí, algum ponto depois de Negan matar Glenn e Abraham e antes dos súditos de Negan começarem a se rebelar, o seriado me reconquistou. Me pegou de jeito, de novo. Não acho que *The Walking Dead* tenha "pulado tubarão". Mas eu sou eu. Outros podem achar outra coisa.

A audiência de *The Walking Dead* ainda é avassaladora e o elenco atual é profundo e veterano; há quatro ou cinco atores depois de Andrew Lincoln que poderiam assumir o papel principal, como Melissa McBride, Norman Reedus, Lennie James, Danai Gurira ou Lauren Cohan. Em outras palavras, poderíamos ter mudanças significativas no elenco e o seriado provavelmente não ia sair prejudicado. Kirkman com certeza não quer dar fim e não vai ficar sem matéria-prima. Em uma edição da série em quadrinhos de fins de 2016, a número 161, Kirkman abordou o futuro do seriado na coluna "Letter Hacks", que escreve no final da revista. "Levou seis temporadas para chegar a [edição] 100. Não vai levar seis anos para chegar a 200 e aí já vamos estar na temporada... doze. E, quando chegar lá, ainda estaremos à frente do seriado." Em outras palavras, o homem está falando de pelo menos mais cinco temporadas da série. Além disso, Kirkman não é dono do seriado, e sim a AMC. Mesmo com o baque nos números de audiência na temporada 7, é impossível imaginar que a AMC estaria disposta a deixar o seriado sair do ar.

Kirkman deu uma pista, porém, no famoso podcast *WTF*, de Marc Mahon. "Eu espero que *The Walking Dead* dure o bastante para, quando terminar, eles digam tipo: 'Ainda bem que a gente deu um jeito nos zumbis'". Portanto, no mínimo, você vê que ele tende para um final feliz. Na Walker Stalker Con de Charlotte, Michael Rooker, que interpretou Merle, deu sua versão do final. Na sua imaginação, há a imagem de dois trilhos de trem e uma pessoa só caminhando por eles. Você ouve uma narração e logo percebe que é Carl, crescido, e que o seriado inteiro foi ele contando sua vida. Como ele está sozinho, "todo mundo do seriado morreu. Ele é o único sobrevivente, está por conta própria e caminha rumo ao pôr do sol". Tem algo de belo, majestoso e também muito triste nessa imagem.

POSFÁCIO

Da minha parte, já pensei no final várias vezes. Quando contei minha versão a Jay Bonansinga, ele enxergou de um jeito um pouquinho diferente: imaginou os sobreviventes caminhando sobre um mar de zumbis em coma, como a última cena de *Os Pássaros*. Eles morreram mesmo? Acabou? Nunca vamos saber. É um ótimo final – e um final muito Jay Bonansinga, no melhor sentido –, mas eu optaria por algo mais resolvido. Como você leu o livro até aqui, também pode ouvir o meu final:

Estamos em um momento do futuro distante. Já se resolveram inúmeros desafios, os inimigos foram vencidos, os zumbis foram esmagados. A rede de campos de sobreviventes que está nascendo formou uma aliança e fincou a zona de segurança real em torno dos estados da costa leste dos EUA. Há lei e há ordem. As pessoas se envolvem no trabalho duro de reconstruir o mundo. Michonne volta de uma viagem a terras distantes. Ela está de volta a Alexandria, de volta para casa. Ela encontra Carl, que está caminhando com Judith adolescente. Carl já é jovem e um líder promissor na comunidade. Fala-se muito que ele vai assumir o papel que era de seu pai. Carl vai perguntar a Michonne da viagem, e ela conta o que viu lá fora. "Sabe o que eu não vi?", ela pergunta.

"Errantes", Carl responde.

"Errantes", ela confirma. "Faz meses que não vejo. Não sei se ainda há algum."

"Bom", Carl diz, "já é um começo."

"Com certeza."

E eles saem por ali, seguindo a rua, rumo ao sol. Acabou. Os humanos venceram. A sociedade se restaurou. É um final feliz. Mais ou menos. Pois sabe quem não está ali, fora os errantes? Rick. Daryl. Carol. Morgan. Ezekiel. Dianne. Maggie. Eugene. Negan. Gregory. Rosita. Aaron. Tobin. Jesus. No meu final, os humanos vencem, mas só depois que sofrem perdas tremendas. Os únicos sobreviventes do elenco atual são Michonne, Judith e Carl. Todos os outros morrem pelo caminho, até Rick Grimes, o que o torna uma espécie de Moisés do seriado, o pastor que levou seu povo à terra prometida, mas não pôde entrar. O cerne real do seriado, porém, é Carl, criança que, quando aconteceu a Virada, cruzou o inferno para chegar à idade adulta.

Já tratamos da ideia de que "a fé sem obras é fé morta", e outra maneira de afirmar isso é dizer que obras dão vida à fé. Dor e aflição são constantes humanas e alguns de nós têm mais dessas duas coisas que outros; mas você vai ter que aguentar. Eu já passei por isso e é horrível. Ninguém quer sofrer. Mas tal como Marco Aurélio e Abraham Ford entenderam, é assim que são as coisas. Você faz o que tem que fazer, e aí sai vivo.

Portanto, todos esses personagens vão morrer ao longo das sei lá quantas temporadas que o seriado ainda vai ter. Vão ser substituídos por outros – Michonne, Judith e Carl não são as três últimas pessoas na Terra. O importante, afinal, não é que certas pessoas vão sobreviver, mas que na luta elas transmitam as coisas que importam a esse mundo novo, como a humanidade exemplificada por Glenn. Carl, um garoto que em diversas vezes pareceu sucumbir aos instintos mais baixos, torna-se tudo que seu pai tanto se esforçou para ser. O bem triunfa sobre o mal, a humanidade perdura. Obras constroem fé. Terminar assim parece que lhe dá as duas coisas. É feliz... bom, é alegrinho... mas também é brutalmente triste, pois quase todo mundo de quem você gosta morreu. E é isso que costuma acontecer em história de zumbi. Pelo menos nas boas.

BIBLIOGRAFIA

INTRODUÇÃO: O CORAÇÃO PULSANTE DE *THE WALKING DEAD*

Tive a sorte de ser parte da multidão naquela noite no Madison Square Garden, e por isso grande parte do que escrevo aqui é em primeira mão. Detalhes extras sobre audiência aqui e mais à frente vêm sobretudo do website TV By the Numbers. Especificamente:

> Porter, Rick, "Sunday cable ratings: *The Walking Dead* takes a bigger-than-usual hit in episode 2", TV By the Numbers, 1 de novembro de 2016.
>
> Porter, Rick, "The 20 highest-rated shows of 2016: *The Walking Dead* and *The Big Bang Theory* win the year", TV By the Numbers, 26 de dezembro de 2016.

CAPÍTULO 1: O EMBRIÃO

Em 2015, fui moderador de um painel com Robert Kirkman na South by Southwest e já o vi falar em outros dois, incluindo outro painel no mesmo evento e na New York Comic Con. A partir daí eu montei muito da história de fundo. Alguns dados factuais foram confirmados pela Skybound Entertainment e o resto já é de conhecimento público.

Parte dos detalhes da vida pregressa de Kirkman vem de uma entrevista que ele deu na Comic Con de Nova York em 2016. Há duas matérias sobre essa fala:

Pepose, David, "NYCC '16: *The Walking Dead* Panel", Newsarama, 8 de outubro de 2016, http://www.newsarama.com/31379-nycc-16-the-walking-dead.html.

Vigna, Paul, "New York Comic Con: *Walking Dead* Creator Robert Kirkman Talks Negan and Season 7", *Wall Street Journal*, 6 de outubro de 2016.

Também: Robert Kirkman em entrevista a Brian Crecente, South by Southwest, 14 de março de 2015, https://www.youtube.com/watch?v=jJmkgqfGdIs.

E da entrevista com Paul F. Tomkins, Made Man, 14 de outubro de 2013, https://www.youtube.com/watch?v=ZW7v6SCAy1k.

Juntei vários detalhes sobre a origem do seriado a partir de documentos de acesso público relativos ao processo de Frank Darabont contra a AMC, que se encontram no website do sistema judiciário do Estado de Nova York. A ação inicial, aberta em 17 de dezembro de 2013, ajudou bastante: https://iapps.courts.state.ny.us/fbem/DocumentDisplayServlet?documentId=iiWvL/9lhAAm0uZ93uv-4jg==&system=prod.

Todos os detalhes sobre Cynthiana vêm do website da cidade, http://www.cynthianaky.com/.

Juan Gabriel Pareja, Kerry Cahill e Jay Bonansinga foram entrevistados por telefone.

Outras fontes selecionadas:

Brewer, James, "The cancellation of AMC series *Rubicon*: Too close to home?" World Socialist Web Site, 2 de dezembro de 2010.

Bricker, Tierney, "Did You Spot Ashton Kutcher's Sister in *The Walking Dead* Finale?" E News, 7 de abril de 2016.

Clark, Kevin, "NFL Players' Weekly Challenge: Making It Home for *The Walking Dead*", *Wall Street Journal*, 23 de novembro de 2015.

Davis, Brandon, "John Cusack Wants to Appear on *The Walking Dead*", Comicbook, 31 de maio de 2016.

Davis, Brandon, "Chris Daughtry Auditioned for *The Walking Dead*", Comicbook, 12 de maio de 2016.

DeWolf, Nancy, "Everything Old Is New Again", *Wall Street Journal*, 22 de outubro de 2012.

Ebert, Roger, "*Night of the Living Dead*", 5 de janeiro de 1969, *Chicago Sun-Times* (publicação original), http://www.rogerebert.com/reviews/the-night-of-the-living-dead-1968.

Goodman, Tim, "*The Walking Dead*: TV Review", *Hollywood Reporter*, 30 de outubro de 2010.

Harkness, Ryan, "Ronda Rousey Gets Geeky Over *Game of Thrones* and *The Walking Dead*", Uproxx, 20 de abril de 2016.

Hibberd, James, "AMC sells overseas rights to *Walking Dead*", *Hollywood Reporter*, 9 de junho de 2010.

Hill, Jim, "Makeup Master Greg Nicotero Helps Make AMC's *The Walking Dead* a Gory Must-see", Huffington Post, 18 de dezembro de 2012.

MacKenzie, Steven, "George A. Romero: *The Walking Dead* is a soap opera with occasional zombies", The Big Issue, 3 de novembro de 2013.

Moss, Linda, "What McEnroe Built at AMC", Multichannel News, 22 de junho de 2003.

Peisner, David, "Robert Kirkman: I can Do 1,000 Issues of *The Walking Dead*", 8 de outubro de 2013, *Rolling Stone*.

Petski, Denise, "*The Walking Dead* Spanish-Dubbed Episodes to Air on NBC Universo", Deadline Hollywood, 20 de outubro de 2015.

Reed, Patrick, "On This Day in 1992: The Start of the Image Comics Revolution", Comics Alliance, 1 de fevereiro de 2016.

Roxborough, Scott, "*Fear the Walking Dead* Sets Global Ratings Record for AMC", *Hollywood Reporter*, 28 de agosto de 2015.

Ryan, Maureen, "*Mad Men*'s Matthew Weiner on the Clash with AMC and the Season 5 Premiere", 15 de março de 2012, Huffington Post.

Stetler, Brian, "Season 5 of *Mad Men* Is Delayed Until 2012", *New York Times*, 29 de março de 2011.

"*The Walking Dead* Continues to Break Records Worldwide", World Screen, 8 de novembro de 2010, http://worldscreen.com/the-walking-dead-continues-to-break-records-worldwide/.

Ward, Kate, "*The Walking Dead* premiere attracts 5.3 million viewers", *Entertainment Weekly*, 1 de novembro de 2010.

CAPÍTULO 2: PASSE DE MÁGICA

As conversas tanto com Addy Miller quanto com Tom Savini foram essenciais para me ajudar a entender o processo de criar zumbis e de criar efeitos especiais. Frank Renzulli me ajudou a entender como os efeitos funcionam dentro da história.

Outras fontes selecionadas:

Peisner, David, "Robert Kirkman: I can Do 1,000 Issues of *The Walking Dead*", *Rolling Stone*, 8 de outubro de 2013.

Lowe, Kevin, "Savage Continent: Europe in the Aftermath of World War II", Picador, 2013. [Edição brasileira: *Continente Selvagem: o caos na Europa depois da Segunda Guerra Mundial*. Trad. Paulo Schiller. Rio de Janeiro: Zahar, 2017.]

BIBLIOGRAFIA

CAPÍTULO 3: PATOLOGIA

O texto de 1969 de Roger Ebert, no qual ele trata de como foi assistir ao filme *A Noite dos Mortos-Vivos* em uma matinê de sábado, é fantástico e todo fã de zumbi deveria ler. A história do gênero e de George Romero já foi bem documentada. Alguns detalhes vêm do documentário de 2008 *The Legacy of Night of the Living Dead*, mas praticamente todos estão disponíveis em vários formatos, sendo que as histórias orais foram contadas e recontadas várias vezes.

Otto Penzler teve a gentileza de se sentar para um papo quando eu entrei sem hora marcada na sua livraria na baixa Manhattan, a Mystery Bookshop. Conversamos sobre zumbis e *pulp fiction*.

Sarah Wayne Callies teve a gentileza de me encaminhar o discurso de 2013 que ela fez na Universidade do Havaí, sobre zumbis e Tchecov.

Muitos dos primeiros filmes de zumbi, e digo muitos mesmo, estão disponíveis na íntegra no YouTube. *Zumbi Branco, O Rei dos Zumbis, A Vingança dos Zumbis (Revenge of the Zombies), A Noite dos Mortos-Vivos, O Fantasma de Mora Tau (Zombies of Mora Tau), Zumbis da Estratosfera* (que não é fácil de assistir, mas é instrutivo) e outros estão logo ali, esperando por você num sábado à noite.

Para ser sincero, não lembro exatamente que toca de coelho me levou a William of Newburgh e Walter Map, mas o devido histórico dos zumbis não seria completo sem eles. A tradução do "Historia rerum Anglicarum" de William em que me embasei foi preparada por Scott McLetchie e publicada no Internet History Sourcebooks Project, da Fordham University, http://sourcebooks.fordham.edu/halsall/basis/williamofnewburgh-five.asp#22.

Duas outras fontes essenciais:

James, M.R., "How to read Walter Map", Mittellateinisches Jahrbuch, Vol. XXIII, 1988, http://people.bu.edu/bobl/map.htm.

Black, William-Henry, "A Descriptive Analytical and Critical Catalogue of the Manuscripts Bequeathed Unto the University of Oxford", 1845.

Outras fontes selecionadas:

Ebert, Roger, resenha de *"Night of the Living Dead"*, 5 de janeiro de 1969, publicada originalmente no *Chicago Sun-Times*, disponível em rogerebert.com.
Hartlaub, Peter, "Dead and Fred: George A. Romero's connection to Mr. Rogers", SFGate, 13 de maio de 2010.
McConnell, Mariana, "Interview: George A. Romero on *Diary of the Dead*", CinemaBlend, 2008.
Phillips, Mary E., "Edgar Allan Poe: The Man", Part II, Section 6, The John C. Winston Co., 1926, http://www.eapoe.org/papers/misc1921/mep2cb06.htm.
Than, Ker, "Neanderthal Burials Confirmed as Ancient Ritual", *National Geographic*, 16 de dezembro de 2013.
Rodrique, Jean-Paul, "The Geography of Transport Systems", Hofstra University, Department of Global Studies & Geography, 2017, https://people.hofstra.edu/geotrans/eng/ch1en/conc1en/telecomdiffusionUS.html.

CAPÍTULO 4: DANDO VIDA AOS MORTOS

Boa parte dos detalhes sobre a criação de efeitos especiais zumbi vêm dos extras no DVD da primeira temporada de *The Walking Dead* e de um curta on-line, "The Well Walker: Inside *The Walking Dead*".

Além disso, mais uma vez Tom Savini foi essencial para entender a parte logística de criar estes efeitos, e aproveitei outras ideias de Juan Gabriel Pareja e Xander Berkeley.

BIBLIOGRAFIA

Outras fontes selecionadas:

Adams, Sam, "In Its Season Premiere, *The Walking Dead*'s Brutal Violence Finally Went Too Far", Slate, 24 de outubro de 2016.
DeFino, Dean J., *The HBO Effect*, Bloomsbury Academic, 2013.
Jaworski, Michelle, "Here are the complaints the FCC received after *The Walking Dead*'s season 7 premiere", The Daily Dot, 15 de dezembro de 2016.
Gerbner, George, "Cultural Indicators: The Case of Violence in Television Drama", *The Annals of the American Academy*, 1 de março de 1970, http://web.asc.upenn.edu/gerbner/Asset.aspx?assetID=379.
Talbot, Margaret, "Stealing Life", *The New Yorker*, 22 de outubro de 2007.

CAPÍTULO 5: UM CORAÇÃO

Boa parte da matéria-prima aqui veio de entrevistas com o elenco antes e depois de eu começar a escrever este livro. Com Melissa McBride, por exemplo, eu conversei em 2013, e Norman Reedus veio à redação para uma entrevista em 2014. Robert Kirkman estava na cidade para a Comic Con de 2016. Jay Bonansinga, Xander Berkeley e Andrew Lincoln eu entrevistei em 2017.

Outras fontes selecionadas:

Ho, Rodney, "Atlanta actress Melissa McBride transforms Carol, her *Walking Dead* character", *Atlanta-Journal Constitution*, 8 de outubro de 2014.
Peisner, David, "Melissa McBride: Carol Represents *The Walking Dead* Viewers", *Rolling Stone*, 15 de outubro de 2013.
Ross, Dalton, "*The Walking Dead*: How Sarah Wayne Callies saved Carol", *Entertainment Weekly*, 10 de fevereiro de 2016.

Vigna, Paul, "Full Interview: *Walking Dead* Star Norman Reedus", *Wall Street Journal*, 2 de março de 2014.

Vigna, Paul, "Why *The Walking Dead* Speaks to Scary Economic Times", *Wall Street Journal*, 11 de outubro de 2013.

Vigna, Paul, "*The Walking Dead* Season 7 Preview: 'The Show Itself Changes'", *Wall Street Journal*, 20 de outubro de 2016.

CAPÍTULO 6: RUPTURA

A maior parte dos detalhes neste capítulo vem de autos no processo que Frank Darabont abriu contra a AMC que estão disponíveis na internet através do website do Sistema Judiciário do Estado de Nova York.

A petição inicial está aqui:

https://iapps.courts.state.ny.us/fbem/DocumentDisplayServlet?documentId=iiWvL/9lhAAm0uZ93uv4jg==&system=prod.

Os documentos do caso são encontrados aqui:

http://iapps.courts.state.ny.us/iscroll/SQLData.jsp?Index=-No-654328-2013&Page=151.

Fontes adicionais:

Relatório financeiro de final do ano e quarto trimestre de 2015 da AMC, 25 de fevereiro de 2016, http://investors.amcnetworks.com/releasedetail.cfm?ReleaseID=957113.

Gardner, Eriq, "*Walking Dead* Creator Hit with Second Lawsuit Claiming Co-Ownership", *Hollywood Reporter*, 8 de agosto de 2012.

Masters, Kim, "*The Walking Dead*: What Really Happened to Fired Showrunner Frank Darabont", *Hollywood Reporter*, 10 de agosto de 2011.

McMillan, Graeme, "*The Walking Dead* Behind-the-Scenes Battle That Almost Doubled the Zombie Count", *Time*, 10 de outubro de 2012.

Sloan, Scott, "*The Walking Dead* Day brings the zombie apocalypse, and its artists, to Cynthiana", Lexington Herald Leader, 4 de agosto de 2016, http://www.kentucky.com/entertainment/tv/article93677227.html.

Yeoman, Kevin, "Frank Darabont Steps Down as *The Walking Dead* Showrunner", ScreenRant, 26 de julho de 2011.

CAPÍTULO 7: EXPANSÃO

As informações factuais deste capítulo estão disponíveis na internet. Comentários extras vêm de entrevistas com Cliff Curtis, Jay Bonansinga e Joanne Christopherson, que forneceram dados relativos ao curso e documentos que também ajudaram em outros capítulos.

O episódio inicial de *The Talking Dead* tem vários trechos só para a web disponíveis no website da AMC, e que são bem divertidos por si sós.

Da minha parte, minha cidade natal tem mesmo uma biblioteca bem robusta que daria ótimo refúgio em caso de apocalipse zumbi, e que também foi um ótimo espaço para escrever.

Outras fontes:

Adalain, Josef, "AMC Is Mulling a Talk Show About Its Own Dramas", *Vulture*, 29 de agosto de 2011.

Meslow, Scott, "Don't Waste Your Time with Shows Like *Talking Dead*", *GQ*, 20 de julho de 2016.

Porter, Rick, "*Walking Dead, Monday Night Football* go 1-2 again in cable top 25 for Dec. 2011", Screener, 13 de dezembro de 2016.

CAPÍTULO 8: MARCO AURÉLIO E ZUMBIS

Esse capítulo foi tanto uma toca de coelho quanto um ponto de partida. Muito antes da ideia de um livro sobre o seriado eclodir, eu havia escrito um texto em 2013 para o *Wall Street Journal* que sinalizou minha primeira tentativa de compreender o significado mais profundo da série. É uma coisa que anda na minha cabeça desde então, e tentar responder a essa pergunta é o grande sentido deste livro.

Há várias pessoas com quem conversei cujas ideias caíram neste capítulo, incluindo Sonya Iryna do *Undead Daily*. Ann Mahoney foi muito generosa ao conversar sobre sua abordagem religiosa do seriado.

O artigo sobre religião na série, escrito por Erika Engstrom e Joseph Valenzano, foi ótimo por si só; mas a bibliografia do artigo, e todas as fontes que citava, foram uma abundância de informações extras. Tenho uma grande dívida com eles por compartilharem o texto comigo.

Outras fontes selecionadas:

A *Bíblia*.
Aurélio, Marco, *Meditações*.
"America's Changing Religious Landscape", 12 de maio de 2015, Pew Research Center, http://www.pewforum.org/2015/05/12/americas--changing-religious-landscape/.
Engstrom, Erika e Valenzano, Joseph, "Religion and the Representative Anecdote: Replacement and Revenge in AMC's *The Walking Dead*", 11 de agosto de 2016, *Journal of Media and Religion*.

"Full Interview: *Walking Dead* Star Norman Reedus", *Wall Street Journal*, 2 de março de 2014.

Hall, Stuart, "Encoding and decoding in the television discourse", University of Birmingham, 1973.

Vigna, Paul, "Why *The Walking Dead* Speaks to Scary Economic Times", *Wall Street Journal*, 11 de outubro de 2013.

Winston, Diane, "Small Screen, Big Picture: Television and Lived Religion", Baylor University Press, 2009.

CAPÍTULO 9: O MAIOR MOMENTO DE *THE WALKING DEAD*

Este capítulo não seria possível sem a ajuda de Ann Mahoney, que me guiou com toda a paciência pela produção daquela noite.

O conceito de *storge* me foi apresentado por Engstrom e Valenzano, e há motivo para estes dois capítulos andarem juntos; os conceitos introduzidos no capítulo 8 por estes dois autores e outros são sobretudo abstrações do que é ilustrado com perfeição na luta épica em Alexandria.

A propósito, se você se interessa em saber a ordem em que os alexandrinos aparecem naquela última cena, a do corte rápido, eu assisti a ela no DVD, fiz uma pausa em cada corte e finalmente cheguei nesta ordem: Glenn esmaga a cabeça de um errante, Morgan gira seu cajado, Daryl mexe com sua faca. Depois, são Maggie, Sasha, Eugene, Padre Gabriel, Tobin, Carol, Michonne, Abraham, Aaron, Rosita, Bruce, Kent, Francine, Kent, Bruce, Michonne, Eugene, Aaron, Sasha, Gabriel, Sasha, Barbara, Morgan, Tobin, Carol, Eugene, Francine e, por fim, Rick Grimes.

CAPÍTULO 10: QUATRO PAREDES E UM TETO EM CHARLOTTE

A maioria dos detalhes neste capítulo veio em primeira mão da convenção Walker Stalker em Charlotte, Carolina do Norte, incluindo entrevistas com participantes e atores.

Armas

Eu já vinha planejando uma seção curta sobre as armas, mas foi o comentário de Kerry Cahill sobre o arco e flecha de sua personagem, e como ele foi pensado para ampliar Dianne, que me fez perceber o quanto as armas têm de significado para cada personagem.

O Wiki sobre *The Walking Dead* e o Internet Movie Firearms Database foram fontes indispensáveis nesta seção.

Além deles:

Baker, Chris, "The Colt Python—An Ideal Zombie Gun?" Lucky Gunner, 5 de fevereiro de 2013.
Stenudd, Stefan, "Aikido in *The Walking Dead*", stenudd.com, 3 de novembro de 2015, http://www.stenudd.com/aikido/aikido-walking-dead-s06e04.htm.

CAPÍTULO 11: DISSECANDO

Adam Carlson e eu tivemos uma longa conversa sobre Glenn no beco, e Frank Renzulli me ajudou a pensar as questões do ponto de vista de roteirista.

Eu realmente parei para pensar se seria fácil atravessar um crânio com uma faca. Marc MacYoung e Gary Harper tiveram a gentileza de compartilhar o que sabem do assunto.

BIBLIOGRAFIA

Outras fontes:

Vigna, Paul, "Sorry, *Walking Dead* Fans, That Death Was Real", *Wall Street Journal*, 26 de outubro de 2015.

CAPÍTULO 12: GUERRA E PASMEM

Algumas ideias deste capítulo vieram do curso on-line de Joanne Christopherson, sobretudo o conceito de aplicar a Hierarquia das Necessidades de Maslow a *The Walking Dead*, e claro que parte é uma expansão dos conceitos que foram explorados no início do livro. Embora eu não cite por nome, o *Theories of International Politics and Zombies* de Daniel Drezner também inspirou ideias neste capítulo.

Descobri que a política de *The Walking Dead* é um tópico bem popular. Havia infinitos artigos sobre este tema e a lista abaixo é só uma amostra do que existe por aí a respeito do seriado.

Collins, Sean T., "The Fascism of *The Walking Dead*", Vulture, 13 de dezembro de 2016.

Drezner, Daniel W., *Theories of International Politics and Zombies*, Princeton University Press, 2011.

French, David, "In the Zombie World, Only the Conservative Survive", *National Review*, 3 de outubro de 2015.

Healy, Andrew e Malhorta, Neil, "Myopic Voters and Natural Disaster Policy", *American Political Science Review*, Vol. 103, n. 3, agosto de 2009.

Hobbes, Thomas, *O Leviatã*.

CAPÍTULO 13: SANIDADE E MORALIDADE

Este é outro tópico que renderia um livro por si só, e que até já rendeu. Um exemplar antecipado do *Living with the Living Dead* (Vivendo com os mortos-vivos), de Greg Garrett (Oxford University Press, 2017), apareceu na minha mesa e deu perspectivas valiosas quanto aos efeitos dos zumbis e do apocalipse sobre a mente.

Hobbes acaba tendo outra participação neste capítulo, mas me pareceu que a melhor analogia histórica com o mundo retratado em *The Walking Dead* seria a Peste Negra do século XIV. Ela capta ao mesmo tempo a praga misteriosa, a morte desenfreada e aleatória, mais o colapso da sociedade. É óbvio que existem incontáveis volumes sobre o assunto, mas só tive tempo de consultar alguns.

O melhor relato contemporâneo provavelmente seja *O Decamerão* de Giovanni Boccaccio, publicado em 1353. O poeta italiano Petrarca também escreveu sobre a época e há outra abordagem do assunto na historiografia de George Deaux, *The Black Death, 1347*, publicada em 1969 pela Weybright e Talley.

AGRADECIMENTOS

Se você chegou até aqui, me faça este favor e siga um pouco mais, pois há algumas pessoas sem as quais este livro não existiria.

Primeiro, minha agente, Gillian McKenzie. Este livro não existia antes de Gillian me perguntar: "você acha que dá para escrever um livro sobre *The Walking Dead*?" Foi um momento "EPA!". *É óbvio* que dá para escrever um livro, eu respondi. Foi a partir daí que começamos a esboçar ideias. Gillian foi uma defensora vigorosa do livro e deu duro para encontrar o melhor editor.

Matthew Daddona, meu editor na Dey Street, fez um serviço requintado de trabalhar com um prazo apertado e garantir que o livro ficasse pronto e bom. Ele tinha muitas sugestões, deu muito incentivo e não teve medo de tirar a tampa da proverbial caneta vermelha. O livro seria muito menos focado sem seu empenho. Aliás, toda a equipe da Dey Street, incluindo a *publisher* Lynn Grady, a relações-públicas Caroline Perny, a diretora de marketing Kendra Newton e o editor de produção sênior David Palmer, entrou em ação para o que o livro ficasse nos trilhos e ficasse pronto. William Ruoto foi o responsável pelo fantástico design interno, e a editora de texto Laura Cherkas me salvou de mais erros que ouso reconhecer. Tony Moore trouxe seu talento icônico à capa original, fantástica no pavor e no explícito. A anatomia dos mortos-vivos, é isso mesmo.

Meus colegas e editores do *Wall Street Journal* apoiam meu vício zumbi há bastante tempo e foram incentivadores também deste livro com muito entusiasmo. Sou grato ao editor-chefe Gerry Baker e aos editores de ética e conduta Neal Lipschutz e Karen Pensiero pela benção. Na seção de Negócios & Finanças, quero agradecer ao secretário de redação Dennis K. Berman. Stephen Grocer, meu editor no blog Moneybeat, me contratou para escrever sobre finanças e ações, e ao longo dos anos suportou com estoicismo minhas investidas em bitcoins e zumbis. Ele vem sendo um ótimo chefe, um ótimo amigo e grande defensor do meu trabalho. Por fim, Michael Rapoport foi quem sugeriu meu nome para os resumos lá no início, então é tudo culpa dele. Na seção de artes, sou grato a Barbara Chai por me dar a oportunidade de escrever os resumos, e a Lisa Bannon por continuar com eles. Também gostaria de agradecer a Michael Calia e Mike Ayers pela ajuda ao longo dos anos em que imergimos em zumbis, dragões, robôs e na psicose de Eliot Alderson; damos um ótimo pelotão geek.

Mike Casey, meu coautor e amigo, me trouxe ao mundo editorial e por isso sempre lhe serei grato.

Várias pessoas contribuíram com tempo e conhecimentos para este livro, e todos os enganos ou erros são meus, não delas. Obrigado a Otto Penzler, a Dave Solo da Walker Nation LLC, à equipe da Walker Stalker Con, a Joanne Christopherson e Erika Engstrom. Jay Bonansinga e Frank Renzulli foram generosíssimos e me ajudaram a entender o seriado da perspectiva do roteirista. Xander Berkeley, Ann Mahoney, Juan Gabriel Pareja, Andrew Lincoln e Kerry Cahill deram grandes perspectivas sobre o seriado e coisas para pensar que antes eu nem considerava. Obrigado também a June Alian da Skybound e, na AMC, a Jim Maiella, Olivia Dupuis e Emily Hunter pelo apoio durante todos esses anos.

Por fim, mas mais importante, quero agradecer a minha família. Vocês são meu mundo. Tenho a alegria de vir de uma família grande e amada e de ter casado com outra igual. Tive a bênção de ter pais que me incentivaram, Michele e Joseph, que instilaram em mim desde cedo o amor pela leitura e histórias fantásticas sobre marinheiros e irmãos que solucionam mistérios. Minha sogra Sara Krisher, minha tia JoAnn

AGRADECIMENTOS

Kulpeksa, minha irmã Jeanne-Michele e meu cunhado Matt Anderson foram ótimos em discussões pós-episódio, sempre no dia seguinte.

Não tenho como dizer o bastante para agradecer a meu filho, Robert, e a minha esposa, Elizabeth. Vocês dois me inspiram a fazer o melhor. Antes de vocês surgirem, eu era um cara que achava que podia escrever livros, que devia escrever livros, mas que nunca chegava lá. Liz é minha apoiadora, minha primeira crítica, melhor amiga e parceira para assistir à TV. Fizeram parte deste livro muitas noites e fins de semana longe deles, e Liz mantinha tudo em paz em casa enquanto eu me escondia no sótão, martelando o teclado. Não tenho como lhes ser mais grato pelo apoio e pelo amor.

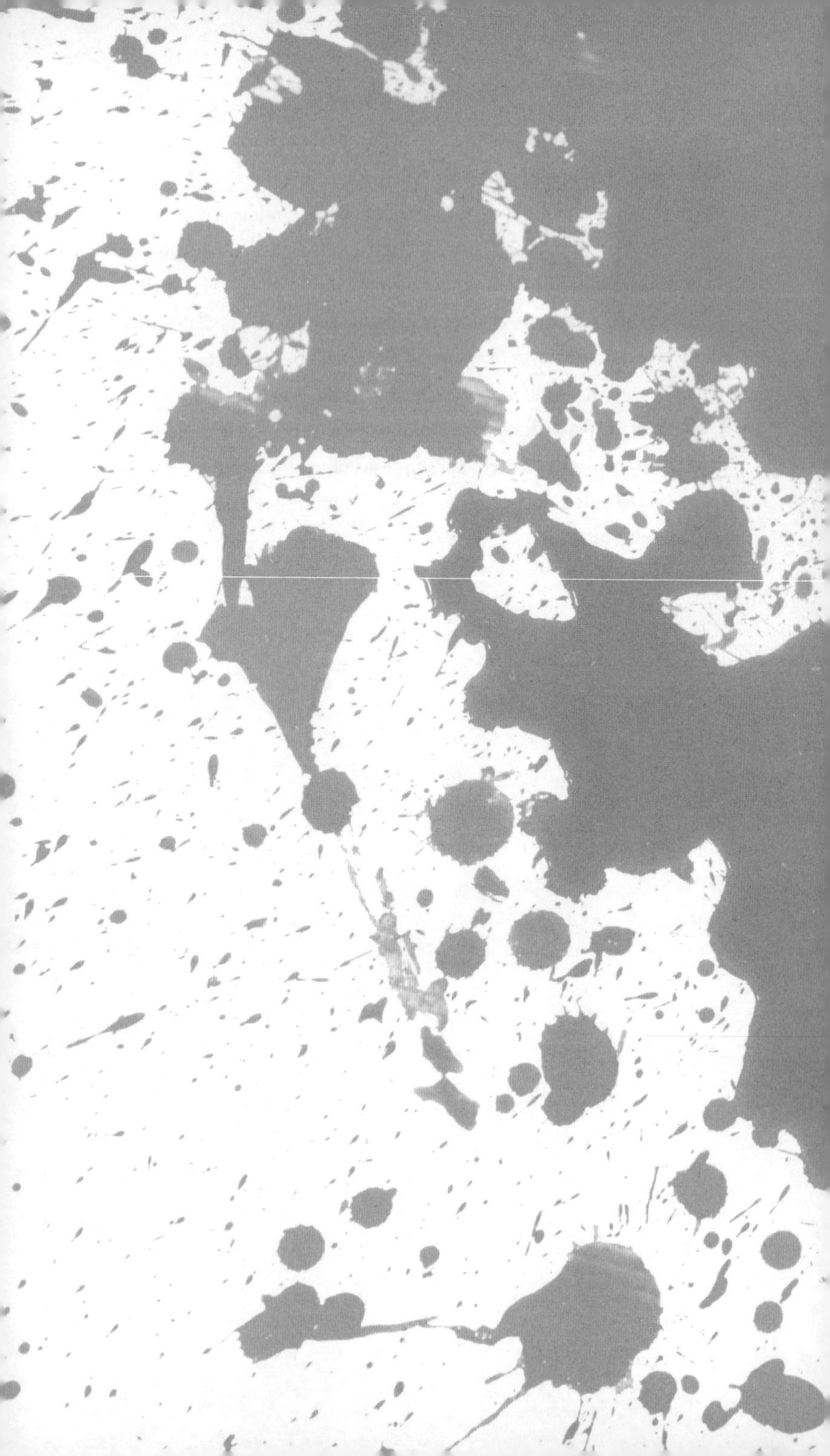

SOBRE O AUTOR

Paul Vigna é jornalista do *Wall Street Journal* e também colabora com o famoso blog MoneyBeat. É autor de dois livros (com Michael J. Casey), o elogiado *The Age of Cryptocurrency* e *The Truth Machine*. Mora em Verona, New Jersey, com a esposa, Elizabeth, e o filho.